SCENARIO

MAGABOOK
시나리오 #4
2016년 겨울

contents

부산국제영화제는
알맹이 시나리오가 없다

엑스레이를 아주 세밀하게 관찰하던 의사가 나를 쳐다보지도 않고
입을 열었다.

"갈비뼈 7번, 8번 두 대가 부러졌네유."

나는 가슴, 옆구리, 엉덩이, 머리 등 너무 아프고 결리고 고통스러
워 견딜 수가 없었다.

"당분간 가슴에 압박붕대 감고 꼼짝 말고 누워계슈."

"이 견딜 수 없이 아픈거나 좀 덜하게 해주십시오, 나 오늘 제주도
가야 합니다."

"제주도유? 부러진 갈비뼈 쬐금 충격만 줘도 큰일나유, 제주도는 커
녕 화장실도 부축 받고 가야돼유!"

"갈비 나갔다고 죽진 않아요, 전 지금 공항으로 가야합니다."

나는 의사와 아내의 만류도 뿌리치고 딸의 차에 몸을 싣고 김포공항
으로 달렸다.

덜컹거리는 차에 몸이 조금만 흔들려도 전신이 비명소리를 토할 만
큼 쑤시고 결리고 아팠다.

목욕탕에서 발을 삐끗하고 엎어지면서 세면대에 부딪치고, 넘어지면서 욕조모서리에 다시 부딪쳐 거의 기절을 하다시피 욕실바닥으로 나뒹그러진게 분명했다.

그래서 욕탕에선 늘 조심해야 한다면서도 아차! 하는 순간에 이런 사고가 터지고 만 것이다.

하필 이때, 하필 내가 왜? 부산국제영화제 김동호 이사장을 만나야 되는 이 중차대한 시간을 앞두고 넘어져 이런 지독한 타박상을 입다니...

아픈 몸을 이끌고 공항으로 뛰어 들어가 김 이사장을 찾았다.

공항 안은 붐볐고 많은 사람들 속에서 김 이사장을 찾기란 모래밭에서 바늘 찾기였다.

옆구리, 가슴 통증은 더욱 심해왔다. 움직이니까 통증이 가중돼서 도저히 견디기조차 힘들었다. 그래도 김 이사장을 만나야 했다.

수속하는 사람들의 줄에 떠밀려서 제주행 비행기에 올랐다.

비행기 안에서 아무리 둘러봐도 김 이사장이 보이지 않는다.

부산국제영화제!

세계 굴지의 영화제로 부산국제영화제가 21년 동안 거듭 성장해오면서 '감독의 밤' 'PGK의 밤' 등의 행사는 줄곧 열렸지만 '시나리오의 밤' 행사는 한 번도 해오지 않았다는 것은 제사상에 신주(神主)가 빠진 것과 무엇이 다르겠는가!

'시나리오는 영화의 기본 설계도이며 핵이다'라고 영화인 모두 입버릇처럼 말하면서도 지금 한국영화계는 시나리오의 그 중요성을 잊어버리고 있다.

아니 시나리오를 버려왔다. 아니 버리고 잊은 게 아니고 늘 기억하면서도 시나리오를 등한시해 오고 있다.

요즘 들어서는 더 기막히고 상식 이하의 일들이 파다하게 일어난다.

시나리오작가가 피와 땀 그리고 눈물, 온갖 노고를 기울여 집필한 시나리오 대본에 시나리오작가의 이름을 빼고 감독 이름만 넣어 인쇄하는 웃지 못할 난센스도 비일비재한 게 현실의 작태다.

이것은 분명히 저작권 침해고 인권유린이다. 뿐만 아니라 비인간적인 행위이며 비신사적이고 비양심적이고 심하게 이야기하면 칼만 안든 강도행위나 다름없다. 작가가 참여한 작품에 이름을 명시하지 않는 행위는 시나리오작가의 영혼을 잔혹하게 강탈하는 것이다.

그리고 요즘 영화 자막에도 시나리오작가의 이름은 눈을 비비고 현미경으로 찾아봐야 볼 수 있을 만큼 아주 깨알 같은 작은 글자로 수백 명의 스태프와 함께 올리는데 이것 역시 시나리오에 대한 예의가 아니고 경시 풍조로 하루빨리 고쳐져야 한다.

이렇게 시나리오를 경시하고 무시하는 못돼먹은 풍토는 10년 전후로 더욱 심해졌다.

2000년도 이전에는 시나리오가 완성돼야 감독이 컨택됐고 영화의 모든 일정이 시나리오로부터 시작됐으며 시나리오작가의 이름도 대본 표지에 감독과 동일한 크기로 디자인돼 인쇄됐고, 영화 본편 자막에도 시나리오작가의 이름은 한 화면에 단독으로 소개되는 것이 통상관례였다.

요즘처럼 시나리오를 경시하고 푸대접하며 영화를 제작하는 풍토는 시나리오작가의 독창성과 창작의욕을 떨어트리고 작가가 책임지는 완성도 높은 시나리오를 쓸 수 없게 만드는 결정적 요인이다.

그렇게 수준 높은 좋은 시나리오가 나오지 않으면 필경은 좋은 영화도 나올 수 없다. 이것은 영화적 진리(眞理)이다.

좋은 시나리오 없이 영화를 만든다는 것은 마치 설계도 없이 아니 설계도를 무시하고 대충 빌딩을 짓는 것과 같은데 그렇게 빌딩을 짓는다면 나중에 닥칠 그 빌딩의 붕괴 및 화제로 인한 막대한 인명피해, 재산상의 손실 등등 온갖 재앙을 무엇으로 감당하겠는가?

　세계 굴지의 영화제로 성장한 부산국제영화제도 마찬가지다. 무엇이 그리 바쁘고 급해서 영화의 설계도, 시나리오를 21년 동안 그렇게 철저하고 잔인하게 버리고 외면한 채 혼자만 이렇게 달려왔는가?

　세계 어느 국제영화제가 이렇게 시나리오를 푸대접하면서 혼자만 달려온 영화제가 존재했는가?

　아무리 아니라고 변명해봐야 해마다 영화제가 개최될 때마다 부산국제영화제는 시나리오작가들을 정식으로 초대했던가? 시나리오 작가들에게 호텔방 하나 변변한 거 내준 적이 있었던가?

　물론 영화의 꽃이고 화려한 주역들인 배우들이나 감독, 제작자들에게 신경 쓰다가 보니까 시나리오작가들을 챙길 여유가 없었을 테지.

　그러나 정말 국제적으로 자랑할 만한 대한민국을 대표할 국제영화제라면 영화의 핵심 기본 설계도인 시나리오를 먼저 챙길 때 세계 영화인들에게도 사랑을 받고 칭송받는 진정한 의미의 국제영화제라는 것을 부산국제영화제 측은 왜 모르는가?

　알긴 안다고? 하지만 시나리오가 뭐가 그리 대단해서 이 야단이냐고 한다면 이번 '시나리오의 밤' 행사를 개최하면서 부산국제영화제를 보는 국제적 시선이 얼마나 달라지는지 보여주겠다.

　그래서 이번 제21회 부산국제영화제에는 '시나리오의 밤' 행사를 꼭 개최해야 한다.

　오늘 갈비뼈가 부러진 이 통증을 죽을힘을 다해 견디면서 김이사장을 만나러 제주까지 온 이유도 거기에 있다.

　여객기가 제주공항 활주로에 착륙하고 마침내 기체가 멈춰 섰다.

나는 승강장을 빠져나오면서 온몸의 통증을 감싸 안고 트랩을 내려갔다.

그때였다. 저만큼 앞에 김 이사장이 걸어가고 있었다.

"김 이사장님!" 그 순간만은 통증도 찰나적으로 잊고 있었다.

나는 달려갔다.

"이사장님, 오래간만입니다."

"어 반갑소, 내게 무슨 일 있어요?"

"네, 꼭 드릴 말씀이 있어서 갈비가 두 대나 부러졌는데도 이렇게 비행기를 타고 날아왔습니다."

"무 무슨 일인데 그래요?"

"사실 이번 부산국제영화제에 시나리오의 밤을 개최하려고 하는데 이사장님이 좀 도와주십시오."

"아, 시나리오의 밤… 예산이 많이 줄어서 어떨지 모르겠는데… 아무튼 의논 좀 해볼게요."

"21년간 부산국제영화제는 우리 시나리오를 너무 버렸습니다. 이번 시나리오의 밤 행사는 예산이 부족하다면 저희 돈으로 어떻게 해보겠으니 프로그램에만 넣어주십시오."

"긍정적으로 의논해볼게요."

확실한 답변을 듣지는 못했지만 반승낙을 받은 거와 무엇이 다르랴.

나는 통증도 잊고 다음 날부터 시나리오작가협회에 '부산국제영화제 시나리오의 밤' 행사 TF팀을 구성하고 회합을 가지면서 준비에 착수했다.

그리고 평소 내가 믿고 존경하던 영화감독 J, 영화계 저명인사들을 통해 협회 창설 이래 처음 개최하는 '시나리오의 밤' 행사에 협조를 요청하면서 바쁜 나날을 보냈다.

이번 '시나리오의 밤' 행사를 통해서 그동안 실추됐던 시나리오의 위상과 시나리오 작가들의 권위도 어느 정도 회복하자고 굳게 맘먹고 백방으로 뛰기 시작했다.

시나리오의 위상 회복은 나의 선거공약이기도 했기에 이를 위해 나는 얼마나 노심초사해왔는가.

수백억 원을 들여도 초청강연을 듣기 어렵다는 마크 리퍼트 미 대사를 우리 교육원으로 초청해 특강을 하는 일을 해냈고, 시나리오 표준계약서 장관고시 설명회를 상암동에서 성대히 개최했다.

그리고 시나리오작가협회의 평생 숙원사업이었던 시나리오지도 벌써 4권을 발간해서 시나리오를 영화계는 물론 문화예술계뿐만 아니라 세상에 알리는데 일조를 해오지 않았는가.

시나리오 도약의 발걸음은 거기에다 박차를 가해 이번 부산국제영화제에서 '시나리오의 밤' 행사를 개최한다면 더 한층 시나리오의 위상을 세상에 알리는 아주 좋은 계기가 될 것이다.

나를 비롯한 시나리오작가협회 회원 및 임직원들은 'BIFF 시나리오의 밤' 행사의 성공적인 개최를 위해 열과 성을 다해 뛰기 시작했다.

효율적인 행사 프로그램도 필요했고 자금도 조달해야 했다.

첫째, 협회 재정이 워낙 여유롭지 못해 행사 비용 조달문제가 가장 큰 걸림돌이었으나 그것도 이가 아니면 잇몸으로 부딪쳐 해결하기로 하고 일단 강영우 상임이사를 부산으로 급파했다.

BIFF 관계자도 만나보고 '시나리오의 밤' 행사를 할 장소와 숙소문제 등등을 미리 헌팅 해야 했으니까.

이렇게 준비가 한창일 때 뜻하지 않은 흙바람이 불어오기 시작했다.

우리 행사를 적극 지원해주시던 J감독이 급히 연락을 주셨다.

누군가를 통해 '시나리오의 밤' 행사를 하지 못하게 됐다는 언질을 받았다는 것이다.

나와 협회에서는 비상이 걸렸다.

그 사람이 누구냐? 그 장본인을 찾아 사유를 알아봤다.

'BIFF가 이번에는 뜻하지 않은 간부진의 교체로 홍역을 치렀고, 예산도 많이 깎여 어떤 부대행사도 지원하기 어렵다.'는 것이다.

시나리오의 위상을 세상에 알리기 위해서 BIFF창설 21년 만에 '시나리오의 밤' 행사를 추진하려던 계획이 이렇게 돌연 무산될 위기에 빠지자 나와 협회 임직원들은 그야말로 실망이 이만저만이 아니었다.

협회는 BIFF 프로그래머와 중학 동창인 최종현 작가를 앞세워 수습책을 마련토록 했고 난 김 위원장을 만나려고 뛰었다. 협회 지원팀 J감독은 부산으로 뛰고 송길한 부위원장은 BIFF 강수연 위원장을 접촉했다.

그렇게 다방면으로 뛰던 중 BIFF 행사에 결정적인 키를 쥐고 있는 실력자라는 영화계 유력인사 한분을 충무로 뮤지컬영화제에서 만났다.

그분은 영화계 9개 단체 중에 실질적인 리더였다.

"이번 부산국제영화제는 우리(9개 단체)와 협상을 해봐야 할지말지 하니까 그때까지 좀 기다려보십시오" 라는 의미심장한 말 끝에 "아마 협상은 잘될 것이니 시나리오의 밤 행사는 준비를 하십시오, 내가 도울 수 있는 길이 있다면 돕지요" 라고 매우 호의적인 말씀도 덧붙였다.

그러나 뼈가 부러진 아픔을 감수하면서도 다방면으로 뛴 나와 임원들의 노력도 허사였고 영화계 유력 인사들의 도움도 아무런 성과없이

금년 BIFF '시나리오의 밤' 행사는 암초에 부딪쳤다.

일반인들이 알기 힘든 BIFF의 내외부 복잡한 사정에 의해서 BIFF 본행사이외의 어떤 부대행사도 개최하기 힘들다는 방침에 따라 '시나리오의 밤' 행사도 어렵다는 관계자들의 사정을 듣는데 그쳐야 했다.

부산국제영화제의 복잡한 내, 외부 사정은 알기 어렵지만 일반 상식적으로는 BIFF측에서 결정한 일들은 BIFF가 해결하도록 모든 결정은 그들에게 맡겨야 옳다고 본다.

국기(國氣)를 흔드는 엄청난 사태가 아니라면 다소의 이념의 벽은 뛰어넘을 수 있는 것이 예술의 자유이고 창작과 표현의 휘황찬란한 삼지창이 아닌가.

어느 국가든 사회단체에 진보와 보수가 양립하고 좌우가 대립하면서 갈등하고 때론 화합하고 협조하면서 함께 어깨동무하고 가야 그 국가 사회는 발전할 수 있는 것이다.

어느 한쪽에 치우쳐서는 안 된다.

이야기가 조금 딴 데로 흘렀지만 BIFF의 일부 인사는 영화제 프로그램에 등록하지 않더라도 그냥 영화의 전당 근처에 장소를 빌려서 '시나리오의 밤' 행사를 할 수는 있다고 했다.

물론 그럴 수도 있겠지,

해운대 백사장에 대형 텐트를 치고 우리들만의 '시나리오의 밤' 행사를 즐길 수도 있을 것이다.

그러나 그런 행사는 동헌대청마루에 떡 벌어진 변사또 생일 잔치상 한 귀퉁이 툇마루에서 개다리소반에 막걸리 한잔 얻어먹는 거나 뭐가 다르겠는가.

70년 유구한 역사와 전통을 지녀온 한국시나리오작가협회가 대청마루 생일상 앞에 정식 초대받지 않고는 생일상 근처 변두리에서 기웃거릴 생각은 추호도 없다.

올해는 포기하자.

화가 나는 대로 하면 전 회원 수백 명이 부산으로 달려 내려가 항의 시위라도 하자고 하는 임원도 있었다.

그러나 갑론을박 격론 끝에 내, 외부 사정이 안정된 내년에도 안 해주면 그때는 그렇게 해보자고 결론을 내렸다.

BIFF가 정말 대한민국이 자랑하는 국제영화제의 하나로서 좌우가 사심 없이 어우러져 승승장구 발전하기를 바란다.

그리고 내년 제22회 부산국제영화제에는 시나리오작가협회가 주관하더라도 시나리오작가조합과 함께 모든 작가들이 즐겁게 참여하는 '시나리오의 밤' 행사가 성공리에 개최되길 강력히 희망하는 바이다.

사단법인 한국시나리오작가협회

이사장 문상훈

배우가 사랑한 시나리오

| 유준상 |

스무 살 차이 나는 두 남자의 발길 닿는 대로 떠난 음악 여행.

배우라는 이름 위에 낯선 작가라는 이름으로 부끄럽지만 추억을 그리는 영화.

〈내가 너에게 배우는 것들〉

언젠가 꼭 내 이름으로 앨범을 내야지, 고등학교 때 일기장에 쓴 꿈을 30년 만에 이룬 데뷔 20년 차 배우이자 신인 뮤지션 유준상은 스무 살 어린 기타리스트 이준화와 함께 J n joy 20(제이앤조이20) 밴드로 음악 활동을 하고 있다.

여행을 하면서 느낀 순간의 감정을 음악으로 스케치해 다양한 색을 입히는 J n joy 20 밴드는 순수하고 다정한 음악으로 사람들에게 작은 위안을 주는 친구 같은 팀이다.

유준상은 40대 중반을 넘기면서 스스로에게 던지는 화두가 생겼다.

나는 지금 잘살고 있는가? 나와 함께하는 이준화 군과는 스무 살 차이가 나는데 이 친구와 나는 과연 음악을 즐겁게 하고 있는 건가?

이 친구는 진심으로 나와 음악을 하는 건가?

유준상은 다시 한 번 자신을 돌아보고 찾아보는 계기와 시간이 필요했다.

2008 제45회 대종상 영화제 남우조연상
2010 제18회 이천춘사대상영화제 남우조연상
2010 제19회 부일영화상 남우조연상
2011 제12회 부산영화평론가협회상 남자 우수연기상

그래서 유준상과 이준화는 2015년 여름에 남해로 여행을 떠난다.

준상은 준화에게 삶의 방식, 살아가는 데 있어 좋은 방향을 알려주려고 한다. 하지만 자신의 마음속 애정과는 다르게 표현이 서툴러서 준화의 행동 하나하나에 잔소리를 하게 되고, 준화는 그런 준상의 잔소리가 그리 좋지만은 않다.

무작정 음악 여행을 떠난 준상과 준화는 남해로 가는 길에 음악을 만든다.

바람 쐬는 길을 걷다가 하얀 나비와 인사를 나누고, 오지 않는 버스를 기다리면서 오래된 나무 그늘에 앉아 준화는 기타를 치고 준상은 노래를 부른다.

음악 작업 중에 잦은 의견 충돌로 언쟁을 하다가 헤드폰을 던지며 자리를 박차고 나온 준상은 혼란에 빠지고, 준화는 자신도 나이 들수록 준상처럼 앞뒤가 안 맞는 행동을 하고 뻔뻔해질까 봐 걱정되고 혼란스러워지는데….

준화 나이를 먹는다는 건 어떤 거예요?
준상 나이를 먹는다는 거? 지금은 모를 거야. 네가 나이를 먹고 있다는걸.
　　　그건 나도 몰랐으니까. 그냥 단지 하루가 지났을 뿐인데 말이야.

〈내가 너에게 배우는 것들〉은 20대 준화와 40대 준상을 통해 나이 듦에 대해서 나는 지금 어떻게 살고 있는가에 대해서 생각할 수 있는 영화이다.

누군가는 준상이 되고 또 누군가는 준화가 될 수 있는…

누군가는 20대의 입장에서 누군가는 40대의 모습에서 또 누군가는 60대의 마음에서 공감할 수 있는 평범하지만 은은하게 빛나는 우리들의 이야기다.

최종현 편집장의 원고 부탁으로 나의 첫 작가 데뷔작 소개를 할 수 있게 되어 먼저 감사의 마음을 전하고 싶습니다.

글을 쓴다는 것이 얼마나 어렵고 힘든 과정인지 몸소 체험하면서 지금도 고군분투 중이신 작가분들의 노고에 진심으로 격려의 박수를 보내드립니다. 여러분들은 영화의 시작입니다.

멋진 시나리오에 누를 끼치지 않는 배우가 되기 위해 저도 열심히 노력하겠습니다.

제 12회 제천국제음악영화제 출품작
69분. 드라마. 개봉예정

사라진 것 들을 위한 소고(小考)

| 이환경 |

도시 언저리에 고향을 둔 사람들은 불행하다. 끊임없이 변화하고 개발되는 현대화의 속성 때문에 옛 향취와 기억의 언덕을 잃어버리기 때문이다. 누군가가 그랬다. 태어난 것은 반드시 사라진다고. 청허 휴정(서산)스님은 그런 인생사의 이치를 삼몽사(三夢詞)로 노래했다. 내용은 아마 이런 것 같다.

주인이 나그네에게 꿈 이야기를 하니
나그네도 주인에게 제 꿈 이야기를 한다.
지금 꿈 이야기를 하고 있는 이 두 사람
이 또한 꿈속의 사람들 아니겠는가.

그렇다. 지금의 내가 그렇고 내 고향이 그렇다. 나의 지난날은 다 사라지고 꿈속에서만 존재한다. 내 고향은 인천이다. 현재의 인천광역시는 엄청 넓고도 크다. 인구는 300만이 가깝고 이 나라 최초, 최대 등의 수식어가 붙는 이름들이 즐비하게 많다. 수도 서울과는 가깝다는 지리적 관계로 인해 바닷길이 발달했던 옛날은 많은 국가적인 대형 사건들을 인천에서 감당했다. 조선의 대원군이 외세에 밀려 은둔의 빗장을 연 것도 인천이고 산업의 대동맥인 최초의 철도가 놓인 곳도 경인선이다. 뿐만 아니다. 최초의 이민선이 하와이로 떠난 곳도 이곳이고 오늘날 전 국민이 즐겨 먹는 중국 음식 자장면의 발원지도 인천항의 노동자들로부터 비롯되었다. 맥아더는 한국전쟁의 반전을 인천상륙작전을 통해 마련했는가 하면, 지금은 영종도에 국제공항이 들어서서 대한민국 최대의 대표 관문으로 그 자존심을 지키고 있다. 그 밖에도 천 년 역사의 고장 강화도와 더불어 월미도, 차이나타운, 자유공원 등등 종일 자랑해도 입이 모자랄 것 같다. 헌데, 사실 인천과 서울은 이미 부천을 사이에 두고 도시와 도시로 연결되어 버려서 어디가 어딘지 눈으로는 구분, 구별이 불가능해졌다. 인천과 서울은 이제 고속도로로 30분이 채 안 걸린다. 그래서 너무 광범위한 광역 얘기보다는 내가 살았던 곳, 나의 동네 나의 고향 이야기를 해보려고 한다. 인천하고도 주안에서 성장기를 보냈던 한 '짠물'의 꿈속 시골 얘기를…

내가 살던 주안의 마을 이름을 사람들은 '합숙'이라고 불렀다. 다른 말로는 철도관사라고도 했는데 주로 철도원들이 모여 살았기 때문이

었다. 합숙은 지금의 주안역 플랫폼 끝 부분쯤 좌측에 있었다. 일제 강점기에 지어놓은 2층 대형 목조 건물이었고 전체 가구 수는 30여 호가 좀 넘었다. 오래된 지중해의 호텔처럼 같은 모양으로 창을 낸 집들이 좌우로 길게 이어져 하나의 집합체를 이루고 있었는데 각자 다다미 방에 부엌이 하나씩 딸린, 그리고 안으로는 긴 복도가 있는 'ㄷ'자형 건물이었다. 주안역에서 보면 지대가 높은 언덕 위에 우뚝 얹혀 있어서 어디서 보나 그 자태가 잘 드러났다. 반대로 그 합숙 우리 집에서 밖을 보면 주안역이 멀리 마주 보이고 철길과 플랫폼이 보이고, 논둑을 지나 옆으로는 야트막한 야산이 있었다. 나는 거기서 태어났고 초등학교에 들어갔고 열일곱 무렵까지 그곳에 적을 두고 살았다. 나와 또래들은 그 야산을 지나 포도밭을 넘어 교회와 우체국, 미군 부대 쓰레기장 앞을 거쳐서 학교를 다녔다. 그리고 지금 설명한 그것들이 내 어린 세상의 전부였다. 유년 시절은 나름 행복했다.

어린 시절이 행복할 수 있다는 것은 세상을 몰랐기 때문이다. 나는 그만큼 둔했고 매사에 어두웠고 철이 없었다. 나는 왜 아버지를 볼 수 없는지, 왜 우리는 동네 사람들이면 누구나 가지고 있는 '열차패스(철도가족 무임승차증)'가 없는지에 별로 관심을 두지 않았다. 그저 우리 집은 본래 그런 줄 알았고 어머니는 말해주지 않았으며 나는 또래들과 하루 종일 뛰어놀기에만 정신없었던 것이다.

기찻길 옆에 살아본 사람들은 안다. 밤낮없이 지축을 흔드는 열차 바퀴 소리와 기적 소리, 그것들은 시도 때도 없이 엄청난 굉음을 내며 달려와 사라지지만 늘 듣다 보면 의외로 어머니의 자장가처럼 편안하고 감미로운 리듬이라는 것을. 나는 갓 난아기 때부터 그 소리를 노래로 알고 살았다. 그래서 지금도 드라마나 영화에서 혹은 취재나 볼 일이 있어 열차를 탈 때는 유난히 열차 바퀴 소리에 설레며 귀를 기울인다. 고향의 소리이기 때문이다.

유년 시절 우리들의 놀이터는 늘 역전 인근이었다. 그때의 역사 건물은 매우 작아서 열차가 오고 갈 때마다 역원 하나가 나와 차표를 받는 모습이 고작이었던 간이역 비슷한 규모였다. 플랫폼을 중심으로 건너편에는 커다란 소금창고가 세 동이나 있었는데 창고 앞에는 염전에서 소금을 실어오는 전용 '구루마'(수레)가 작은 철로에 항상 놓여 있었다. 우리는 거의 매일 그 구루마를 가지고 놀았다. 철로 위에서만 달리게 되어 있는 그 구루마는 어지간히만 움직이면 상당한 속도를 내는데 그 스릴과 재미가 이만저만이 아니었다.

지금은 사라지고 없지만 주안 염전은 초등학교 교과서에도 나오던 우리나라 최초의 근대식 대단위 염전이다. 그곳엔 소금을 만들기 위해 바닷물을 저장하는 대규모의 바다 같은 저수지가 있었는데 우리는 여름이면 형들과 어른들을 따라 그곳에서 시간을 보냈다. 헤엄도 치고 망둥이도 잡고 조개도 잡았다. 당시는 모두들 가난해서 나와 아이들은 학교에 가기보다는 월사금(사친회비) 가져오라고 쫓겨오기가 일쑤였는데 대부분은 집으로 가지 않고 역전이나 그곳 바다 저수지에서 놀며 시간을 보내곤 했다.

아직도 전쟁의 상흔이 짙게 남아 있던 그 무렵이었다. 먹을 것이 귀했다. 유년 시절의 절반은 구호품으로 살았다. 그나마 밀가루도 떨어지면 굶는 날이 많았고 자식들을 먹이지 못하는 어머님의 눈물은 마를 날이 없었다. 밀기울을 얻어서 떡으로 만들어 먹거나 학교에서 주는 옥수수죽도 끊길 무렵이면 나와 아이들은 어쩌다 지나치는 미군 열차에 달려가 '헬로 기부 미'를 소리치며 먹을 것을 구걸했다. 그 시절엔 흔한 일이었다. 아마도 방송에 자주 등장하는 시리아의 난민 소년들 모습이 그때와 영 같았을 것이다. 특히나 아버지가 안 계시는 우리는 어머니의 행상에 의지해 그야말로 죽지 못해 살고 있었는데 미군 부대에서 헐값에 파는 일명 '꿀꿀이죽'은 우리 집 단골 메뉴였다. 어머니가 형님들에게 이걸 사오라고 시키면 형님들은 다시 나에게 그릇을 들려 보냈다. 꿀꿀이죽은 미군들이 먹다 버린 짬밥(잔반)이다. 그걸 사려면 초등학교 앞에 있던 미군 쓰레기장에서 시간에 맞춰 길게 줄을 서야 하는데 수줍음이 많은 나는 그 일이 정말이지 죽기보다도 싫었다. 나는 그렇게 유년을 벗어나면서 가난과 현실에 조금씩 눈을 떠갔다. 내가 누구인지도 비로소 그 정체성을 알게 되었다. 행복은 거기까지였다.

초등학교를 졸업할 무렵부터 나는 서서히 외톨이가 되어갔다. 인간이 성장해간다는 것이 반드시 좋은 일만은 아닌 것 같다. 아이들은 서로의 환경에 따라 자신들의 운명을 찾아 흩어져 갔다. 내 비슷한 처지의 또래 아이 하나와 함께 나는 중학교에 가는 대신 아이스케키 통을 메고 거리로 나섰다. 하지만 이상하게도 비참하다는 생각은 들지 않았다. 처음으로 주안을 벗어나 인천의 번화가로 고향의 무대를 넓힌 소

감은 신천지의 발견 그 자체였다. '도시도 참 아름다운 것이로구나' 하는 생각이 그때 들었다. 특히나 자유공원에서 내려다본 인천항의 전경은 황홀함과 경이로움 그 자체였다.

매일 시내에서 고된 장사를 끝내고 집으로 돌아오는 해 질 무렵이면 저만큼 내가 사는 합숙이 눈에 들어온다. 나는 그때마다 까닭 모를 반가움과 안도감이 한 아름씩 밀려들었다. 여전히 그곳은 내가 쉴 수 있는 곳, 내 유일한 보금자리였던 것이다. 그 즈음에 아버지가 오셨는데 아버지는 얼마 후 다시 강원도 탄광으로 들어가 은둔해버리셨다. 아, 그리고 그제야 나는 비로소 알게 되었다. 나는 그야말로 우리 가족사에 엄청난 불행을 전하려고 태어난 슬픈 존재였다는 것을 말이다.

내가 세상에 나온 지 닷새 만에 6·25가 터졌다. 당시 아버지는 일본에서 열차기관사를 하다가 귀국하신 나름대로 젊은 엘리트였다. 갖난 핏덩이를 업고 피난길에 올라 인천에서 수원까지 걸어갔지만 산모는 더는 걷지 못하고 주저앉았다. 인민군을 만나 다시 돌아왔을 때 저들은 권총과 함께 입당원서를 내밀었단다. 전시의 철도원은 어느 쪽에서든 귀중한 자산이었던 것이다. 산모와 아이를 살려야 하는 절박한 아비는 도장을 찍었고 그 한 달 후에 세상은 또 바뀌었다. 아버지는 영어의 몸이 되었다. 그리고 그 죄명은 어마어마했고 형기는 매우 혹독하고 길었다. 출옥 후에도 아버지가 집을 떠난 것은 가족을 위해서였다. 형사들은 끊임없이 우리 집을 찾아왔다. 영장도 없이 세간을 뒤지고 구두를 신은 채 방에 들어와 마구 헤집는 건 흔히 있는 일이었다. 인권은 없었다. 내가 작가가 된 이후에도 연좌제는 시퍼렇게 살아 있어서 아버지가 돌아가실 때까지 가족을 괴롭혔다. 내가 태어나지 않았더라면… 나는 자주 그런 생각을 했다.

　청소년기에 나는 별의별 허드렛일을 다 했다. 밑바닥 생활의 연속이었다. 형님은 어떻게든 나를 공부시키려고 비인가 중학 과정과 고등 과정을 수속해 주었지만 이미 흥미를 잃었고 그리고 우연히 문학을 접하게 되었다. 나의 습작기는 남들보다는 빨랐다. 삶의 고단함을 글로서 위로받으며 쓰고 또 지워갔다. 그것은 마치 타는 목마름 속에서 샘을 만나는 것과도 같았다. 그 와중에서 어느 날 합숙의 절반이 신도시 계획으로 헐리게 됐다. 사실 건물도 많이 낡아 있었다. 우리는 이삿짐을 싸야 했다.　당시 나는 새로운 정착지에 대해 일말의 기대감과 설렘도 있었지만 결과는 그리 만족할 수가 없었다. 같은 주안이라고는 하지만 우리가 옮겨간 곳은 주안역에서 꽤 먼 거리에 있는 신기촌이라는

곳으로 각지의 철거민들이 모여든 삭막하기가 그지없는 난전 바닥이었다. 하지만 실은 그 무렵 내 고향의 모습들 또한 빠르게 붕괴되어가고 있었다. 역전의 소금창고도 철거되었고 소금을 만들던 염전들은 모두 메워져 산업화의 전진기지인 대단위 공단으로 그 옷을 바꾸어 입고 있었던 것이다.

나는 한동안 객지를 떠돌다가 집에 돌아오기를 반복했다. 그러면서도 틈만 나면 합숙으로 달려갔다. 그때까지 헐리지 않은 반쪽은 여전히 남아 있었기 때문이다. 나는 지금도 왜 내가 몽유병자처럼 아무도 반기지 않는 그곳을 그토록 열심히 찾아갔는지 딱히 설명할 길이 없다. 다만 억지로 풀이를 하자면 어리던 그때처럼, 고달픈 장삿길에서 돌아오며 본 어린 장사꾼의 그 반갑고 편안하던 설렘을 은연중 기대한 것만은 분명하지 않았을까. 아니, 그도 아니면 눈물 많은 어머니의 가슴처럼 삶에 찌든 연약한 영혼을 보듬어주기 위해 합숙이 날 손짓해 부르고 있었는지도 모를 일이다.

내가 군에 입대하고 나서 우리 가족은 인천을 떠났다. 제대를 하고도 가난은 이어져서 나는 한동안 노동판을 전전하는 고단한 여정을 계속했다. 글 쓰는 일은 이제 내 인생의 피할 수 없는 목표가 되어 삶을 지배했다. 번번이 여러 응모와 신춘문예에 낙방했고 막노동과 술로 세월을 삼켰다. 때로는 사는 게 귀찮아 그만 생을 포기할까 생각한 적도 있었다. 너무도 힘들거나 지나치게 외로울 때, 그리하여 혼자 울고 싶을 때 나는 습관처럼 전철을 탔다. 그리고 주안역에 내렸다. 그때마다 그 반쪽짜리 낡은 합숙은 여전히 언덕배기에 서 있었고 나를 말없이 반겨주었다.

돈을 좀 벌어보겠다고 중동을 다녀왔다. 다녀와서 두 해 만에 다시 주안을 찾았을 때 합숙은 이미 그 자취를 감추고 없었다. 마치 신기루가 사라지듯이 단 한 점의 추억거리도 남겨두지 않은 채 거짓말처럼 종적을 감추어버렸다. 건물이 서 있던 언덕은 평토 작업으로 흔적조차 가늠할 수 없었고 그 자리엔 새로운 건물과 주택들이 즐비했다.

나의 합숙은 처음부터 세상에 존재하지 않았던 것 같다는 생각이 들 정도였다. 나는 크게 낙심했다. 상실감은 너무 컸고 오래갔다. 고향은 그렇게 현대화의 물결에 밀려 사라졌다. 간이역 같았던 주안역도 웅장한 모습의 새 건물이 서서 그 위용을 자랑하고 있었고 논밭과 야산이 있던 자리는 빌딩들로 뒤덮여 어디가 어딘지 분간을 하기가 어려워졌다. 인천의 중심이 전반적인 신도시 계획으로 주안 방면으로 옮겨오고 있었던 것이다. 내 아름답고 슬픈 둥지는 나를 버리고 그처럼 기억의 저편으로 멀어져갔다. 그리고 나는 주안을 오랫동안 잊었다. 이듬해 소원하던 신춘에 당선되었고 방송국에서 연락이 와 고정 프로에 참여했다. 전업 작가의 시작이었다. 그 후 30여 년 동안 나는 참 무던히도 바빴다. 고향을 잊었다는 얘기다. 내가 옛 친구들을 다시 보기 시작한 것은 불과 몇 년 되지 않는다. 그들은 사라진 합숙과 나를 기억하고 있었고 내 작품들을 즐겨 보고 있었으며 대표작들을 줄줄 꿰고 있었다. 나는 그런 대로 고향 사람들에게는 유명 인사가 되어 있었던 것이다.

꿈은 꿈이어서 그냥 좋다. 서산대사의 말처럼 지나고 보면 인생 자체가 모두 꿈 아닌 것 없다. 그걸 알면 넉넉하고 행복해진다. 그럼에도 이제 장년기를 한참 지나면서도 가끔은 소용없는 욕심을 품어본다. 삶을 힘겨워했던 나를 언제나 말없이 안아주었던 인천의 고향 집, 사진 한 장조차 남아 있지 않은 그 사라져버린 주안의 합숙을 한번쯤 다시 볼 수 있을까 하는 게 그것이다. 그랬다. 지금 생각해보면 그곳은 유난히도 가난과 외로움에 힘겨워 방황하던 나의 아늑한 도피처요 낙원이었다. 그리고 언제나 변함없이 나를 기다려주었던 어머니의 위대한 넓은 품, 그 인자한 천국의 뜰 안이었다.

| 이환경 |

주요 집필 작품

1983	: 동아일보 신춘문예 시나리오 부문 '겨울바람' 당선
2002	: 영화 각본 '싸울아비' 외

1982-1984	: TV문학관 '갯바람' 외 다수(KBS)
1988	: 베스트셀러극장 '상여' 외 다수(MBC)
1988	: 전설의 고향 '오봉산' 외 50여 편(KBS)
1988	: 주간드라마 '파천무'(KBS), 외 특집극 다수
1989	: 미니시리즈 '휘어이 휘어이'(KBS)
1990	: 미니시리즈 '무풍지대'(KBS)
1992	: 미니시리즈 '적색지대'(KBS)
1993	: 미니시리즈 '비검'(KBS)
1994	: 미니시리즈 '야담의 도시'(MBC)
1996-1998	: 대하드라마 '용의 눈물'(KBS)
2000-2002	: 대하드라마 '태조 왕건'(KBS)
2002	: 대하드라마 '제국의 아침'(KBS)
2002-2003	: 대하드라마 '야인시대'(SBS)
2004-2005	: 대하드라마 '영웅시대'(MBC)
2006-2007	: 대하드라마 '연개소문'(SBS)
2012	: 대하드라마 '무신'(MBC)

주요 상훈

1998	: 제25회 한국방송대상 작품상(KBS 용의눈물), 한국방송협회 주관
2001	: 제28회 한국방송대상 작가상(KBS 태조왕건), 한국방송협회 주관
2001	: 제12회 위암 장지연상(방송부문), 한국언론재단 주관
2001	: 제14회 한국방송작가상(드라마부문), 한국방송작가협회 주관

한국 영화
시나리오
걸작선〈3〉

오발탄

1961년

감   독 | 유현목

원   작 | 이범선

각   색 | 이종기, 나소운

출   연 | 김진규, 최무룡, 서애자,
　　　　 문정숙, 김혜정, 윤일봉

1. 자막

롤-랑의 '생각하는 인간' 조각상 위로 W되어 뇌수까지 속속 쑤셔주는 저 기계의 아우성 속에 수십만 개의 다이아가 분초를 타투며 네굽을 짜는 저 네거리에 우리들이 서 있을 위치가 어디냐! 없다. 한 치의 토지도 우리에 겐 없다.

있다손 치더라도 우리는 현기증이 나서 거기 서 있을 수가 없다.

그래서 우리는 지금 공중에 붕 떠 있는 것이다. 떠 있노라니 그저 쉬고만 싶다. 그런데 우리는 쉴 쉬가 없다. 영원히 박탈당한 우리들의 휴일. 평화 안식처 이 엄청난 정신의 황폐 이렇다. 만든 자는 누구냐? 아무도 아니다. 오직 우리들 자신이다.

우리들의 불성실, 우리들의 방일, 불안, 초조가 그렇게 만든 것이다.

그리고 또 있다면 이 처절한 현실이 아니 현대라는 거대한 그림자가 우리를 이렇게 만든 것이다. 그래서 우리는 반항도 하고, 부딪쳐보고, 부딪쳐서 산산조각이 나는 한이 있더라도 우리는 지궁스럽게 몸부림쳐 보는 것이다.

바로 이 작품의 의도가 여기에 있는 것이다.

- F O -

2. INSERT

빗발치는 헤드라이트의 광사, 광사.

미친 열차의 속도, 깨져나가는 금속성의 소용 소리.

3. 전광의 난사

이제 좀 시적이다. 그러나 미쳤다.

4. 어느 거리

여기도 역시 네온의 물결.
어느 술집 앞 와작 깨어져 나가는 유리창-.
W해서 타이틀 오발탄이 튀어나왔다가 사라지면 안에서 확 밀려나오는 영호의 취안-.

영호 (안을 향하여) 경식이 박 중사- 만수 아- 뭘하구 있어 빨리 가-.

그러자 안에서 의수의 만수와 양다리(의족) 경식이가 나온다. 뒤따라 보이가 나오며

보이 왜덜 이러세요. 술값도 덜 내고 유리까지 부술 건 없잖아요?
영호 내일 준다는데 왜 이렇게 성가시게 굴어.
경식 인마. 몇 번 말해야 알겠어. 먹다 보니 모자란다구 통사정을 했잖어.
보이 건 아저씨들 사정이구. 그래 유리까지 부셔야 옳아요?
영호 야 정 이렇게 괄세하기냐. 그래 죽다 남은 놈들끼리 술 한잔 마시다 보니 좀 취했단 말이다. 나오다 비틀거리는 통에 유리가 박살 난 모양인데. 야- 이분이 성한 몸이니?
보이 전 모르겠어요. 쥔 아저씨헌테 말씀해보세요.
영호 야, 우리가 최소한도 못 줬으면 못 줬지 떼먹지는 않는다구 쥔헌데 그래.
보이 글쎄요. 몰라요.
만수 맘대루 해. 제길 헐(경식을 부축하며)가십시다. 중대장님-.
경식 그렇게 부르지 말래두 그래.
영호 집어치게. 못다 죽은 시시한 목숨끼리 중대장이구 나발이구.
만수 그렇지만 선임 하사관님, 역시 그렇게 부르던 때가 그리워.
경식 그렇지 숨지려던 조국의 생명을 불러일으킨 전우들-

하며 두 팔을 벌려 두 사람을 힘차게 껴안는다. 그 사품에 제멋대로 나가 떨어지는 두 개의 나무다리.
비틀거리는 경식- 만수가 지팡이를 집어주며

만수 중대장님, 오늘 밤 우리 실컷 외쳐봅시다.

경식 좋아. 그렇게 해서 이 갑갑한 마음이 풀릴 수 있다면야—

영호 경식이 얌전히 가자우. 얌전히.

경식 암. 인간은 얌전해야지. 그러나 이젠 틀렸어 모든 게—

영호 쓸데없는 소리—

그러면서 목이 터져라 하고 군가를 내지른다. 같이 핏대를 올리는 경식과 만수, 골목길엔 이들의 군가가 우렁차다. 아니 그건 인간의 비장한 통곡이다.

5. 다른 샛길

햴쏙한 소녀가 어둠을 안고 호젓이 걷고 있다. (명숙이다)

고민이 꽉 찬 모습이다. 명숙의 귀에는 그 요란한 군가 소리도 들리지 않는가 보다.

그러나 어느 순간 군가 소리를 의식하자 명숙은 총에 맞은 사람 마냥 우뚝 서 버린다.

이 길과 마주쳐 옆으로 늘어진 군가의 주인공들이 형태를 드러낸다.

마침 정면으로 달려드는 헤드라이트가 세 사람의 얼굴을 밝혀준다.

명숙은 '오빠' 하고 부를 뻔했으나 맥이 풀려 벽에 붙어 선다.

경식의 눈가에 이슬 같은 것이 비쳐 있기 때문이다. 달려 오던 차와 정면 충돌하는 줄 알았더니 벌써 경식을 차에 태우고 두 친구는 게걸대며 사라져간다.

경식을 태운 차가 방향을 바꾸느라고 머뭇거리는데 명숙이가 벌써 차 옆에 와 서 있다.

명숙 (운전수에게) 좀 열어주세요.

머엉해서 쳐다보던 운전수가 문을 연다.

6. 택시 안

차에 오른 명숙ー 말없이 경식이 옆에 앉는다. 그러나 경식은 구석지에 머리를 처박고 있는 그대로다. 사뭇 괴로운 듯ー. 이 이상한 분위기를 모르는 것은 차의 속력뿐이다.
한동안 별말이 없던 명숙. 살며시 손을 들어 경식의 어깨를 흔들며

명숙 나예요. 우리는 서로가 고민하지 않기로 하잖았어요?

놀란 듯 머리를 쳐들어 보더니 경식은 아무 말 없이 고개를 떨어뜨린다.
라디오에서 들려오는 관능적인 재즈ー.

명숙 왜 암 말도…… 미칠 만치 답답해요 지금 난.
경식 이 차엔 어떻게……
명숙 집으로 가던 길에 기다림에 지쳐서.

경식은 명숙의 손을 꼭 잡고 무언가를 말할 듯하더니 앞을 향하여

경식 에다 좀 세우시오.

명숙은 경식의 다음 행동을 재촉하듯 무섭게 쳐다본다.
경식은 말없이 일어서더니 천 환짜리 한 장을 시트에 놓으며

경식 숙이가 옆에 있으니까 더 못 견디겠어. 잘 가(명숙이가 앞을 막으며)
명숙 앉아요. 나두 못 견디요. 혼자가 되면.
경식 놔ー줘. 이 손 놔ー

혀를 깨물고 있는 것 같은 명숙이가 단념한 듯 열어놓은 문으로 쏜살같이 뛰어나간다.

경식 숙이!

하며 뒤를 따라 내리는 경식.

7. 거리

울분에 넘쳐 걸어오는 영호와 만수−

영호 만수, 이 사회가 차다고 실망해선 안 돼. 해볼 때까진 해보다 그래두 안 되면.
만수 하……싸움터에 나간선 천하의 용사였는데 요 모양 요 꼴이니……
하지만 사는 날까지 그저 건강하게 살아보자는 거지.
영호 그래두 안 되면 그땐 벗어던져야 해.
만수 벗어던지다니 뭘.
영호 양심이구, 윤리구, 관습이라는 덧 이빨같이 붙은 걸 헐값으로 팔아치우잔
말야.
만수 그래서 잘살 수 있다면야 팔아야지. 팔구 말구.
영호 양심을 팔아서 외상값 치르고 제길 지조는 팔아서 세단 차나 한대 살까?
하루 종일 빵빵거리고 다니게.
만수 거기다 똥통이나 싣고 온 장안을 휩쓴다. 하……
영호 역시 넌 멋쟁이야. 하……

8. 불빛 없는 지붕 밑 거리

아마 사고가 났나 보다. 사이렌을 울리며 달려가는 소리.
쓸쓸히 걸어가는 명숙과 경식. 서로가 무거운 침묵. 참을 수 없어 명숙이
가 와락 달려들어 나무다리를 마구 흔들며

명숙 말 좀 해요. 우리두 말 좀 해요. 내가 싫어진 건 아녜요?
경식 뭐?(노기가 차서)

명숙 노여워 말아요. 너무 답답해서 그런 소릴 했어요.

경식 (한참 만에) 한동안은 숙이든 나든 둘 중 하나가 죽어 없어지기를 바랬어.그랬으면 멋있는 추억이라도 남았지. 그런데 지금은 무섭게 살고 싶어졌어.

명숙 고마워요. 나도 살고파요. 오늘 밤이래두 우리 결혼해요. 물 떠놓고 하면 어때요. 내가 바라는 건 둘이 같이 있고 싶은 그것뿐이에요.

경식 (괴로운 듯 얼굴을 싸쥔다.)

명숙 주저할 게 뭐 있어요. 당사자인 내가 그러기를 바라는데….

경식 조금만 더 기다려줘.

명숙 뭐라고요? 차라리 나를 죽여주세요. 이를 악물고 제대하기를 기다렸어요. 그리구 또 이 년 그 미칠 것 같은 집 속에 앉아서……

경식 (미친 사람처럼 몸을 돌리고 숨이 차서 걸으며) 그만─ 그만─

명숙도 이젠 따라설 힘조차 없는 듯 멍하니 서서 바라만 보는 그 얼굴에 멀어져가며 외치는 경식의 말소리가 덮인다.

경식의 소리 나도 분수에 넘친 걸 바라는 건 아냐. 그러나 인간이 가질 수 있는 욕망의 백분지 일도 채워주지 못하는 이 따위 현실 앞에 굴복당하긴 싫어! 죽기보다도.

명숙의 부르튼 눈에 눈물이 왈칵 솟아 주르륵 흘러내린다.

9. 선방촌 입구

타박타박 힘없이 걸어가는 하나의 발이 있다. 송철호다 허탈한 사람 바로 그것이다.
뒤따라 합승이 굴러와서 영호를 내뱉아버리고 다시 굴러간다.
마주친 철호와 영호. 철호는 영호를 힐끗 볼 뿐 아무 말 없이 타박타박 걸어만 간다.
영호는 빙그레 웃으며 형의 뒷모습을 한참 바라보다 뒤따라 걷는다.

10. 송철호의 집 앞

판잣집이 성냥갑처럼 서 있다. 철호가 힘없이 자기 집 모퉁이를 돌 무렵 집 안에서
"가자" 하는 늙은 여인의 병적인 소리가 날카롭게 들린다. 철호가 주춤하며 발을 모은다. 또 한 번 "가자" 하는 소리.
철호는 멍하니 허공을 쳐다보고 섰는데 영호가 휘파람을 불며 모퉁이를 돌다가 철호를 보고 자기도 주춤 걸음을 멈춘다. 철호는 영호를 보자 모르는 체하고 집 안으로 들어간다. 이때 또 "가자" 하는 소리.
영호도 무엇인가 얻어맞은 사람처럼 멍하니 섰다가 힘없이 안으로 들어간다. -FO-

11. 교차로

골든아워. 교통신호에 따라 움직이는 자동차의 장사 열.
여기에 W해서 Staff Cast가 소개되면 한 대의 만원 전차가 털털거리고 와서 손님을 쏟아낸다.
그 속에 섞인 철호 피로한 다리를 이끌고 어느 빌딩 안으로 사라져 들어간다.

12. 김성국 계리사 사무실 안

출입구 유리창에 거꾸로 보이는 펜글씨. '計理士 金成國 事務所'
창문을 열어 젖히고 사동이 소제를 하고 있다. 철호가 들어선다.
사동은 힐끗 시계를 쳐다보고

사동 (비꼬듯) 송 선생님 오늘도 일착이시군요.

철호도 힐끗 시계를 쳐다보고 자기 자리에 가 앉는다.

사동은 콧노래를 해가며 총채질을 하다가

사동 먼지 나도 괜찮아요?
철호 ……
사동 이층 다방에라도 가계시다 오세요.

철호는 아무 말 없이 담배를 한 대 붙어 물다가 별안간 얼굴을 찌푸리며 손으로 볼을 움켜쥔다.

사동 (이것을 보고 알겠다는 듯) 아- 이가 또 수시는군요.
철호 ……
사동 오늘 월급 타시면 치과에 가세요. 만날 아파서 쩔쩔매시면서 치료는 안 하시고 어떻게 견디세요.
철호 (힘없이)응- 응-

잔뜩 찌푸리고 서글프게 담배 연기를 내뿜는다.

13. 철호의 집 앞 터전

어머니의 "가자" 소리. 여느 집 같으면 의젓한 마당이 되겠지만 이들에겐 울타리가 없기 때문에 이 집 뜨락이라고는 할 수 없는 데서 여섯 살짜리 혜옥이가 새끼줄을 늘여놓고 혼자서 고무줄넘기를 하고 있다. 민호가 팔다 남은 신문을 끼고 다가온다.

혜옥 꼬마 삼촌 많이 팔았어?

민호는 혜옥이 옆으로 와서 떠들지 말라고 손을 저으며 손바닥만 한 허풍성이 과자를 덥석 집어주고 부엌으로 뛰어 들어간다.
혜옥이는 신바람이 났다. 그러나 아까워서 조금씩 떼어 먹는다.

민호의 소리 아이 배고파− 빨리 밥 줘−.

영호의 소리 이 자식 누가 너더러 신문 팔아오랬어! 가라는 학교는 안 가고.

민호의 소리 아얏! 성은 나만 보면 괜히 야단이야.

영호의 소리 낼부터 당장 집어치워!

민호의 소리 힝!(울음이 터진다)

어머니의 소리 가자!

혜옥이도 울고 싶어진다. 그러나 혜옥이는 새끼줄 넘기로 참을 모양이다. 그런데 꼬마 삼촌이 신다 버린 큼직한 운동화가 작은 발의 비위를 맞춰줄 리가 없다.

이때 영호가 외출 준비를 하고 있다.

혜옥 삼촌 시내 가야?

영호 그래.

혜옥 삼촌 오늘 돈 많이 벌어가지고 와−

영호 응−

혜옥 그럼 이쁜 신발 사갖고 오지−

영호 그럼!

혜옥 정말?

영호 그럼! 내일은 틀림없이 사다 줄게.

혜옥 에잉 싫어……

이때 또 안에서 "가자!" 하는 소리. 눈을 꼭 감고 쫓기듯 달아는 영호.

14. 다방 유정 안

현대 여성을 가장 대표한 것 같은 미리가 화장 케이스를 벌여놓고 제 얼굴의 단점을 감추느라고 법석인데 명숙이가 맥없이 들어선다. 시선이 서로 마주치자

미리 어머나 이게 누구야.

명숙 오랜만이야. 미리―

미리 웬일야. 다방에 다 나오고? 앉아 얘.

명숙 응……

미리 반갑다 얘. 학교 때 보고 첨 보는 것 같구나! 애도 어쩜 집구석에만 박혀 있니? 참 너 뭐 들래?

명숙 먹고 싶지가 않아.

미리 그래두 자릿값은 해야잖애! 레지. 여기 애플 하나……

1초 동안에 백 마디쯤 늘어놓는 미리의 수다에 비하여 너무 가라앉은 명숙의 모습은 침착하다기보다 처량해 보인다.

미리 그래 넌 시집 안 가니? 그새 얼굴이 못됐구나. 어디 아펐었어?

명숙 아니. 그래 영화사 재미가 어때?

미리 그렇지 뭐. 좀 화려하다 할까. (시계를 보더니) 어마― 어떡하지. 오랜만에 만났는데 촬영할 시간이 돼서.

명숙 괜찮어. 어서 가봐.

그러면서 콤펙트로 얼굴 전면을 미친 듯 두드린다.

미리 웬일일까? 차를 보낸다고 했는데…… 병신들―

레지가 애플을 갖다 놓는다.

미리 들어 얘.

명숙 응. 사실은 너를 만나볼까 하고 나왔어.

미리 그래? …… 뭔데?

명숙 …… 나 취직 좀 시켜줘 너의 영화사에.

미리 어머나 웬. 배우 되기가 그렇게 쉬운 줄 아니?

아이구 그 경로를 말하자면……

명숙 배우를 시켜달라는 건 아냐! 그저 뭐든지 좋아. 아무거라두……

이때 밖에서 들려오는 클랙슨 소리

미리 어마- 차가 왔나 봐! 안됐다 얘. 내 한번 알아볼게…… 또 만나-
하며 부리나케 일어서는 미리.

15. 다방 유정 앞

미리가 까불까불 나와서 둘러보니 자기를 기다리는 차는 없다.
저쪽에서 영호가 오다가 미리를 보고 다가서며

영호 여- 미스고 오랜만인데.
미리 어머나-(영호의 위아래를 훑어보고 야멸차게) 난 또 누구신가 했죠.
영호 봐야 뻔하지. 무직자 송영호- 허…… 옷이 날개란 말 있잖어. 어때 이만
함 일자리 하나 구해질까?
미리 (차를 찾느라고 두리번거리며)글쎄요? 제가 채용할 사람이 아니니까?
영호 한번 채용해보시지. 애인 같은 걸루.
미리 어머나.
영호 하. 차나 한잔할까?
미리 촬영 가는 길이에요.
영호 어때? 신인 여배우가 되신 소감?
미리 아이 미워.

차를 세우며.

미리 또 만나요.(차에 올라앉더니 얼굴을 내밀며) 참 명숙이가 다방에 앉아 있
어요.

영호 명숙이가……

16. 다방 안

창밖을 넋 없이 내다보고 있는 명숙. 영호가 다가와 앉는다.

영호 네가 웬일이냐 여기?

힐끗 오빠를 쳐다볼 뿐 대답이 없는 명숙

영호 너두 답답해서 나와 다니겠지만 요즘 외출이 너무 잦은 것 같다.
명숙 ……
영호 나와 다녔자 별로 시원할 것도 없지. 방구석이나 거리나……
명숙 겨우 오빠 입에서는 그런 말밖에 안 나오세요?
영호 ……
명숙 ……
영호 요즘 경식인 자주 만나니?

명숙은 대답 대신 맥없이 고개를 저을 뿐.

영호 왜?
명숙 연애도 귀찮아졌어요. 인젠…
영호 미안하다. 그토록 고생을 시켜서……
명숙 오빠 어떻게 하면, 미칠 수가 있을까요?

그 말에 뻥 얻어맞은 것 같은 영호. 명숙은 자리를 차고 그냥 뛰어나간다. 울음을 무섭게 깨물면서…… 영호의 얼굴엔 차디찬 냉기가 자꾸만 얼어붙는다.

17. 계리사 사무실 안

철호가 열심히 서류를 만지고 있다. 계리사 김성국의 자리는 비어 있는 듯하다. 여 사무원 미스 최는 시계를 쳐다보고 연신 콤팩트와 씨름을 하며 힐끗힐끗 철호를 보다가

미스최 육실하게 시간도 안 가지(철호를 보고) 송 선생님 좀 쉬었다 하시죠. 뭐 나 혼자만 사보타지 하는 것 같아서……
철호 (여전히 서류만 정리하며)감사합니다.
미스최 우리 같은 싸라기가 뭐 저렇게 자리가 벼 있을 때 한번 쉬어보자는 거죠.

하며 턱으로 계리사 자리를 가리킨다. 이때 복도에서 발소리가 뚜벅뚜벅 나자 미스 최는 콤팩트를 얼른 책상 서랍에 넣고 재빠르게 타자기를 두두린다.이윽고 문이 열리며 계리사 김성국이 들어온다. 미스 최는 그를 보고 가볍게 목례.
철호는 사무에만 열중이다. 이때 "뚜ー" 하고 정오의 사이렌이 울리자 미스 최는 재빠르게 타자를 중지하고 콤팩트를 꺼내 두드리기 시작한다.
김성국 좌중을 돌아보고 나서

성국 (철호에게) 미스터 송! 오늘은 내가 점심 살 테니 동행하시겠소?
철호 네. 저…… 감사합니다만 치통 때문에……
성국 번번이 사양만 하시지. 거 치통이 대단하신가 본데…… 시원히 뽑아버리시잖구……
철호 네! 네.(옆에 있는 사동에게) 얘ー 보리차 한 잔 가저온.
성국 (일어서 나가며) 또 나 혼자 간다? 미스 최, 같이 안 나갈라우?

하기가 무섭게 따라 일어서며

미스최 감사합니다.

둘이 나가자 사동이 차를 가지고 철호 앞에 놓으며

사동 송선생님 월급 타셨으니 치과에 나갔다 오시죠.

철호는 힐끗 사동을 보고선 차만 맛있게 마신다.

18. 은행지점 앞

영호가 은행 주위를 살피며 정문에 와서 드나드는 손님을 유심히 보고 안으로 들어간다.

19. 동 은행 안

영호가 들어와서 한쪽 구석에 앉아 일일이 동정을 살핀다.

20. 어느 공원 안

도박용 사격장이다. 탕! 탕! 탕! 탕! 총소리와 함께 과녁 한복판에 마구 들여 박히는 납덩이 납덩이― "와!" 하는 환성.
명숙이도 구경꾼 속에 섞여 "와―" 하고 환성을 지르며 시시덕거린다.
마치 자기 애인의 명중을 찬양하는 여인처럼……
그러나 그렇게 해봐도 시원치 않은가 보다. 금시 시무룩해서 다른 데로 걸음을 옮긴다.

21. 분수가

통쾌하게 터져 나가는 물줄기― 그 옆에 명숙이가 소곳이 서 있다.
커―브진 상록수 사잇길로 위리쓰(소형 가정용 화물차)한 대가 돌아 나와 명숙이를 지나쳐 오더니 다시 뒷걸음질 쳐 명숙의 옆에 차를 세워놓고

운전수 미스 송! 미스 송!

명숙이가 돌아본다.

운전수 나 모르겠어. 경희 오빠야―
명숙 아―네―

차창 앞으로 다가서는 명숙

운전수 이런 걸 보면 내 눈이 아주 정확하거든―
명숙 참 그렇군요. 경흰 학교 잘 다녀요?
운전수 응 자긴 내년에 여학사가 된다고 뻐기지만…… 그 덕에 난 이 꼴이야―
명숙 어때요. 난 운전하는 오빠를 못 가진 게 한인데요.
운전수 비행기 태우지 마―
명숙 정말이에요.
운전수 그런데 말이야. 이런 장소에 여자가 혼자 가서 있는 건 보기에두 좋잖아. 꼭 짝을 구하러 나온 인상을 준단 말야.
명숙 애인 하나쯤 구해지면 나쁠 것두 없죠. 호……

몹시 과장해서 웃어 젖히는 명숙.

운전수 보통이 아닌데. 정말 혼자 나왔어?
명숙 정말이에요. 고독하고 나하고 단둘이 나왔어요.
운전수 어때 우리 드라이브나 할까?
명숙 바쁘잖으세요?
운전수 내 인생의 반은 드라이브야.

명숙 까불대며 차에 오른다.

22. 차 안

운전대 앞에 나란히 앉은 명숙-

명숙 있는 속력 다 내서 달리세요.
운전수 (싱글거리며) 현대 여성은 다 스피드를 좋아한단 말야.
명숙 특히 난 이십일 세예요.

운전수는 살렘을 한 대 느긋하게 붙여 문다.

운전수 금년 여름 피서는 어디로 가시지?
명숙 글쎄. 아직 갈지 어떨지 모르겠어요.
운전수 그런 점엔 상당히 느리군! 적어두 현대 여성은 육 개월분의 스케줄쯤은 구상해둬야지.
명숙 가지고 있음 뭘해요. 그런 건 모두 공허한 얘기에 지나지 않아요. 이상적인 것은 꿈도 신화도 없는 생활 자체예요.
운전수 허- 허- 그럼 미스 송은 꿈을 갖고 싶지는 않은가 보군.
명숙 필요 없어요.
운전수 그래도 무언가를 원하고 있을 테지.
명숙 물론이죠.
운전수 그 원하는 것이 뭔데?
명숙 망각! 죄다 잊어버리는 것-

23. 어느 빌딩 앞

퇴근 사이렌이 길게 운다. 모 회사의 통근차가 사원들을 싣고 부리나케 내뺀다.
잠시 후 현관으로 탁 풀어진 철호가 한 손으로 볼을 싸쥐고 타박타박 걸어나온다.

24. 거리

철호가 천천히 걸어온다. 그는 오다가 어떤 간판 앞에 발을 멈추고서 멍하니 간판을 쳐다본다. 간판은 00 치과.
철호는 한참 생각하다 간판이 붙은 집으로 들어가다 다시 돌아선다. 그는 주머니에서 월급봉투를 꺼내보고 깊숙이 넣고 되돌아서 걷는다.

25. 남대문 시장 안

신발 가게 수많은 신의 나열. 철호가 딸 혜옥의 신을 요것저것 고르고 있다.

점원 (다가오며)하나 잘 해서 들여가십시오. 어느 걸로 고르시죠?

철호는 그 소리에 그중 아무거나 하나를 집어 들고

철호 이거 얼마유!
점원 그겁쇼. 에- 삼백 환만 줍쇼.

철호는 얼른 신을 놓고

철호 글쎄 값만 불어봤으니 담에 오리다.

하고 간다.

점원 아 잘해서 들여가세요.

26. 철호의 집 근처

산비탈을 도려내고 무질서하게 주워 붙인 판잣집들.

그 속을 헤엄쳐 나오는 철호.

27. 철호의 집 부엌 안

철호가 막 부엌문을 열고 들어서자 "가자" 하는 소리.
철호가 동시에 그 자리에 우뚝 선다.
그는 고개를 숙여 한숨을 한 번 내쉬고 방문을 연다.

28. 동 방안

해골 같은 철호의 어머니가 솜 누더기를 덮고 벽을 향해 누워 있다.
철호가 들어와서 어머니를 물끄러미 보고 섰다가 윗방으로 가서 벽에 힘
없이 기대어 앉는다. 반듯이 누워 있던 혜옥이가 발딱 일어나 구석에 앉아
있는 어머니에게

혜옥 엄마! 아빠 왔어!

하자 철호의 아내가 만삭이 되어서 바가지를 엎어놓은 것 같은 배를 안고
부스스 일어선다. 철호가 주머니에서 월급 봉투를 꺼내 불쑥 내민다.
아내는 몽유병 환자처럼 받아서 담요 바지 주머니에 넣으며 부엌으로 나
간다. 혜옥이가 철호 옆으로 앉으며

혜옥 아빠 !

철호는 얼굴을 돌려 웃어 보이려는 게 반대로 흉하게 일그러진다.

혜옥 나아 큰 삼촌이 나일롱 치마 사준댔다.
철호 응!
혜옥 그리고 구두도 사준댔다.

철호 응!

혜옥 그럼 나 엄마하구 꼬마 삼촌하구 화신 구경 간다.

대답 대신 철호가 억지로 웃어 보이는데 어머니의 "가자!" 하는 소리.
철호는 눈을 꼭 감는다. 그리고 주먹을 힘차게 쥐면서 입술을 꼭 깨문다.

29. 어느 술집 안

깔끔한 빈대떡 집이다. 영호, 곽 하사, 경식, 만수가 모여서 술을 마시고
있다. 이들은 벌써 취기가 오른 모양이다.

영호 그러니 우리들도 허수아비를 무서워할 줄 모르는 까마귀만 한 용기라도 있
어야 한다는 걸세!

만수 아니 자네가 늘 말하는 고놈의 까마귀만 한 용기란 도대체 뭐란 말인가?

영호 (빙그레 웃으며) 흥! 그것 말이야. 이것 봐! 허수아비는 참새들에게는 제법
공갈이 되지만 까마귀쯤만 되면 벌써 무서워하지 않는단 말이야!

경식 (가로채서)아니지. 무서워하기는커녕 그놈의 상투 끝에 탱 올라앉아서 썩
은 흙을 쑤시던 더러운 주둥이를 쑥쑥 문질러도 별일이 없단 말야.

하자 동 웃는다.

진원 (곽 하사 웃다가)형! 형님. 이게 제일 적합하군요. 저- 전 형님이 시키는
일이라면 뭐든지 할래요. 괜히 하룻강아지 범 무서운 줄 모르고 호랑이 아가리
에 들어가는 것보다 사냥개처럼 쥔이 시키는 대로 졸졸 따라다니는 게 영리하지
않겠어요.

영호 하하하…… 허긴 그 말도 옳아!
(일동을 보고) 자1 술 마시게!

제각기 술을 마신다.

만수 (진원에게 잔을 주며) 진원이 자넨 너무 약아! 너무 약삭 빠르단 말야!

진원 전 여러 형님들만 믿을 테니깐요. 저— 영호 형님의 사회 경험담을 한번 들어봤으면!

영호는 자기 앞에 놓인 잔을 단숨에 마시고 진원에게 잔을 권하며

영호 경험담?…… 들려주지! 경험담이라기엔 너무 쓸쓸해. 얼큰한 김에 부르는 패배의 노래라고나 할까?

진원 제게 충고가 될 만한 얘긴 죄다 하셔야죠.

영호 제대해서 이 년. 삽살개처럼 안 돌아다닌 곳이 없었겠나. …… 하이틴에서 남은 기백과 군대에서 세련된 용맹. 이 두 가지를 믿고 용감무쌍하게 곰을 잡으러 사회에 첫 스타트를 했단 말이다. 하지만 곰같이 힘이 센 놈하고 맞겨누기에 너무도 자신이 불쌍해서 눈물을 머금고 돌아왔지.

진원 그래서요?

여기서부터 얘기하는 영호의 얼굴에 W해서
* 어느 신문사 앞에 운집한 군중
* 취직 합격자 발표 일람표
* 신문사 게시판 앞에 모여선 군중
* 도로 보수공사 현장
* 동대문 시장 안에 들끓는 상인들

영호 다음은 곰보다는 멧돼지쯤이야 하고 나갔으나 역시 힘이 모자라더군. 노루하고 겨누기엔 자식이 너무 날쌔단 말야. 어디 나에게 나는 재주라도 있었더라면 허다못해 꿩쯤은 잡았을 게 아닌가? 그래서 있는 꾀를 다 짜봤지! 옳지 토끼다 토끼! 그 흔해빠진 토끼 고놈쯤은 꽤 때려잡음직해서 나가봤더니 토끼보다도 사냥꾼이 더 많더군그래.

그림은 여기까지 W하고

진원 하하하…… 현대 아라비안나이트군요.

영호 고게 고 쪼그만 한 토끼마한 놈이 이십세기의 맘모스란 말야. 하하하……

진원 자- 그럼 우리들의 앞날에 축복이 있기를 빌며……

하고 잔을 들자 제각기 잔을 들어서 합친다.

30. 어느 골목길

영호와 경식이가 나란히 걸어온다. 서로가 심각한 표정이다.

영호 너 우리 명숙이 얘기만 나오면 말끝을 흐려버리니 어떻게 된 영문이지?

경식 (한참만에) 암말도 말자우.

영호 ……너도 고민하는 줄은 알아- 아무튼 버리진 말아줘. 불쌍한 애야.

경식 서로가 깨끗한 사이였으니까 버린다는 것보다 명숙이가 날 버렸으면 하는 심정이야.

영호 너 왜 그래? 명숙인 자네가 부상을 입었기 때문에 더 한층 사랑이 간다는 거야.

경식 나 역시 숙이란 존재가 없었다면 살아갈 희망이 전혀 없었을 거야.

영호 그런데 왜 질질 끌어?

경식 영호! 난, 난 뭐 엄청난 것을 꿈꾸는 것은 아냐. 최소한도의 극히 보잘것없는 꿈이나마 숙이와 나 사이 유지하고 싶단 말야. 그러나 그것마저 실현시킬 수 없어 고민하는 이 반쪽의 인간- 이런 상태에서 식구가 하나 늘어봐
그건 서로가 서로를 원망하고 묶어놓는 것밖에- 너 형의 어깨를 못 보니?
축 늘어졌지- 너도 너의 형수도 모두가 천근 되는 짐짝이야. 짐짝! 인간이 짐짝 구실밖에 못 하게 된 오늘 난 그런 짐짝 같은 인간으로 살기는 죽기보다 싫단 말이다.

영호도 가슴이 무겁고 답답한가 보다. 덩달아 통행금지 사이렌이 환가처럼 꼬리를 문다.

31. 해방촌 입구

통행금지 사이렌 소리가 사라져간다. 거리는 몹시 한산한데 가끔 몇 대의 지프차들이 지랄치듯 홱!홱! 가로등도 없는 전주 옆에 철호의 아내가 다소곳이 서 있다. 그리로 영호가 쿵쿵거리며 다가온다.

영호 아니 아주머니 왜 여긴 나와 계세요?

아내 누이가 여태 안 들어오는군요.

영호 명숙이가요?

아내 이렇게 늦는 일이 없었어요.

영호 영 안 들어오려나 보죠. 가십시다. 아주머니.

아내 요새 며칠 동안 누이가 통 잠을 못 자더니……

그들은 서로가 말할 수 없는 아픔을 씹어가면서…… 언덕바지를 터벅터벅 걸어 올라간다.

─ FO─

32. 해방촌 입구

가랑비가 자욱이 내린다. 민호가 무릎까지 걷어붙이고 뛰어오다가 신문이 자꾸 젖는 통에 할 수 없이 처마 밑으로 들어서서 상의를 훌렁 벗더니 그걸로 신문 뭉치를 싸서 끼고 달리다가 출근 나가는 형을 보고 얼른 골목으로 사라진다. 철호도 이 광경을 못 보았을 리가 없다. 얼굴 근육이 바르르 떨린다.

33. 건널목

비가 멎었다. 영호가 건널목으로 임박하자 벨이 울리며 차단기가 내려진다.

짜증을 내며 담배를 붙여 물고 후- 내뿜는 영호. 맞은편 차단기 앞에서 여대생 타입의 여인이 자기를 유심히 바라보더니 새므특 웃는다. 얼떨떨해서 마주 바라보는 영호.

자기의 미소를 확대시켜 보이는 그녀.

영호 애!(속 소리로)

영호가 설희를 알아 본 찰나- 꽥! 소리를 지르며 들이 닥치는 급행열차.
뒤이어 차단기가 올라가고 행인들이 우르르 몰리는 속에서

영호 이렇게 쉽게 만날 줄은 몰랐어.

설희 호호호. 남들이 들으면 오해하겠어요! 그렇게 숨 가쁜 발음은 그리워하던 사람끼리 만났을 때 잘 쓰는 악센트예요. 호호······

영호 하······

설희 용케 살았군요.

영호 악착같이 살았지-

설희 어떻게 난 줄 알았어요?

영호 방긋이 웃을 때-.

설희 그랬어요? 그렇다면 웃지 않을 걸 그랬어-

영호 왜?

설희 웃어야만 겨우 알아보니 약간 약이 오를 일이 아녜요.

영호 하······ 어디 들어가 차나 같이 나누지.

설희 이 꼴 하고 어딜 들어가요? 목간하고 오는 길인데 가면서 얘기해요.

그들은 나란히 걸으면서

설희 나두 첨엔 긴가민가했어요. 그래서 이내 기억의 주머니를 털어봤더니 거기에 환영처럼 들어 있었어요.

영호 어떤 인상으로.

설희 모나리자여- 안녕 하던 젊은 상사의 얼굴로-.

영호 하…… 내가 정말 그랬었나-.

그들 옆으로 경찰 백차가 앵- 하고 스쳐간다.
그들은 웃어가면서 큰 건물 안으로 사라져 들어간다.

34. 아파트의 계단의 복도

나란히 걸어들어 오는 설희와 영호. 계단으로 오르면서

설희 내 방은 사층 꼭대기예요.

영호 높직한 데서 사는군.

설희 거기엔 상당한 이유가 있다나요.

영호 무슨?

설희 (멈춰 서서) 우리 이 계단을 누가 먼저 뛰어 올라가나 내기 할까요?

영호 꼭 어린애 같군.

설희 재밌잖아요?

영호 오케- 내기했어. 그런데 조건이 있어!

설희 뭔데?

영호 삼층쯤 먼저 올라가 있어! 그래야 승부가 비슷할 거야.

설희 그럴 줄 알았어요. 그것보다 더 좋은 방법이 있는 줄 몰랐어요.

명호 : 뭐 게?

설희 목간 그릇을 영호에게 떠맡기며

설희 그걸 안고 남자란 특권을 행세해보세요.

영호 하……

설희 호…… 자- 시작!

그들은 키득키득거리며 뛰어 올라가다가 얼마쯤 가서 설희가 영호에게 매 달리며

설희 아이 고만해요. 숨 가빠 죽겠어요.

그들은 마주 쳐다보며 까르륵 웃어댄다. 천천히 걸어 올라가면서

설희 백스물다섯 개나 되는 이놈의 계단을 매일 몇 번씩 오르내릴라면 짜증이 나서 화풀이 삼아 뛰어본 거예요. 호……
영호 그러면서 왜 이런 데서 살아?
설희 높직한 데서 나두 좀 내려다보면서 살아볼까 하구.
영호 재밌군!
설희 재밌죠?

계단을 다 올라 복도에 접어들자 설희가 입술에다 손가락을 갖다 대며 쉬─ 한다. 그들이 지나갈 복도 한 모서리에 하얗게 늙은 아파트지기 영감 이 졸고 있다.

영호 누구야?
설희 천국의 문지기─
영호 정말 천국 갈 만큼 늙었군.

그냥 졸고 있는 영감 손엔 방 열쇠들이 꼭 쥐어져 있다.

35. 설희의 방

들어서는 설희와 영호.

설희 나 사는 꼴이 이래요.

영호 궁전 같군−.

설희 어마−(의자를 가리키며)플리즈−

설희는 경대 앞에 앉아서 머리를 빗기 시작한다.

설희 뭘 그렇게 눈독을 들이세요?

영호 사진!

군복을 입고 새므룩 웃고 있는 설희의 사진들.

설희의 소리 인간의 기억이란 묘한 거예요. 단 몇 초 동안에 스쳐간 얼굴들을 서로가 기억하다니……

영호가 자리에 와 앉으며

영호 그때 오 소위가 근무하던 야전병원에서 내가 이틀을 묵었었나?

설희 내가 오라는 걸 어떻게 아셨어요?

영호 후방 병원에 와서−.

설희 왜 알려고 하셨어요?

영호 아슴프레 웃어주시던 그 미소가 귀여워서−

설희 그래서 모나리자여 안녕, 하셨어요.

영호 인제 생각이 나는군, 설희!

설희 (웃으며) 만의 이름을 함부로 도적질 마세요.

영호 흥. 흥……(웃으며) 잠시 본 설희의 환상을 놓고 우리 환자들 간에 얘기들이 많았었지. 그 미소는 우리들의 영원한 꿈이라구?

설희 커피 드시겠어요?

영호 노땡큐− 가족들은?

설희 아무도…… 지금 학교 나가세요?

영호 나도 이름을 불러줘. 송이야!

설희 송?

영호 중퇴했어! 설흰?

설희 삼학년!

영호 부럽군. 아무도 없다면 학비는?

설희 아르바이트…… 하루의 네 시간은 지하실 생활…… 바예요.

영호 고되지?

설희 즐거워요.

그러면서 그 이상한 웃음을 짓는 설희 −.
영호는 한동안 그 미소에서 시선을 돌리지 못한다.

36. 다방 유정 안

미리가 비 고깔을 벗어 넘기며 들어와서 마담에게

미리 영호 씨 아직 안 나왔어요?

마담 아직.

미리 (핸드백에서 쪽지를 꺼내 내밀며)나오시거든 꼭 좀 전해주세요.

하며 한들거리며 나간다.

37. 계리사 사무실 안

전화벨이 울린다.

사동 (수화기를 들고)네. 네…… 네. 누구세요? 네 잠깐 기다리세요.

하고 철호에게 수화기를 내밀며

사동 선생님 전홥니다.

철호가 의아해서 수화기를 받는데

사동 경찰서예요.
철호 뭐 경찰서?

하는 철호의 얼굴이 몹시 긴장한다. 그는 조심성 있게 수화기를 들고

철호 송철홉니다. 네. 네 누구요? 명숙이요? 네 제 누이동생인데요.
네 곧 가겠습니다.

수화기를 놓는 철호의 손이 가느다랗게 떨린다.

성국 (이걸 보고)무슨 일이요? 동생이 교통사고라도……
철호 네? 네- 잠깐만 다녀오겠습니다.

하고 나간다.

38. 경찰서 보안계 안

철호가 보안계 형사 앞에 얼굴을 들지 못하고 앉아 있다.

형사 당신의 성품이나 당신의 직장 등 여러 가지로 참작해서 경찰서에서는 이번
한 번만 선처할 테니 송 선생님이 잘 선도해서 다시는 밤거리에 나서지 않도록
하십시오.
철호 ……
형사 자. 그럼 이 시말서에 서명 날인하시고 본인을 데리고 가십시오.

철호가 무기력하게 서명을 하자 안으로 통한 문으로 정복 순경이 명숙을 물끄러미 바라본다. 명숙도 머리를 숙이고 아무 말이 없다.
철호가 일어서서 형사 앞에 공손히 절을 하며 모기만 한 소리로

철호 폐를 많이 끼쳤습니다.
형사 그럼 잘 부탁합니다.

철호가 명숙을 힐끗 보고 앞서 나가자 명숙도 아무 말 없이 뒤따라 나간다.

39. 경찰서 앞

철호의 뒤를 따라 명숙이 나온다.

40. 빌딩 앞 거리

철호가 걸어와 자기 사무실로 들어간다.
뒤따라오던 명숙은 모르는 사람처럼 자기 갈 길을 허전하게 걸어갈 뿐이다.

41. 다방 유정 안

진원이 앉아서 누굴 기다리고 있는 듯- 이때 영호가 들어온다.

마담 (영호를 보고) 미스터 송!(봉투를 꺼내 밀며)러브 레타!
영호 (빙그레 웃으며) 이렇게 막 놀리시기유.

받은 봉투를 힐끗 보고 진원이가 앉아 있는 자리로 온다.

진원 오늘은 늦으셨는데요?

영호 음! 오랜만에 동창을 만나서 끌려가 한잔했지.

하며 미리의 편지를 꺼내 읽는다. 영호는 벙글벙글 웃는다.

진원 (이걸 보고) 퍽 재미있는 뉴-슨가 본데요.

영호는 읽고 나서 주머니에 넣으며

영호 좋은 일자리가 생겼다는데 뭘까?
진원 여! 멋있다. 형님은 핸섬하니까 배우가 되는 게 아뉴?
영호 에끼 이 사람아! 자네까지 날 놀리기야! 참 지금 몇 시지?
진원 (시계를 보며) 세 시 십 분 전.
영호 그럼 나가보고 올게.

진원은 나가는 영호를 선망의 눈초리로 바라본다.

42. HPL 프로덕션 사무실

벽에 영화 〈녹슨 파편〉 촬영 예정표가 너저분하게 붙어 있는 사무실.
종업원 서넛이 모여 있다.

미리 (초조해서 왔다 갔다 하다가 소파에 앉으며) 올 시간이 됐는데 뭘하고 있을까?
조감독님 미안해요. 오래 기다리게 해서-
조감독 난 괜찮지만 오늘 미스 고의 랑데브 스케줄이 틀어지는 것 아니야?
미리 아이 싫어요. 내 동창 오빤데요.

이때 노크 소리.

A 네

문이 열리며 영호가 들어선다.

미리 (뛰어가 맞아들이며) 왜 이렇게 늦었어요? 얼마나 기다렸다고……
우선 좀 앉으세요. 일로!

조감독들의 시선이 영호에게 몰려왔다가 귓속말로 옮겨간다. 그때까지 조
감독들의 눈치만 살피고 있던 미리가 안도의 숨을 돌리며

미리 조감독님! 이분이 바로 ……(영호에게) 인사하죠.
영호 송영홉니다.
조감독 민현근입니다. 미리 씨로부터 말씀은 많이 들었죠.
영호 ……? ……
조감독 그래 영화에 한번 출연해보실까요?
영호 영화예요?
미리 다른 게 아니구요. 이번 우리 회사에서(각본을 내밀며) 이걸 보세요.
조감독 이 작품의 주인공을 물색하던 차에 마침 미리 씨가 추천하는 분이기에
벌써 반 결정은 된 셈입니다.
미리 여기의 주인공이 바루 상이군인인데 성격이나 용모가 미스터 송하고 꼭 같
을 뿐더러…… 더구나 상처까지……

순간 영호의 얼굴에 이상한 기미가 싹 스쳐간다.

조감독 참 기쁩니다. 극 중 인물 그대로의 송 선생을 만나게 되어서……
미리 이러구 보니까 서로가 운이 좋았군요.
영호 그렇게까지 격찬해주시니 감개무량합니다.
조감독 원 무슨 말씀을…… 그런데 옆구리에 관통상을 입으셨다죠?
영호 네. 두어 군데 되죠.
조감독 바로 그겁니다. 바루 이 영화의 내용인즉 주인공이 옆구리에 관통상을
입고 병원에 입원합니다. 군의관 측에선 환자를 단념했습니다만 한 간호 장교의

성의가, 아니 정신력이……

영호 (각본을 들고 벌떡 일어서며) 바로 이 책 안에 그런 것이 써 있단 말입니까?

조감독 네 바루 그게……

영호 (각본을 휙 집어 던지며) 내용을 뜯어고치시우. 눈깔도 없고 코도 없고 다리도 없는 놈으로 고치란 말야! 그러면 장사가 더 잘될 게 아냐─ 결국 너희들이 필요한 건 내가 아니구 내 옆구리의 섞은 상처란 말이지? 그걸 날더러 팔라구? 안 팔아! 못 팔겠어!

그러면서 분에 못 이겨 확 뛰어나간다.

43. 동 입구

영호가 뛰어나와 출입문 한쪽을 정신없이 민다. 털커덕거릴 뿐 열리지 않는다. 참을 수 없어 주먹으로 쳐버리는 영호. 유리가 와락 깨져 내린다. 피가 줄줄 흐르는 영호의 주먹─ 그때 한쪽 문을 열고 들어오는 손님. 영호를 힐끗힐끗 돌아보며 가버린다. (영호가 쳐버린 문은 닫혀 진 문이었다.)

44. 다방 유정 안

진원이 앞에 붕대를 감은 영호가 와 앉는다.

진원 (그것을 누치 못 채고) 어떻게 됐어요. 가신 결과……

영호가 대답 없이 붕대 감은 손으로 담뱃불을 붙이자

진원 아니 왜 그러세요 손은?

영호 굴러 들어오는 복을 천 조각 만 조각 깨버렸지! 행복을 부숴버린 주먹─

진원도 짐작된다는 듯 괜히 울분하며

진원 트릿한 자식들은 모조리 갈겨버려야죠. 정말 아니꼬운 게 많아서 미치겠어!

영호 야! 너. 내개 시키는 일은 뭐든지 한다고 했지?

진원 그럼요.

영호 운전 자신 있지?

진원 오육십 마일쯤은 눈감고 해내죠.

영호 그럼 돈 좀 쓰게 해줄까?

진원 아니 그럼 취직되신 거예요. 어떻게 되신 거예요.

영호 반은 된 셈이지.

진원 아이 그러시고도 형님은 시치밀 뚝 갈기시지. 난 운전 같은 건 싫어요. 영화계에 나가고 싶어요.

영호 (이상야릇한 웃음을 지으며) 연극 자신 있어?

진원 약간 소질이 있죠. 중·고등학교 때 쭉 연극부장을 지냈거든요.

영호 그럼 됐어! 그 대신 내일 하루만은 나의 운전수가 되는 거야.

진원 네−.

영호 그렇게 알고 있어. 나 좀 어디 다녀올 테니 요전 그 술집으로 모두들 끌고 와! 절름발이, 외팔이 다들 데리구 오란 말야. 시시한 놈들…… 하지만 착한 놈들이지! 그놈들마저 없었드람 정말 외로워서 어쩔 뻔했어.

그러면서 일어서 나간다.

진원 다녀오세요.

진원은 몹시 기쁜가 보다.

45. 은행지점 앞

영호가 버릇같이 주위를 살피며 안으로 들어가려는데 마침 정문의 셔터가 내리기 시작한다. 그것을 본 영호는 재빠르게 안으로 들어간다.

46. 동 안

네 시 삼 분 전을 가리키는 시계가 인상적이다.
영호가 힐끗 시계를 보고 주위를 살핀다. 손님은 한두 사람뿐 사무를 정리하는 행원들. 영호는 일부러 사람을 찾는 듯 기웃기웃하다가 옆문(시간 후 통용문) 쪽으로
나가며 혼자말로

영호 아니 이 친구가 어느 은행으로 갔어?

- O L -

47. 교차로

한 대의 전차가 와서 신호를 기다린다. 철호가 창가에서 멍하니 내다보고 섰다. 바로 그 앞에 지프차가 한 대가 와 선다. 핸들을 쥔 미군 바로 옆자리에 색안경을 쓴 명숙이가 껌을 씹으며 다리를 겹치고 앉아 있다. 허리를 넌지시 끌어안고 미군이 뭐라고 속삭이고 있다. 명숙은 앞만 본 채 고개를 까딱거리며 대답 대신을 한다. 이것을 본 철호가 눈을 꼭 감는다. 철호의 옆에 있는 청년들이 명숙을 보고

청년A 그래도 멋은 부렸는데 색안경까지 걸치고!
청년B 장사치곤 고급이지. 밑천 안 들이구!
청년A 저것두 시집을 갈까?
청년B 시침 뿍 갈면 대학생인지 오피스 걸인지 알게 뭐야!
청년AB 하하하……

둘은 웃는다. 철호는 그 소리를 듣다 못해 전차 안으로 비집고 들어간다.

48. 전차의 어느 창

철호가 있던 반대편이다. 철호가 사람 틈을 비집고 나와 선다. 그는 멍하니 허공을 쳐다보는 눈에 한 줄기 눈물이 주르륵 흐른다. 이때 벨이 때르릉하고 운다.

49. 거리

경식의 나무다리가 땅을 토닥거리며 가는데 영호가 저만치 마주쳐 온다.

경식 영호!
영호 만나고 싶던 차에 잘됐다. 따라와!

그러면서 먼저 앞서서 가는 폼이 이상하게 쌀쌀하다.

50. 술집 안

부글부글 끓어나는 주장의 정경. 한쪽 구석에 자리 잡은 경식과 영호는 말 없이 술만 들이켜는 것이 싸늘한 공기까지 든다.

경식 (영 거북했는지) 이상한데.
영호 (거들떠보지도 않으며) 뭐가?
경식 솔직히 말하게. 내가 기분 나쁘게 군 일이 있거든. 그렇다고 마주 앉아서 말까지 안 할 거야 없잖어.
영호 술이나 들어!
경식 (잔을 딱 거절하며) 말해봐! 듣지 않곤 못 들겠어.
영호 말이지. 참 난 널 숭배했어. 저번 날 밤에도 넌 일대 열변을 토했지만 한마디 한마디가 옳았어. 명답이야! 그런데 글렀어! 전부가 자기 앞가림이야! 자기방어란 말야!

경식 자기 방어?

영호 그건 태만이야. 무기력한 인간들의 바이블이야. 그 바이블에 희생된 제물이 누군지 알어? 명숙이란 말야. 바로.

경식 뭐?

영호 그래 똑똑히 들어! 명숙이가 제물 제일호로 됐단 말이다. 명숙이가─

하면서 술잔을 콘크리트 벽에 확 던져버리고 벌떡 일어나 나간다. 경식은 따라 나갈 생각도 없이 우두커니 술잔만 내려다보고 앉아 있다.

51. 술집 앞

뛰어나오는 영호. 씩씩거리며 울분을 못 참더니 곧 후회심에 꽉 사로잡는다. 전주 옆에 시무룩해 서 있는 영호. 갑자기 어떤 통증이 치미는 듯 손으로 배를 부여잡고 신음한다. 금시 이마에 식은땀이 내솟는다.

의사의 소리 왜 이렇게 되도록까지 내버려두셨소?

51(A). 어느 병원

진단을 받고 있는 영호.

영호 왜요?

의사 간장이 붓다 못해서 곪기 시작했어!

영호 ……? ……

의사 큰일 날 뻔했군!

영호 ……

의사 그래 이렇게 되도록 자신의 병세를 못 느꼈소?

영호 늘 좋지 않았지만…… 참았죠.

의사 소 같은 친구군! 그냥 두었드람 한 달도 못 가 죽었어!

의사는 투덜대며 카드에 병세를 기록한다. 맥이 풀려 앉아 있는 영호.

51(B). 술집 앞

이를 악물고 통증을 이겨내는 영호.
태연하게 두어 발 내딛더니 옆집(술집)으로 뿌리치듯 뛰어 들어간다.

52. 대포집

영호 나 대포 한잔 줘!

53. 거리

뚜벅뚜벅 지팡이를 짚고 걸어가는 경식.

54. 조선호텔 근처

외국인 상대의 거리 여인들이 삼삼오오 떼를 지어서 그 밤의 주인을 기다리고 있다. 저쪽에서 잔뜩 취한 경식의 나무다리가 허우적거리며 온다.
역시 잔뜩 취한 외국인이 한 여인을 지나치게 희롱했는지 여인이 뒷걸음질로 피하다가 경식이와 마주쳤다. 나가떨어지는 경식.

여인 어머나 이를 어째?

이 꼴을 보고 통쾌하게 웃어젖히는 외국인의 웃음소리.

경식 뭐야! 양갈보 부스러기 같은 것이 눈에 뵈는 게 없어!
여인 앗!

마주친 눈과 눈- 그녀는 명숙이었다.

경식 숙이! 숙이!
명숙 숙이가 아녜요! 숙이가 아녜요!

휙 몸을 돌이켜 어둠 속으로 뛰어가는 명숙.
경식은 언제까지나 그 자리에 넋 잃은 사람처럼 서 있을 뿐이다.

55. 다른 거리

광적인 심포니가 딱 멎더니 '젤소미나' 곡이 은은하게 거리에 깔린다.
그리고 그림자를 지으며 터벅터벅 걷고 있는 영호. 사뭇 외로운가 보다.
어느 지점까지 오더니 자기가 걸어온 방향의 공간을 멍하니 바라본다.
4층 꼭대기의 조그마한 설희의 방에서 새어나오는 희미한 불빛.
어떻게 보면 커다란 별 같다. 한동안 물끄러미 바라보고만 있던 영호.
설희가 사는 아파트로 줄달음질 쳐 들어간다.

56. 아파트 계단

뚜벅뚜벅 계단을 오르고 있는 영호.

56(A). 설희의 방

베드에 반듯이 누워 있는 설희. 머리맡에 한 권의 장서가 펼쳐져 있다.
(책의 내용) 유전성 폐결핵에 대한 임상학. 노크 소리. 깜짝 눈을 뜨는
설희. 또 노크 소리. 설희는 잠옷 깃을 여미며 조용히 걸어가 도어를 반쯤
열고 내다본다.

설희 오……

문 앞에 말없이 서 있는 영호. 설희는 잠시 숙녀가 지녀야 할 조심성 속에 서 있더니

설희 컴인─

그 한 마디 조용히 내뱉고 침대가로 와서 스웨터를 걸친다.
들어서는 영호─

설희 이렇게 늦은 밤에……

말없이 서 있는 영호.

설희 싯 다운!

역시 아무 말 없이 소파에 주저앉는 영호. 빤히 내려다보는 설희.

설희 오늘은 모두가 울적한 날인가 봐요.
영호 꼭 별빛 같애.
설희 뭐가?
영호 설희네 방 불빛이.
설희 왜 그렇게 보였을까요?
영호 설희!
설희 네?
영호 그 이상한 미소가 보고팠어!

설희의 얼굴로 가느다란 경련이 스쳐가더니

설희 그만 돌아가 주무세요.

그냥 앉아 있더니 슬그머니 일어서 나가는 영호. 설희가 달려가 옆에 서며

설희 굿바이!

손을 내민다. 손을 잡는 영호. 두 사람의 부딪친 시선과 시선. 와락 껴안는 영호.
입술이 거의 포개질 무렵 얼굴을 픽 돌려 영호의 가슴에 묻는 설희.

설희 싫어서가 아녜요.
영호 그런데 왜?
설희 ……송! 우리 여행 가요. 다 벗어던지고.
영호 어디로?
설희 바닷가로– 파란 바닷가로……

영호가 더 힘차게 껴안으며 입술을 더듬자–

설희 (영호의 입술을 손으로 막으며)오늘은 안 돼요. 여행 가면 그때……
바닷가에서…… 송 이리와 봐요.

영호의 팔을 끌고 옷장 앞으로 오며–

설희 나 옷이 몇 벌 있어요. 그중에서 송이 좋아하는 색깔을 골라줘요. 그걸 입고 가겠어요.

영호 옷장을 열고 옷을 꺼내는 설희를 등에서 꼭 껴안고 목덜미에 키스하며

영호 설흰 나의 꿈이야. 영원한…… 우리 바다로 가– 내일이고 모레고……
설희 아 참 좀 놓아주세요. 송이 입을 옷도 있어요.

그러면서 장 안에서 여러 벌의 남자 옷을 꺼내놓는데 '컥' 하고 옷 사이에서 권총이 떨어진다. 당황하는 설희.

설희 오빠 거예요. 모두가−
영호 오빠?
설희 휴전 직전에 전선에서 행방불명이 됐어요. 그러나 오빤 살아 있을 것이고 언제고 돌아올 것만 같아요.

권총을 물끄러미 바라보는 영호.

설희 참 송!(권총을 들어 보이며) 이걸 어쨌으면 좋겠어요. 오빠가 안 계시니 나로선 어떻게 할 수도 없고……

영호가 권총을 뺏어 들고 뒤적거리며

영호 당국에 신고해야지−
설희 그래야 할까요?
영호 내가 해주지 걷어 넣어! 며칠 전에 그놈이 내 손에 들어 있었던들……
설희 어쩔라고 그랬어요?
영호 한번 세상에 빛깔을 보이고 싶었지. 그러나 그땐 설희가 없었기 때문이야!

그러면서 설희를 다시 껴안더니 급기야 입술을 포개고 만다.
−F O−

57(FI). 해방촌 입구 어느 길

만발했던 벚꽃이 서글프게 진다. 흩날리는 꽃잎, 꽃잎.
그리로− 외팔이 만수가 갈고리를 흔들며 영호네 집을 찾아 올라간다.

58. 철호의 집 방 안

영호가 성냥갑만 한 거울을 놓고 머리를 빗고 있다.
혜옥이가 바짓가랑이에 매달려서 어리광을 부린다.

혜옥 삼촌 나 고무신 사다 줘. 응?
영호 내 이제 젤 이쁜 구두 사다 주지.
혜옥 정말?
영호 그럼− 그리고 또 뭐 사다 줄까?
혜옥 이쁜 치마!
영호 그래− 또 뭐지?
혜옥 화신 구경
영호 화신 구경?

이때 밖에서 영호! 영호! 하는 만수의 소리

영호 어− 만수야?

문을 열고 내다보며

영호 웬일이야. 들어와!

만수가 시무룩한 얼굴로 들어선다.

영호 나가려던 참이야 나도. (머리 빗던 것을 정리하며)엊저녁도 모두들 얼렸어?
만수 야− 큰 사고 났어!
영호 사고?
만수 중대장이.
영호 뭐? 어떻게 됐길래?

만수 아침에 들렀더니 벌써 가버렸더군.

영호 뭐- 죽었단 말이야?

만수 죽었으면 차라리 단념이나 해버리지…… 종적을 감춰버렸어!

영호 언제?

만수 새벽차로.

영호 (한참만에) 무슨 말도 없이?

만수 주인집에서 어딜 가느냐고 물으니까 한숨을 한 번 길게 쉬더라는 거야. 그러곤 이내 껄껄 웃으면서 죽어가는 사람에게 당신은 어데로 갈 것이냐 하고 물으면 모르겠노라고 대답할 거라는 거야.

이때 "가자!" 하는 어머니의 소리. 숨이 꽉 막히는 영호.

영호 자식! 지지리도 못났지. 고만한 일 가지구……

만수 너와 사이에 무슨 일이 있었니?

영호의 일그러져가는 얼굴. 또 "가자!" 하는 어머니의 소리. 영호는 못 견디겠다는 듯 화다닥 일어나 들창을 마주하고 서 있다. 어깨 주위가 크게 들먹인다.

59. 어느 사교장

초인간적인 속도로 북을 두드려 대는 북잡이.
단말마적인 북의 음악-
현기증이 나도록 빙빙 돌아가는 머신 라이트의 불꽃.
무수한 남녀의 발- 쉴 새 없이 볶아치는 발들.
어느 여인의 발을 훑어 올라가면 정신 못 차리고 돌아가는 명숙의 얼굴-
그 얼굴에 가끔 스쳐가는 백병 같은 미소.
조명의 점화가 그 얼굴을 뒤덮을 때마다 명숙의 얼굴은 꼭 괴물의 형태를 닮아간다.

60. 어느 촬영소 안

펑펑 터지는 플래시. 미리가 지금 세트 한구석에서 잡지사 기자들에게 둘러싸여 인터뷰를 하고 있는 중이다.

미리 감사합니다. 바쁘신데 불구하시고 이러한 기회를 베풀어주신 여러분의 앞날에 행복이 있기를 비는 바입니다.

- O L-

돌아가는 테이프 경음악의 로-라. 여기에 더블 엑스포즈 되는 미리의 기자 회견 장면. (이하 전부 테이프에 녹음된 인간들의 소리다.)
먼저 기자들이 치는 박수 소리- 미리 방긋이 웃으며

미리 예술이 뭐냐고요? 호…… 어려운 질문이군요. 마치 인생이 뭐냐고 캐물으시는 질문처럼……

기자A 어려우실 줄 압니다만 간단히 요약해 말씀하신다면……?

미리 우리들 인생이 최대한으로 즐길 수 있는 꿈결-

기자B 아주 명답이었습니다. 그런데 현대 과학이 우리들 꿈에 미치는 영향이란?

미리 그래요 특히 전 어린 시절에 별을 좋아했어요. 저 반짝이는 어린 별을 타고 은하수를 건너 하늘 나라에 가봤으면……그런데 오늘날 그 어린 별마저 권태로운이 땅덩어리에 불과하다는 과학의 소리를 들었을 때 난 막 울고만 싶었어요.

기자A 미스 송의 그 울고만 싶어지는 감정 속에 저희들도 한 몫 끼고 싶습니다. 하…… 다음은 연애와 결혼에 대해서……?

미리 네. 적어도 현대 여성이라면 아무도 그런 질문에 답변치 않을 것입니다.

기자A 왜 그럴까요?

미리 연애란 그 자체가 본래의 의미를 상실하고 있기 때문입니다.

이젠 그들의 영상은 사라지고 테이프 녹음기만 돌아가는 속에-

기자B 그렇다면 아직 애인 같은 분은……?

미리 없습니다. 그러나 갖고 싶습니다.

기자A 갖고 싶다면 어떤 분을……?

미리 오늘을 위해 몸부림치는……

61. 설희네 아파트 옥상

초롱에 갇혀 애달프게 노래하는 종달새 한 마리. 3시 15분을 알리는 맞은 편 빌딩의 괘시계. 이 그림에 덮이는 영호의 소리.

영호의 소리 경식은 나보다 용기가 있는 놈인지도 모르지. 잘 갔다. 어디고 갈 수만 있다면…… 그러나 가선 안 될 줄 알면서도 가버린 불쌍한 놈─.

영호가 새장 앞에 우두커니 서서 상념에 사로잡혀 있다. 그 너머로 시가 상공에 떠 있는 애드벌룬(코끼리). 이때 뒤에서 "누구슈!" 하는 노인의 소리. 영호가 돌아보니 백발이 성성한 빌딩지기 영감이 서 있다.

영호 네. 저─ 저 바람 좀 쏘이고 있는 중입니다.

노인 허허 이 양반 봤나. 빨리 저리 가슈. (새장 앞으로 다가오며) 여긴 보통 사람은 출입 못 하는 곳이야. 나밖엔. 이놈이 사람을 싫어하거든.

노인이 다가서자 짹짹거리는 종달새. 노인은 손에 든 주발에서 모이를 꺼내 새에게 주며

노인 이놈 무척 배고팠겠다. 내가 장례식에 갔다가 늦었다. 어서 먹어라……

노인은 그러면서 영호가 그냥 서 있는 것을 보고 짜증을 내며

노인 허─ 아직도 게 그냥 서 계슈─?

영호 저 사실은 누굴 만나러 왔다가 없어서 여기서 기다리고 있는 중입니다.

노인 누굴 찾으시게?

영호 네 사층에 사는 여학생을.

노인은 얼굴이 일그러지며

노인 아니 누굴 찾는다구? 사층에 사는 여학생을?

영호 네 설희 말입니다.

노인은 한동안 멀거니 쳐다만 보다니 침통한 얼굴로 돌아서 내려가며

노인 가버렸어! 어젯밤에!

영호가 따라서며

영호 아니 어딜요?

노인 (그냥 걸어 내려가며) 한번 가면 다시 못 올 곳으로……

영호 ……넷?

노인 지금 파묻고 오는 길이야. 그렇게 귀엽게 굴던 것을……

영호가 와락 달려가 노인의 앞을 막아서며

영호 정말입니까?

노인은 아랑곳없다는 듯이 다시 뚜벅뚜벅 걸어 내려가며

노인 꿈이야 꿈! 꿈이 아니고서야 저녁때만 해두 마냥 재재거리던 것이 밤중에 피를 쏟고 죽을 줄은…… 꿈이야! 꿈!

선 채로 얼어붙은 영호의 다리, 눈, 입- 그러나 다음 순간 정신없이 달려 내려가 설희의 잠긴 방문을 빠개지도록 흔들고 있는 영호.

영호 이 문 좀 따줘요.
노인 안 된데두. 들어가면 뭘해. 설희 없어! 소독약 냄새뿐야.

그럴수록 문을 더 요란스럽게 흔드는 영호. 노인 당황해서 열쇠를 꺼내며

노인 아서. 문 부숴져. 따줄게-

노인이 따준 문으로 쏜살같이 뛰어 들어가는 영호.

62. 설희의 방

영호는 들어서기가 바쁘게 문을 안으로 닫아걸고 거기 선 채로 방 안을 휘 둘러본다.
엉망진창인 방 안. 그러나 가구 등 방 안 물건은 대개 그대로 서 있다.
설희만 거기 없을 뿐- 벽에 걸린 사진 속의 설희가 방긋이 웃으며 자기를 내려다보고 있다. 그 웃는 얼굴을 뚫어지게 응시하고 있는 영호.
한참 후에-
영호는 허무감에 확 사로잡혀 뚜벅뚜벅 거닐며 가구를 쓸어보기도 하며……
창문을 열고 휘적거리더니 권총을 찾아 들고 바라보다가 자기의 뺨에 대고 아섭게 비빈다. 그 얼굴이 그리움에 미어지다가- 어찌할 바를 모르다가- 급기야는 싸늘한 얼음처럼 식어가더니 눈에서 차디찬 불꽃이 튀며 한 달음에 뛰어나간다.

63. 다방 유정 안

울리는 전화벨– 여자의 손이 잡아 올리며

여자의 소리 네. 곽 하사요?

– O L –

전화를 받고 있는 진원

진원 네– 네. 오전에 갔던 그 집으로요.

64. 전화실과 계단

영호 응. 그리로 다들 몰구 와. 내일을 위해서 밤새껏 마시자. 내일은 우리들 생애 최고의 날이 되는 거야(웃기까지 하며)그럼– 응!

전화실을 나와 두어 계단 올라가던 영호. 아찔해서 비틀댄다.
기둥에 몸을 기대고 정신을 가다듬더니 이를 꽉 물고 아무렇지도 않은 사람처럼 당당히 계단을 돌아 올라간다.

65. 해방촌 입구

터벅터벅 걸어가는 철호.

66. 철호의 집 앞

철호가 뜨락에 들어서는데 "가자!" 하는 어머니의 소리. 철호 한 대 맞은 사람 처럼
우두커니 한동안 서 있더니 되돌아서 터벅터벅 걷는다.
여기에 덮이는 철호의 소리

철호의 소리 어머니 어디로 가시잔 말입니까?

67. 정신병원 진료실(회상)

4~5년 전의 어머니가 병상에 반듯이 누워 있다.
멍하니 어느 피안을 바라보는 눈.

어머니 가자!

그 옆에 청진기를 손에 들고 있는 의사.
그 앞에 마주 서 있는 좀 말쑥한 철호.

철호 도대체 어디로 가자고 저러실까요 선생님!
의사 과거에는 생활이 윤택하셨다니까 아마 그 당시로 돌아가시자거나, 아니면 우리 현실보다 나은 세계- 말하자면 영겁의 나라일 테죠.
철호 선생님! 회복될 수 있을까요?
의사 글쎄요. 한 삼사 년 치료를 받아보시면 그때 어떤 결론이 나오겠죠.

68. 산비탈 길

뚜벅뚜벅 걷고 있는 철호.

69. 피난민 수용소 안(회상)

담요바지 철호의 아내가 주워 모은 널빤지 조각을 이고 들어와 부엌에 내려놓고 흐트러진 머리칼을 치키며 숨을 돌리고 있다.

철호의 소리 저걸 저토록 고생시킬 줄이야.
-　O　L-

여학교 교복을 입고 강당에 서서 노래를 부르고 있는 그 시절의 아내.

또 - O L- 되며 신부 차림의 아내가 노래를 부르고 있다. 그 옆에 상기되어 앉아 있는 결혼 피로연 석상의 철호. 노래는 '돌아오라 소렌토'

70. 산비탈

철호가 멍하니 시가지를 내려다보고 섰다. 황홀에 묻힌 거리.

71. 자동차 안

해방촌의 골목길을 운전수가 땀을 빼며 삐져나와서 뒤를 돌아보고

운전수 손님! 이상 더 올라가지 못하겠는데요.
영호 그럼 내립시다. 시시한 동네까지 몰구 오느라고 수고했소.

천 환짜리 한 장을 꺼내준다.

운전수 (공손히) 감사합니다.

72. 철호의 방 안

철호의 아내가 만삭의 배를 안고 누더기를 꿰매고 있다. 옆에서 콜콜 자고 있는 혜옥

영호 (들어오며)혜옥아!
아내 지금 오세요.
영호 네. 응? 자는군 벌써. 아주머니 이거 깨어나면 주세요.

하며 신발 꾸러미를 내민다.

아내 어머나 이렇게 비싼 걸.

영호 아주머니 뵐 낯이 없습니다. 동생 구실 하나 변변히 못 하구.

아내 쓸데없는 소린…… 얘가 이걸 보면 입이 하나가 되겠구료. 밤낮 신발 타령이더니……

이때 철호가 들어선다.

영호 산보 갔었소?

철호 언제 들어왔니?

영호 방금요.

아내 삼촌이 이걸 사왔구료.

철호가 신발을 받아 들고 뒤적이는데.

영호 형님!

신발을 밀어놓으며 쳐다보는 형.

영호 이젠 우리두 한번 살아봅시다. 근사한 양옥도 한 채 사고 장기판만 한 문패에다 형님 이름 석 잘 장님도 보게 써 붙이구……

철호 또 술 마셨구나?

영호 네. 좀-

철호 이젠 술 좀 그만 마셔라.

영호 친구들과 어울리면 자연 마시게 되는걸요.

철호 그렇다구 언제까지 그저 그렇게 어울려서 술이나 마시면 뭐가 되니.

영호 되긴 뭐가 돼요. 그저 답답하니까 그렇죠.

이때 "가자!" 하는 어머니의 소리. 철호는 구겨진 파랑새 갑을 꺼낸다.

영호 (양담뱃 갑을 형 앞에 밀어 놓으며) 이걸 피슈.

철호는 별 반응 없이 자기의 담뱃 갑에서 한 개 피 뽑아 양끝이 빠져나간 담배 끝을 비벼 말고 있다.

73. 철호의 집 부엌 안

민호가 팔다 남은 신문을 끼고 들어와 신들매를 끄르며

민호 에이 날씨도 꼭 겨울 같네.
철호E 어쨌든 너도 인젠 정신을 차려야지! 군대에서 나온 지도 이태나 되잖니.
영호E 정신 차려야죠. 그렇잖아도 금명간 판결이 날 겁니다.
철호E 어디 취직을 해야지.

74. 동 방안

영호 취직이요. 형님처럼 전찻값도 안 되는 월급을 받고 남의 살림이나 계산해 주란 말이요? 싫습니다.
철호 그럼 뭐 뾰족한 수가 있는 줄 아니?
영호 있지요. 남처럼 용기만 조금 있으면.
철호 용기?
영호 네. 분명히 용기죠.
철호 너 설마 엉뚱한 생각을 하고 있는 건 아니겠지.
영호 엉뚱하긴 뭐가 엉뚱해요.
철호 (버럭 소리를 지르며) 영호야! 그렇게 살자면 이 형도 벌써 잘살 수 있었단 말이다.
영호 저도 형님을 존경하지 않는 것은 아녜요. 가난하더라도 깨끗이 살자는 형님을…… 허지만 형님! 인생이 저 골목에서 십 환짜리를 받고 코 흘리는 어린 애들에게 보여주는 요지경이라면야 가지고 있는 돈값만큼 구멍으로 들여다보고 말 수도 있죠. 그렇지만 어디 인생이 자기 주머니 속의 돈 액수만큼만 살고 그만둘 수 있는 요지경인가요? 형님의 어금니만 해도 푹푹 쑤시고 아픈 걸 견딘다고 절약이 되는 건 아니죠. 그러니 비극이 시작되는 거죠. 지긋지긋하게 살아야 하니까 문제죠. 왜 우리라고 좀 더 넓은 테두리까지 못 나가라는 법이 이디 있어요.

영호는 반쯤 끌러났던 넥타이를 풀어서 방구석에 픽 던진다.
철호가 무겁게 입을 연다.

철호 그건 억설이야.
영호 억설이요?
철호 네 말대로 꼭 잘살자면 양심이구 윤리구 버려야 한다는 것 아니야.
영호 천만에요.

75. 철호의 집 골목

스카프를 두르고 핸드백을 걸친 명숙이가 엿듣고 있다.

철호E 그게 바루 역설이란 말이다. 마음 한구석이 어딘가 비틀려서 하는 억지란 말이다.
영호E 비틀렸죠. 분명히 비틀렸어요. 그런데 그 비틀리기가 너무 늦었던 말입니다. 어머니가 저렇게 미치기 전에 하나밖에 없는 누이동생 명숙이가 양공주가 되기 전에 말이죠.

명숙이는 눈물이 푹 쏟아진다.
실컷 울고 들어갈 심상이다. 마구 흐느끼는 명숙.

영호E 허다못해. 동대문시장에 목판 자리라도 하나 비었을 때 비틀렸어야 했죠. 보다 더 이놈의 배때기 속에 파편이 들어박히기 전에……

아니 날 때부터 비틀렸다면 더 좋았을지도 모르죠.
어머니 가자!

76. 철호의 집 전경

창문으로 새어나오는 희미한 불빛.
울타리도 없는 뒷곁에 아직도 호젓이 서 있는 명숙의 그림자가 보인다.

77. (FI) 철호의 방 안

철호의 아내가 담요를 쓰고 누워 있다. 영호가 나갈 차비를 하고 아랫방으로 나오다가 화장을 하고 있는 명숙을 보고

영호 너 오늘 별일 없으면 집에 좀 붙어 있으렴.

명숙은 화장을 계속할 뿐 아무 대답이 없다.

영호 오늘은 예감이 네가 꼭 집에 있어줬으면 모든 게 잘될 것 같다.
명숙 오늘 무슨 일이 있기에 아침부터 이상하게 그러우.
영호 이상하긴 뭐가 이상해. 내 말대로 집에 좀 있거라.

하며 나간다.

78. 해방촌 입구

영호가 활기 있게 걸어오는데 저쪽에서 민호가 몇 장 안 남은 신문을 끼고 뛰어오다가 영호를 보고 돌아선다. 영호가 다가서며

영호 민호야!

민호가 돌아선다. 영호가 다가서며

영호 집에 가서 아침이나 먹어! 너도 그동안 이 형이 몹시 미웠지?
민호 누가 밉댔어!

민호의 머리를 쓰다듬으며

영호 시시한 형을 둔 탓에 네가…… 네가……(목이 메어 말을 잊지 못하더니)
낼부터 신문팔이 안 해도 돼- 학교나 열심히 댕겨!

영호가 옆에 낀 신문을 뺏어 북북 찢으며

영호 이 따위 것 때문에 네가 겨울에 손발을 얼렸지!
민호 형! 싫어 나 몰라……
영호 바보같이 울긴- 네 대신 형이 벌게 자- 갖고 가서 먹고픈 거 사 먹어-

하며 오백 환 한 장을 내민다.

민호 싫어! 누가 돈 달랬어!

울며 뛰어간다. 멍하니 바라보고 섰는 영호. - O L-

79. 거리

획획 차들이 지나가고 나면 저만치 공중전화실이 보이고 그 안에서 전화를 걸고 있는 영호가 보인다.

80. 동 전화실 안

영호 오래 기다렸어? 차는 구했어? 응 잘됐다. 그럼 빨리 끌고 와.
나─ 뉴욕 백화점 앞 중국집 이층에 있을 테니까! 응 빨리 와.

전화를 끊고 걸어 나오는 영호.

81. 철호의 집 앞

철호의 아내가 해산을 하는 모양이다. 아내의 진통하는 소리가 비참하다.
이윽고 문이 열리며 민호가 어딘지 뛰어간다.

82. 중국집 이층 안

영호가 탄환 두 발을 손수건으로 깨끗하게 닦아서 권총에 장진해서 주머
니에 넣고 눈을 꼭 감는다. 이때 노크 소리

영호 네─.
진원 (문을 열고)차 가지고 왔습니다.
영호 수고했어.

하고 앞에 있는 술을 한잔 따라서 쭉 들이켜고 일어선다.

83. 중국집 앞

둘은 차에 오르자 구르기 시작한다.

84. 지프차 안

진원 어디로 모실까요?
영호 영화사로.

하는 영호의 얼굴은 긴장해 있다.

85. HPF 프로덕션 앞

지프차가 와 선다. 영호 내리며

영호 기다려.

하고 안으로 들어간다. 진원은 차 안의 거울을 들여다보며 머리를 요리저리 만지며 의기양양하게 콧노래를 부른다.

86. 동 사무실 안과 곽하

미리가 사무실 도어를 열고 나와서 영호가 서 있는 앞으로 다가선다.

미리 어떻게 여긴……

영호 부탁할 게 있어서……

미리 나 같은 경박한 여자에게요?

영호 경박한 걸 느낀 여자는 이미 경박한 여자가 아니지.

미리 흠. 그럴지도 모르죠—

영호 미리! 오늘 밤은 미리가 내 곁에 좀 있어줘야겠어.

미리 이유는요?

영호 이유는 묻지 말아줘.

미리 …… 저녁에 촬영 있어요.

영호 그까짓 게 문제야. 내 일생을 걸고 하는 부탁인데 약속하지?

하며 미리를 정신 나간 사람처럼 포옹하고 나서

영호 그럼 약속했어. 나 지금 좀 바빠! 저녁에 집으로 갈게.

하고 내려간다. 미리는 얼떨떨해서 내려가는 영호를 쳐다보다가 따라 내려간다.

87. 동 프로덕션 앞

영호가 나와서 지프차에 오르자 차가 구르기 시작한다.
미리가 나와서 이상야릇한 감정으로 보고 섰다가 얼핏 차를 세운다.

88. 지프차 안

진원 어디로 모실까요?
영호 지금 몇 시지?
진원 4시 7분 전-.
영호 원 자식들 수표를 줘서 골치야! 빨리 가. 시간이 없어.

89. 은행지점 앞

지프차가 와서 선다. 지금 막 정문의 셔터가 내려지기 시작한다. 긴장한 영호가 차에서 내려서 안으로 들어가자 뒤따라 닥친 택시에서 미리가 뛰어내려 정문으로 달려가나 이미 셔터가 발목까지 내려 덮이고 있다.

90. 동 안

4시 2분 전을 가리키는 시계. 마지막 손님이 나가자 영호가 바쁘게 지불 창구에 와서 천 환짜리 한 장을 꺼내 디밀며

영호 미안합니다. 이거 백 환짜리 주화로 좀 바꿔주실까요?

행원이 싫은 표정으로 바꿔준다.

영호 받아서 주머니에 넣기가 바쁘게 권총을 꺼내 들고

영호 (작은 소리로)그 돈 자루 이리 내놔라!

겁에 질린 행원— 그러나 다른 행원은 알 리가 없다. 정문 셔텨를 닫고 난 제복의 안내원이 영호 가까이 오다가 이걸 보고 멈칫 선다.

영호 어서 빨리!

행원이 떨리는 손으로 돈 자루를 하나 창구에 올려놓는다. 영호는 끌어내려고 하나 잘 안 나온다. 이때 안내원이 발소리를 죽이며 옆문 쪽으로 가는데 영호가 보았다.

영호 (큰 소리로) 서라!

전 행원의 시선이 영호에게 집중한다.

영호 누구든지 움직이면 쏜다!

얼어붙은 듯한 은행 안. 전 행원이 공포에 떤다. 영호는 자루를 조심스레 잡아당기는데 안내원이 움직인다. 영호의 권총이 그를 겨눈다. 안내원은 그대로 옆문을 향해 뛴다. 영호의 손이 떨리다가 천장을 향해 방아쇠를 당긴다.
샹들리에가 요란스럽게 깨진다.

91. 동 은행 앞

총소리를 들은 진원의 눈이 동그래진다. 미리가 정신없이 옆문으로 들어가려는 찰나 안내원이 뛰어나오다가 미리를 받았다. 나가떨어지는 미리.

그래도 안내원은 쏜살같이 뛰어가버린다. 진원도 차를 몰고 달아난다. 이
때 허둥지둥 뛰어나오는 영호가 차를 세우며

영호 야! 어딜 가!

하고 소리치나 그대로 달아나버린다.
미리가 영호를 붙잡으며

미리 미스터 송! 이게 저하고 한 약속인가요?
영호 놔!

하며 미리를 휙 뿌리치고 당황하며 골목길을 향해 쏜살같이 달린다.

92. 골목길

영호가 허둥지둥 뛰어서 이 골목 저 골목 기웃거리다가 맞은편 행길로 뛰
어나간다.

93. 거리

영호가 황급히 차를 세우나 서지 않는다.
이때 이 앞으로 한 대의 오토바이가 달려오자 앞으로 확 달려드는 영호.
잽싸게 뒤에 올라타고 권총을 들이대며

영호 몰아!

달리는 오토바이.
터져 나오는 사이렌 – 백차. 백차. 백차.

94. 교차로

교통신호를 아랑곳 않고 달리는 오토바이.

95. 공장지대

여기까지 오자

영호 세워!

오토바이가 서자 재빨리 공장지대로 몸을 감추는 영호. 경관들의 추적.
그 자리에 졸도하는 오토바이의 사나이.

96. 어느 창고 안과 밖

산더미 같은 짐짝을 헤치며 영호가 들어와 바깥의 기미를 살피며 숨을 돌린다.
구슬같이 흘러내리는 땀. 육박해 들어오는 경관의 떼.
앞으로– 앞으로– 뒤로–
결전 태세의 영호의 총구– 단축되는 거리.

경관A 무길 버려!
경관B 빨리!
경관C 어서!
경관D 안 버리면 쏜다!

구슬땀을 흘리며 버티고 서 있는 영호.

경관A 쏜다! 빨리 버려!

한 인간의 몸뚱이에 집중된 수십 개의 총구. 순간- 영호의 권총 든 팔이 위로 올라갔다고 생각된 순간. 땅! 땅! 땅! 동시에 확 단축된 총부리와 경관들-
통곡보다 강한 울음을 터뜨리는 영호. 그의 손엔 싸늘한 수갑이 채워진다.

97. 신문

윤전기에서 쏟아져 나오는 신문. 영호의 사진과 함께 실린 기사문.
'J경찰서의 구가 백주 은행 권총강도 범행 10분 만에 체포.'

98. 신문사 판매부 앞

많은 소년이 제작기 받은 신문에 그날의 토픽 뉴-스에 붉은 줄을 치고 있다.
민호는 재빠르게 끝내자 옆구리에 끼기가 무섭게 뛰어나가며

민호 신문!

99. 경찰서 조사실 안

수갑을 찬 채 돌아서 앉아 있는 영호의 등 너머로 명숙과 미리가 서 있는 것이 보인다. 주위엔 몇 사람의 경관이 있고-

명숙 오빠! 통쾌했어요. 통쾌했어요. 그보다도 그 권총으로 내 가슴을 쏘아주었 드람 더 통쾌할 뻔했어요.
영호 (크게) 가라!

                    - O L-

형사 앞에 철호가 앉아 있다.

형사 범행 현장에서 그 안내원을 쏘지 않았다는 점을 미루어보아 범인은 시종 냉정을 잃지 않았으며 따라서 치밀한 계획 밑에 움직인 것 같은데 어떻습니까? 가족의 한 사람으로 짐작되는 바가 없었나요.

철호 알 수 없는데요.

형사 지프차를 몰고 온 청년이 누군지도 전혀 짐작되는 바가 없습니까?

철호 …… 전연……

형사 끝내 단독 범행을 주장하지만 곧 밝혀질 겁니다. 그럼 가셔도 좋습니다.

철호 그저 멍하니 앉아 있다.

형사 그럼 송치되기 전에 면회나 해두시죠.

철호 ……

형사 일어나 형사실 뒷문을 열고

형사 나왓!

영호가 나와 형사 앞에 선다. 눈으로 철호를 가리키는 형사.
영호 철호 쪽으로 돌아선다.

영호 ……

철호 ……

영호 형님!

철호 ……(멍하니 바라볼 뿐)

영호 여긴 뭣하러 오셨어요?

영호 버럭 소리를 지른다. 그 눈에 눈물이 잔뜩 고였다.

철호 ……

영호 앞으로 이런 일이 두 번 다시 없도록 나를 저 네거리 한복판에 세워놓고 목을 매달아 주기만을 바랄 뿐입니다. 그날 구경꾼들이 많이 와줬으면 좋겠어요.

철호 ⋯⋯

영호 돌아가세요. 아침에 보니까 아주머니가 해산기가 있더군요.

하며 고개를 푹 떨어뜨린다.

형사 (순경에게) 수감해!

말보다 먼저 뒷문 쪽으로 뚜벅뚜벅 걸어가는 영호−
들어갈 문과 마주 선 채 돌아보지도 않고

영호 (크게) 형님! 혜옥이 화신 구경이나 한번 시켜주세요. 꼭!

말을 끝맺기 바쁘게 휙 뛰어 들어가는 영호−
철호는 여전히 영호가 사라진 문 쪽을 멍하니 바라보고 섰다.

100. 경찰서 앞

허탈해서 나오는 철호가 허공을 쳐다보고 섰다가 힘없이 걷는다.

101. 빌딩 앞

여기까지 걸어온 철호 사무실로 들어가려다 다시 걷는다.

102. 철호의 집 앞

철호가 휘청거리고 골목길을 접어드는데 어머니의 날카로운 "가자!" 소리. 그 소릴 듣자 철호의 눈에서 눈물이 왈칵 솟으며 꽥− 소리 지른다.

철호 가세요. 갈 수만 있다면―

103. 철호의 방 안

철호가 아랫방에 들어서자 고리짝을 뒤지고 있던 명숙이가 원망스럽게

명숙 오빠 어딜 그렇게 돌아다니슈.

철호는 들은 척도 않고 아랫목에 털썩 주저앉아 버린다.

명숙 어서 병원에 가보세요.
철호 병원에라니?
명숙 언니가 위독해요.
철호 ……
명숙 점심때부터 진통이 시작되어 죽을 애를 다 쓰고 그만 어린애가 걸렸어요.
철호 ……
명숙 지금쯤은 아마 애길 낳았는지.

철호가 부스스 일어나 담배를 붙여 물고 문을 연다.

명숙 오빠!
철호 ……(돌아본다)
명숙 어딜 가세요?
철호 ……병원에.
명숙 (답답해서) 어느 병원인지 아세요?
철호 …… 참.
명숙 동대문 부인병원 49호실.
철호 ……(돌아선다)
명숙 오빠! 그냥 가기만 함 무슨 소용 있어요. 돈을 가져가셔야죠?

철호 ……돈?

명숙은 벽에 걸린 핸드백을 집어 든다. 철호는 얻어맞은 사람처럼 방바닥만 내려다보고 섰다. 뒤꿈치가 계란만큼이나 뚫어진 명숙의 나일론 양말-명숙이가 만 환 뭉치를 내밀며

명숙 예 있어요. 나 기저귓감 챙겨서 곧 갈게요.

철호도 돈뭉치를 멍하니 바라보다가 받아 넣는다.

- O L -

104. 동대문 산부인과 복도

철호가 38호실 앞으로 휘청거리고 와서 조용히 노크한다. 이윽고 문이 열리면 텅 - 빈
실내를 간호원이 소독하고 한 간호원이 철호의 상하를 훑어보며

간호원 : 혹시 이 방에 입원한 환자의 가족이신가요?
철호 …… 네.
간호원 : ……
철호 ……
간호원 : 1시간 좀 지났어요.
철호 ……?……
간호사 부인과 과장실에 가보세요.

하고 문을 닫는다. 화석 같은 철호.

105. 시체 안치실 앞

철호가 유령처럼 걸어온다. 문 앞에 와서 손잡이를 잡다가 힘없이 놓고 돌아선다.
눈앞에 뽀얗게 흐린 채 거기 우두커니 서 있을 뿐-

- O L-

106. 병원 정문 앞

철호가 나와서 어디로 갈까 망설이다가 정처 없이 걸어본다.

107. 거리

허탈한상태로 걸어가는 철호. 여기서 자신의 소리가 W한다.

소리 (병력같은 소리로)영호야! 그렇게나 살자면 이 형도 벌써 잘살 수 있었단 말이다.

입은 찢어지고 눈에선 눈물이 사정없이 솟고 그러면서도 눈만은 정기가 차서 앞을 정시하며-

108. 경찰서 앞

철호는 멍하니 서를 바라보다가 다시 걷는다.

109. 거리

철호의 사무실.
철호가 휘청거리고 와서 빌딩을 멍하니 올려다보다가 또다시 걷는다.

110. 다른 거리

문방구점, 라디오상, 시진관, 제과점.

그는 길 옆에 늘어선 가게의 진열장을 하나하나 기웃거리며 걷고 있다. 하나 철호의 눈에는 무엇인지 하나도 보이지 않는다. 그는 어느 문 앞에 걸린 간판 앞에 우뚝 선다. '○○치과' 그것을 쳐다보는 철호의 얼굴이 점점 찌푸려지며 손으로 볼을 움켜쥔다. 철호가 주머니에서 만 환을 꺼내 보더니 이윽고 결심한 듯 안으로 들어간다.

111. 동 치과 안

"앗!" 하는 비명과 함께 의사가 집게를 들고 철호의 이를 뽑아낸다.

의사 좀 아팠지요. 뿌리가 구부러져서……

하며 뽑아 든 이를 보인다. 철호가 침을 타구에 뱉는다. 나오는 피—
의사가 계속해서 뽑은 자리를 치료하고 나서

의사 됐습니다. 한 30분 후에 솜을 빼버리슈.

철호는 머리를 좌우로 흔들어보고 나서

철호 이쪽을 마저 뽑아주실까요?
의사 어금니를 한 번에 두 대씩 빼면 출혈이 심해서 안 됩니다.
철호 몽땅 뽑았으면 좋겠는데요.
의사 한쪽을 치료해가면서 뽑아야지 안 됩니다.
철호 그럴 새가 없습니다. 마악 쑤시는걸요.

의사가 주사기에 약을 넣으며 빙그레 웃는다.

의사 안 됩니다. 빈혈증이 일어나면 큰일 나니까요. 자 벗으실까요.

하자 철호는 하는 수 없이 의자에서 일어선다.

112. ○○치과 앞

치과에서 나온 철호가 볼을 손끝으로 놀러보면서 걸어간다.

113. 거리

철호가 볼을 만지며 걸어온다. 그는 또 우뚝 선다. 다른 치과 앞이다.
그는 한참 생각다 들어가면

$$- O L -$$

철호가 이번에는 양쪽 볼을 손으로 누르며 나온다.
그는 주머니에서 휴지를 꺼내 입안의 피를 뱉는다.

114. 서울역 부근

여기까지 온 철호가 또 휴지를 꺼내서 피를 뱉는다. 오싹 몸을 떠는 철호
의 이마에 땀방울이 맺힌다. 이때 거리에 전등이 들어온다. 눈앞이 환하게
밝아진다. 점점 흐려진다. 그는 또 한 번 오싹 몸을 떤다.

115. 설렁탕집 안

휘청거리고 들어온 철호가

철호 설렁탕!

하고 의자에 쓰러진다. 철호가 또 휴지를 꺼내다가 힘없이 일어나 밖으로
나간다.

116. 그 집 앞

그 집 옆 골목으로 비틀거리고 나온 철호가 시궁창에 가서 쭈그리고 앉는다.
왈칵 쏟아져나오는 피. 그는 저고리 소매로 입술을 닦으며 일어선다.
눈앞이 빙글빙글 돌기 시작한다. 그는 휘청거리고 나가서는 지나가는 자
동차를 세우고 던져지듯 털썩 차 안에 쓰러지자 택시는 구르기 시작한다.

117. 택시 안

조수 어디로 가시죠?
철호 해방촌!

자동차가 원을 그리며 돌자

철호 아냐. 동대문 부인병원으로.

이번엔 반대로 커브를 돌리자

철호 아냐. 종로서로 가아!

운전수와 조수가 못 마땅해서 힐끗 돌아본다.

118. 동대문 부인과 산실

아이는 몇 번 앙! 앙! 거리더니 이내 그친다.
그 옆에 역시 허탈한 상태에 빠진 명숙이가 아이를 멍하니 바라보며 앉
아있다.
여기에 W되는 명숙의 소리

명숙 오빠 돌아오세요. 빨리. 오빠는 늘 아이들의 웃는 얼굴이 세상에서 젤 좋으시다고 하셨죠? 이 애도 곧 웃을 거예요. 방긋방긋 웃어야죠. 웃어야 하구말구요. 또 웃도록 우리가 만들어줘야죠.

119. 경찰서 앞

택시가 와 선다.

120. 자동차 안

조수가 뒤를 보며

조수 경찰섭니다.

혼수 상태의 철호가 눈을 뜨고 경찰서를 물끄러미 내다보다가 뒤로 쓰러지며

철호 아니야. 가!
조수 손님 종로 경찰선데요.
철호 아니야. 가!
조수 어디로 갑니까?
철호 글쎄 가제두−
조수 참 딱한 아저씨네.
철호 ⋯⋯

운전수가 자동차를 몰며 조수에게

운전수 취했나?
조수 그런가 봐요.

운전수 어쩌다 오발탄 같은 손님이 걸렸어. 자기 갈 곳도 모르게.

철호가 그 소리에 눈을 떴다가 스르르 눈을 감는다. 밤거리의 풍경이 쉴 새 없이 뒤로 흘러간다. 여기에 철호의 소리가 W한다.

철호E 아들 구실, 남편 구실, 아비 구실, 형 구실, 오빠 구실, 또 사무실 서기 구실, 해야 할 구실이 너무나 많구나. 그래 난 네 말대로 아마도 조물주의 오발탄 인지도 모른다. 정말 갈 곳을 알 수가 없다. 그런데 지금 나는 어딘지 가긴 가야 하는데—

이때 네거리에 자동차가 벨 소리와 함께 선다.

조수 (돌아보며) 어딜 가시죠?

철호가 의식이 몽롱해진 소리로

철호 가자—

121. 하늘

도시의 소음이 번져가는 초저녁 하늘.
유성이 하나 길게 꼬리를 문다.

122. 교차로

때르릉 벨이 울리자— 신호가 켜진다.
철호가 탄 차도 목적지를 모른 채 꼬리에 꼬리를 물고 행렬에 끼어서 멀리 멀리 사라져 간다.

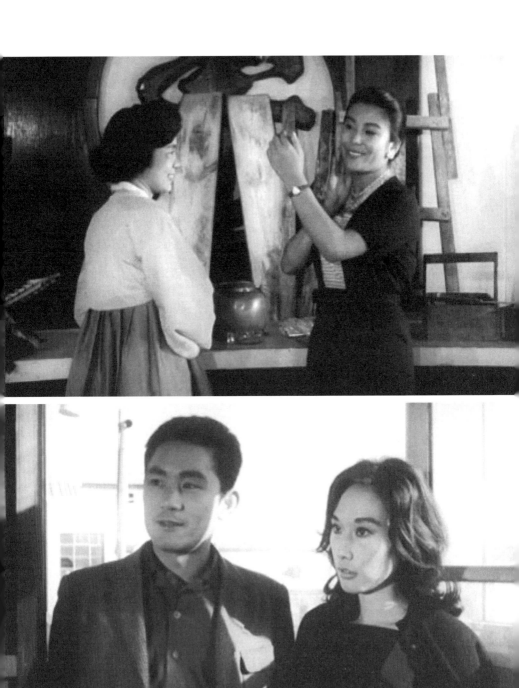

김기덕 감독 특강

열등감과 절박함이 만든 작가와의 대화

김기덕 특강
장소 : 충무로 영상작가전문교육원
날짜 : 2016년 5월 11일
시간 : 오후 4시 ~ 오후 6시
대상 : 영상작가전문교육원생 및 작가
　　　 그리고 지망생
정리 : 박지숙 (창작반 47기 졸업)

(사) 한국시나리오작가협회 문상훈 이사장

김기덕 작가이자 감독은 여러분이 앉아 있는 바로 이 자리 한국시나리오 작가협회가 운영하는 영상작가교육원에서 공부하고 세계적인 작가 및 감독이 된 우리 시나리오작가협회의 자랑입니다. 오늘 이렇게 특별히 모시게 되었으니, 여러분 좋은 강의 경청해주시기 바랍니다. 그럼 김 감독을 이 자리로 모시겠습니다.

김기덕 감독

안녕하세요. 제가 거의 한 10년 만에 온 거 같은데… 10년쯤 더 된 거 같기도 하고요. 그때가 아마 영화 4~5개 만들었을 때 특강으로 온 거 같아요. 오늘 이 자리는 제가 잘난 척하는 것보다 질문하시면 제 경험을 토대로 대답하는 식으로 그렇게 진행하겠습니다.

인사말을 조금 드리면 제가 여기서 교육을 받은 때가 1994년이었던 거 같아요. 그때 제가 여기서 아마 시나리오… 저 자리였죠? 저 자리에서 수업을 받았고요. 저의 담임선생님은 이진모 선생님이었어요. 제 동기로는 정대성 작가가 있고 이찬임 작가도 있었는데 활동을 하다 지금은 아마 안 하는 거 같고, 그때 동기는 아닌데 한 해 후배에 박계옥이라고 지금 방송작가로 활동하는 걸로 알고 있고 그리고 선배인데 나이는 저보다 적은 김대우 감독이 있고요. 저보다 2기 선배였나? 그랬던 거 같아요. 그냥 별 의미 없는 얘기를 제가 좀 했나요? 지금부터 편하게 질문해주시면 제 경험을 토대로 말씀드리는 시간을 갖도록 하겠습니다.

Q. 감독님은 연출하시다가 시나리오 작업 하신 게 아니라, 시나리오 기초를 꾸준히 쌓고 연출을 하셨는데 그러면 시나리오 작업에 대해 많이 아실 텐데 대본 쓰기 전에 기획안 작성이나 트리트먼트 작성에 많이 신경을 기울이시는지? 그리고 일반적인 기획안이나 트리트먼트 작성 노하우에 대해서 궁금합니다.

김기덕 뭐 당연히 그래야 되지 않겠어요? 저는 여기 기초반 전문반 이렇게 있었는데 전문반에서 창작상 대상을 받으면 특별반은 수업료를 안 내고 했었어요. 그때는 특별반 멤버 4~5명 정도를 원장님이 직접 지도하는 그런 프로그램이 있었어요. 저는 기초반 때 이미 장편 시나리오 3편을 썼었어요. 그때 기초반 과제물은 단편 1편 정도였는데 저는 독하게 마음을 먹고 2개월에 하나씩 이렇게 써서 3편을 창작상 공모전에 냈어요. 근데 그게 누가 시켜서 그런 건 아니고 그때 저는 정말 영화의 영 자도 모르고 이 교실에 왔어요. 그리고 여기 교실에 오게 된 계기는 페이퍼 신문이 있었는데 신문 하단에 손톱 두 개 정도 되는 쪽 광고가 있었어요. 거기에 '한국 시나리오 교육원 학생모집' 이런 식으로 나왔는데 그걸 제가 우연히 보고, 그때 제가 프랑스에서 생활을 하다가 들어왔다 다시 본격적으로 프랑스 생활을 하려고 짐 싸고 있었는데 그 광고를 보고 제가 가는 걸 미루고 여기를 왔죠. 그런데 오니까 대부분 문창과나 국문과 출신들이 거의 80-90%였어요. 제 경력을 혹시 아시는지 모르겠지만 저는 최종 학력이 초등학교 졸업이거든요. 그니까 그 이상의 수업을 해본 적이 없기 때문에 문창과나 국문과의 그런 기초 지식이 없었어요. 그렇게 들어왔는데 이제 보니까 동기들이 다 국문과 문창과 졸업생들이었고 그래서 처음에는 조금 잘못 왔다 생각을 했는데 그 반대로 그래서 더 열심히 해야 되겠다. 정말 미친 듯이 썼어요. 하지만 결론은 기초반 창작상에서 3편 모두 다 탈락을 했어요. 그래가지고 졸업식 때 상도 주면서 파티하고 그러는데 화장실에서 졸업장을 빡빡 찢어버렸어요. 그리고 다시 전문반으로 올라가서 또 3편을 썼어요. 근데 그중 하나가 창작상 대상을 받았어요. 그리고 그게 나를 성장시키는 계기가 되었죠. 그런데 질문하신 거처럼 저는 그때도 가장 중요한 건 항상 스토리라고 생각했어요. 스토리가 없이 이미지의 조각들을 아무리 붙여놔도 스토리가 없으면 아마 지속적인 관람이 어렵다고 저는 생각했고요. 그리고 그 당시 항상 정대성 작가하고 멤버십으로 술 먹마시고… 사실 술은 잘 안 마시고 안주만 먹어요. 그 당시 제가 술을 잘 못 마셨어요. 항상 어울리면서 그런 얘기를 한 거 같아요. "나는 이런 얘기를 하고 싶다." 그래서 엠티를 가든 어디를 가든 줄거리 하나를 꼭 동기들한테 얘기했던 거 같아요. 그러면서 모니터를 했고 정대성 작가는 굉장히 저를 놀라워했죠. 어떻게 그런 생각을 하냐면서, 그 시나리오 써봐라 하면서 항상 격려해주고 지지해주고 그랬어요. 그렇게 안 했다면 아마 제가 그런 스토리를 쓰지도 않았을 거예요. 그래서 그때 〈검은 해병〉〈검은 배〉그리고 〈이중노출〉이라는 걸 썼고요. 〈화가의 사형수〉도 썼는데 〈화가의 사형수〉가 대상을 받았어요. 또 영진위 시나리오 공모전에서 〈이중노출〉이 장려상을 받고, 〈무단횡단〉이 대상을 받고 그랬던 거 같아요. 어쨌든 저는 스토리가 가장 중요하고 스토리는 결국 시놉시스에서 정리가 대부분 되잖아요. 시나리오 쓸 때는 디테일하게 캐릭터의 감정과 대사가 쓰이지만 저는 어쨌든 스토리를 시놉시스라든지 줄거리로 뭔가 구체적으로 쓰고, 그걸 벽에 붙여놓고 한 문장씩 한 신으로 이렇게 만들었던 거 같아요. 어디에 보여주는 기획안은 항상 디자인이 들어가니까 그거보다는 줄거리라고 얘기하고 싶은데 줄거리에서 막히면 시나리오가 안 써질 거예요. 저는 줄거리를 완벽하게 쓰면 시나리오도 잘 진행이 되지 않을까. 짧은 질문을 너무 길게 대답했네요.

Q. 우선 가슴이 떨려서… 만나 뵙게 돼서 기쁘고요 저희가 김기덕 감독님 특강이 있다고 해서 동기들이랑 지금 전 전문반인데 김기덕 감독님 작품에 대해 얘기하다가 오늘 자리하게 되었습니다. 참고로 저희 어머님도 굉장히 팬이시거든요. 저희 어머니가 이쪽에 아시는 건 없지만… 암튼 뭔가 사람의 감정을 뒤흔드는 생각지도 못한 스토리. 그런데 한국에서는 그런 충격적인 거에 대해서 감당하지

못하는 사람들도 있었어요. 저희 전문반 선생님께서는 "유럽에서는 김기덕 감독님이 신이다." 이런 말씀을 하실 때 저는 어떤 정서가? 시나리오는 대중의 정서라는 게 있잖아요. 대체 어떤 정서가 유럽인들의 호응을 이끌어냈는지 그런 부분들이 조금 궁금하다는 생각이 들었는데 어떻게 생각하시는지? 작품을 쓰실 때 그런 부분에 대해서 생각하시는지 궁금해요.

김기덕 국내에서는 반반인 거 같아요. 저는 반반이 좋은 거 같아요. 반반일 때 시소도 균형을 잡는 거잖아요. 반대로 유럽에도 안티는 많아요. 다만 유럽에서는 안티들이 말을 안 하고 있는 거죠. 우리는 안티도 표현하는 거고. 그런 차이점에서 드러나지 않는 거죠. 가보면 아주 부담되는 질문을 하시는 분들도 있더라고요. 그 이유는 똑같은 거 같아요. 반응에 대한 답은 제가 잘 모르겠고 그 이유에 대해서 굳이 제 스스로 해석을 해보면 영화가 보여주는 것이 감독의 인성이냐 아니면 사회의 현상에 대한 영화적 표현이냐 이 부분에서 발생되는 지점이 있을 거 같아요. 예를 들어 제가 첫 영화부터 좀 사람들 말로는 과격한 장면이 있었다고 하더라고요. 〈악어〉의 어떤 장면은 물에서 건진 여자를 자기가 마치 주운 물건처럼 함부로 한다든지 그리고 〈파란 대문〉의 어떤 장면에서 집주인이 종업원 아가씨를 다양한 패턴으로 성적 착취를 한다든지 그런 어떤 장면들 자체가 김기덕의 어떤 관심사와 성향 아니면 태도로 보는 경향이 좀 있지 않나 하는 생각이 들어서 굉장히 일차적 거부감을 드러내는 부분이 초창기 한국의 여성 평론가들 대부분은 그런 접근을 했었던 거 같고요. 지금은 굉장히 상을 많이 받다 보니까 조심하시는 거 같은데 그때는 아마 마음 놓고 저를 그렇게 평가하셨던 거 같아요. 〈사마리아〉를 찍고 왔을 때 한국일보 몇 층에서 기자회견을 한 적이 있어요. 그때 한 기자가 이렇게 물었어요. "당신의 경험담이냐?" 그래서 "이창동이 만들면 사회를 보는 시선이고 김기덕이 만들면 지가 하는 짓이냐?" 제가 이렇게 답변을 했어요. 그니까 예를 든 거죠. 실제로 그만큼 영화라는 것이 어떻게 보면 직접적으로 관객들한 테 전달되는 미디어이기 때문에 제가 볼 때는 그렇게 받아들일 수밖에 없는 부분이 있는 거 같아요. 그것은 제가 그런 인간이다 아니다라는 사실보다 이미 영화라는 형상 자체가 관객들한테 마치 사실처럼 전하 는 목적을 가지고 있기 때문에 이미 오해의 기반은 영화의 장면에 따라 서 포함될 수밖에 없지 않나 그렇게 생각하고, 저 스스로 군이 저의 인 성을 고백하자면 강의가 끝날 때쯤이면 아실 거예요.

Q. 감독님께서는 스토리가 생각이 나실 때 어떤 사회적 메시지가 있으셨던 거예 요? 아니면 불현듯 떠오른 어떤 이야기가 자기도 모르게 그런 것과 관통하고 뭔 가 연결됐던 건가요?

김기덕 그게 무슨 어떤 특수 작전처럼 기획이 되진 않고요. 나무로 군 이 비유하자면 잎사귀 하나를 잡았는데 잎사귀에 대해서 이야기하려 고 했는데 서서히 줄기로 가고 기둥으로 가고 뿌리까지 가는 이야기가 있어요. 정말 가볍게 이런 이야기 어때? 이렇게 출발했는데 나무 전체 를 말하게 되는 거죠. 반대로 뿌리로 갔는데 줄기를 타고 잎사귀까지 가는 군이 표현을 하자면 이야기가 커지는 거죠. 처음에 가벼운 이야 기로 예를 들면 신문기사 한 줄로 접근하기도 하고 어느 한 사람의 행 위를 보고 접근하기도 하고 그랬는데 거기에 매달리는 순간 확장되는 면들이 있어요. 써보신 분들은 아마 제 경험을 이해하실 텐데, 애초에 '이런 것이 좋을까' '이런 게 어때' 서로 아무리 얘기해도 시나리오에 접 근해 들어가면 그것이 전혀 발전되지 않는 이야기로 그냥 얼어버리는 소재가 있고, 어떤 거는 너무 가볍게 장난처럼 말한 것이 눈덩이처럼 불어나서 아주 흥미로운 얘기가 되는 경우가 있는 거 같아요. 제 생각 에는 어떤 구체적인 공식이 있던 거 같진 않아요. 항상 영화마다 발상 의 출발점이 늘 달랐던 거 같아요.

Q. 교육원 시절부터 지금까지 변함없이 지키고 계신 가치관이 있으신지 궁금합니다. 그리고 제가 〈악어〉 시나리오 놓고서 공부를 했거든요. 저는 그 시나리오에서 캐릭터의 힘을 받았습니다. 캐릭터를 만드시는 전반적인 과정이 궁금하고요. 〈나쁜 남자〉 스토리 소재 컨택 이유가 무엇인지 궁금합니다. 그리고 〈피에타〉라는 영화를 창작하신 동기 시발점이 있으신지?

김기덕 영화 시나리오를 써오는 개인적인 신념이랄까 제 어떤 기본적인 생각은 늘 바뀌었던 거 같아요. 어느 때는 영화가 일기였다가 어느 때는 어떤 사회적 보복이었다가 어느 때는 이해였다가 요즘은 좀 바뀌었어요. 편견! '편견을 버리는 것이 인생이다' 라는 생각으로 뭐라고 해야 하나 조금 균형을 잡아야 되겠다. 그런 생각을 갖고 그러다 보니까 늘 그래왔지만 선과 악이라는 것도 결국 시소처럼 양쪽 균형이 아닐까? 우리가 살아오는 모든 현상들은 균형이 아닐까? 그 균형이 한쪽으로 기울 때 인류는 멈추지 않을까? 이런 생각을 하면서.

그래서 제가 좋아하는 말은 "흰색과 검은색은 같은 색이다." 흑백동색! 그것이 서로 바라보기 때문에 존재하는 것이다. 그런 어떤 생각을 갖고 제 삶 또는 시나리오 모든 작업 기준을 정하고 있고요.

〈악어〉의 캐릭터는 제가 그때 성수동에 살았어요. 그래서 자연스럽게 한강에 자주 나갔어요. 그때 부랑자 한 명이 살았는데 실제로 악어의 캐릭터 같은 사람이 정말 항상 걸인처럼 텐트 치며 살고 또 한편으로는 뭔가 괴팍하고 거칠어 보이는 사람이 있었는데 제가 거기다 시체 건지는 캐릭터를 합치면서 스토리를 만들어봤죠. 그러면서 확장된 게 〈악어〉인 거죠. 아까 말한 거처럼 부랑자와 머글이라는 시체 건지는 캐릭터를 빌려온 것이 굳이 나뭇잎 몇 개였다면 시나리오를 쓰면서 캐릭터가 구체적 성격을 갖게 되고 드라마가 되고 상대 인물이 생기면서 〈악어〉라는 영화가 나오지 않았나 생각해요.

〈나쁜 남자〉는 제 열등감의 분출일 수도 있을 거 같아요. 아마 여기 남자분들 경험 많이 하셨을 거예요. 전철을 타면 여자들이 앉아 있잖아요. 자리가 비면 그 옆에 앉게 되는데 앉으면 어쨌든 전철이고 이동수단이다 보니까 서로 비좁게 앉고 저처럼 불쾌하게 생긴 사람들이 앉으면 여자분들이 간격을 벌리고 마찰을 줄이려고 애쓰시잖아요. 그러다가 저쪽에 자리가 나면 후다닥 가잖아요. 그럴 때 기분 느껴보셨죠? 나는 정말 집에 걱정이 있어서 고민하고 있고 정말 관심도 없는데, 나는 지금 다른 걸로 정말 머리가 아픈데 며칠 동안 굉장히 불쾌감을 안겨주는 경우가 있더라고요.

그때 〈나쁜 남자〉 소재를 쓰기 시작했어요. 첫 장면이 사실 그렇잖아요. 벤치에 앉아 있는데 벌레 보듯 하면서 영화가 시작되잖아요. 전철의 경험으로 시작 한 것이 그런 영화가 됐고요.

〈피에타〉 경우 저는 그렇게 생각했어요. 가장 잔인한 복수는 뭘까? 우리나라 복수 영화 많았잖아요. 〈마더〉도 있고 〈복수는 나의 것〉 같은 박찬욱 감독의 복수 시리즈도 있고, 그런데 아 정말 복수는 뭘까? 저는 정말 복수는 모성이라고 생각했어요. 모성을 심어주고 소멸시키면 그것을 갚을 인간이 있을까? 한 인간이 과연 그것을 갚을 수 있을까? 과연 그것을 원점으로 돌려놓는 인간이 있을까?

그래서 줄거리처럼 가짜 엄마가 진짜가 되고 진짜 엄마라고 확신할 때 스스로를 희생시켜 엄청난 상처를 주는. 영화를 제일 처음 시작할 때는 그런 사람들한테 정말 보복을 하고 싶었어요. 그런데 영화를 찍으면서 시나리오를 쓰면서 또 그게 안 되더라고요. 또 다른 생각이 들더라고요.

처음에는 정말 완전한 엄마가 된 다음에 아들이 되겠죠? 아들이 된 후 눈앞에서 죽는 거였어요. 시크릿을 보여주지 않는 거였어요. 그런데 이 영화는 나무를 하나 심으면서 그 시크릿을 아이가 풀게 만들잖아요. 원래 시나리오에는 그게 없었어요. 자기 때문에 엄마가 죽었다는 그 어떤 패배감? 또는 자기 때문에 엄마가 죽었다는 게 얼마나 고통스럽겠어요? 그렇게 영화를 끝내려고 했는데 남자 주인공 강도가 너무 불쌍한 거예요. 그래서 마지막에 시크릿을 풀어서 그렇게 영화를 만들었죠.

Q. 열심히 교육원 생활을 잘하신 거 같은데 반성이 되네요. 일단은 감독님이 전혀 영화에 대해 모르시다가 어떻게 연출까지 가신 건지 그 루트도 궁금하고 또 어떤 노력을 하셨는지 도움이 될 만한 말씀을 해주셨으면 감사하겠습니다.

김기덕 네, 도움이 되었으면 좋겠습니다. 사무실에서 기다리는데 정대성 작가가 여기 학생들의 성향이 디렉터도 하고 싶어 하는 분들이 많다. 여자분들은 드라마 작가 성향이 많고 남자분들은 디렉터를 하고 싶은 분들이 있다고 그런 얘기를 하시더라고요.

제가 감독이란 직업도 가지고 있으니까 거기에 대한 질문이니까 대답하겠습니다. 저 열심히 했어요. 왜냐하면 학원비가 너무 아깝잖아요. 그때 70만 원 냈던 거 같은데 정말 열심히 했어요. 저는 주간반이었는데 2시간 강의잖아요? 저는 끝나고 야간반 다른 신생님 도강을 항상 들어갔어요. 70만 원내고 140만 원어치 교육을 받은 거예요.

정말 저는 제가 부족하다고 생각했어요. 그 당시 제 친구들이 다 말도 너무 잘하고 이런 얘기해서 미안한데 기초반 들어와서 작가 명함 파고 다니는 사람들도 좀 있었어요.

물론 다 현업으로 돌아갔지만 저는 그런 자격이 없다 생각했죠. 그래서 정말 주간반, 야간반 계속 6개월을 열심히 다녔죠. 그리고 전 그때 일을 했어요. 제가 무슨 일을 했냐면 거리의 화가 일을 했어요. 길거리에서 아마 롯데월드 가신 분들 중에 저한테 그림 그린 분들도 있을지 몰라요. 거기서 거리의 화가를 했거든요. 낮에는 그걸 하고 밤에는 여기 와서 수업을 듣고 그랬어요.

그 당시 저는 거리의 화가를 하면서도 그때는 낯설었겠지만 워드 나오기 전이라 노트에 시나리오를 몇 권 썼어요. 그런 다음에 집에 와서 먹지로 해서 타자기로 쳐야 하거든요. 그런 다음에 공모전에 내야 했거든요. 정말 오래된 얘기네요. 23년 전쯤 되겠구나. 그다음에 워드가 나왔어요. 가멸지 워드가 나왔어요. 그 가멸지 워드가 어느 순간 바뀌고 그냥 워드가 나왔어요. 그리고 다음에 컴퓨터가 나왔죠. 그런 과정을 저는 다 경험해봤어요.

가멸지로 쓴 시나리오가 있었어요. 영수증 뽑는 게 가멸지예요. 그게 시간이 지나면 글자가 다 날아가요. 그때 제가 강수연이라는 시나리오를 썼어요. 강수연이 베니스에서 여우주연상 타고 딱 그런 시절인데 여배우한테 여배우의 삶이 아닌 일반인의 삶을 줘야겠다. 그래서 납치 당해서 농사꾼의 아내가 되는 시나리오를 썼는데 나중에 감독 되고 나서 강수연을 만났어요. 자기 얘기를 썼다 하니까 보여달라 했는데 가멸지로 써서 다 날아가서 글자가 없었다. 그래서 가멸지 얘기를 하는 거예요. 하여튼 딴 길로 새서 죄송합니다.

어쨌든 그렇게 열심히 했고요. 저도 지금 생각해보면 감독은 상상을 안 했던 거 같아요. 사실 그렇잖아요. 나 감독 할 거야 마음먹고 여기 왔다기보다는 시나리오라도 일단 제대로 쓰자 아닐까요? 그리고 타이틀에 각본으로 이름 올라가는 게 기초적인 목적일 거 같아요. 그 이상을 가지면 일단 과욕일 거 같아요. 저도 그랬어요. 내가 쓴 시나리오 하나 개런티 못 받아도 극장에서 타이틀 올라갈 때 나오면 좋겠다. 그렇게 출발했죠. 그런데 여기 창작상 당선되고 영진위 대상 당선되고 그 후에 여러 군데에서 연락이 왔어요. 네 각본 영화화하겠다. 그런데 잘 안 됐어요. 그 무렵 쓴 시나리오가 하나 있었어요. 그걸 영화로 하려고 노력했는데 잘 안 됐고 근데 그게 제목이 바뀌어서 〈악어〉가 됐죠. 그런데 제가 영진위에 당선됐던 기초 프로필이 있으니까 어디서 연락이 왔는데 좀 불편한 돈이었어요.

어쨌든 그 돈을 제 〈악어〉에 투자했고 저는 그 영화를 통해서 알려졌죠. 최근에 〈악어〉 시나리오 공부하셨다고 했지만 어떻게 보면 거침없고 투박하고 또 연출이랄 것도 없어요. 그냥 그때 제가 연출이란 것을 몰랐어요. 〈악어〉 시나리오를 어떤 사람이 그때 돈으로 한 2억 정도 투자하기로 하고 제작사에서 진행하면서 감독을 찾는데 없는 거예요. 그리고 어느 날 저도 모르게 시나리오만 팔라고 그러는 거예요. 처음에는 팔려고 했는데 어느 순간 시나리오를 팔고 싶지 않다 안 팔리면 말도 안 되는 제안을 해야 되겠다 생각했어요. 그 제안이 감독을 시켜달라였죠. 그랬더니 말도 안 된다. 그때 시나리오를 오백으로 시작했는데 천, 이천 막 올라가는 거예요. 그 사람들이 시나리오를 흥미롭게 본 거 같아요. 그 주체가 촬영감독하고 어떤 피디 분들이었는데 제가 워낙 우기니까 그분들이 그럼 한번 감독 테스트를 해보자. 촬영감독이 팔짱을 끼고 딱 앉아서 묻는 거예요. 경력을 묻고 뭘 묻고 그래서 그림을 오래 그렸다 했더니 그럼 됐네. 그러면서 감독이 됐어요.

창피한 얘기지만 그때 여자 주인공이 전미선 이었어요. 3회 찍고 그분이 중도 하차를 하셨는데 다른 여배우로 바뀌었어요. 신인 감독한테 어떤 믿음이 없으셨나봐요. 지금 생각해보면 제가 못했던 거 같아요. 그분이 다시 방송으로 가 영화가 중단됐는데 할 수 없이 신인 배우를 캐스팅했는데 일단은 그때 세 번 찍은 걸 다 버려야 하잖아요. 그때는 필름이었어요. 상당한 손실이었어요. 그렇게 버리는 게 꼭 배우 때문은 아니고 제가 연출을 못해서. 저는 그림을 오래 그렸으니까 계속 그림식으로 딱딱 찍은 거예요.

어느 날 촬영감독이 오더니 아니다 이거는 커트가 연결돼야 한다. 그러면서 한참 알려주더라고요. 이쪽으로 가면 동선을 받아서 이렇게 하고 사이드를 좁히든지 넓히든지 해야 한다. 아, 그렇구나 하고 집에 가서 열심히 그걸 기준으로 콘티를 짰어요. 그 다음 날 가서 했더니 그렇게 하는 게 맞았다. 그렇게 쭉 찍은 영화가 〈악어〉인데 연출이랄 게 없죠. 동시녹음 기사가 없어서 라인 프로듀서가 녹음을 했어요. 잡음도 심하고. 어쨌든 영화를 만들었고 그걸 명보극장에서 개봉했는데 그때 전국 스코어가 한 6000명 정도가 들었던 거 같아요. 그걸 보고 놀라시던 분들이 몇 분 계셨어요. 뭐 있는 거 같은데 확실하진 않지만 뭐가 있는데 그런 뉘앙스겠죠? 어떤 평론가는 되게 폄하했고, 어떤 평론가는 모든 걸 뛰어넘은 새로운 시도다. 그 말씀 하신분이 정성일 씨예요. 정성일 씨는 계속 저의 지지자가 돼주었죠. 그래서 항상 고마워하고 있고. 어쨌든 특별한 건 없었어요. 오히려 지금도 마찬가지예요. 제가 촬영하고 제가 다 하는데 연출이 무엇일까 지금도 생각해요. 연출이 뭐가 있죠. 연출이랄까 어떤 그런 미장센을 해야 하는 영화가 있다고 전 믿어요. 그렇지만 저는 여러 가지 핑계를 대죠. 돈 핑계, 시간 핑계를 대면서 사실은 간과해온 거 같아요. 지금도 여전히 그렇고. 여기까지 말씀드리겠습니다.

Q. 감독님 제작비도 부족하고 쉽게 찍고 그랬다고 하셨는데 〈봄여름가을겨울 그리고 봄〉 같은 경우는 미장센도 좋고 상당히 그림이 좋은데 그건 진짜 신경 쓰셨는지? 그니까 빨리 찍으셨는데 그런 느낌이 전혀 없어서요.

김기덕 풍경이 거기 있었어요. 배우도 거기 있었고. 저는 영화라는 게 그 어떤 감독의 영화는 그런 게 보이는 게 있잖아요. 저렇게 디테일하게 어떻게 리듬 있게 보이지 않는 거까지 다 입체적으로 상징적으로 보여주나 놀라움을 저 역시 경험하는 영화들이 있어요. 이미 그분들은 시작하면서 그것이 목적인 예를 들면 벽지 하나를 발라도 다른 무언가가 있잖아요. 저는 아까도 말했지만 시나리오 작가 출신이어서 그런지 그거보다는 촬영할 때까지 가장 신경 쓰는 것은 이야기예요. 그러다

보니까 제 프로덕션 시간이 시나리오 작업 기획이 몇 년씩 하는 게 아니라 프리프로덕션 한 달 정도거든요. 시나리오 초고 나오면 바로 프리프로덕션 들어가요. 한 달 동안 시나리오를 몇 번이고 계속 고쳐요. 스태프들한테는 뭐 준비하라 하면서도 시나리오를 촬영 전날까지도 촬영하면서도 계속 고치거든요. 저는 그러다 보니까 오히려 카메라는 카메라 기능만 빌리는 거 같아요. 어떤 분들은 카메라 기능 플러스 거기서 또 창조적인 작업을 하는데 〈봄여름가을겨울 그리고 봄〉 같은 경우는 일수로 따지면 24일 정도 촬영했어요.

봄에 5일, 여름에 4일, 가을 5일, 겨울 5일 이런 식으로 계절의 포인트만 찾아가서 찍었는데 영화를 보면 1년 내내 버텨서 찍은 것처럼 보이죠. 그래서 영화가 마술인 거예요. 마치 오랜 시간 한 것처럼 보이는데 제 성격에 그렇게 못 해요. 그랬으면 아마 말라 죽었을 거예요. 저는 한 15일만 찍으면 제가 너무 힘들어요. 아마 너무 집중하기 때문에 너무 힘든 거 같아요. 우리나라 영화 보통 몇 개월 찍으면 하루 이틀 찍고 이삼일 쉬고 이러잖아요. 그분들은 제 스타일 못하지만 반대로 돈을 줘도 저는 그분들 스타일을 따라 못 해요. 어쨌든 〈봄여름가을겨울 그리고 봄〉의 어떤 장면에서 흥미로운 부분이 있었다면 그것은 촬영이나 제가 연출의 마술을 벌인 거보다는 그 장면과 장소 자체에 공을 들인 것이 아닐까. 물 위에 절이 있고 없고 차이가 크잖아요. 절이 있었을 때 스스로 만들어진 미학이 있지 않을까요? 아무것도 없지만 절이 물그림자를 비추고 있고 그런 어떤 환경에서 저는 많은 사람이 카메라로 무언가를 할 수 있다고 믿어요. 카메라가 99% 완벽한 기능을 가지고 있고 피사체를 받아서 레코딩을 하고 99%에서 1%가지고 조금 어떤 다양한 것을 추구하는 것이 테크닉이라고 생각하는 편이에요.

Q. 감독님께서 시나리오를 많이 가지고 계신다는 얘기가 있어요. 흥행으로 봤

을 때 각본과 제작으로 참여하신 작품이 있고 본인이 직접 연출하신 작품들이 있습니다. 상업이 목적이거나 아니면 감독님이 좋아하시는 작품이 있으실 거 같은데 그런 걸 감독님이 고르시는 기준이 있으신지?

김기덕 저는 영화를 지금 20년을 만들었잖아요. 1996년부터 만들었으니까 제 작품이 20개고 제작한 게 6개인가 그래요.

저의 어시스턴트 디렉터들이 만든 게 6개 정도 되는데 사실은 제가 다 하려고 썼던 거예요. 그런데 그것이 1~2년 지나면서 제 마인드가 바뀐 거예요. 제가 세상을 보는 눈, 인간을 보는 눈, 저 스스로의 어떤 감정 이런 것들이 바뀌어서 저한테는 별로 흥미롭지 않은 영화가 되어버린 거예요. 그 영화들이 〈풍산개〉〈영화는 영화다〉〈배우는 배우다〉〈신의 선물〉〈메이드 인 차이나〉 이런 건데 그것들이 시나리오 쓸 때는 하고 싶었던 것, 몇 년 전에는 하고 싶었던 것들이었어요. 저의 후배들이 하면서 색깔이 바뀐 것도 있죠. 왜냐하면 그분들은 젊고 그분들이 보는 경쾌함이 있잖아요. 내가 썼다 해도 그분들이 시나리오를 읽을 때 다른 표현이 가능하잖아요. 그 영화들도 제가 만들었으면 아마 예술 영화가 되었을 거예요.

그런데 제가 안 만들고 젊은 친구들이 영화를 하면서 상쾌해지고 유쾌해지고 이런 부분들이 자연스럽게 생기지 않았나 저는 이렇게 생각 해요. 제가 시나리오가 많다고 그러시는데 직업이니까 계속 써야죠. 저는 외로울수록 시나리오를 썼어요. 연애를 하면 안 쓰는데 연애를 안 하면 저는 시나리오를 써야 해요. 여자가 옆에 없으면 컴퓨터라도 옆에 있어야 해요. 어쨌든 항상 시나리오를 써요.

지금도 시나리오는 10개 정도 운영하고 있어요. 그런데 그것이 완고라는 건 없어요. 초고로 된 것들이 10개 정도 있죠. 한 작품에 오래 매달리지 않고 초고를 조금 두었다가 객관적으로 읽어보고 또 고치고 이런 식으로 운영하는 거 같아요. 10여 편 정도가 플레이되고 있는데 언제 무엇을 할지는 아직 모르죠. 최근 3월에 〈그물〉이라는 영화를 촬영했어요. 류승범이라는 배우와 했죠. 류승범 씨가 저하고 한편 해보고 싶다 해서 뭘할까 고민하다가 잠자고 있는 〈그물〉을 끄집어내서 한 거죠. 류승범 씨가 그 캐릭터에도 맞고 그래서 했고 그다음에 뭐가 어떻게 나올진 모르겠어요. 중국에서 뭐 하나 준비하고 있는데 중국은 심의가 엄격해서 5가지가 안 돼요. 정치, 군사, 종교, 소수민족, 지나친 폭력이나 섹스. 심의에서 다 걸리기 때문에 저는 좀 많이 어렵죠. 심의에서 꽤 오래 계속 반려가 되었고요. 최근에 정말 말도 안 되게 고쳐서 통과됐는데 과연 그걸 해야 하는지 고민하고 있죠.

Q. 저희 커리큘럼이 서로의 작품을 가지고 리뷰를 주고받는데 선생님께서도 도와주시지만 그 과정에서 어려움을 많이 느끼는데 리뷰를 받고 나면 '내가 뭘 해야 하지'라는 생각도 들어요. 사실 동기들의 리뷰를 해주는 것도 어렵다고 느끼게 되는데 감독님께서도 그 과정을 거치셨으니까 동기들의 리뷰라든가 그런 리뷰들이 작품에 어떤 영향을 미치셨는지 주로 어떤 식으로 풀어나가셨는지 궁금합니다.

김기덕 저는 영화를 20년째 하지만 비판이나 칭찬에 대해서 다 고마워해요. 저는 감독이 되었으니까 영화가 실제로 세상 밖으로 나가잖아요. 그러면 아픈 말도 많이 돌아오죠. 초반에는 저도 자존심이 있고 나 잘났다 하는 시기가 있잖아요. 그때는 조금 불편했는데 시간이 지나면서 왜 그런 말을 하는지 제 영화를 보고 저 스스로가 그걸 통해서 변화를 겪기도 하는 거 같아요. 구체적으로 누가 도움을 준 거보단 그냥 그렇게 변해오면서 지금의 제가 되는 거 같아요.

여러분들은 지금 여기 등단하신 분도 계실 거고 당선되신 분들도 계실 거고 모르게 뒤로 은밀하게 위대하게 준비하시는 분도 계실 거고. 어쨌든 누군가의 말에 가장 민감한 시기일 거 같아요. 짧은 단편 하나 가지고도 또는 영화 본 의견 하나 가지고도 서로 굉장히 예민할 거 같아요. 서로 정체와 수준을 들내는 거기 때문에.

제가 공부할 때, 아까도 말했지만 나는 정말 모른다는 것을 항상 인정한 거 같아요. 우리나라 대학교 문창과, 국문과 교육이 만만치 않잖아요. 제가 볼 때는 많은 지식을 갖고 내보내는 건데 저는 그거에 대한 어떤 기초적인 것도 없다 보니까 그 당시에 항상 배워야 한다고 생각했고 그리고 제가 시나리오를 써도 또 다른 문제가 생겼어요. 맞춤법이 너무 많이 틀리는 거예요.

제가 아까 얘기했잖아요. 공부한 적이 없다고. 그니까 마음은 이 문장을 쓰는데 남들이 보면 이 문장이 아닌 외국인이 쓰는 그런 문장이었어요. 그래서 우리 반 애 중에 문창과 친구가 봐줬어요. 정말 진심으로 제가 시나리오 한 권 쓰면 집에 가서 맞춤법을 맞춰서 갖다 주고 그걸 공모전에 내고 이랬어요. 시나리오 형식은 여러 가지가 있잖아요. 그때 제가 시나리오 형식을 빌려와서 그대로 썼는데 어쨌든 그랬기 때문에 공부를 할 때는 무슨 말이든 저한텐 다 도움이 됐어요.

Q. 리뷰를 통해서 이야기의 방향이 바뀌기도 했나요?

그 당시에 제가 많이 겸손했지만 제 이야기를 가지고 과감하게 '이렇게 가면 좋겠다' 라고 말하는 사람은 없었어요. 왜냐하면 그때 저희 학생들 수준에 장편을 쓴 사람이 거의 없었고 전문반, 연구반 쪽에서 몇 편 나오는 정도였고 기초반에서는 코멘트를 해주거나 브레이크를 걸기보다는 다 칭찬을 했던 거 같아요.

제 개인적인 얘기인데, 어느 날 영화를 4~5개 만드니까 "야, 네 시나리오만 하지 말고 네 것도 각색을 맡기고 남 얘기도 들어봐" 이런 얘기를 들었어요. 아 그래 나 혼자 좁은 우물에 빠져 허우적거리는 거일 수도 있어 그러면서 각색을 맡겨본 적이 있었어요. 본인은 멋있게 각색을 했다고 가져왔는데 저는 황당해서 읽을 수 없을 정도였어요. 그 사람이 각색한 걸 보니까 처음 이 시나리오를 어떻게 이해했는지가 보이는 거예요. 차원이 완전히 다르다는 걸 느꼈어요. 그 후로 제가 각색을 안 맡기죠. 지금까지 계속 제 주장대로 해온 거 같아요.

Q. 저는 동기 리뷰를 해줄 때 주로 개연성이 어떻고~ 구성이 어떻고~ 이런 걸 따지고 있는데 어느 순간 이게 맞나? 영화가 무슨 논리가 있어서 그 논리에 질서 정연하게 맞춰야 하는 게 아닌 거 같기도 한데 그러면 무엇을 리뷰 해줘야 하지? 그런 생각이 들기도 하는 거예요. 리뷰가 동기한테도 도움을 주고 제 작품을 객관적으로 보는 시각을 주기도 하는데 감독님께서는 어떤 식으로 리뷰해주시는지?

김기덕 저는 이렇게 생각해요. 시나리오의 '시' 자도 모르는 사람이 시나리오를 써도 그것이 의미 있다고 생각하거든요. 저는 일단 존중해야 한다고 생각해요. 그것이 바로 그 사람이라고 생각해요. 시나리오가 그 사람의 데이터베이스라고 생각해요. 다만 간절하게 부탁하면 객관적으로 나 같으면~ 하는 전제를 깔고 조금 해줄 수 있어요. 그것 역시도 제 경험의 바탕이지 전체는 아니죠.

보통 지적하는 게 보편성이잖아요. 일반적인 게 사실 가장 위험하고 어떻게 보면 노후된 거잖아요. 실제로 내가 거기에서 그런 식으로 교육을 받았다면 안 됐겠죠. 저 같은 사람은 지금 영화를 못 만들고 있겠죠. 제가 어떻게 보면 가장 크게 영화감독이 되고 여러분 앞에 설 수 있는 건 지금은 돌아가신 박철수 감독님이 제가 영진위 당선작 〈무단횡단〉을 처음 출품했을 때 심사하셨어요. 저도 영진위 심사를 해봤는데 세 팀을 나눠서 100편씩 가져가요. 각자 방으로 그리고 100편 중에서 후보를 10편씩 올리거든요. 그리고 30편에서 다시 줄이고 당선작과 가작을 뽑거든요. 그때 제 작품을 심사한 사람은 예선 탈락으로 제 걸 버렸어요. 그런데 박철수 감독님이 중간에 쉬러 왔다가 저기 비참하게 허리를 구부리고 있는 시나리오를 한두 장 발가락으로 넘긴 거예요. 그러면서어 재미있네 하면서 보시다가 내가 이거 후보로 올려도 돼? 하면서 가져간 거예요. 그것이 대상이 된 거죠. 그 시나리오는 누가 봐도 떨어트려야 하는 게 정상이에요. 〈무단횡단〉 읽어보신 분 계시면 아시겠지만 제 스스로 이런 말 하는 게 좀 그런데 워낙 난감한 부분이 많거든요. 박철수 감독님이 끝까지 밀어서 당선작이 되었죠. 그 당선작이 없었으면 저도 사실은 없죠. 냉정하게 따지면 없죠.

그 시나리오는… 박철수 감독님의 영화를 아시잖아요? 〈301 302〉, 〈학생부군신위〉 그분이니까 그것이 의미가 있게 보였던 거 같아요. 그런데 다른 스탠더드한 감독들이 봤을 때는 아마 10페이지도 못 읽고 던져버린 거 같은데 그런 어떤 부분이 있는 거 같아요. 저도 항상 조심하는 게 어떤 영화든 속으로는 욕해요. 겉으로 대놓고 얘기하는 건 항상 조심해요. 그것은 그 사람의 세계잖아요. 제 몇 마디에 바뀔 거 같아요? 안 바뀌죠. 저는 영화라는 것이 풀리지 않는 시크릿이 많다고 생각하거든요. 우리가 살고 있는 이야기들이 우리가 본 것들로 집중해서 흉내 내려고 하는 경향들이 있을 뿐이지. 저는 영화를 인간의 비밀을 푸는 거라 항상 스스로 얘기하는데 그럼 시크릿을 찾아야죠. 그것을 풀어낼 때 누군가가 기웃거리지 않을까요.

Q. 감독님께서 20년 동안 많은 작품을 만드셨는데 작품들 가운데 감독님께서 생각하시기에 가장 아끼고 최고라고 생각하시는 작품이 어떤 것인지?

김기덕 얼마 전 제가 어떤 지인을 만났는데 그런 질문을 하시더라고요. "만드신 영화가 20편 되는데 그중에 가장 애정이 가는 영화가 어떤 거냐 이런 식이었는데, 저는 자식 10명 중에 누가 제일 좋으냐 앞에 줄 세워 놓고 물을 때 부모가 말하기 쉽지 않잖아요. 그렇게 대답할 수밖에 없을 거 같아요. 왜냐하면 시간이 많이 흘렀잖아요. 20년이 지났잖아요. 20년 지나간 일을 다 기억하진 못하잖아요. 그 영화를 만들 때 가진 열정이나 애정이나 지금 내가 간단하게 서로를 비교할 수 없다는 거예요. 20편을….

돌이켜보면 영화를 한편 만들 때마다 항상 치열하게 싸웠던 거 같아요. 나 자신과 현장시스템과 시나리오와… 그니까 항상 이것이 마지막 기회라는 생각을 했어요. 지금 내가 카메라가 돌아갈 때 최선을 다하지 않으면 다신 기회가 없다.

가장 우선순위를 선택했어요. 돈이 없을 때는 돈이 없는 거 안에서, 시간이 없을 때는 시간이 없는 안에서 항상 최선을 선택할 수밖에 없어요. 저 스스로 그 시간을 되돌아 가보면 항상 치열했고 항상 최선을 다했어요. 최고가 되진 못했지만 최선은 다했던 거 같아요.

제가 볼 때는 영화는 하나의 생명 같아요. 그들이 살아서 나를 노려보고 있는 거 같아서 함부로 말할 수 있는 부분이 아닌 거 같아요. 하지만 관객들은 얼마든지 선호를 충분히 얘기할 수 있을 거 같아요.

Q. 감독님이 정말 힘드실 때 1인 다큐처럼 찍은 영화 〈아리랑〉에서 보면 가학, 피학 그런 장면에서 상당히 열변을 토하는 장면이 있는데 대부분의 영화에 그런 공통점이 있다고 봅니다. 그런 면을 여성 관객들이 불편해하지 않았나요?

김기덕 그런 면이 있지만 저는 여성 관객들을 불편하게 하려고 한 적은 한 번도 없었어요. 저는 우리 인생이 가학, 피학, 자학이라고 생각해요. 결국 마지막에 자학을 통해서 해결할 수밖에 없는 거 같아요. 피학이나 가학으로 해결되는 게 없잖아요. 나 스스로가 나를 조정해야만 하잖아요. 영화의 주제 자체도 항상 그렇게 귀결되지 않나? 그러다 보니까 어떻게 보면 〈박쥐〉 같은 영화일 수도 있죠.

박찬욱 감독의 〈박쥐〉가 아니라 낮과 밤을 오가는 이중적인 그 어떤 복합적 메시지를 갖고 있는 거 같아요. 어떻게 보면 그레이존일 수도 있고. 저는 살면 살수록 그런 거 같아요. 가학, 피학, 자학인데 그것이 흰색과 검은색이 같은 것이다. 그 가운데 뭐가 있어요. 비율이 다른 회색이 있죠. 흰색이 80%로 검은색이 20%일 때는 여린 회색이 될 것이고 반대는 진한 회색이 될 것이고, 결국 그것은 우리의 어떤 순환구조가 아닐까? 그것에 기초를 두고 영화를 만드는데 어쨌든 영화는 인과 관계 사건을 끌어와야 하잖아요. 그것이 에피소드가 되고 캐릭터가 되고 그것이 그들이 충돌하는 상황이 되고, 그 후에 충돌이나 마찰이나 다양한 감정들의 비빔밥이 되면서 메시지가 전달되는 거잖아요. 〈피에타〉도 〈빈집〉도 〈나쁜 남자〉도 그 영화가 가는 거는 아까도 그런 얘기를 했죠. 편견을 버리는 것이다. 저 스스로 인생을 살면서 편견을 버리는 것이 인생이 아닐까? 그러다 보니까 영화를 만들 때 누가 불편하다고 해서 안 하거나 그것을 조심하거나 그런 적은 없는 거 같아요. 저는 제가 갖고 있는 시나리오 내용들이 여전히 있어요. 남들은 순화됐다 어쨌다 하지만 근본적으로 영화 자체는 그거라고 생각해요. 어떤 포스라고 생각해요. 포스가 있어야 나가는 거잖아요. 데시벨이죠. 시그널이 전달된다면 〈아리랑〉도 그거잖아요. 저는 영화가 얌전할 수 없다고 생각해요. 얌전할 필요가 있는 건 약간 계몽적인 부분이 필요할 때 사실 15세 관람가 이런 영화들이 목적이 있잖아요. 그럴 때는 그럴 수 있는데 저도 어느 날 미쳐가지고 그런 영화를 만들 수 있는데 지금은 아마 제가 줄거리를 말할 수 없지만 그런 게 더 많은 거 같아요. '어떻게 이렇게 생각하지' 할 정도의 그런 것들이…

인간이 아니라 인류에 대한 인류의 지속성에 대한 고민을 많이 해요. 인간의 충돌에서 너무나 많은 것을 보고 느끼고 충격을 받잖아요. 이제는 인간에 대한 질문을 해야 하는 게 아니라 인류가 지속해온 질문을 해야 되겠다. 인간이 충돌하는 것을 가지고 선과 악을 나누고 응징을 하고 칭찬을 하는 문제는 넘어서야 되겠다. 그런 생각이 좀 들고요. 영화에도 노벨상이 있었으면 좋겠네요.

Q. 감독님의 얘기를 들어보면 영화감독이 안되었다면 부랑자가 되셨을 거 같아요. 그 나이에 부랑자가 되고 싶으셨는지? 먼 프랑스는 왜 가시려고 했는지?

김기덕 많은 사람이 그럴 거 같아요. 예전에 TV 프로그램 〈두드림〉인가 어디에 나와서 그런 말은 했어요. "열등감이야말로 나한테 가장 큰 장점이고 재산이다." 제가 열등감이 많았거든요. 여기 계신 분들은 저보다는 다 환경이 좋으셨을 거 같아요. 제가 이런 말 하는 것도 마치 비유법을 쓰는 거 같아서 좀 부끄럽긴 한데 저는 열등감이 많았어요. 10대 때, 일단은 학교를 친구들과 같이 못 다녔다는 열등감, 여자들에게 인기가 없다는 열등감, 그때는 그랬잖아요. 학교에 가방 메고 기타 치는 게 시선을 끌었지 저같이 공장 다니는 애가 시선을 끌진 않았잖아요. 여자한테도. 그니까 하나를 잃은 게 아니라 하나가 없으니까 두 개를 다 잃어버린 그런 상황이죠. 16세 때부터 공돌이를 했으니까. 다른 친구들은 만날 교복 입고 큰 길을 멋지게 넓게 걸어갈 때 저는 논길로 좁은 길로 좁게 걸어가야 하고 그 어떤 대비들이 저한테는 나는 모자란다. 나는 무식하다. 나는 못 배웠다. 계속 스스로 주입을 했던 거 같아요. 그런 주입을 한 나 자신도 어쩌다가 친구들하고 술자리를 하면 난 말을 해서도 안 되고 저 자신을 가뒀던 거 같아요.
그것을 탈출했던 계기가 프랑스예요. 두 개죠 하나는 해병대.
해병대는 지역, 학력 안 따지거든요. 거기에서 일종의 해방감이 들었고 해병대 제대하고 나서 유럽 여행을 가서 프랑스에 정착했을 때 편견이 없었죠. 아무도 제 정보가 없으니까 그리고 제가 아는 사람이 없으니까. 거기서 처음 인간을 객관적으로 본 거 같아요. 서로 크기의 비교가 아니라 하나의 인간으로서 그러면서 조금 용기를 얻었다고 할까요. 지금 돌이켜보면 그랬던 거 같아요. 이런 얘기를 하면 꼭 인간극장 같아서 하기가 괴롭네요. 하여튼 그럼에도 어쨌든 제 영화를 설명하는 데는 필요한 답변 같아요. 이런 제 성격과 환경이 제 영화의 어느 부분이 되지 않을까. 부랑자 정도는 아니었고요. 제가 그림을 좀 그려가지고요. 여름이 되면 남부의 해변가에 관광객들이 많이 오거든요. 거기서 제가 파스텔로 사람들 얼굴을 그려줬어요. 그런데 한 명당 파스텔로 10분 그리는 거는 무지 어려운 거거든요. 그걸로 제가 돈을 좀 벌어서 캔버스를 사가지고 그림을 스무 장 그려서 그것을 짊어지고 유럽의 기차를 타고 또 전시회를 하고, 길거리 전시회도 하고 하여튼 개폼은 다 잡았어요. 지금 생각해보니까 그 나이에…

Q. 그림은 언제부터 그리셨어요?

김기덕 그림은 날 때부터 그렸어요. 어릴 때부터 그림은 습관이었던 거 같아요. 그런데 저만 그런 게 아니라 그 습관을 학교라는 걸 들어가면서 버린 거잖아요. 누구나 다 그리지 않았나요? 부모가 연필만 주면 다 그리지 않았나요?

Q. 질문을 다시 하겠습니다. 화가는 언제 되셨는지?

김기덕 화가라는 직업을 가져본 적은 없고요. 저 스스로 열심히 그렸을 때가 해병대 제대하고 그때가 언제냐면 두 번인데요. 한 번은 해병대 가기 전 스물한 살 때 그때 2년간 열심히 그렸고, 스물일곱 살에 약 2년간 그림을 그렸어요. 유화 올 페인팅을 그렸어요.

Q. 어쨌든 감독님께서는 불평등하게 살아서 열등감을 가지고 마음속에 독기를 품고 6개월 동안 장편 3편을 쓰셨다고하셨는데 그 이후로 그것을 어떻게 유지하고 힘든 순간을 뛰어넘으셨는지요?

김기덕 저는 여기서 수업을 받았어요. 줄거리를 쓰면 저는 제 골방을 만들었어요. 저의 집 지붕에 사각지대 물건 놓는 데 있잖아요. 집 놓는 데가 반평 정도 되는 데 있었어요. 저는 거기에 들어가서 밖에 문을 잠가달라고 해가지고 거기서 썼어요. 그니까 굉장히 독하게 썼죠. 아이디어가 안 떠올라도 거기서 있었어요. 그냥 밥만 들여달라고 하고 꼭 마치 교회에서 통성기도 하는 사람처럼 벽에도 이렇게 써놨어요. 저를 너무나 모욕하는 말을 써놨어요. '이걸 쓰지 못하면 넌 인간도 아니다.' 지금 생각해보면 이게 잘한 건지 무모한 건지 딱 제 머리맡에 써놨어요. 초고 쓰면 나왔었어요. 그때는 신나잖아요. 재고를 하는 거는 끌어들이는 힘이 있거든요. 초고가 힘든 거예요. 초고는 창작으로 되는 게 아니에요. 인내심만 필요해요.

시나리오는 가장 필요한 게 인내심이에요. 처음에 그니까 처음에 시나리오를 쓰면 벽이 탁 보이잖아요. 그때 아주 비겁하게 쉽게라도 벽을 깨고 넘어 그 다음 신으로 넘어 가야 해요. 말도 안 되게 누가 보면 유치하더라도 그걸 써야 해요. 정말 수준 이하다, 작가 맞아 할 정도의 내용이라도 쓰고 다음 신으로 넘어가야 전체 큰 줄기를 만들어 가지와 잎사귀를 장식할 수 있는 것처럼.

시나리오도 인내심이 중요해요. 저는 그렇게 작업을 했어요. 그니까 독한 건지 하여튼 그랬던 거 같아요. 자꾸 성공 신화가 되네.

Q. 글에 관련된 질문인데요. 시나리오라는 게 결국 엉덩이 무거운 사람도 잘 쓰지만 발로 뛰는 현장감 취재도 잘해야 한다고 생각하는데 감독님의 특별한 경험이 있으신가요?

김기덕 그거는 순서에서 전후로 따졌을 때 저는 초고가 먼저예요. 초고는 일단 줄거리를 이야기화하는 거에 집중한 다음에 대부분 그 배경도 우리가 알고 있잖아요. 알고 있으니까 줄거리에 나열했겠죠. 디테일은 초고를 쓴 다음에 재고를 쓸 때 좀 더 환경이나 캐릭터의 구체적인 인성 이런 것들을 조사해서 하고, 요즘은 컴퓨터가 대부분 자료를 다 찾아주니까 조금만 검색을 하면 실제로 안 가도 되고 또 구글 지도를 보면 정말 디테일하게 마이크로까지 360도 회전 사진 동영상까지 다 있잖아요.

저는 지금 대부분 그렇게 헌팅을 하거든요. 중국도 먼저 그렇게 한 다음 실사를 하고 일본도 먼저 구글 지도로 리서치하고 실제로 가면 거의 똑같으니까. 사실 가볼 필요도 없죠. 물론 경제적으로 풍족하다면 모든 현장을 둘러보고 여유롭게 하는 것도 좋은 방법이겠지요.

Q. 감독님 개인의 종교관과 그리고 종교를 어떻게 보고 계시는지 궁금합니다.

김기덕 여기 다 각자 있을 거 아니에요? 무교도 있을 테고, 저도 교회 열심히 다녔어요. 철야예배 하루에 몇 군데 다닌 적도 있고요. 그렇다고 그것을 자랑 삼아 얘기하는 건 아니고요 지금은 안 다니는 편이에요. 그것을 불신해서 안 다는 것이 아니고 제가 만든 영화를 보면 〈사마리아〉는 마치 기독교 같고, 〈피에타〉 보면 가톨릭 같고, 〈봄여름가을겨울 그리고 봄〉 보면 불교 같고 뭐 이런 게 있는데 저는 이제 제 영화가 이러다 보니까 기자분들도 그렇고 외신 기자분들도 그런 질문을 하는 경우가 더러 있어요.

저도 스스로 힘들 때가 있었어요. 말도 못 하게 이해할 수 없는 아픔을 정신적 아픔 포함 육체적 아픔도 경험해보니까 하나님을 찾게 되더라고요. 정말 그리고 제가 뭘 잘못했나 돌아보려면 하나님밖에 찾을 게 없더라고요. 우리 삶이라는 게. 지금도 가끔 사도신경을 아직도 외워요. 정말 뭔가 곤란한 문제에 직면하고 제 스스로가 뭔가 문제가 있다고 반응이 오면 그렇다고 기독교라고 말은 하긴 그렇고… 어쨌든 종교는 용감한 말일 수도 있는데 인간의 슬픔과 고통을 이해할 수 없는 지점에서 발생했을 것이다. 인간을 용서하기 위해서 끌어왔을 것이다. 실제로 그것으로 인류가 안정을 찾고 있는 것도 사실이다. 신이 없다 있다 제가 말할 수 있는 부분이 아니지만 종교라는 그 자체가 인간한테 어떻게 보면 〈밀양〉이란 영화가 특히 잘 말해주잖아요 그렇죠? 이해할 수 없는 고통이 인간에게 왔을 때 그 대상이 존재하진 않잖아요? 자연재해도 그렇고… 그리고 한 인간을 똑같이 되돌려 보복한다고 그것이 해결되는 것이 아니잖아요? 그럴 때 인간이 빌려올 수 있는 유일한 것이 그것 아니었을까? 그것이 지리적으로 발생된 장소가 달라서 종교의 이름이 다를 뿐이지 실제로는 제 개인적 생각으로는 그렇게 발생하지 않았을까 생각을 하고요.

Q. 감독님 영화가 그렇게 흥행한 작품이 많다고 생각되지 않는데 감독님의 의도가 영화를 통해서 잘 전달되었다고 생각하십니까?

김기덕 중요한 질문 같으면서 아주 터무니없는 질문 같은데요. 저는 결국 영화라는 건 대화라고 생각해요. 어쨌든 영화가 아무리 관객이 극장에 꽉 차도 일대일이잖아요. 일대일의 대화라고 생각해요. 저는 그 대화는 일시적으로 극장에서만 이뤄지는 건 아니라고 생각해요. 일시적으로 극장에서 몇만 명, 몇천만 명이 보는 걸로 이뤄지는 게 아니라 시간이 필요하다고 생각해요. 그리고 어떤 분은 이런 말을 해요. 〈봄여름가을겨울 그리고 봄〉은 개봉 때 봤는데 5년 지나서 10년 지나서 볼 때마다 다른 얼굴을 하고 있더라. 제 영화가 대부분 그렇다 말을 하더라고요.

저는 일시적으로 스코어로 본 것들이 전부는 아닌 것 같아요. 이것도 방어 본능일 수도 있지만… 그 개개인한테 제가 모니터를 할 수도 없잖아요. 그 개개인이 가져간 불쾌감을 제가 확인할 수 없고 또한 개개인이 느낀 즐거움, 어떤 깨달음도 제가 확인할 수 없잖아요. 그건 각자가 다 갖고 있을 거 같아요. 그렇다고 흥행이 안 됐다 됐다는 것은 한국에서 정말 중요하죠. 그렇다고 제가 흔들리지 않는 거 같지 않나요? 그렇다면 영화 만드는 태도를 바꿨겠죠. 그리고 지금 영화 메이저의 대표들은 저하고 같이 시작한 사람들이에요. 대부분 그렇기 때문에 그게 어려운 거 같진 않아요. 그런데 그들 입장도 이해해줘야죠. 그들이 엄청난 돈을 투자하는데 괜히 불편한 감독을 밀어줘서 불편하게 하면 안 되고… 전 자신 있지만 그 사람들 배려하는 차원도 있고 어쨌든 한국에서는 천만이란 그런 뉴스들이 중간중간 나와야 하고 그래야 문화가 유지되는 나라처럼. 그런데 그렇게 수많은 돈 안에 무엇이 있을까? 생각해보면 그건 보편성이죠. 보편적인 우리의 법하고 똑같죠.

그 법안에 있는 무엇들이겠죠. 굳이 비교하자면, 그렇다고 그걸 폄하하는 건 아니에요. 그것이 어느 나라나 절대적으로 필요하죠. 저는 그런 것을 피해가는 즐거움이 있는 거 같아요. 영화를 만들 때 다행히 그 틈새가 더 넓게 저한테 있는 게 아닐까. 충무로의 많은 감독 80%가 어떻게든 보편적이고 미성년자 관람가 영화에 집중할 때 저를 비롯한 20%가 틈새 비는 데를 헤집고 있고 또 굶어 죽진 않잖아요. 다행히!!! 저는 굉장히 행복한 거예요. 다행히 해외에서 제 영화를 꾸준히 구매하고 있고 그래서 어렵게 살진 않고요. 또 요즘에는 제 영화를 제가 직접 다 투자를 하고 제작을 하기 때문에 뭐 많은 돈은 아니지만 소박하게 구멍가게를 잘 유지하고 있습니다.

Q. 자신감 있게 이야기하실 수 있는 게 제작비 자체를 줄일 수 있는 노하우를 갖고 있기 때문에 설령 투자가 많이 안 들어온다고 해도 큰 부담감이 없는 게 아닐까요?

김기덕 그럴 수도 있죠. 그런데 제작비를 줄이는 게 쉬운 건 아닌 거 같아요. 제가 초반에 촬영도 직접 하고 그랬는데 촬영이 엉망이라는 얘기도 들려요. 어쨌든 영화 한 편에 여러 가지 싸움이 있는 거 같아요. 개폼을 잡아서라도 만들 것인가, 아니면 정말 목적으로 가는 힘들고 고생해도 영화를 만들 것인가 아니면 외피적 디자인에 개폼을 잡을 것인가 이런 문제들은 항상 유혹을 해요. 우리가 실제 영화 촬영에 들어가면 아무리 여러분이 당장 감독을 해도 카메라를 뭐 쓰지? 소니 써?, 그거보다 좋은 레드 써? 더 좋은 건 그럼 알렉스 써야지 그러면서 부풀어지면 사실은 못 만들죠.

배우도 누구누구 다 보내봐 안 되면 계속 내려가고 내려가 아무도 모르는 사람이라도 해야 하고. 그렇게 해서 정말 할 거냐? 이거죠. 이 문제에 부딪혀 많은 작품이 사실은 만들어지지 않고 많은 프로덕션 많은 감독이 스트레스 받고 있죠. 현실이 그런데 저는 그거보다는 영화의 기술적인 면이 비용 대비 좀 부족하더라도 건강하게 현장에서 영화를 만들면서 그것이 어떤 가치를 가지고 영화 자체가 생물처럼 움직여서 일으키는 것을 먼저 생각하지요. 조금은 많은 분이 그런 얘기를 해요. 제작비가 더 있었으면, 시간을 더 썼으면, 뭘 어쨌으면 하는 전제를 하시지만 저는 제가 처한 상황 안에서는 항상 최선을 다했던 거 같아요.

Q. 그러면 제가 드린 질문에 이어서 질문을 다시 드리면 감독님은 감독님의 작품을 통해서 목적하시는 바가 어떠한 게 있는지 궁금합니다.

김기덕 각 영화마다 다르겠죠. 〈일대일〉이라는 영화는 우리의 정체를 정확하게 우리 스스로 보자라는 뜻으로 만든 거예요. 최근영화를 놓고 따지자면 〈뫼비우스〉역시도 저는 우리들의 어떤 그 성이라는 우리 정체를 한번 정확하게 들여다보자는 거고, 작년에 일본에서 만든 〈스톱〉이라는 것도 약간 계몽 영화 성격을 가지고 있어요. 원자력발전소라는 것이 과연 우리에게 어떤 영향을 주고 뭐 그런 의미인데 사실 반전 영화죠. 반원전 영화. 그 영화를 만들게 된 계기는 후쿠시마가 계기가 되기는 했지만, 실제로 일본이 원자력발전소를 지금 계속 하나둘 열고 있잖아요. 그렇죠? 우리는 지금 뭐 사실 열 몇 개 돌아가고 있고 중국도 지금 스물 몇 개가 돌아가는데 앞으로 180개가 생기고 그것도 중국 동해안에 집중적으로 거의 생기거든요. 이러한 것들을 과연 어떻게 생각해야 하느냐? 후쿠시마, 체르노빌 두 사건 그리고 뉴욕에도 한 사건이 있었고, 이러한 것들이 우리한테 예고편을 분명히 보여줬는데도 불구하고 상업이라는, 경제라는 그 이유로 현재 프랑스와 미국이 100개씩 갖고 있고 가장 많죠. 그런데 이젠 중국이 가장 많아지겠죠?

그리고 지금 개발도상국들이 많은 수주를 직접 하고 있거든요. 우리나라에서도 하고, 그러면 지금 사백 몇 개가 운영이 되는데 10년 후에는 1000개가 된다는 거죠. 그러면 사실 더 좁아지는 거예요. 불안도 더 커지고 비율도 더 높아지는 것이 사실이잖아요. 그런데 그 목적이 뭐냐 이거죠? 원자력발전소를 늘리는 목적이 뭐냐? 이 얘기는 제가 안 할게요. 이거는 인터넷 찾아보시면 그 이유가 에너지 때문만이 아니라는 거죠. 그러니까 이런 것들이 어떻게 보면 〈스톱〉을 만들고 해외 기자분들이 가장 의아해했어요.

김기덕이 왜 계몽 영화를 만들었지? 이게 작년 일본에서 상영을 했는데 일본 관객들은 되게 좋아했어요. 그리고 이것이 꼭 일본에 개봉되어야 한다. "제가 일본 감독이 아닌데 일본 후쿠시마 원전을 다뤄서 죄송합니다" 하고 고개를 숙였더니, 끝나고 "아닙니다. 일본 감독들은 절대 이렇게 못한다" 그러면서 "이전에 일본에 몇몇 반원전 영화가 있었는데 다들 수박 겉핥기 식이었지 다이렉트로 그린 영화는 없어요. 이 영화는 굉장히 다이렉트한 영화예요. 실제 기형아의 공포를 보여주고 다음 지진에 대해서 또 어떤 엄청난 예고를 보여주는 굉장히 강력하게 계몽하는 영화인데, 왜 그걸 만들었는지" 묻더라고요. 그래서 전 "내가 영화를 계속 만들기 위해서 만들었다" 이랬어요. 영화를 계속 만든다는 건 내가 살고 있는 곳이 안전해야죠. 그렇죠? 뭐든지 그렇지 않겠어요? 그래서 그 영화를 만들었고요. 지금 〈그물〉이라는 영화를 만들었는데 이것은 이제 남북 문제예요. 북한 어부가 자기 의지와 상관없이 엔진이 고장 나서 남한에 왔는데 남한 국정원에서 간첩 혐의로 아주 지독한 조사를 받고 겨우 간첩이 아닌 걸로 판정이 나서 북한에 돌아왔는데 거기에서도 또 지독한 고문을 똑같이 받으면서, 한 인간이 이데올로기 안에서 그물에 걸린 어떤 고기 같은 자기 의지와 상관없이 그런 슬픈 이야기예요. 이거 역시도 저한테는 지금 당면한 과제죠. 김기덕이 〈나쁜 남자〉〈봄여름가을겨울 그리고 봄〉 등 어떻게 보면 인간에 대한 영화를 만들다가 갑자기 남북 영화, 제가 간접적으로 제작한 영화는 있었죠. 〈풍산개〉랑 〈붉은 가족〉. 그런데 제가 다이렉트로 만든 〈그물〉은 남북문제로는 처음이죠. 예전에 주한미군 문제로 〈수취인 불명〉 만들었고 그렇죠? 우리나라 해안선 문제로 장동건이랑 〈해안선〉 만들었고, 중간중간 저한테는 그것이 중요한 문제인 것 같아요. 그래서 〈그물〉도 그러한 어떤 제 의식으로 접근하는, 일단 어떤 메시지가 총체적으로는 인간이죠. 그런데 구체적으로 영화마다 다 메시지가 조금 다른 것 같아요.

Q. 제가 단순하게 생각을 했을 때에는 관객이 감독님의 작품에 대해 생각하시는 분들이 많으면 많을수록 좋다고 생각이 드는데, 감독님께서는 약간 흥행에 대해선 초연하신 부분도 있으세요. 어떻게 생각하시는지?

김기덕 관객을 모욕하는 말을 하자면 관객들이 다 내 수준이 아니잖아요. 내 수준이 아무나 될 수 있는 게 아니잖아. 그렇다고 제가 관객의 수준을 맞출 수는 없잖아요. 전 이쪽에서 오랫동안 고민해왔는데. 조금 교만한 말이긴 하지만. 무엇을 맞춘다는 게 저는 그러니까 약 올리는 거예요. 약 올려서 맞출 수는 있겠죠. 빙 돌려서 메시지를 슬슬 돌리거나 말할 수는 있겠죠. 저는 다른 감독님들처럼 그런 방법을 쓰지는 못하고. 제가 아까 그런 얘기 했잖아요. 스무 살 때, 서른 살 때, 마흔 살 때 제 영화를 볼 때 조금씩 다 다른 얼굴을 하고 있을 것이다. 그럼 그들이 그때 제 관객이 되겠죠. 지금 모두를 제 관객으로 만드는 것은 불가능하고 사실 그럴 수도 없고 그래서도 안 되죠. 그러니까 영화는 일단 인터넷에 무료로 많이 떠돌아다니잖아요. 제 것이 그렇죠? 어느 날 우연히 아니면 TV에서 보게 됐을 때 아 그때 이 형 *같지도 않은 게 지금 보니까 뒤통수를 딱 때리는 게 있어 그냥 그러면 반성하지 않겠어요? 또 아… 욕해서 죄송합니다. 어쨌든 그런 변화들은 관객 스스로가 시간에 따라서 변해야 하는 부분이지 제가 거기 가서 뭔가 이렇게 제가 알고 있는 것으로 수준을 맞춘다는 것은 너무 좀 그렇고. 어쨌든 제가 알고 있는 것을 표현하지 않는 문제는 아닐 것 같아요.

Q. 작가주의, 예술감독이라고 생각하시나요?

김기덕 저는 그런 개념은 없어요. 제가 유럽에 가도 예술감독이라고 얘기하는 사람은 별로 없어요. 왜냐하면 독일에서도 〈빈 집〉이 20만 명 넘었고, 봉준호도 한 20만 명. 프랑스와 이탈리아에서도 16만 명이 봤잖아. 이런 얘기 하면 우습지만 우리나라에서는 예술영화감독인데 아이러니하게도 제 영화 해외 판매 편수가 가장 많아요. 그러니까 한국 영화 역사에서 해외 판매 실적으로는 아마 상업 영화감독들의 두세 배는 될걸요. 그 현상을 실제로는 냉정하게 봐야 하되는데, 기자들이 이런 걸 찾아서 보도하지는 않으니까.

Q. 저희가 트윗해서 알리겠습니다.

김기덕 그러지 마세요. 그런다고 뭐 달라지는 거 없어요. 그냥 궁금해하시니까.

Q. 대기업들이 들어오면서 영화 시장판이 넓어졌지만, 또 거기에 대한 반대급부로 독과점도 심한데 그 점에 대해서 어떻게 생각하시는지?

김기덕 그런 얘기를 옛날에 저도 자극적으로 많이 한 것 같아요. 대기업이 뭔가 독과점으로 예술영화 쿼터를 많이 뺏는다. 그런 얘기를 많이 했는데, 결과적으로 변하는 것은 없고, 그런 제 주장은 틀렸다는 생각이 들어요. 왜냐하면 결국 그것은 자본주의 시장 논리 안에서 어떻게 쿼기를 하고 어떻게 피켓을 든다고 해결되는 문제가 아니에요. 이미 그 안에서는 어떤 혈관들처럼 짜인 실태가 분명 있기 때문에 그것은 CJ가 바뀐다고 해결되는 문제도 아니에요. CJ가 그렇게 마음먹고 한다고 되는 일도 아니라는 거죠. 그러니까 제가 〈일대일〉을 한번 그렇게 개봉해보려고 CGV사장님에게 이메일을 보내 직접 만나서 인사도 드리고 극장을 달라고 했어요. 극장 50개 줬어요. 그래서 상영을 했지요. 광고비는 제가 돈이 많이 없어서 약 1억 정도 쓰고… 그런데 하루에 50관인데 한번 상영하는 데 5명? 그러니까 너무 미안한 거예요. 제가 부탁해서 달라고 해놓고 5명 드는데 그래도 그분은 끝까지 2주는 걸어줬어요. CGV극장 대표님은…. 자 그건 뭐예요? 이게 그 문제가 아니잖아요. 극장이 없어서 안 된다는 문제는 아니에요. 이게 다 마케팅도 연결되고 뭐 배우의 어떤 대외성도 연결되고 모든 게 다 어떻게 보면 이렇게. 지금 여러분이 생각할 때는 복권처럼 나한테 기회가 올 거야 하지만 복권보다도 비율이 높아요. 그러니까 영화가 좋으면 될 거야, 시나리오가 좋으면 될 거야 라는 건 첫 번째 자기만족의 문제이고 그다음 실태는 전혀 다른 문제를 또 가지고 있는 거죠. 실제 제가 경험 해보니까 간단한 문제는 아니에요.

Q. 배우를 캐스팅하시는 것도 굉장히 절묘하다는 생각을 많이 했는데, 감독님은 참 순수해 보이시고 순박해보이시는데 어떻게 그렇게 배우들을 캐스팅하실까

그 노하우를 좀 알고 싶습니다.

김기덕 조재현이 그러더라고요. 김기덕은 순수한데 순진하지는 않다고. 그런 얘기를 언제 한번 하더라고요. 근데 조재현 얘기가 나와서 말인데 〈나쁜 남자〉는 원래 최민식이 되게 고민을 많이 하던 거였어요. 하지만 고민하시다가 이제 〈해피엔드〉를 하면서 못 하셨는데. 그래서 그냥 조재현이 계속 "나 시켜줘 나 시켜줘" 하는데 "안 돼, 안돼," 그렇게 하다가 결국 원래 기획한대로 안 돼서 "그래 너 해" 이렇게 해서 한 거예요. 근데 이제 사람들 보면 조재현 아니면 안 될 것같이 그렇게 됐잖아요. 그것도 항상 그렇게 그림이 그렇게 만들어지면 그 그림을 기준으로 우리가 볼 수밖에 없는 거죠. 다른 그림을 대입시키기 어렵잖아요. 누가 했으면 더 잘했을 거야. 항상 그랬던 것 같아요. 배우들 들으면 조금 미안한 얘기지만 항상 원하는 뭐 그런 비슷한 사람들이 있었지만, 항상 시간 또는 뭐 제 영화 소재에 대한 불편함 이런 걸로 항상 변수로 마지못해서는 아니고 그래도 이 사람이 괜찮겠지하고 결정을 해서 했던 것 같아요.

Q. 또 다른 캐스팅 비화 얘기를 해주실 수 있으신가요?

김기덕 그걸 하면 누군가를 욕해야 하니까. 그리고 우리가 술 마시고 그 배우 누군가는 항상 제물이 되어야 하잖아요. 그렇죠?

Q. 그러면 얘기 안 하겠습니다.

김기덕 얘기 안 할 수가 없죠. 아니 근데 그 스토리야 많겠죠. 많은데 어쨌든 누구 얘기라면 누가 어쨌든 비교가 되는 걸 좀 조심하려고요. 지금까지 얘기한 것 안에도 몇 명이 좀 희생됐는데. 저 착해요. 아니 옛날에는 안 착했는데 착하게 살아야지.

Q. 소재 영감을 어디서 받으시는지 궁금하고요. 김기덕 감독님의 인간관에 대해서도 궁금합니다.

김기덕 소재 영감은 영감님들한테 받진 않고요. 항상 뉴스나 제가 살아가는 어떤 우리의 삶의 현상? 뭐 굳이 앞에 얘기를 한… 좀 늦게 오셨죠? 그래서 아까 초반에 〈악어〉 〈나쁜 남자〉 〈피에타〉 사례를 못 들으신 것 같은데. 어쨌든 〈빈집〉이라는 영화는 제가 어떻게 소재를 했냐면 제가 저희 집에 들어가는데 어느 날 열쇠 구멍 앞에 누가 자장면 배달 전단지를 딱 붙여놓은 거예요. 그래서 불편하게 그거 뜯어내고 이렇게 열쇠를 딱 꽂는 순간 생각이 떠오른 거예요. 아 이렇게 빈집을 고르면 되겠구나. 거기서 열심히 줄거리를 썼죠. 그 앞에서. 문 앞에서. 열쇠를 꽂아놓고. 그렇게 만들어진 게 〈빈집〉이에요. 그러니까 어느 날 느닷없이 이렇게 와요. 그런데 그것이 이렇게 해서 빈집을 골라내면 그러면 어떤 이야기를 하지? 아 근데 빈집을 찾아 골라서 도둑 얘기는 뻔할 테니까 도둑이 아닌 캐릭터를 등장시켜 청소도 해주고 고장 난 것도 고쳐주고 그러다가 거기 가정폭력을 당하는 어떤 여자를 만나면 어떨까 라는 것들이 고구마 줄기처럼 막 나오는 거죠. 그러니까 나뭇잎이 가지가 되고 줄기가 되고 뿌리가 되는 뭐 이런 것들 경우가 그렇게 되고… 해외에도 많이 알려져 있는 〈봄여름가을겨울 그리고 봄〉 같은 경우 정말 어이없이 얻은 소재예요. 제가 〈섬〉이란 영화를 가지고 선댄스 국제영화제를 초청받아 갔는데, 베니스도 갔지만 거긴 힘들게 갔거든요. 유타 주는 LA에서 비행기 6시간 타고 또 가야 하고 내가 왜 여기까지 와야 돼! 라고 불만이 가득 차 있는데도 불구하고 극장에 가서 관객들하고 대화해야 하고 평론가들이 리뷰를 쓰니까 생글생글 웃어줘야 하고, 그래서 내가 "아, 자꾸 이걸 해야 해?" 그러는 거예요. 미국에서 개봉하려면 어쩔 수 없다는 걸 알면서 말이지요.
그때 집행위원장과 유명한 영화제 인사 로저 에버트가 지금은 돌아가

섰는데, 그분이 〈봄여름가을겨울 그리고 봄〉을 자기 걸작 몇 편에 넣고 돌아가셨거든요. 그전엔 안 넣었어요. 그분이 〈섬〉을 딱 보고 이제 온 거예요. 근데 이 사람들한테 뭔가 어필을 해야 한다면서 해외팀이 자꾸 쇼크를 주는 거예요. 뭐라도 좀 해야 한다. 그래서 내가 그 옆에 슈퍼에 가서 밀가루 섞는 거 있잖아요. 철망으로 된 거. 그리고 펜치를 하나 사서 호텔 방에 꾸겨 앉아 그걸로 〈섬〉에 나오는 그네 있어요. 〈섬〉 보면 철사로 만든 그네. 그걸 만들어서 그 두 사람한테 선물했어요. 난 손이 아파 죽겠는 거야. 그 밀가루 섞는 강철이잖아요. 와 손이 엄청 아파 죽겠는데 가서 웃으면서 이렇게 와주셔서 고맙다고 했는데도 리뷰가 그렇게 좋게 나오진 않았어요. 일본 영화 좀 흉내 냈다 이런 얘기 썼어요. 혼자 호텔 방에 들어왔는데 내 자신이 너무 한심한 거예요. 감독은 영화나 만들면 되지 내가 이렇게 비즈니스를 하면서 철사랑 밀가루 섞는 거 가지고 그네까지 만들어줘야 하나 내 자신을 한심하게 보다가 딱 창문을 여는데 하얀 눈이 덮인 스키장처럼 눈이 펼쳐져 있는 거예요. 그 순간 따다닥 인생은 무엇인가? 딱 이렇게 오는 거예요.

봄! 잔인함. 그래서 소년이 막 개구리 다리 묶고 이렇게… 여름! 열정. 젊은 애들은 눈 맞아 난리치고, 뭐 가을! 불타는 증오. 살의. 뭐 이런 식으로 메모를 막 하는 거예요. 그리고 겨울! 비움 그리고 봄! 똑같이 지랄함. 역시 이렇게 쫙 줄거리를 쓴 거예요. 그걸 가지고 시나리오 없이 찍은 영화예요. 정말 짧은 트리트먼트만 가지고… 봄이 한 10줄 정도 되고, 여름이 한 10줄, 뭐 다 10줄. 이 트리트먼트를 갖고 세트를 짓고, 세트도 원래 산에 다니면서 암자를 찾는데 딱히 없는 거예요. 그래서 어느 순간 물 위에 찍자. 그래서 물 위를 용감하게 선택해서 찍고 거기 앉아가지고 한 신을 찍고 스태프들 다 기다리고 있는데 다음 컷이 뭔지 모르니까 나도 자꾸 명상하는 척하면서 닭 한 마리 가져와 동네에 가서 닭 놓고 찍고, 동네에 가서 고양이 한 마리 얻어와 찍고, 뭐 이런 식으로 계속 찍었죠. 그래서 편집을 한 게 〈봄여름가을 겨울 그리고 봄〉이에요. 그리고 〈시간〉이라는 영화도 여러분 아시죠? 그거는 제가 저기 산 세바스찬 영화제를 갔는데 개막작을 이제 봐야 하는데 여자 2명이 나오는 거예요. 스페인 말로 쏼라쏼라 하는 거예요. 도저히 못 알아듣잖아요. 여자들이 계속 헷갈리는 거예요. 똑같은 대사 같은데 반응을 하고 그래서 그때 영화 보면서 줄거리를 쓴 거예요. 〈시간〉이라는 영화는 페이스 체인지하는 영화잖아요?

그러면서 〈시간〉이라는 영화를 썼고. 그러니까 항상 뭐 계획적이고 이게 아니라 살면서 보고 느끼는 것들에서 소재가 나온 것이지 어떤 놀라운 비밀은 없어요. 어떤 영화에 그냥 항상 어떤 상황들이 주어졌던 것 같아요. 제 영화는 대부분 그랬던 것 같아요.

Q. 인간관! 감독님이 보는 인간관에 대해서 말씀해주세요.

김기덕 아까도 말했는데 자학! 가학! 피학!이라고. 저는 근본적으로 우리는 싸우는 종자라고 생각해요. 인간은 싸우는 종자. 종자라는 말이 상당히 불편하게 들리는데 우리 아버지가 늘 그런 얘기를 했어요. 이놈의 인간이라는 종자는 개선이 안 한다. "인간이라는 종자"는 맞아야 한다. "인간이라는 종자"는 하시면서 무수하게 그런 얘기를 했어요. 그러니까 우리 아버지가 일제강점기에 그 일본 치하에 있었고, 두 번째는 6·25전쟁에서 총알을 한 네다섯 번 맞으셔서 평생 불편하게 살다가 돌아가셨어요. 그러니까 원망할 게 되게 많은 분이에요. 그러면서 일본 말도 되게 잘하셨어요. 막 화나면 일본 말 하셨어요.

그러니까 그 정도로 어떻게 보면 트라우마가 많은 거예요. 전 그걸 보고 자랐으니까 제 영화가 이럴 수도 있다고 생각하는데 어머니는 또 반대예요. 〈나의 어머니〉라는 영화 보셨어요? 제 거? 단편 1분30초짜리. 그게 저의 어머니잖아요. 실제 그러니까 또 어머니는 정말 세상에 그런 분이 없어요. 그런 어머니와 그런 아버지 사이에서 태어나 어떨 때는 착하고 어떨 때는 또 굉장히 무섭지는 않고요. 영화 안에서는 근데 좀 그렇고요. 어쨌든 그런 부분들이 있는데, 제가 보는 인간은 '이제 제가 더 이상 인간에 대한 어떤 것을 이해하려기보다 인류를 조금 더 파헤쳐 들어가야겠다' 이런 얘기를 아까 했는데, 인간이라는 것은 우리가 아마 저도 이제 어느 순간 그런 생각이 드는데 기대를 하기 때문에 계속 실망을 하는 것 같아요. 뉴스 그리고 우리에게 일어나는 일들… 근데 주변에는 여지없이 그 기대를 깨는 사건들이 계속 연이어 일어나잖아요. 우리 인류는 수많은 유화하는 단체들이 많잖아요. 다시 말해서 그 뭔가 인간의 따뜻한 면을 회복하려고 하는 종교 단체도 많고 그 외에도 많은 NGO라든지 굉장히 많잖아요. 그럼에도 불구하고 전쟁이 줄어든 적은 없잖아요. 그렇죠? 그런 걸 보면 우리 인간의 원리는 충돌이다. 그리고 그 충돌은 에너지이고 그 에너지가 생명 연장의 어떤 기본이 아닐까. 물론 그 안에 희생되는 억울함이 분명 있죠. 근데 그것조차도 작게 보면 미생물이고 조금 더 크게 보면 벌레들, 조금 크게 보면 뱀이랑 개구리의 어떤 관계, 더 크게 보면 인간들의 유전 투구일 것이고 더 크게 보면 자연의 지진이나 해일이나 이런 현상들이 아닐까. 이 모든 것은 하나의 에너지 순환에서 오는 불가피한 트러블들이 아닐까. 이렇게 보지 않으면 힘들어요. 저도 힘들고 그렇죠? 그러다 보니까 약간 그런 거에서 조금 객관적으로 빠져보고 싶은 생각이 드는 거예요.

그래서 이제 그런 영화를 좀 만들고 싶은 것 같아요. 지금까지 뭐 그런 걸 만들었지만 지금보다는 조금 더 인류란 무엇인가? 인류가 어떻게 지금까지 왔고, 앞으로 어떻게 계속 유지될 것인가? 그런 얘기를 한번. 그게 그러니까 뭔가 나올 것 같은 느낌이 들면서도 꽃이 피면 지는 거잖아요. 제가 지는 꽃이라서 말로만 하다가 갈 수도 있고요.

Q. 감독님께서는 그동안 직접 시나리오를 쓰시고 연출을 많이 해오셨는데, 혹시 국내외 영화를 통틀어서 다른 사람 작품 중에서 시나리오적으로 연출 욕심이 좀 나는 영화가 있으신지 궁금합니다.

김기덕 없다 그러면 또 너무 잘난 척하는 것 같고. 근데 옛날에 제가 군이 에피소드로 말하자면 〈올드보이〉라는 만화를 박찬욱 감독님이 영화를 만들기 아마 6개월 전인가 한참 전에 우연히 만화방에서 봤어요. 그리고 굉장히 관심 있어 했어요. 왜냐하면 사설 감옥이라는 그 포인트가 저한테는 굉장히 매력었거든요. 멀쩡한 아파트 안에 한 층이 사설 감옥. 그래서 막 줄거리가 나오잖아요.

그래서 아, 해보고 싶다고 생각했는데 저는 원작이 있는 것을 안 하는 고집을 아직까지도 부리고 있잖아요. 그리고 수많은 명작 원작들의 영화 제안이 와요. 유럽에서도. 그런데 저는 다 거절했어요. 그것은 이미 원작으로 훌륭하다. 원작만으로 이미 많은 것을 표현했다고 생각하고 저는 포기했는데 그것을 박 감독님이 만들었어요. 근데 시사회를 가서 영화가 너무 좋게 잘 나와서 "감독님 저도 이거 7년 전에 진짜 관심 있었어요" 이랬더니 하지 그랬어요 그러더라고요. 그래서 "아, 예.. 뭐 박 감독님이 더 잘 만드셔서 제가 안 해도 된다"고 이렇게 말씀드렸지요. 또 하고 싶었던 영화가 우리나라 꺼는 없고, 한 편으로 정리하고요. 저는 이냐리투 감독의 영화가 좋았어요.

이냐리투 감독의 〈바벨〉이라든지 〈21그램〉도 괜찮고 〈버드맨〉은 형식에서도 되게 좋았어요. 그 감독의 영화가 저한테 그런 기회가 올 리는 없겠지만 관심이 좀 있었어요. 그 외에는 '아, 내가 지금 그걸 했으면'이 아니라 어떻게 보면 그런 영화가 있다는 게 행복하다고 말하는 게 맞는데, 저기 〈나라야마 부시코〉 이마무라 쇼헤이 감독의 영화. 그 영화도 저한테는 많은 영향과 자극을 준 것 같고요. 근데 뭐 그거 다 만들면 되지 그런 얘기해서 뭐해요 그렇죠? 어쨌든 성향을 보려고요? 음… 아마 있을 거예요. 지금 생각이 다 안 나서 그런데.

Q. 다작 연출을 감독님이 하시면서 가장 중요한 것 중 하나는 건강문제인데 건강관리를 특별히 어떻게 하시는지 궁금합니다.

김기덕 저는 예전에 술을 정말 안 마셨어요. 정대성 작가도 아는데 술 마시면 만날 안주만 먹다 혼나고 그랬는데 요즘에 술을 좀 먹으니까 체력이 떨어지고 기억력도 조금… 이게 나이 때문이기도 한 것 같고 어쨌든 제 건강관리 법은 많이 걸어요. 다리를 보여줄 수는 없지만 제 다리가 진짜 돌덩어리거든요. 종아리가 특히 되게 굵어요. 그래서 반바지 입으면 사람들이 허벅지가 걸어가는 걸로 착각할 정도로. 하여튼 많이 걸어요. 많이 걷고 그다음에 물을 많이 마시고 자연에 자주 가고. 어쨌든 뭐 그런 질문을… 하여튼 대답하면서도 나 스스로 부끄럽네. 딱 보면 몰라요? 건강한지 아닌지.

Q. 비즈니스를 하는 사람들의 건강관리법과 또 영화계 쪽 작가로서의 건강관리 성향이 다를 것 같아서요?

김기덕 그럼 가장 건강한 거는 시나리오를 계속 이렇게 생각하는 거. 운전을 하든 뭐 운전하는데 지나치게 사고 날 정도는 아니더라도 계속 뭔가 이렇게 생각하는 게 건강한 거 같아요. 그렇지 않으면 멍청하게 늙을 것 같아요. 그리고 생각이 시간을 잡아주는 것 같아요. 그래서 그런 생각을 많이 하고 생각을 하려면 걸어야죠 그렇죠? 그래서 많이 걷고 그런 것 같아요.

Q. 감독님이 해외에 나가셔서 그림을 그리시고 한 게 그 당시에는 자격지심에

대한 해방, 자유를 얻는 그림이었다면 과거와 지금 앞으로 영화가 인간 김기덕 인생에서 어떤 작용을 해왔고 하고 있는지 궁금합니다.

김기덕 어떤 작용을 했는지는 제가 쉽게 말할 수 있는 부분은 아니고요. 아마 조금이라도 작용했기 때문에 여기 와서 제 말을 조금 듣고 계시는 거 아닐까하는 그런 생각이 들고. 제가 또 제 자랑 한번 하자면 해외에서 특강을 하면 1000명, 2000명씩 와요. 여하튼 제가 작년에 항저우의 미술대학에 갔는데 정말 많이 왔더라고요. 그 사람들은 700석 자리를 준비했는데 1300명이 와서 다 쫓겨났는데 제가 저 밑에 계단까지 문을 다 열라고 해서. 제가 또 그런 배려를 잘 하잖아요. 그래서 우산 쓰고 비 맞으면서 다 듣고 그랬는데. 아, 찍어서 보여줬어야 하는데, 이런 말할 때 좀 징그러우세요? 귀여우세요? 귀여운 쪽으로 봐주세요. 이러다 항상 잊어버려 질문의 요지를⋯ 뭐였죠. 질문이?

Q. 영화라는 게 인간 김기덕 인생에서 어떤 작용을 했는지?

김기덕 저 개인적으로는 아까 말했듯이 제 열등감을 해소시켜주는 것 같아요. 그리고 한국의 열등감은 몇 가지가 있잖아요. 그렇죠? 학교의 문제는 있지만 혈연, 자기 혈통 문제도 있고 그렇죠? 뭐 여러 가지 병? 그죠? 뭐 이런 여러 가지에서 배고픈 사람들이 많잖아요. 그런 면에서 저는 물리적인 것은 아닌 것 같아요. 돈이나 이런 쪽은 아니었던 것 같아요. 그냥 나도 인간이라는 거. '나도 생각하는 인간이다'라는 그 지점에 대한 회복. 그리고 '내 생각도 생각이다' 라는 그 지점? 그 지점의 회복을 굉장히 간절히 원했던 것 같아요. 그리고 이제 감독이 돼서 제 영화를 그래도 뭐 소수나마 이렇게 보고 동의해주는 부분, 또 토론해주는 부분이 있는 걸 보면 어느 정도 제 욕심이랄까? 제 목적은 이루어지지 않았나. 이렇게 생각하고, 앞으로는 그러니까 제가 아까 흘러가는 말로 꽃이 피면 지는 거잖아요. 그렇죠? 근데 그 잘 지고 싶어요. 멋있게. 그렇다고 스캔들 기사를 안 내겠다는 뜻은 아니고요. 어쨌든 잘 지고 싶어요. 잘 지는 게 이제 우리나라에서 저 자신도 이런 말을 함부로 하고 더 욕먹을 수도 있는데 나중에 많은 우리가 존경했던 분들이 나이가 먹어서 어떤 말을 할 때 또는 행동을 할 때 그 과거를 모욕하는 경우가 있잖아요. 그 스스로 자신의 과거를 욕하는 경우가 있는 것 같더라고요. 그런 부분에서 저는 노력을 좀 하고 싶은데. 그러니까 내 자신의 어떤 과거를 정복시킬 수 있는 어떤 게 있으면 좋은데 이것도 어떻게 보면 꽃이 버티는 안간힘으로 비쳐질까 봐 조심하고. 어쨌든 지금 써놓은 시나리오라도 다 만들었으면 좋겠어요. 다 만들면 서른 편 되네요.

Q. 감독님 그 영화감독 지망생 중에 제자분들 다 데뷔하시고 잘되셨는데 혹시 새끼 작가를 키우실 생각은 없으신지?

김기덕 근데 제가 아까 인간 종자의 성질에 대해서 말했잖아요? 뭐 그런 얘기도 많이 하는데 그것보다 일단 2가지 생각이 들었어요. 그 감독님들이 세월이 지났어도 긍정적으로 생각을 할까? 오히려 자기 데뷔작이 더 훌륭할 수 있는데 자기 창작이 더 훌륭할 수 있는데 제 시나리오를 하면서 오히려 그 기회를 박탈당한 건 아닐까 하는 이런 두려움들이 어느 순간 생기기 시작했어요. 뭐 그렇게 생각해도 어쩔 수 없지만. 그리고 또 하나는 야생동물은 그냥 내버려둬야지 누가 데려와서 잘못 기르면 안 되잖아요. 그 팔자가 뭐 거지 같더라도. 제가 이렇게 제 관리 하에 두는 것이 과연 옳은 것인가 이런 생각을 요즘은 좀 해요. 그래도 제가 저 친구 재능이 있고 있으면 뭐 또 할 수는 있는데 확실히 장담은 못 하겠어요. 그리고 '제자라는 말도 과연 맞는가?' 라는 생각도 요즘 하고요.

Q. 감독님은 일과 삶의 균형을 맞추시는 분이신지 아니면 일이 곧 삶이신지 일 쪽에 치우치셔서 사시는 건지 궁금합니다.

김기덕 저는 그냥 제 마음과 같아요. 한 달 전만 해도 제가 8시, 9시에 일어났는데 요즘에는 아침 6시에 항상 일어나요. 그 이유가 우리 집 옆에서 공사를 한 달간 했거든요. 근데 그 사람들이 6시에 일어나서 포클레인으로 다다다닥 하는 거예요. 그게 기상나팔이 돼서 한 달이 지나니까 6시만 되면 눈을 떠요. 그런데 그 사람들 이제 떠났거든, 떠난 지 한 10일 됐거든요. 그래도 6시만 되면 눈이 떠지는 거야. 정말 여러분들 아침에 못 일어나면 옆에 공사판 가서 트레이닝을 좀 하면 될 것 같아요. 어쨌든 그런 생각을 해요. 전 영화감독이 된 것이 참 다행인 게 저도 출퇴근을 많이 해봤거든요. 옛날에 공장을 다녀야 하잖아요. 어린 나이에, 그럴 때는 보통 6시 반 7시에 일어나야 해요. 그래서 8시까지 출근해서 일하고 퇴근해야 하니까. 그 아침에 일어나는 게 어린 나이에는 너무 힘들었어요. 나중에는 죽어도 출퇴근하는 직업을 안 갖겠다고 이를 갈았어요. 그러다 해병대 갔잖아요. 해병대 갔는데 더 일찍 일어나는 거예요. 5시. 저는 하사관이라서 밑에 애들 가르치는 프로그램 있어서 막 진저리가 나는 거예요. 일찍 일어나는 게. 그래서 자유 직업을 해야 되겠다. 그리고 이제 감독이 돼서 마음대로 사는데, 사실 촬영하면 4시에 일어나야 해요. 촬영할 때만. 근데 그 때만 참자 뭐 이러는 거죠. 촬영할 때 보통 4시, 5시에 일어나서 20일 정도 바짝 하면 되니까. 그래서 어쨌든 아까 시나리오 얘기도 하셨는데 저는 시나리오를 생각할 때가 가장 행복해요. 근데 내 팔자가 시나리오를 생각하다가 죽는 거 아닌가? '영화가 그렇게 위대한가?' 라는 생각이 또 자꾸 들 때가 많아요. 이거 말고 뭐 없을까? 마치 다른 게 있으면 그걸 조금 더 해보고 싶은 생각을 막 하다가도 이렇게 따져봐요. 지금 위치에서 내가 갑자기 획기적으로 정치도 생각해봤어요. 그리고 제안도 왔었어요. 근데 이제 주변에서 뭐, 상상에 맡기겠습니다. 뻔하잖아요. 제가 한 말이 있으니까. 그래도 힌트가 안 돼요?

Q. 저는 잘 모르겠습니다.

김기덕 제가 한 말을 찾아보면 힌트가 될 텐데. 어쨌든 제가 시나리오만 보면 영화를 내 삶의 중심에 놓고 살아가는 건 아닐까라는... 근데 여러분은 지금 어차피 여기에 시간을 투자하니까 그래도 돼요. 그렇지만 저는 이제 좀 살다 보니까. 어느 정도 나이도 찼으니까 이제는 좀 다른 쪽에서 난리를 치고 싶은 그런 욕심이 조금 있는 거예요. 혹시 그런 쿼터가 나한테, 내 인생에 있는데 내가 지금 그걸 놓치는 건 아닐까 하는 생각을 간혹 해요. 근데 진짜 뭘 매달릴 때는 여러분들처럼 제대로 안 매달리면 떨어지잖아요. 그죠? 근데 저는 매달려봐서 이렇게 지금은 약간 다른 데 매달리고 싶은 심리가 저한테는 있는데 여러분들한테는 지금 추천할 수는 없어요. 어차피 여기서 걸러질 거예요. 어차피 걸러지고 여기서 뭐 10분의 1도 안 될 거예요. 많이 그러니까 어떤 좋은 경험을 하시는 누구라고 얘기를 제가 안하니까 걱정하지 마시고, 어쨌든 최선을 다하는 것이 중요하죠. 마지막으로 그럼 제가 노트를 드리면서 마무리하고 이제 정대성 작가하고 오랜만에 만나서 아마 저녁 겸 한잔할 것 같은데, 시간 되시는 분은 오셔도 되고요. 하여튼 제가 오늘 강의료 30만원 받았는데 저는 안 받겠다고 그렇게 했어요. 술값이라도 내야 되는건가. 그리고 저랑 너무 가까이 앉을 기회가 없을 수도 있으니까. 저 너무 웃기죠? 의외로 영화보고 저 보면 다 깬다니까요. 자, 마무리하겠습니다. 어쨌든 제가 아까 말씀드렸다시피 여러분은 인내심이 있어야 합니다. 영화는 일단 창작 작가다 뭐 이런 말이 되게 낭만적이잖아요. 창작이다 이런 말이 굉장히 낭만적인데 실제로 그 무엇이든 인내심이 가장 중요해요. 인내심은 자기 머리의 두뇌

하고 싸우는 것이 아니라 자기 자신하고 싸우는 거예요. 창작 두뇌하고는 나중에 두 번째로 싸워야 하고. 첫 번째는 자기 자신하고 싸워야 해요. 자기 자신의 어떤 지속적인 에너지하고 싸워야 돼. 거기서 지면 자신은 개폼 잡고 개소리만 하다가 가는 거예요. 그러니까 이왕 시작한 거 제가 아마 10%도 안 될 거라 그랬는데 오늘 이걸로 20%가 늘어났으면 좋겠어요. 그래서 언젠가는 저한테 와서 "저 누구예요. 제 영화 좀 봐주세요." 이렇게 말해줬으면 좋겠어요, 좀 건방져도 괜찮으니까. 오늘 긴 시간은 아니고 제가 분위기를 편하게 하려고 농담했거나 조금 불쾌하게 말 한 게 있으면 이해해주시고요. 용서는 하지 마시고요. 오늘 저한테는 후배니까. 후배 분들을 이렇게 만나게 돼서 반갑고, 파이팅입니다. 감사합니다.

독창성으로 세계적 거장이 된 김기덕 감독, 그 비밀을 엿보다[1]

| 황영미 |

1. 해외 경쟁력과 독창성

우리나라 감독 중 세계적 명성을 지닌 감독이 몇 있지만, 세계 3대 국제영화제인 칸, 베를린, 베니스 모두에서 장편영화로 수상한 감독은 김기덕 감독뿐이다. 더구나 2012년 베니스영화에서 〈피에타〉로 황금사자상을 수상해 그 명성을 더욱 드높였다.

	연도(회)	작품명	초청 부문	수상 여부	비고
칸	2005(58)	활	주목할 만한 시선		
	2007(60)	숨	장편 경쟁		
	2011(64)	아리랑	주목할 만한 시선	대상	
베를린	2002(52)	나쁜 남자	장편 경쟁		
	2004(54)	사마리아	장편 경쟁	감독상	
베니스	2000(57)	섬	장편 경쟁		
	2001(58)	수취인불명	장편 경쟁		
	2004(61)	빈집	장편 경쟁	감독상	
	2012(69)	피에타	장편 경쟁	대상(황금사자상)	
	2013(70)	뫼비우스	장편 경쟁		
	2014(71)	일대일	베니스데이즈	유럽비평가협회상	

〈표1〉 세계 3대 영화제의 김기덕 영화의 초청 및 수상 내역

---

[1] 이 글은 Comparative Korean Studies, Vol.20 No.1, International Association of Comparative Korean Studies(2012)에 실린 필자의 글을 수정, 보완한 것임.

김기덕 감독이 이처럼 값진 수상을 하게 된 이유가 무엇일까의 비밀을 추적하는 것이 이 글의 목적이다. 김기덕 감독은 국내보다는 해외에서 더 각광받는 감독임은 잘 알려진 사실이다. 독특한 자신만의 세계관을 지니고 있는 김기덕 감독의 작품들은 데뷔작 〈악어〉(1996)에서부터 〈그물〉(2016)에 이르기까지 소재와 양식이 각기 다른 22편의 영화에서 도출되는 세계가 상당히 뚜렷하다. 김기덕 감독은 자신의 이력에도 드러나듯 정규 교육과정에서 벗어나 혼자서 성찰하며 예술 세계를 추구해왔기에 세계 어느 나라 감독의 영화와도 다른 독특함을 보여준다. 이런 점이 해외 국제영화제에서 수상의 결과를 낳는다고 볼 수 있다.

2. 김기덕 감독의 세계관적 독창성

1) 수직적 사고의 극복 방식

김기덕 영화는 대부분 기존의 질서가 선과 악, 정상과 비정상, 순수와 타락, 가학과 피학, 죽음과 삶, 현실과 환상, 육체와 정신 등으로 이원화하고 있다는 상황을 제시해놓고, 원형적 사고에서 이 둘이 다르지 않음, 즉 불이(不二)를 강조한다. 그런데 김기덕 감독의 세계관은 좌우라는 수평적 세계관이 아니라 상하라는 수직적 세계관에서 출발하기 때문에 영화의 주된 극복 방식은 후자다. 특히 낮은 신분의 수직적 상승 구조가 아니라, 높은 신분의 하강 구조로 구성되어 있다. 그럼으로써 애초에 높고 낮음에 대한 생각 자체가 편견이었음을 드러낸다. 김기덕 영화의 핵심 갈등은 공과 사의 갈등이 아니라 신분이나 계급에 대한 사회적 편견에 대한 전복에 있기 때문이다. 즉 공적이냐 사적이냐보다는 사회적 편견에서 볼 때, 신분이나 계급이 다른 인물을 제시하고 자의든 타의든 상대적으로 높은 계급이 낮은 계급화됨으로써 이들의 신분이나 계급에 대한 인식이 얼마나 편견이었는지를 드러내는 방식으로 구성되어 있다. 이를테면 신분이나 계급이 다른 인물들의 갈등을 먼저 제시하고, 높은 계급으로 상정된 인물이 대립되는 인물을 결국에는 이해하고 사랑하여 이타적 행동에까지 이르게 하는 것이 김기덕 영화의 문법이라고 볼 수 있다.

이는 〈나쁜 남자〉에서도 드러난다. 이 영화에서는 여대생 선화와 포주 한기가 백화점 앞 벤치라는 공간에서 대립되는 갈등을 일으키다가 높은 계급의 선화가 수직 하강하여 창녀로 전락하게 되고 한기를 사랑하게 되기까지의 과정을 그리고 있다. 〈파란 대문〉에서도 역시 여대생 혜미가 창녀 진아와 같은 처지가 되면서 수직 하강하게 된다. 물론 이 영화에서는 수직 하강으로 보는 것 자체를 편견으로 설정하고 있다. 이는 김기덕 영화의 인물들이 자신들이 속해 있던 세계에서 지녔던 관념을 깨고, 대립된 세계를 깨닫게 되거나 알게 되어 새로운 세계에 속하게 됨으로써 수직적 사고에서 하류 문화라고 인식되었던 관념을 극복했기에 가능해진다고 볼 수 있다.

영화 〈사마리아〉 역시 원조 교제를 하던 여고생 재영이 죽자, 재영의 원조 교제를 도와주기는 했지만 그녀와는 다른 세계에 있던 친구 여진이 원조 교제를 이어받는 식으로 전개된다. 이 역시 〈파란 대문〉과 유사한 구조로 여진의 수직 하강이지만 수직적 사고를 극복한 관점에서는 하강이 아닌 것이다.

2) 현실 초월적 세계관

김기덕 영화가 해외에서 인정받게 된 또 다른 이유는 현실이나 육체를 초월하고자 하는 초월적 세계관에서 비롯된다고 생각된다. 초월의 방식은 환상이나 죽음을 통해서 이루어진다.

① 환상을 통한 현실 세계의 초월

환상성을 구현하는 방식은 김기덕 데뷔작 〈악어〉에서부터 꾸준히 구현되어왔다. 이후 〈실제상황〉에서 나타나는 모든 내용 역시 처음에는 실제 상황인 것처럼 보이지만 판타지와 뒤섞여 있어 현실과 환상의 경계를 넘나든다. 그러나 환상이나 초월적 세계에 집중하는 변화를 보이기 시작하는 것은 〈봄여름가을겨울 그리고 봄〉부터라고 볼 수 있다. 사계절 중 '겨울' 부분에서 불상을 안고 무거운 맷돌을 지고 산꼭대기까지 올라가는 구도의 자세, 혹은 선무도를 통해 신체적 수련을 하는 구도의 자세는 인간이 '죄'나 '악'에 대한 욕망을 초월하는 과정을 보여준다. '가을' 부분에서 절을 지키던 스님은 배에서 소신 공양함으로써 해탈을 이루는 것 역시 그 맥락에서다. 〈빈집〉의 마지막에는 '우리가 살고 있는 세상이 꿈인지 현실인지 알 수가 없다'는 장자의 호접몽이 자막으로 처리되어 나온다. 이미 우리의 현실 속에 초월성이 내재해 있다고 본다면 환상이냐 현실이냐를 구분하는 것 자체가 무의미해진다. 바로 이 지점에 김기덕 영화가 있는 것이다. 이런 독특한 시각이 영화에 표현됨으로써 해외 영화제에서 수상을 할 수 있었던 것이라고 생각된다.

〈시간〉에서의 초월은 그야말로 시간의 초월이다. 사랑이라는 감정은 시간이 흘러감에 따라 사랑에 더 깊게 빠진 사람에게는 집착이 되고, 덜 빠진 사람은 싫증이 나기 시작하는 지점이 생기게 되는데, 〈시간〉은 바로 이 지점에 있는 연인들의 고통을 그린 영화다. 〈시간〉의 오프닝과 엔딩이 동일한 장면의 반복이다. 이는 시간을 고정하고 공간을 확대한 것이다. 〈시간〉에서는 사랑과 집착의 고통스러운 상황을 초월하는 것은 '시간'이라는 4차원으로 초월하는 길밖에 없다고 본 것이다. 영화의 시작과 끝을 12시라는 동일 시간으로 표현함으로써 '시간'은 다시 회귀하지만 이는 반복 재생일 뿐이다. 김기덕 감독은 결국 인간은 시간이라는 독재자의 손아귀를 벗어날 수 없는 존재임을 말하고 있다. 이렇게 현실과 환상과 넘나드는 사유 방식이 해외 영화제의 심사위원들에게 독창적으로 보였고, 이 점이 수상 및 초청 요소가 된다고 볼 수 있다.

② 죽음을 통한 육체성의 초월

김기덕 영화에서의 '현실 도전 의지'와 '초월 의지'는 '사랑과 죽음'이라는 제재를 통해 나타나고 있다는 점이 주목할 만하다. 〈악어〉에서 한강 물속에서 용패가 현정의 손을 붙잡고 죽음을 선택하는 것은 바로 용패의 타나토스적 욕망이 죽어가는 현정에 대한 에로스적 욕망과 만나는 그 지점을 그리고 있는 것이다. 이후에도 김기덕 영화에서 타나토스적 욕망과 에로스적 욕망은 끊임없이 변주되고 있다고 볼 수 있다.

김기덕 감독의 14번째 영화 〈숨〉은 사형수이면서도 스스로 '목숨'을 끊으려는 타나토스적 욕망에 사로잡힌 장진에게 남편의 외도로 인해 고통스러운 연이 면회를 오게 됨으로써 서로 사랑을 느끼게 되는 영화다. 이는 에로스적 극점과 타나토스적 극점은 동일한 지점임을 말하는 감독의 의도 때문일 것이다.

〈숨〉에서의 장진을 사랑하는 어린 죄수는 장진이 연을 사랑하게 되고 자신에게 무관심하게 되자 질투를 느낀다. 급기야 장진에 대한 어린 죄수의 배신감과 질투심은 장진의 숨을 막음으로써 마감된다. 사랑의 극점을 죽음으로 마감시키는 것이다. 이는 바로 어린 죄수의 행위를 엔딩으로 장식함으로써 〈숨〉은 에로스와 타나토스의 극점에서 목숨에 대한 초월을 추구하고 있는 것이다. 〈숨〉은 칸 영화제 경쟁부문에 초청되었는데, 이러한 파격적인 엔딩의 의미도 초청에 한몫했을 것이다.

3. 김기덕 영화의 형식적 독창성

1) 비주얼 이미지의 상징성

김기덕 영화에서는 특히 정지 화면이나 느린 화면으로 이미지 신을 구현하는 장면이 많다. 〈섬〉에서의 마지막 장면은 부각으로 처리된 나신의 여체가 화편화되었는데, 이는 강렬한 초월적 이미지다. 〈야생동물보호구역〉에서 냉동 고등어의 아랫부분이 죽은 남자의 복부에 거꾸로 꽂혀 있는 쇼트와 〈수취인 불명〉에서 창국의 죽은 모습은 상당히 유사한 이미지로 나타난다. 창국의 상체는 땅속으로 처박혀 있고 하반신만이 두 다리를 하늘로 거꾸로 든 채 논바닥에 거꾸로 박힌 장면으로 재현되는데 이는 나락으로 떨어지는 창국의 하강 이미지를 구현한 것으로 볼 수 있다. 〈빈집〉에서의 상징적 이미지 신은 김기덕 감독의 미술적 감각을 보여주는 신으로, 주인공 선화의 누드화를 선화가 다시 콜라주한 작품이나 〈악어〉에서 용패의 공간이었던 한강 다리를 받치고 있는 교각이 겹겹이 겹쳐 보이는 장면 등이다. 이는 김기덕이 보는 삶이란 겹겹이 겹쳐져 있고, 잘린 이미지들의 조합으로 되어 있는 것을 말하는 철학이 담긴 이미지 신이다.[2]

김기덕 영화에서의 공간은 미장센으로서 특별한 의미를 지닌다. 소외된 인물들의 삶은 그들을 표상하는 공간 내에서 표현된다. 〈악어〉에서의 주요 공간인 한강 다리 밑, 〈야생동물구역〉의 파리 뒷골목이나 청해의 집인 배, 〈섬〉의 낚시터, 〈나쁜 남자〉에서의 사창가, 〈수취인 불명〉의 미군부대 근처, 〈해안선〉의 군부대, 〈봄여름가을겨울 그리고 봄〉의 물 위에 떠 있는 사찰, 〈빈 집〉에서의 감옥, 〈활〉에서의 집인 배, 〈아리랑〉에서의 시골집, 〈아멘〉에서의 파리 페르 라셰즈 묘지 등

---

2) 황영미, 「김기덕 감독의 〈빈집〉-존재의 외로움과 허무감을 초월적 세계로 승화시킨 수작」, 앞의 글, 189쪽.

의 공간은 모두 소외된 공간이다. 이는 인물의 특성, 즉 소외된 인물이 주인공이라는 점과 맞물려 있을 뿐 아니라 김기덕 영화가 소외된 사람들이 소외를 초월하는 방식을 보여주고 있다는 주제와 만나고 있다.

또한 대립적 세계도 공간 구성을 이미지로 구현한 화면에서 드러난다. 일상과 예술, 자연과 인공, 현실과 환상의 대립을 영상화하여 그 대립이 무화되는 지점에서 경계를 부수고 넘나드는 김기덕 영화의 철학이 구현된다.

2) 구성과 장르적 특성

김기덕 영화에서는 구성과 장르적 실험이 돋보이는 영화가 상당히 많다. 〈실제상황〉은 영화의 러닝타임과 영화 찍는 시간을 동일하게 구성한 실험을 한 영화다. 영화의 처음 장면이 다시 마지막 장면에서 반복되는 수미쌍관적 구조지만, 동일한 맥락에서 해석되지 않는 〈시간〉 역시 구성상 독특함을 보여준다. 그중 가장 독특한 구성과 스타일상의 실험을 보여주는 것은 〈아리랑〉이다. 〈아리랑〉은 일상적 삶과 독백을 담아낸 다큐멘터리로 분류된다. 그러나 〈아리랑〉은 다큐멘터리 형식을 빌리되 일반적인 다큐멘터리와는 다른 방식을 취하며 후반부에는 명백한 극영화 형식으로 구성되어 있다. 〈아리랑〉에서 처음 등장하는 인물은 김기덕 감독 자신이다. 김기덕 감독이 강원도 시골 빈집에서 지내는 일상 즉 밥 먹고 대소변 해결하는 과정 사이에 자신의 고민을 내뱉는 독백이 장면화되어 있다. 다른 누구도 등장하지 않고 당연히 누구와도 말을 건네는 장면도 없다. 그러나 중반 이후로 갈수록 김기덕이 혼자 사는 집 방문을 두드리는 사람이 있다. 이는 김기덕을 찾아와 김기덕과 대화하는 또 다른 김기덕이다. 한 사람이자 분열된 두 사람의 대화는 화면 분할로 진행된다. 이후 카메라는 바깥으로 빠져서 이 두 사람의 대화를 바라보는 또 다른 김기덕에게로 초점화된다. 즉

이 둘의 대화 장면을 화면으로 바라보는 감독 김기덕이 있는 것이다. 텍스트 내부에 존재하는 자아가 독백하는 인물자아 김기덕이라고 볼 수 있다. 질문하는 김기덕은 독백하는 김기덕을 객관화하는 존재이므로 초점자라고 볼 수 있을 것이다. 이 둘의 대화를 보는 김기덕은 개인 서술자요, 얼굴을 드러내지 않는 그림자 김기덕은 일반 서술자라고 볼 수 있고, 〈아리랑〉 텍스트의 내포작가 김기덕은 자신의 모습을 영화화하는 목적을 지닌 김기덕이며, 실제 작가 김기덕은 여러 영화를 만든 김기덕 실제 인물인 것이다. 〈아리랑〉에서 여러 개체로 분열된 김기덕은 영화가 소통되는 과정의 숨겨진 층위를 드러내어 낯설게 하는 방식을 보여주는 장치다. 이는 김기덕 개인의 독백이라는 주관적 내용을 객관화하고자 한 전략이라고 볼 수 있다. 즉 상대적이면서도 객관적인 시선, 즉 감독 자신이 보여주고자 하는 세계에 대한 비판적 거리까지 내포하고 있는 이중적 시선을 가진 영화가 바로 〈아리랑〉인 것이다.

또한 〈아리랑〉의 후반부는 김기덕을 주인공으로 하는 극영화의 형식을 지니고 있다. 다큐멘터리 방식으로 진행되던 영화는 김기덕이 총을 직접 조립하면서 변화한다. 총이 완성되자 차에 타고 운전하면서 목청이 터져라 절규하면서 '아리랑'을 부른다. 김기덕의 노래와 함께 그동안 만들었던 김기덕의 영화 포스터들을 패닝한 후, 화면은 마치 총구가 관객을 향하는 것처럼 총구를 정면에 둔다. 〈실제상황〉에서 주인공이 여러 명을 이 건물 저 건물을 찾아다니며 죽이고 얼굴과 몸에 피를 묻히지만, 다시 건물에서 나올 때는 들어가기 전의 깨끗한 얼굴이 된 환상살인인 것처럼 〈아리랑〉에서의 총소리도 환상 살인으로 볼 수 있다. 이처럼 환상살인이라는 극영화적 요소를 뒷부분에 접합시킨 〈아리랑〉의 형식미도 수상의 원인이 되었을 법하다.

4. 김기덕 영화의 해외 경쟁력의 요인

국내에서의 김기덕 영화에 대한 가장 많은 비판은 여성에 대한 성폭력의 정당화라고 해석되는 부분에 대한 여성주의적 관점에서 이루어지고 있다. 최근작 〈아멘〉에서도 정체를 밝히지 않는 방독면의 사내가 주인공을 강간하고, 자신의 아이를 낳아달라는 주문을 하기도 한다. 이 방독면의 사내가 주인공이 유럽을 돌아다니며 찾아 헤매는 남자친구라는 것이 암시되기는 한다. 여성이 남성에 의해 성폭력을 당하고도 결국 용서하며, 용서를 넘어서 사랑까지 하게 되는 변화를 보이는 여주인공 캐릭터는 상식적으로는 납득이 어렵다. 상식적으로 이해되지 않는 부분에 대해서 해외에서는 오히려 통념에 대한 도전으로 해석하는 근거가 되기도 할 것이다. 예술은 도덕 교과서가 아니기 때문이다.

김기덕 영화는 〈활〉이 주목할 만한 시선에 〈숨〉은 경쟁부문에 초청된 바 있으나, 수상의 결과로 이어지지는 않았다. 〈아리랑〉이 칸 영화제 주목할 만한 시선에 초청되어 상영되었을 때, 심사위원들이 상을 결정하게 되기까지 어떤 요소가 가장 크게 작용했을까. 김기덕 감독의 지금까지의 해외 영화제의 수상 경력에 대한 인정도 물론 없다고는 말할 수 없을 것이다. 해외 영화제의 심사는 김기덕 감독의 지향점과 일치하는 부분이 많다. 해외 영화제에서는 세계에 대한 새로운 인식이 형식과 구조에서도 드러나는 데에 높은 점수를 준다. 2012년 베를린 영화제에서 황금곰상을 수상한 〈시저 머스트 다이〉 역시 흑백 화면의 다큐멘터리면서 셰익스피어의 〈줄리어스 시저〉라는 극을 프롤로그와 에필로그로 구성하고 있다. 〈아리랑〉도 〈시저 마스트 다이〉와 유사한 부분이 많다. 즉 다큐멘터리와 극영화 형식의 접합으로 형식적으로도 장르의 경계에 도전하고 있다는 점이다. 영화라는 서사 속 숨겨진 소통 과정을 드러낸 액자 형식의 새로운 접근이라는 형식적인 측면, 즉 영화 만들기에 대한 새로운 메타픽션적 요소가 작용했으리라고 본다. 또한 영화를 만드는 작업이 자아를 객관화하는 방법일 수 있는 것이라는 점과 자기 반영성이라는 모더니즘적 요소가 주제화되어 있는 내용에서 독창성과 예술성이 인정되어 수상한 것으로 생각된다.

다음으로 〈피에타〉의 베니스 황금사자상 수상에 관해 살펴보자. 김기덕 감독이 〈피에타〉로 한국 영화 사상 최초로 베니스 국제영화제에서 황금사자상 수상이라는 영광을 안았다. 김기덕 감독은 세계 3대 국제영화제인 칸, 베를린, 베니스 모두에서 장편영화로 수상했고, 이는 세계적으로도 흔치 않은 결과다. 해외 영화제에서 가장 중시하는 요소는 독창성과 예술성이다. 특히 서구 정신사의 뿌리가 되는 기독교와 신화적 상징성을 바탕에 깔고 현대사회의 상흔과 단면을 첨예하게 포착하고 있을 때 수상 가능성이 높아진다. 〈피에타〉는 이 점에서 심사위원들을 사로잡았을 것이다. 〈피에타〉는 김기덕 감독이 그동안 추구해온 독창적 세계관의 극한을 보여준다. 우선 주제 면에서 기독교적 상징성을 제목과 포스터에서부터 강하게 드러내고 있다. 〈피에타〉는 '자비를 베푸소서'라는 의미의 기독교 단어다. 강도인 아들(이정진 분)과 어머니(조민수 분)의 처절한 모습을 담아낸 포스터 역시 죽은 예수를 안고 슬픔에 잠긴 마리아의 이미지를 차용했다. 엔딩에서도 '도나 노비스 파쳄(주여 평화를 주소서)'이라는 가사가 들어간 성가곡이 사용됐다.

김기덕 영화에서 이런 기독교적 상징성이 하는 역할은 무엇일까. 김기덕 영화의 주인공들은 통념으로 봤을 때 인간의 능력으로는 구제하기 어려운 죄인들이다. 그러나 영화는 막달라 마리아에게 돌을 던지는 자들에게 '죄 없는 자 돌을 던지라'라고 말하는 예수의 관점에서 죄인들을 다시 보게 한다.

〈피에타〉는 '오이디푸스 콤플렉스'라는 신화적 상징도 담고 있다. 혈혈단신 살아오던 강도에게 "너를 버려서 미안해"라고 말하며 느닷없이 나타난 엄마와의 관계를 통해서다. 강도는 "내가 여기서 나왔어? 그럼 다시 여기로 들어가 볼까?"라고 말한다. 친엄마든 아니든 극 중 모자 관계의 성행위가 성립됨으로써 영화는 근친상간이라는 원형적 죄와 만난다.

〈피에타〉는 또한 현대 자본주의적 폐해를 극명하게 드러내고 있다. 영화의 배경이 철거가 예정돼 있는 청계천 세운상가 뒷골목이라는 점, 돈을 사람의 몸보다 더 중요하게 여기는 에피소드가 핵심 사건이라는 점 등이 그 예다. 사채 추심원인 강도는 사람들을 상해하며 터무니없이 부풀려진 이자를 받아낸다. 최소한의 인간성마저 상실한 강도에게 희생당하는 사람들의 모습은 자본주의의 극단에 소스라치게 만든다.

〈피에타〉는 가학과 피학, 복수와 용서의 짝 맞춤으로 구성된 독특한 스타일을 구현하고 있다. 강도는 채무자들을 잔인하게 다루지만 새로 나타난 엄마를 통해 점차 가학의 사슬을 풀고 마음을 열게 된다. 그런데 엄마가 갑자기 사라지자 강도는 자신에게 원한을 가진 누군가에게 잡혀간 것이라고 생각한다. 자신이 행한 죄의 장소들을 다시 찾아다니는 과정에서 그는 자신의 죄를 확인하게 된다. 스스로 차에 사슬을 걸어 끌려 처절하게 죽는 엔딩은 강도가 피학적으로 전환됨을 극명하게 드러낸다. 아픔을 간직한 강도의 엄마도 결국 복수 대신 용서를 택하며 복수와 용서가 극점에서 만난다는 것을 보여준다.

〈피에타〉의 베니스영화제 황금사자상 수상을 계기로 다른 영화보다는 많은 관객이 관람했지만, 김기덕 영화를 처음 접하는 관객은 영화 관람이 힘들 수 있다. 그러나 우리가 외면하고 싶은 삶의 구멍 난 곳에 바로 김기덕 감독의 영화 세계가 자리하고 있는 것은 아닌가 질문해봐야 할 것이다. [3)]

---

3) 이 부분은 필자가 매경에 쓴 영화평을 원용하였다.
　　http://news.mk.co.kr/newsRead.php?year=2012&no=614833

다음으로 〈뫼비우스〉를 살펴보자. 〈피에타〉로 베니스 국제영화제 최고상인 황금사자상을 수상한 김기덕 감독의 18번째 신작 〈뫼비우스〉는 오이디푸스 콤플렉스를 영화적으로 재창조한 것으로 볼 수 있다. 이 영화는 올해 베니스 국제영화제에 비경쟁 부문에 초청되었다. 그런데 한국 개봉까지의 길이 무척 험난했다. 영상물등급위원회 심의 후 재심의까지 두 번 다 제한상영가를 받게 된 것이다. 영화의 마지막 부분에 나오는 아들의 꿈속에서의 어머니와의 정사 장면이 주된 원인으로 보인다. 김기덕 필름에서는 재심의 판정 후 2분 30초에 이르는 장면 삭제를 한 다음에야 청소년 관람불가로 관객과 만날 수 있게 되었다.

김기덕 영화는 인간의 무의식중 리비도(libido)가 중심이라고 본 프로이트의 관점과 상당히 근접해 있다. 근친상간이라는 코드는 〈뫼비우스〉에서 처음 다루어졌지만, 데뷔작 〈악어〉에서부터 주요 인물들은 성욕망을 실현하거나, 이에 대해 번민하며 초월하는 주제를 구현한다. 김기덕 영화는 인간 무의식 속의 가학과 피학의 심리, 성 욕망 등을 상징적으로 표현해왔기 때문이다. 김기덕 영화 속 서사는 현실을 넘어 확산되는 장치가 영화 내에 있기에 상징성이 강하다. 해외에서 김기덕 감독을 거장으로 인정하는 이유는 바로 그 상징적 장치와 통념을 넘어서는 전복적 사고에 있기 때문이다.

〈뫼비우스〉는 권총 자살이나 자신의 몸을 자해함으로써 성욕을 충족시키는 자극적인 장면이 많다. 이는 욕망으로 전착된 우리의 삶이 얼마나 공포스러운지를 영화적으로 표현한 것이다. 〈뫼비우스〉에서는 성 욕망의 고통을 초월하기 위한 코드를 종교에서 찾고 있다. 〈봄여름가을겨울 그리고 봄〉에서 성 욕망의 초월을 불교에서 찾는 것과 유사하다. 이는 남편의 성기를 거세시키고자 할 때 필요한 칼이 응접실에 있는 머리만 남겨진 부처상 아래에 있는 것으로도 상징되고 있다. 김기덕 영화에는 대사량이 원래 많지 않다. 이미지를 통한 메시지 전달을 중시하기 때문에 대사의 양 자체에 무게를 싣지 않은 듯하다. 심지어 〈비몽〉에서는 진 역의 오다기리 조는 일본어로 말하고 다른 사람들은 한국어로 소통한다. 진의 일본어에 대한 한국어 번역 자막도 없다. 그렇게 하더라도 영화적 맥락에서 관객에게 충분히 이해된다면 대사가 없는 영화도 충분히 가능한 것이다. 이번 〈뫼비우스〉에는 신음 소리 외에는 어떤 대사도 없다. 김기덕 영화에서 중요한 역할을 하던 음악도 엔딩 부분 외에는 없다. 이러한 실험이 오히려 영화적 밀도를 높이는 데 기여한 것으로 보인다.[4]

이후 김기덕 감독은 〈일대일〉로 베니스데이즈에서 유럽비평가협회상을 수상했다. 이후 분단문제를 정면으로 다룬 22번째 영화 〈그물〉이 최근 개봉했다. 〈그물〉은 김기덕 감독이 제작과 각본을 썼지만 후배 감독이 연출한 〈붉은 가족〉과 〈풍산개〉와 같은 주제의 연장선에 있다. 〈그물〉은 김기덕 감독의 기존의 스타일과 비슷한 듯 다르다. 분단문제라는 주제 의식을 구성 속에서 적절하게 녹여내었지만, 인간 본성적인 측면에 칼을 들이대지는 않기 때문이다.

이렇듯 김기덕 감독의 그 많은 해외 영화제 초청 및 수상은 그가 머물러 있지 않았기 때문에 빚어진 결과이기도 하다. 해외 영화제에서의 경쟁력은 김기덕 감독의 삶에 대한 깊이 있는 통찰에서 비롯되는 것이라고 생각된다. 그러한 통찰이 새로운 형식에 담겨서 창작될 때, 예술성을 지향하는 해외 영화제에서 선택을 받게 되는 것이다.

5. 김기덕 영화의 비전

수많은 해외 영화제에서 러브콜을 받고 수상을 한 감독인 김기덕 영

---

4) 이 부분은 매경에 게재된 필자의 영화평 "-〈뫼비우스〉: 오이디푸스 콤플렉스의 영화적 재창조" http://news.mk.co.kr/newsRead.php?year=2013&no=859762를 원용했다.

화의 재미는 현실을 초월하고자 하는 관념에서 오는 현실과의 거리일 것이다. 단지 현실에 끊임없이 거리 두기를 하는 메시지가 천상에서 오는 것이 아니라 지옥에서 건져 올려진 것이어서 관객이 보기에 불편할 뿐이다. 그러나 진정한 아름다움은 천상의 이미지에서만 오는 것은 아닐 것이다. 김기덕 감독의 독특함은 스틸 컷 하나에도 마치 하나의 그림을 보는 듯한 사유가 담겨 있다는 점이다. 김기덕 영화는 앞으로도 지옥과 천국을 오가면서 우리를 긴장시킬 것이다.

앞서 말한 바와 같이 해외 영화제에서의 경쟁력은 김기덕 감독의 새로운 발상, 새로운 형식과 그 속에 담긴 통찰력 있는 메시지가 중요 요인이라고 할 수 있다. 해외에서의 러브콜과 거장으로서의 인정은 많은 관객을 사로잡았다는 점이 아니라, 바로 김기덕 영화의 독창성에 큰 가치를 둔 것이다. 남과 다른 무엇, 그것이 바로 김기덕 영화의 비밀을 여는 열쇠다.

| 황영미 |

숙명여대 국문과 및 동 대학원에서 박사 학위(현대소설 전공)를 받았고 소설가, 영화평론가다. 현재 숙명여자대학교 기초교양학부 교수로 재직하고 있다.

주요작품
1992년 『문학사상』에 단편소설 〈모래바람〉으로 등단, '96 통일문학응모'에 단편소설 〈강이 없는 들녘〉으로 최우수상을 수상했으며, 〈동아일보〉, 〈매경이코노미〉 등에 영화평을 연재했다. 저서로 『영화와 글쓰기』, 『다원화 시대의 영화읽기』, 공저로 『영화로 읽기, 영화로 쓰기』 등이 있다.
국고지원 국제영화제 평가위원(문화체육관광부)을 지냈으며, 칸, 베를린, 부산 국제영화제 등에서 국제영화비평가상 심사위원을 역임했다. 현재 한국사고와표현학회 회장과 국제영화비평가연맹 한국본부 회장을 맡고 있다.

시나리오로 보는 영화

귀향(歸鄉)

시나리오 | 조정래

각색 | 조정아

주요 등장인물

[과거]

정민	14세. 경남 함안에서 일본군에 의해 위안부로 끌려간다. 일본명 마사코.
영희	15세. 경북 상주에서 일본군에 의해 위안부로 끌려간다. 일본명 다마코.
옥분	16세. 전라도 군산에서 취업사기로 위안부로 끌려간다. 일본명 가즈코.
분숙	21세. 평안도 평양에서 취업사기로 위안부로 끌려간다. 일본명 나쓰에.
만덕	19세. 함경도 회령에서 일본군의 의해 위안부로 끌려간다. 일본명 미요코.

자오이페이	17세. 중국 장춘에lw서 일본군의 의해 위안부로 끌려간다.
기노시타	28세. 일본 요코하마 출신의 일본군 조정상사.
류스케	23세. 일본 도쿄출신의 일본군 오장(하사). 기노시타의 심복.
다나카	21세. 일본 가나자와 시골에서 징집되어 끌려온 일본군 이등병.
마에다	45세. 일본 동경대출신의 일본군중좌(중령). 위안소부대장.
노리코	41세. 홋카이도 유곽출신의 위안소관리자.
박만이	52세. 조선출신의 위안소관리자. 일본명 아라이.
정민모	43세. 정민의 어머니.
정민부	7세. 정민의 아버지.
미선	12세. 같은 동네에 사는 정민의 동무.

그 밖에 위안소여성들, 일본군인들, 광복군, 중국인조바 등 다수

[현재]

은경	16세. 불우한 환경을 딛고 신녀가 된다.
송희	55세. 울녀의 신딸로서 굿당을 이끌어간다.
순정	62세. 과거 위안소에서 영희란 이름으로 불리웠고 현재는 무복과 한복일을 한다.
애리	18세. 굿당에서 은경과 단짝을 이루는 신녀.
일규	40세. 악사. 바라지.
은경모	41세. 영어로 송희 앞에 나타나 은경을 부탁한다.
은경부	45세. 은경을 겁탈하던 범인과 격투 끝에 죽고 은경 주변을 맴돈다.

그 밖에 명혜, 이장, 이장부인, 마을사람들, 울녀 등 다수

S#1. 마을 언덕(낮)

(자막 . 1943년 함안)
평화로운 시골 농리. 제법 오지게 놓여 있는 신작로와 어귀에 무성한 당나무가 있다. 나무 아래 올망졸망 모여 놀고 있는 아이들. 아이들한테 다가가다가 카메라 휙 뒤로 빠진 채 당나무 위를 훑으면 나뭇가지 이파리 속에서 불쑥 나오는 정민(14세)의 얼굴.
아이들 바라보다가 싱긋 웃으며 다시 숨는다.
동네 담벼락에서 두리번거리는 소녀, 미선(12세).
주변 땅바닥에 네 명의 소녀들이 앉아서 땅따먹기를 하고 있다.

미선 (지루한 표정으로)고마, 쫌 나온나. 언니야.

당나무 위에서 입을 막고 키득거리는 정민.

정민 맞나? 글면... 못 찾겠다, 꾀꼬리... 불러라카이.
미선 (분통 어린)억수로 잘 숨는데이. 언니야, 닌 그리도 살고 싶나?
정민 맞다.
미선 재미없데이. 딴 거 하자. 언니야가 하자는 대로 하꾸마. 그니까 제발 쫌 나온나?
정민 옹냐.

풀썩 당나무 아래로 내려앉은 정민을 보고 씩씩 분한 표정 짓는 미선.
소녀들이 각각 3명씩 마주 보고 손을 잡고 있다.
서로 눈싸움이 가쁘게 오가다가 씨익 웃는 정민.
패거리를 이끌고 미선의 줄 쪽으로 가열하게 진격하는 정민.

정민 우리 집에 왜 왔노? 왜 왔노? 왜 왔노?

마주 보고 서 있던 미선, 기세 좋게 정민 쪽으로 패를 데리고 진격한다. 주춤거리며 뒤로 몰리는 정민이 패거리. 그중 한 명 겁먹어서 뒤로 도망가는데 제지하던 정민의 얼굴 확 찡그려진다.

미선 꽃 딸라고 왔단다, 왔단다, 왔단다. (활짝)아... 정미이 언니야 너그들, 금 깨밟았다. 우야노? 니, 죽었데이.

정민, 뒤돌아보면 자기네 패들 땅바닥에 그려진 금을 살짝 밟은 걸 본다. 슬쩍 안으로 들어서는 한 아이, 기죽은 표정으로 정민을 바라본다.

정민 어데? 구라치지 마라. 너그 봤나?
미선 와아 또 쌩 부린다. 너그 편 졌다카이.
일행 정미이... 너그들이 졌다.
정민 (거칠게 금을 지우며)치아뿌라. 생짜만 부리는 너그들하고 안 논다.
미선 또 어깃장이가? 알았따. 언니야 너그가 이기무따. 됐나?
정민 (배시시)됐다. 그면 우리 편 산기다. 알겠나?
미선 (아니꼽지만)알았따. 그면 인자 또 뭐하고 놀아줄낀데...?

그때 동네 신작로에 먼지를 일으키며 어귀로 들어오는 트럭 소리. 아이들 놀라 당나무 뒤로 숨는다. 트럭 안에 몇몇 앉아 있는 하얀 옷을 입은 조선 사람들. 무표정하게 앉은 황색 군복을 입은 군인들 중 몇이 내려 동네로 들어가고...

정민 아재! 병지이 아재!

트럭 뒤칸에 앉은 한 사내를 보며 다가가 조그맣게 부르는 정민. 병진이라 불린 사내, 긴장된 표정을 풀고 정민을 향해 손짓한다. 정민과 소녀들... 조심스럽게 다가가면 아직 앳된 일본군 병사 총을 슬쩍 들이댄다.

병진 親戚の子です。これだけあげます。(친척 아입니다. 요고 하나만 줄께예.)

덩치 큰 병진이 일어나서 다가가자 겁먹는 군인, 솜털 보송한 어린 병사다. 군인이 총을 제자리에 내려놓자 품에서 주섬주섬 주먹밥과 곶감 등을 꺼내 정민에게 주는 병진.

정민 아재, 어데 갑니꺼?
병진 옹야. 어무이, 아부지 말 잘 듣고.
아재, 본토에 가 돈 마이 벌믄 맛난 거 마이 사주꾸마.
정민 은제 옵니꺼?
병진 그기.. 가 보믄 알겠제.
정민 조심히 댕겨 오이소.
병진 옹야. 니도 잘 있으레이.

군인들 뒤로 몇몇 따라 나오는 조선 사람들.
그중 와이셔츠 입고 깔끔한 사내 하나 슬쩍 몸을 빼 도망치려는데....
철커덕 거총하는 군인들. 군인 하나가 사내의 멱살을 잡고 대열로 밀어젖힌다. 정민 놀란 표정으로 뒤로 물러나면 짐짝처럼 실리는 조선인들.
당황하는 조선인들의 표정 위로 *그제야 드리우는 두려움과 의아함.*

정민 (더듬거리며)아... 재!

트럭 시동을 걸고 떠나면 병진을 향해 손을 흔드는 정민과 소녀들.
그런 정민을 향해 낄낄 웃으며 손을 흔들어주는 일본 군인들. 트럭이 지나간 바퀴 자국에 으깨진 야생화들 뒤편으로 달려오는 소녀들의 형상도, 아지랑이처럼 어른어른 짓이겨진다.

S#2 미선네 집 방(낮)

땅바닥에 앉아 오자미 놀이를 하는 소녀들. 재빠른 손놀림으로 오자미를 잡는 정민. 정민을 바라보며 점점 울상이 되는 미선.

정민 (리드미컬하게)오사라 니혼까이- 사게논데- 욥바라떼 데인쇼
내 이깄다.
미선 칫!
정민 (미선의 옷깃에 달린 괴불 노리개를 확 뜯으며)요고 인자 내 끼다.
미선 (징징거리며)도고... 인 도고. 어무이 알믄 내 죽는데이.
정민 니가 걸었잖나? 니 입으로 지믄 이거 준다 했나, 안 했나?
내 지믄 엿 주고... 아이가? 고래 약속 안 지키믄 니 인자 입으로 똥 쌀 끼다.
미선 만날 천날 내만 이겨묵고... 으아앙!
정민 (멀뚱히 괴불 노리개를 보며)이기 먼데 안 줄라꼬 그카노?
금도 아이고... 옥도 아이고... 천 쪼가리로 만든 노리개 하날 갖고...
미선 내 병신된데이. (울다가 확 노려보며)넘의 꺼 뺏으믄 니도 병신 된다카이.
정민 가시나. 꽁 치삐지 마라.
미선 꽁 아이다. 부적이다. 인 도고!
정민 언니야는 간데이. 닌 아직 내 상대가 몬 된다. 가재이(가자), 귀순아!
(미선 머리 쓰다듬으며)쪼매만~ 더 커라.

S#3 미선네 집 평상(저물녘)

노을이 빨갛게 흐르는 하늘을 보던 정민.

귀순 니도 고마 해라. 얼라 델꼬 번번히 놀겨 묵으믄 그리 재밌나?
정민 옹냐. 억수로 재밌데이.
귀순 니도 참!

정민, 손에 든 괴불 노리개를 보다가 두리번거린다.
평상 위 요강 뚜껑을 열고 괴불 노리개를 넣는 정민.

귀순 만날 되돌려줄 끼면서 니도 참 열없데이.

정민 가시나 이거 보믄 진짜루 좋아하겠제?

귀순 맞따.

정민 고마, 가자.

S#4 들판 앞(저물녘)

파릇파릇하게 자란 보리쌀을 손으로 건드리며 일본 노래를 흥얼거리는 정민.
제법 봉긋한 가슴. 바람 때문에 앞으로 쏟아진 머리카락을 다듬던 정민.
싱긋 웃다가 되돌아보면 저 멀리 갈지 자로 걸어오는 중년 사내, 정민 父다.
어깨에 지게를 메고 지게 끝에 대롱대롱 짚으로 싼 것들이 달려 있다.

정민 울 아부지, 기분 째지는갑다. 아부지, 아부지예!

정민부 거, 앞에 가는 억수로 이쁜 처자는 누꼬?

정민 아부지 강쥐. 정미이다.

정민부 아이다. 암만 봐도 울 강쥐는 어데 가삐릿고 다 큰 처자밖에 엄따.

정민 맞나? 그면 아부지 니 내 시집 얼릉 보내고.

정민부 근데... 정민아. 우야노?

정민 뭐가예?

정민부 암만 봐도... 니 좋다 할 사나(사내)가 없다. 너그 아부지밖에는...

정민 아부지는 내 그래 아깝나?

정민부 어데, 아끼믄 똥밖에 더 되겠나? 근데... 진짜루 니 델꼬 갈 사나가 없다카이.

정민 천지빼깔이로 많은 세상 사나들이 전부 가자미 눈깔인갑다.

정민부 삐짓나?

정민 됐다.

정민부 보레이. 장에 가서 나무 팔고 이거저거 우리 강쥐 좋아하는 거 마이 사왔다.

정민, 토라진 척하면서도 지게 쪽으로 다가가 살펴본다. 기쁜 표정.

정민부 아부지 지게 타고 갈 끼가?

정민, 물끄러미 아버지 뒷모습을 본다. 다 헤어지고 땀에 전 윗옷.
구부러진 어깨를 보며 괜히 눈을 슴벅거리는 정민.

정민 은젠 다 큰 처자라민서? 됐다.
정민부 (턱 앉으며)니 아부지 몬 믿나?
정민 전번부터 허리 뼈갖고 아프다 안 했나?
정민부 (오기 있게)일마가 아부지 몬 믿는 거 맞네?
정민 아이다.
정민부 맞다카이.
정민 술 작작 처무라. 벌써 취했나?
정민부 니는... 다 커도 아부지한테는 얼란 기라. 타라마, 빨리 가스냐야.
정민 (지게에 걸터앉으며)천천히 일나라. 삐지 말고.
정민부 (벌떡 힘 있게 일어나며)니 아부지... 아즉 힘 좋데이.

허공으로 둥실 뜨자 '와'하고 비명 지르며 웃는 정민.
싱긋 웃으며 걸어가는 정민부. 입에서 구성진 민요 가락이 흐른다.

정민부 상주함차~ 공갈못에~ 연밥 따는~ 저 처자야. 연밥줄밥~ 내 따주마
~ 우리 부모~ 섬겨도고

석양 아래 두 부녀의 그림자 길게 늘어진다.

S#5 정민의 집(해 질 녘, 저녁)

집에 도착하며 둘 앞에 씩씩거리며 서 있는 정민모.

정민모 말만 한 가스나가 어데 싸돌아 댕기는 기고? 으이?

정민 와, 또 내한테만 그카는데... 아부지도 술 처묵고....

정민부 (딴청하듯)여 있다. 임자 사오라칸 고무신이랑 생선이랑...

들은 척도 안 하고 정민에게 다가가는 정민모. 손에 싸리 회초리가 들려
있다. 정민의 등짝을 확 후려갈긴다. 인상 확 그으며 막는 정민부.

정민부 이기 미쳤나? 밥 잘 묵고 힘이 뻗치나? 와, 멀쩡한 얼라를 때리노?

정민모 얼라는 무신... 나이가 열넷인데... 우리가 도둑괭이 한 마리 키웠다카이.

정민부 몬 소리고?

정민모 니 당장 몬 내놓나? 미선이 한테 뺏은 기 어데 있노?

정민 하, 가스나. 고샐 몬 참고 일러바쳤나?

정민부 (눈 오목하게 뜨고 지게 막대기 들며)니, 뭐 쌔벴다꼬?
없이 살아도... 으이.. 아부지가... 누꺼는 절대로 쌔비면 안 된다 했제?

정민 뭘 쌔벴다고 그카노? 내기 한 기라.

정민부 (막대기 내리며)내기했다 안 카나?

정민모 (정민부 째리며)두부도 이리 안 물렁할 끼다.
니가 갖고 온 그기 문제다. 그기 몬지 아나? 내나라. 빨라 도고.

정민 싫타. 인제는 기분 나뻐서도 안 줄 끼다.

정민모 (종아리 때리며)함부로 넘의 괴불 노리개는 갖고 오면 안 되는 기라.
알긋나? 될 일도 안 되고 평생 시집도 몬 간다. 알긋나?

정민 (훌쩍거리며)가스나, 복수할 끼다.

도망가는 정민을 쫓는 정민모를 지게막대기로 가로막는 아버지,
그런 아버지를 보고 눈을 흘기면 비켜나는 아버지. 다시 도망가는 정민과
쫓는 어머니, 다시 가로막는 아버지, 밀치는 어머니의 모습
다람쥐 쳇바퀴처럼 계속 반복되고...
(시간경과)
입가에 침을 질질 흘리며 정신없이 잠들어 있는 정민.

호롱불 밑에서 바느질로 뭔가를 만드는 정민모.
정민부 새끼를 꼬다가 정민에게 다가간다.

정민부 얼라를 달구 새끼맨치 잡는 뱁이 어데 있노? 으이?

정민모 달구 새끼면 잡아묵기라도 하제... 저 천방지축을 어예 시집 보낼라꼬...

정민부 때 되믄 다 할 낀데.... 아즉 솜털 보송한 얼라를 갖고...

정민모 근방에 다 큰 가시나를 울처럼 키우는 집 하나 없다꼬.

정민부 임자도... 어린 나이에 시집와서 고생고생 안 했나?

정민모 꼬치에 털만 나도 순사들이 나타나서 잡아간다고...
목골에 김씨 딸아도, 괴정 오촌 당숙 딸아도 시집 안 보냈나?

정민부 뭔 일이야 일나라꼬?

정민모 (한심하다는 듯 보다가)에이휴... 두부믄 데쳐 먹기라도 할 텐데... 츠츠츠

정민부 모(뭐)를 만드노?

정민모 좀 산다는 집이나 딸아들한테 남는 천으로 노리개도 만들어준다꼬.
묵고 죽을래야 없는 집구석서 딸아한테 노리개가 웬 말이고? 했다.
가스나, 갖고 싶으믄 말하제. 어데 남의 낄 훔치노?

정민부 내기했다 안 카더나?

정민모 꽁치지 마라 해라. 쪼맨한 기 을매나 이악시른데...

정민부 (가슴 툭 건드리며)임자 판박이제.

정민모 뭐라꼬?

삐죽거리며 괴불 노리개를 마감 짓는 정민모. 정민부 다시 새끼를 꼬기 시작한다. 정민에게 다가간 정민모. 멍든 정민의 다리를 바라보다기 침 발라주는 정민모. 슬쩍 그 모습 바라보며 웃는 정민부.

S#6 들판길(낮)

정민은 길가에 핀 코스모스를 따라 노래를 흥얼거리며 걸어간다.

꽃을 따라 날아다니는 흰나비를 본 정민. 애태우듯 이 꽃 저 꽃에 다니는 나비를 쫓는다.

S#7. 정민의 집 앞(낮)

사립문으로 들어오던 정민, 갑자기 우뚝 선다. 웅성거리며 서 있는 동리 사람들. 집을 메운 군인들과 널브러진 부모의 모습에서 뭔가 이상한 걸 직감한 정민. 한 발 내딛다가 엄마와 눈이 마주치는 정민.
공포에 질린 낯선 엄마의 표정에서 본능적으로 몸을 돌리는 정민.
군복을 입은 군속이 그런 정민의 뒷모습을 지켜본다.

군속 니 이름 뭐꼬?
정민 ....
군속 거 등 돌린 가스나... 니 이름 뭐냐꼬?
주민 (순박하게)야가 정미인데예.
정민모 니 미쳤나? 쟈가 어예 우리 정민이고?
니 눈깔은 동태 눈깔이가? 옹냐... 내 그 눈깔이를 확 파줄 끼다.
군속 고오기 서라.

정민이 꼼짝도 못 하고 덜덜 떨며 서 있다.
다급한 정민모 정민을 가리키던 동네 주민에게 확 달겨든다.
아무런 저항 없이 고스란히 맞아주는 주민.
천천히 정민에게 다가가던 군속의 발길을 막는 두 사람의 싸움.

정민부 정미이야. 언능 도망가뻬라. 빨리 가라카이.

아비의 다급한 외침에 맞춰 마구 도망가는 정민.

S#8. 정민의 집 앞(낮)

헉헉- 힘겨운 정민의 숨소리 화면 가득 흐르고... 여기저기 숨을 곳을 찾아 도망가는 정민. 그때 정민 앞으로 불쑥 나타난 미진.

미진 (냉큼 달려와)언니야. 만다꼬(*왜) 요강에다 노리갤 숨캈노(*숨겼어)?
(키득거리며)하마터면 내 오줌에 절일 뻔 안 했나?
정민 미...진아.... 내... 쫌 살려도고.
미진 언니 너그 내 빼고 또 숨바꼭질 하나? 내도 쫌 끼워도고!
정민 절대로... 절대로... 내 어데 숨었다고 말하믄... 안 된다.
(울먹이며)내는... 죽기 싫타.

멍하게 정민을 보는 미진. 뭔가 심상찮은데...
미진의 어깨를 강하게 부여잡는 정민.

정민 (앙다문 입새로)알긋나?

정민, 주위를 두리번거리다가 어딘가를 바라본다. 눈빛이 깊어지는 정민.
(시간 경과)군인들이 여기저기 소녀들을 끌고 나온다.
미진에게 다가가 이리저리 살피던 군속.
미진 얼어붙은 것처럼 놀라 서 있고... 어린 미진의 모습을 보며 고개 가로젓는 군인. 그때 군속, 능글능글 미진에게 바짝 다가간다.

군속 여, 가스나 하나 뛰왔제? 어델 숨었노?
미진 낸 모릅니더.
군속 맞나? 그면 그 언니야 대신 니기 내캉 좀 기야겠디. 일루 온나.
미진 싫습니더. 어무이! 아부지!

주민들 속에서 한 남녀가 나와 미진을 껴안는다.

주민 박가야, 니도 조선 사람인데 글카면 천벌 받는데이.

군속 누가 낼 그래 불렀노? 낼 아직도 김 참판 마름인 줄 아는 기가? 내는 요시 모토 준지다. 알긋나? (미진의 볼을 꽉 꼬집고)말하는 기 좋을 낀데?

미진, 눈물 줄줄 흘리다가 오줌을 지려버린다. 집요하게 붙잡는 군속의 손으로 고정되어 있던 미진의 고개가 어딘가로 향한다.
눈빛 의기양양하게 변하는 군속.
(시간경과)당나무에서 끌어내려진 정민, 트럭에 태우려는데...
달려온 정민부가 군인들의 손에서 정민을 낚아챈다.
이내 제지당한 채 매 맞는 정민부. 군인들 발밑에서 으깨지는 아비를 보고 오열하는 정민.

정민부 달거리도 몬한 꽃애기를 어델 데꼬 간단 말이고? 너그들 천벌 받을 끼다.

정민이를 다시 트럭에 태우려는 군인 앞으로 보따리와 바가지를 들고 나타난 정민모. 버석 마른 입가에 허연 침이 고여 있는 초췌한 모습.

정민모 야... 옷가지 몇 개만 챙기게 해주이소. 명색이 딸안(*딸아이)데...

확 때리려는 군인의 귀에 뭔가 속닥거리는 군속.
군인이 무표정하게 끄덕 고갯짓하면 정민에게 다가가는 정민모.
흐느끼는 정민에게 바가지 물을 먹이는 정민모.
거진 반은 입가로 줄줄 흐르는 물을 정성껏 훔쳐주는 정민모.

정민모 우야던지... 정신만 단디 챙기라. 알긋나?
정민 어무이... 어무이...
정민모 니 알제... 여가 어데라꼬?
정민 함안 한디기골....
정민모 어무이, 아부지 이름 잘 알제?
정민 어무이. 내 억수로 무섭다. 어무이.

품에서 괴불 노리개를 꺼내 정민 옷깃에 달아주는 정민모.

정민모 한시도 몸에서 떼놓지 말거레이. 닐 지키는 부적이데이. 고마 울어라.
호랭이한테 잽혀가도 정신만 바싹 채리믄 산다 안 카나.

정민 호랭이보다 더 무섭데이.

정민모 잊지 말거레이. 아부지 어무이 이름. 여가 어딘지... 몸만 성히 하고 온
나. 꼭 온나. 어매는 맛난 거 마이 해놓고 닐 기다리꾸마. 닌... 그냥.. 돌아오
믄 된데이.

정민 (떨며)맞나? 어무이... 맞나?

정민모 (울음기)맞다. 맞다.

정민 (트럭에 쳐넣어지며)맞나? 맞나?

정민모 (울며)옹야. 옹야.

눈물 흘리면서도 그제야 희미하게 어미를 보며 미소 짓는 정민.
순사와 군속의 팔에 이끌려서 트럭에 타는 정민.
트럭 속에서 울음 터뜨리는 소녀들과 오열하는 마을 주민, 부모들의 처절
한 모습들이 무음 처리된 화면 위로... 천천히 들려오는 굿소리.

S#9 을녀의 굿판(오후)

느리게 을녀가 굿을 하고 있는 모습이 보인다.
카메라가 을녀의 얼굴을 따라가면 악사와 신딸들과 제상이 보인다.
을녀의 굿소리와 함께 그의 시선이 정면을 응시하면

애리(E) 어머님, 어머님...!!!

S#10 송희의 방(아침)

(자막 . 1991년 서울)

애리가 송희를 깨운다. 식은땀을 흘리며 일어나는 송희

애리 괜찮으세요, 어머님?

송희 내가 언제 너더러 날 어머니라 부르게 했니?

애리 (겸연쩍어하며)저.........

송희 무슨 일이냐?

애리 오전부터 기다리고 있는 손님이 계셔서요. 저...정말 괜찮으세요, 선...생님?

송희 (식은땀을 닦으며)됐다. 바로 나가마.

애리가 문을 열고 나가자 송희는 깊게 숨을 내쉰다.

송희 지겹소, 이내 팔자. 근래 들어 왜 자꾸 또 찾아오시오?

S#11 송희의 굿당(아침)

옆문으로 굿당에 들어서자 은경과 은경모가 기다리고 있다. 분주하게 굿당을 두리번거리다가 송희와 눈이 마주치자 씨익 웃음 짓는 은경.
송희가 눈길을 돌리자 그 옆에 은경모가 죄진 듯 고개를 숙이고 서 있다.
자리에 좌정하는 송희.

송희 어린 친구가 왔구만. 옆은... 엄마 되시나?

은경모 (앉으며 작은 목소리로)네.

송희 누구 소개로 왔다고?

은경모 누가 예전에 왔었는데... 영험한 곳이라 해서...

송희 아... 그럼 애 아빠는...

순간 송희의 앞에 놓인 방울이 딸랑- 울린다. 방울을 바라보는 송희

S#12 은경의 집 앞(과거, 오전)

한 남자가 담배를 피우면서 은경의 집을 바라본다.
은경은 일터로 나가는 엄마, 아빠에게 손을 흔들며 배웅을 하고 있다.
부모가 멀어져가고, 은경의 모습을 바라보던 남자는 담배꽁초를 버린다.

S#13 송희의 굿당(아침)

송희 애 아빠는 지금 없구만
은경모 큰 사건이었죠. 나라가 온통 떠들썩했죠.

송희는 뭔가 바라보자 은경모 고개를 숙인다. 손목에 뚜렷이 남은 자살흔.

송희 애는 그때부터 점점 말 없어진 거고?

은경을 불안하게 바라보며 머뭇거리는 은경모.
은경은 굿당 안을 두리번거리다가 문을 열고 밖으로 나간다.

은경모 그날 출소한 전과자가 하필이면 우리 집에 들어왔어요.

(플래쉬백)문을 열고 들어간 은경부. 온통 어지럽게 변한 집 안을 보고 경계하는데....
조심스럽게 침실로 다가가자 침대 위에 기절해 있는 은경과 그 위를 더듬는 남자와 눈이 마주치는 은경부. 칼을 꺼내 들고 달려드는 남자와 격투하는 은경부.
남자의 칼에 찔리는 은경부와 눈이 마주치는 은경.
입을 틀어막는 은경을 보다가... 천천히 가슴에 꽂힌 칼을 빼는 은경부.
분수처럼 솟구치는 피를 보며 경악하는 남자.
그 사내를 꽉 껴안는 은경부.

몸에서 뺀 칼을 남자의 등 뒤에 확 내리꽂는 은경부.
경악하는 은경을 향해 안심시키듯 희미한 미소를 짓던 은경부의 눈 파르르
감기고...

송희 원래 끊어질 놈의 명줄과 그만 엉켜버리고 말았구먼. 근데... 자넨 왜?

은경모, 몸을 떨며 소매를 내려 자살흔을 감춘다.

은경모 애 아빠 병원에 오래 있었어요. 오래... 다시 의식이 돌아오지 않더라구
요. 돈이 문제였어요. 병원비를 감당할 수가 없었거든요.
한 3개월 있었던가. 병원에서 나가라는 거예요.
(울음)집에 돌아와 얼마 안 있어 애 아빠는 세상을 떠났어요.

화면 위로 계속 흐르는 은경모의 목소리.

은경모(E) 당시 사고 전후 기억만 잃었지 나머진 다 괜찮았어요. 우리 두 모녀
만 덩그렇게 남았는데... 서로 의지하고 잘 살자 다짐하며 살았어요.

(플래쉬백)멍하게 넋 놓고 앉은 은경모. 집 안이 온통 엉망이 된 채 널브
러져 있다. 은경이 엄마에게 다가와서 뭔가를 빼앗는다. 유골함이다.
유골함을 빼앗긴 은경모, 맵차게 은경의 뺨을 때린다.

은경모(E) 먹고살기는 해야 하니까... 제가 이 일 저 일 하느라... 솔직히 은경이
치료에 신경을 많이 못 썼어요. 제대로 병원에 다녔으면 그때 기억, 아버지가 죽은 거
다 이해하고 그랬을 텐데.... 지가 살려고 잊어버린 걸 굳이 왜 찾아줄라고 하냐
고... 말하는 사람도 있었지만... 그래도... 애 기억은 살려줘야 하잖아요?

(플래쉬백)집 안을 치우고 음식 하는 은경. 멍하게 벽에 기댄 채 유골함만
붙들고 있는 은경모. 밥을 떠서 엄마의 입에 넣어주는 은경.

고개를 이리저리 돌리다가 숟가락을 확 던져버린다. 말없이 밥알들을 휴지로 닦는 은경. 나란히 벽에 기대앉아 꾸역꾸역 밥을 먹는 은경.

송희 그래서 결국 여기로 왔구먼.
은경모 누가 그랬어요. 가끔 귀신이 씌어서 생긴 병일 수도 있는데 굿하면 낫는다 해서요. 혹시나 하는 맘에... 용하시고 유명하신 분이시라고...
송희 (손목을 가리키며)모질게 살았어야지!
은경모 일 년 전에 술을 마시고 저도 모르게 그랬어요.
저... 이제는 안 그래요. 애를 위해서라면 뭐든 할 수 있어요.

그때 갑자기 밖에서 우당탕하는 소리가 난다. 놀란 은경모와 송희 문을 열고 밖을 나가면...마루에 있던 제기 그릇들이 쓰러져 있다. 허공에 대고 뭔가 이야기하며 웃는 은경.

은경 그런데 여기 어디야, 아빠?

그런 은경을 멀거니 마주 보는 송희. 은경의 옆에 앉으며 은경의 머리를 쓰다듬는 은경부가 보인다. 무언가 부탁하는 듯한 눈빛으로 송희를 바라보는 은경부의 혼. 송희의 눈빛이 흔들린다.

S#14 애리의 방, 굿당(낮)

애리의 방에 앉아 안에 걸려 있는 무복들을 바라보는 은경. 송희와 은경모의 대회가 교치되어 보인다.

송희 저 아이는 잠시 내가 데리고 있겠네.
은경모 저... 그치만...
송희 걱정일랑 집어치워. 저 애는 밖에 나가면 큰일 나.
놀림거리만 될 거야. 누구보다도 자네가 더 잘 알 터.

애리 반갑다, 얘. 나 애리라고 해. 넌?

은경 은경... 은경이야.

송희 이제부터 애리 너 은경이랑 같이 지내라. 알겠니?

애리 (살짝 비죽거리며)네.

송희 은경이가 애리보다 한 살 아래니까... 언니라고 불러야...

은경 엄마는요? 엄마는 어딜 가는데요?

벙찐 표정으로 은경을 쳐다보는 애리.

송희 네 엄마는... 또 오실거야. 오늘부터 여기가 네 집이다.

하얗게 질린 은경, 굿당 밖으로 달려나간다.

은경(E) 엄마! 엄마!

송희의 얼굴을 자꾸만 흘끔거리는 애리.

송희 똥 마렵니?

애리 아뇨. 근데... 쟤 엄마....

송희 (당황하며)그게.. 은경이는....

애리 아까 분명히......

S#15 굿당 밖(낮)

저 멀리 사라지는 엄마의 뒷모습을 향해-

은경 엄마! 가지 마! 엄마!

땅바닥에 널브러진 채 흐느끼는 은경. 무릎이 까져 피가 흐른다.

S#16 군용 트럭(낮)

까져서 피가 흐르는 소녀의 무릎 위로 천을 덧대워주는 정민.
연신 '엄마'를 찾으며 우는 자기보다 어린 소녀를 멀거니 바라보는 정민.
눈물 자국과 먼지가 때처럼 엉겨 붙은 소녀들이 실린 트럭 안의 살풍경한
풍경과 달리 밖은 온통 코스모스와 야생화들이 한창이다.
꽃들을 보다가 무표정한 군인 둘이 딴 곳을 보는 것을 알아챈 정민, 무방
비하게 열린 차문. 그쪽을 바라보며 망설이다가 조금씩 문 쪽으로 다가가는
데... 누군가가 붙잡는 손길. 얼어붙은 정민, 뒤돌아보면 무릎 다친 소녀
가 꼭 붙들고 있다. 다시 한 무리의 소녀들이 짐짝처럼 트럭에 실리고...
치마, 저고리에 책보를 맨 소녀들도 있다. 흑흑- 흐느끼는 소녀들. 찌푸
리는 군인들.

일본군1 かにしろ。。かにしろって言ったろ。(조용해, 조용하란 말야)
소녀 여기 있는 줄도 모르는데... 엄마한테만이라도 알려야 해요.
일본군2 このくそ女が。。かにしろって言うのがわからないのか。
(이 쥐새끼 같은 기집애들. 조용히 하란 말 몰라?)

개머리판을 들어 소녀를 때리려는 일본군.
정민이 확 소녀를 끓어안히며 싹싹 빌며 말한다.

정민 私が言ってあげます。。かにさせます。(제가 타이를게요. 조용히 하라 말할게요.)

일본군2는 아래위로 윽박지르듯 눈을 부라리다가 자리에 가서 있는다.
정민이 소녀에게 다가간다.

정민 니 맨치로 하다가 맞은 아이들 수두룩빽빽이다.
소녀 우리... 지금 어디로 가는 거야?
정민 ......

소녀 너도 몰라?

정민 호랭이 굴. 그니까 정신 단디 차리라. 우야던지 살아야 된다.

소녀 (울면서)무서워. 무서워 죽겠어. 넌 안 무섭니? 흑흑...

정민 내는... 내는... (입매 다부지게)한개도 안 무서버. 금방 집에 갈 낀데, 모.

점점 채워지는 소녀들 때문에 안쪽으로 더 밀린 정민의 눈이 닫히는 차문을 바라본다.
저고리 옷깃에 달린 괴불 노리개를 한 손으로 꼬옥 거머쥐는 정민.

S#17 기차역 앞(낮)

일본군의 지시에 따라 정민을 포함한 먼저 탄 소녀들 중 일부가 내리고...
무릎 다친 소녀가 정민을 따라 내리려다가 제지당하자 울음 터뜨린다.
군인들한테 매 맞고 다시 트럭에 처박히는 소녀.

소녀 언니야... 언니야....

정민 쫌 드가라. 울지 말고... 그라다가 또 맞는데이.

소녀 (입 틀어막고 운다)

정민 옳치. 옹야, 옹야. 참말로 기특하데이.

정민의 뺨이 날아간다. 일본군이 정민을 노려보고 있다.

군인 おれが朝鮮言を使うなといっただろうが.(내가 조선말 쓰지 말라고 했지?)

정민 すみません。わかりました。(죄송합니다. 알겠습니다.)

일본군에 등 떠밀려 기차역 안으로 들어가던 정민 뒤돌아보면...
어린 소녀가 손을 흔들고 있다. 눈에 가득 고인 눈물 안 떨어뜨리려고 확 훔치는 정민. 그때 와락 정민의 코에서 쏟아지는 코피. 새하얀 정민의 저고리에 점점이 떨어진다.

S#18 송희의 굿당(새벽)

송희가 정갈한 옷을 입고 신당에서 절을 하며 나지막이 주문을 외며 기도한다. 그때 조심히 들어오는 명혜와 정순.

명혜 어머니, 언제 출발할까요?
송희 언제 가면 되니?
정순 이장님께서 아홉 시까지 와주셨으면 좋겠다 하십니다.
송희 오냐, 알았다. (물러나던 둘에게)참, 애리는 뭘하고 있니?

S#19 굿당 뒤뜰(오전)

애리 뒤뜰에서 은경에게 굿에 쓰일 나무 그릇과 신물을 닦게 하고 자기는 지켜보고 있다. 정성스럽지만 손이 굼뜬 은경을 혀 끌끌 차며 보는 애리.

애리 좀 더 박박 문질러.
은경 이렇게?
애리 아니, 더...
은경 응!

그때, 은경의 손에서 제기를 낚아채는 남자의 손. 박수 일규다.

일규 너, 새로 왔냐? 일루 줘봐. 오빠가 닦아줄게.
은경 (흠칫 떨며 벌떡 일어난다.)
일규 (민망해하며)놀랐어? 미안!
애리 (삐죽거리며)나 할 때는 도와주시지도 않았으면서...
일규 어여 너도 좀 도와, 해가 중천에 뜨겠어. 미리미리 해놨어야지!
애리 삼촌! 옆에서 자꾸 궁시렁댈 거예요? 확 그냥 저리 안 가요?!
일규 어이구 무서버라, 우리 신녀님! 그리고 삼촌이 뭐냐, 삼촌이.

장가도 안 간 오빠한테. 오~빠~라고 해봐, 응? 히히히.
은경이 너도 오빠라고 해!

잔뜩 경계하는 은경을 바라보던 일규, 문득이 애리에게 눈짓하는데...
애리, 자기 머리 위로 손가락을 가리키며 몇 바퀴 돌린다.

애리 으이구, 내 팔자야. 결국은 내가 다 해야 하네. 뭔 놈의 얘가 제대로 하는
게 없어.

명혜와 정순이 나타나자 일규가 슬금슬금 자리를 피한다.

일규 아이구, 난 일 보러 가야지. (애리를 향해 눈을 찡긋거리며)그럼 수고해!
명혜 야! 너희들, 아직도 그릇 닦고 있는 거야? (한숨을 쉬며)애리 넌 선생님 방
으로 가봐.
애리 네? 저요?
명혜 그래? 얘가 귀를 먹었나! 왜 말을 두 번 하게 해?!
애리 네, 언니...(은경에게) 은경아, 가자!
명혜 쟤는 여기서 마저 해야지. 가긴 어딜 가?

애리가 당황하며 자리를 뜨자 다시 앉아 굿에 쓰일 신물들을 정성스럽게
닦는 은경. 그런 은경을 물끄러미 바라보는 정순.

S#20 송희의 방(오전)

애리는 쭈뼛대며 송희의 방 앞에서 심호흡을 한다.

애리 선생님~ 선생님, 부르셨어요?
송희 (E)오냐, 들어오느라.
애리 네

방 안에 들어서자 송희가 거울 앞에 앉아 있다.

송희 너 여기 와서 내 머리 좀 만져다오.
애리 네.

애리가 송희에게 다가와 머리를 빗기 시작한다.

애리 머리가 넘 고우세요.
송희 애리야!
애리 네, 선생님.
송희 은경이랑은 지낼 만하니?
애리 은경이요? (비죽거리며)네, 선생님.
송희 혹시 힘들어 한다든가 그런 건 없고?
애리 밤에 몇 번 울면서 깬 적이 있어서 놀라긴 해도 뭐 성격은 대충 괜찮아요. 쫌 느리긴 하지만....
송희 느려?
애리 정신없게 돌아다니다가... 일만 시키면 느린 거 빼곤 뭐 그냥...
송희 음....
애리 근데요...
송희 응?
애리 가끔 혼자서 중얼거려요. 누구랑 얘기하는 것처럼요.
송희 미친년처럼....?
애리 (배시시)맞아요. 미친년처럼요.
송희 나기서 니 준비 다 됐다고 전해라. 미친년 금방 나긴다고...
애리 예?
송희 그래도 소금은 뿌리지 말라 하고...
애리 예?

비식 웃는 송희.

S#21 굿당 뒤뜰(오전)

은경이 신물을 닦고 있는데 할머니(을녀)가 옆에 와 앉는다.

을녀 그기 그래 하는 기 아이다.
은경 네?
을녀 일루 함 도고. 이긴 일케 돌리 꽈야 하는 기라.
은경 왜 그렇게 해야 하는 거예요?
을녀 글케야 영혼이 길을 잘 찾아삘 수 있는 기라. 알긋나? 이길 귀신이 본든 이생에 미련 없이 훌훌 털고 갈 수 있는 기다.
은경 네... 근데 할머닌 누구세요?
을녀 내? 내사 기냥 지나가는 할무이제.
은경 아, 그렇구나
을녀 닌 이카는 거 한 개도 안 무서버?
은경 왜 무서워요?
을녀 아이다. 언능 해라.

S#22 마을 당나무(낮)

마을의 안녕과 평안을 기원하는 당굿 준비가 한창이다. 굿을 준비하는 손길들이 분주하다. 이장과 낯색이 어두운 이장 부인이 송희에게 인사를 한다. 송희 주변으로 운집해 있는 방송사 카메라들.

이장 선생님. 이렇게 유명하신 분께서 마을 굿을 해주셔서 정말 감사합니다.
송희 원, 별말씀을요. 불러주신 것만으로 감사하죠.
이장 올해 문화재가 되셨다는 소식 들었습니다. 축하드립니다, 선생님.
송희 일개 무당한테 분에 겨운 상찬입니다. 돌아가신 시어머니가 보시면 요란 떤다 언짢아하실 겝니다. (이장 부인을 향해)어려운 발걸음 해주셨습니다.
이장 부인 죄송합니다. 기쁜 날인데 얼마 전에...

송희 네 알고 있습니다. 상심이 크시겠습니다.

이장 자, 자 이럴 게 아니라 어서어서 판을 열어야지요?

송희 네, 성심껏 준비하겠습니다.

송희는 곱게 차려진 무복을 입고 굿을 집전한다.
이장을 비롯한 마을 사람들은 모두 한마음으로 소원을 빈다.

마을사람1 (이장 부인을 바라보며)그냥 집에 있지. 왜 왔누.

마을사람2 그러게 말야. 어제가 사십구재였다면서?

마을사람3 오래 아프시다가 돌아가셨으니까 잘된 거지 뭐. 이년 동안 식물인간이었데잖아.

마을사람1 예끼 이 사람. 쓸데없는 소리하고 있어.

은경은 허드렛일을 하다가 자신을 지긋한 눈으로 보는 을녀와 눈이 마주친다. 을녀가 손을 가리킨 곳을 보니 어떤 할아버지가 뒤편에서 웅크려 앉아 있다. 홀연히 사라진 을녀를 찾던 은경, 굿판을 보며 슬픈 눈으로 이장 부인을 쫓는 할아버지한테 간다.

은경 저... 할아버지!

이장 부인부 응? 나... 말이냐?

은경 누구 찾아오셨어요?

이장 부인부 아니다. 그냥 봤으니 이제 갈려고.

다시 이장 부인을 바라보는 할아버지의 눈을 쫓는 은경.

은경 아는 분이에요?

이장 부인부 그럼. 잘 알지. 아가, 근데 넌 누구냐?

은경 몰라요. 어떤 할머니가 가래서 온 거예요.

이장 부인부 그래? 그럼 내가 부탁이 하나 있는데 말야...

할아버지를 물끄러미 쳐다보는 은경.
(시간경과)은경은 마을 부녀자들 사이에서 일하고 있는 이장 부인을 찾아
간다.

은경 저기... 할아버지께서 말씀 좀 전해달래요?
이장 부인 응? 지금 나한테 말한 거니?
은경 네, 하얀 윗도리에 회색 바지 입은 할아버지가 말씀하셨어요.
이장 부인 뭐, 하얀 옷?
은경 (저쪽을 바라보며)네, 얼굴에 요렇게 점이 있고, 허리 이렇게 짚는 할아버
지요.

이장 부인이 그쪽을 바라보지만 아무도 없다.

이장 부인 (더럭 두려운)누굴 말하는 거니?
은경 곧 가셔야 된다고 꼭 말씀 전해달래요.
이장 부인 (눈빛이 흔들리며)응?
은경 옛날 장롱 안쪽 모서리에 할아버지가 뭘 적어놓으셨대요. 버리기 전에 꼭
보래요.
이장 부인 누가... 누가... 그랬다는 거니?

이장 부인은 은경이 가리키는 방향으로 가서 사방을 두리번거리다가...
눈물을 뚝뚝 흘리기 시작하는 이장 부인.

이장 부인 아버지?

몇 번 나지막이 외치더니 바닥에 털썩 주저앉아 오열하기 시작한다.
사람들이 이 광경을 바라보며 술렁이자 멈춰버린 굿판.
그때 오열하는 이장 부인을 꼭 껴안는 은경.

은경 강실아, 오래 고생시켜 미안하다. 강 서방한테도 고맙다고 꼭 전해다오.

이 광경을 바라보는 송희와 굿당 식구들. 송희가 앞으로 나가자 무복이 주욱 찢어진다. 송희의 무복을 밟고 있는 일규 겸연쩍게 웃는데...
이장 부인을 안고 있던 은경의 눈에서도 구슬픈 눈물이 뚝 떨어진다.

S#23 열차 안(낮, 밤)

정민의 눈에서 눈물이 뚝 떨어진다. 다부지게 닦지만 금세 고이는 눈물들. 대부분 앳된 얼굴의 소녀들과 함께 어두컴컴한 열차 안에서 어디론가 가는데... 여자들을 감시하는 병사는 잠에 곯아떨어져 있다. 곳곳에서 흐느끼는 소리. 정민의 옆에서 바들바들 심하게 떨고 있는 영희.

옥분 근디 우덜 워디로 가는 거여?
소녀1 (흐느끼며)나는 막 끌려와서 몰라.
소녀2 왜들 울어? 기분 나쁘게... 아까 얘기 들었는데 우리 모두 신발공장으로 간다더라.
옥분 비엉신... 거면 뭐땜시 야그를 안 해주겠어? 요로코롬 무서븐거이 먼가 곡절이 있당게.

옥분에 말에 모두 또 조용해진다.
정민은 영희가 너무 떨고 있어서 망설이다가 영희의 손을 감싸 잡는다.
멍하니 정민을 쳐다보는 영희.

정민 니 어데서 왔노?
영희 상주서 왔따.
정민 낸 함안에서 왔다. 괜않나? 와 자꾸 떠노? 몸도 불띠 같네?
영희 모른데이. 으실으실 춥고 자꾸 아프데이.
정민 일 와라.

정민, 영희를 꼭 껴안아준다. 영희, 정민의 옷깃에 달린 괴불 노리개를 본다. 살짝 괴불 노리개에 손을 대며 만지작거리는 영희.

영희 이기... 뭐고?

정민 (멈칫)괴불 노리개다. 우리 어무이가 만들어줬데이.

(망설이다가)만지지 마라. 이긴 내 부적이다. 부정 탄데이.

영희 (손 떼며)억수로 좋겠다. 내는 어무이 없는데... 동생 낳다가 죽어삐릿다.

정민 (미안한)맞나? 닌... 몇 살이고?

영희 열다섯이다. 니는?

정민 (멈칫)내도... 열다섯이다.

영희 갑이네? 우리... 동무하까?

정민 그라지모.

영희 여 오기 전에 만날천날... 기차 타고... 경성에 가보고 싶었더랬다.

정민 맞나?

영희 동생만 다섯이다. 끝에 아는 인제 돌쟁이고. 지겨벘다. 다 훌훌 벗고 떠나고 싶었다.

정민 내는 동생도 언니도 없다. 내 하나다.

영희 참말이가? 좋겠다. 아부지 어무이가 니 하나 떠받들고 살았겠다.

정민 똥이다. 만날천날... 뭐... 아부지는 쪼매 그랬는가 몰라도 어무이는 날 못 잡아묵어서 안달이었다.

영희 내는 날 잡아묵는 어무이가 있기라도 했으면 좋겠다.

정민 맞나?

영희 (괴불 노리개 가리키며)어무이가 안 해줬나?

정민 (만지작거리며)맞다. 우리 어무이가 해줬다. (아련하게)다 안다. 만날 내 때려놓고 다리통 붙잡고 침 바리니거... 내 다 알고 있었다. 우리 어무이가 잠든 내한테 와 가슴 만지고 다 컸다고 웃는 거...

영희 니 우나?

정민 (버럭)어데? 낸 안 운다. 울 어무이가 정신만 단디 채리면 집에 돌아올 수 있다 캤다.

영희 니는... 좋겠다.

영희를 바라보던 정민, 슬쩍 괴불 노리개를 깃에서 빼서 달아준다.

정민 한 번만 하는 기다. 기차에서 내리면 줘야 한데이.

영희 어데? 괘않다. 니 해라.

정민 (슬픈)여 오는 내내 말 섞은 아이들하고 내리 헤어졌다. 니캉 헤어지면... 내 니한테 야박하게 군 기 후회될 거 같아 그란다. 그니까 함 해봐라.

영희 참말로... 고맙데이.

(시간경과)정민과 영희 서로 기대어 잠들어 있다.
그때 기차가 멈추면 정민과 영희, 군인이 잠에서 깬다.

일본군 今から人が乗リ降リする。(이제 곧 사람이 내리고 탈 거야.)
さっきソウルから乗った者は降りて他の車に移れ、わかったか。(아까 서울에서 탄 사람들은 내려서 다른 차로 옮긴다. 알았냐?)

소녀2 뭐라고 하는 거야?

소녀1 우리보고 내리라는 거 같은데...

열차가 멈추고 문이 열리자 밖에 네 명의 소녀들과 일본 군인이 서 있다.
마찬가지로 열차에서도 네 명의 소녀들이 일본군의 지시에 내린다.
끌려가는 여자1은 울음을 터뜨린다.

일본군 さあ、時間がない。さっさと降リろ。(자, 시간 없어. 빨리빨리 내려.)

여자들이 내리자 기다리고 있던 소녀들과 일본 군인이 기차에 올라탄다.
보따리를 짊어진 소녀들은 모두 잔뜩 겁에 질린 표정이다.
이제 열차에 남은 여자들은 여덟 명밖에 없다.
일본군과 밖에 있던 병사는 이관서류에다가 무언가를 적는다.

일본군 どこに行くんだ。(어디로 가는 거야?)

일본 병사 さぁ…ここから船に乗るって言ってな。(글쎄, 여기서 배를 탄다고 하더라고.)

일본군 で？君も行くか。(자네도 따라가나?)

일본 병사 いや…おれは船の前まで。(아냐, 난 배 앞까지야.)

일본군 いいな。おれはすぐ中国に配置されるのに。(좋겠구나. 난 바로 중국으로 배치되는데...)

일본 병사 夜も暇さえあれば戦争だってよ。気をつけろよ。(밤에도 걸핏하면 전투라는데 조심해라)

でもいいな、君は …(소녀들을 보며 히죽이며) 그래도 좋겠구나, 너는...

일본군 くく…じゃ。ご苦労様。さぁ。行こう。(크크...그럼 수고하라구. 자, 가자!!!)

문이 닫히면서 겁에 질린 소녀1, 2의 얼굴이 스쳐가듯 사라진다.
문이 닫히고 출발하자 영희의 손이 더 심하게 떨린다.

정민 왜 그카노? 더 아픈 기가?

영희 니 일본말 할 줄 모리나?

정민 쪼매만... 학교에서 쪼매밖에 몬 배워서... 와 뭐라 캤는데?

영희 우리... 돈 벌러 가는 기 아닌 거 같다.

옥분 (끼어들며)나가 그랬잖여? 오매... 오매... 뭔 일이당가?

정민 뭐라 캤는데?

일본군 おい。そこの三人。かにしろ。そしてみんな聞け。(어이, 거기 셋. 조용히. 그리고 다들 들어.) いまから朝鮮言をつかうな。きいたらただではすまんぞ。(지금부터 절대로 조선어를 쓰면 안 된다. 알았어? 걸리면 가만 안 둔다.)

만덕 저기......저희 어디로 갑네까?

일본군은 만덕을 손가락으로 까닥이며 오라고 한다.
만덕이 가까이 다가오자 뺨을 후려친다. 코에서 피가 터지며 쓰러지는 만덕. 정민은 다급히 만덕에게 달려들어 일으킨다.

일본군 朝鮮語を使うとこうなるのだ。(조선어를 쓰면 이렇게 된다, 알았나?)

소녀들은 모두 기가 질린다. 정민의 손을 굳게 붙잡는 영희.
침묵에 잠긴 열차 안, 졸기 시작하는 일본군.
굳게 eke힌 문 사이로 빛과 어둠이 교차되어 들어온다.

S#24 목단강역(오전)

문이 열리자 갑작스러운 햇빛에 눈을 가리는 사람들.

일본군 みんな外に降りろ。急げ。急げ。(모두들 밖으로 내려. 빨리빨리!!!)

눈을 가린 채 찌푸리며 기차에서 내리는 소녀들. 일본군이 누군가에게 구호를 외치며 경례를 하자 소녀들은 그쪽을 향해 고개를 돌린다. 다가오는 군화 소리. 정민의 키에 맞게 몸을 숙이는 기노시타.

기노시타 おい~いらっしゃい。(어이~ 이랏샤이(어서와)...!)

S#25 부대 가는 길(오전)

기노시타는 말을 타고 일본군들과 소녀들이 걸으며 뒤를 따른다.
소녀들은 추운 날씨에 연신 몸을 떤다. 비교적 얇은 옷을 입은 정민, 심하게 몸을 떠는데...
보따리에서 두꺼운 옷을 건네주는 영희. 받아 입는 정민, 그제야 살 만한 표정이다. 피폐한 중국인들과 노역을 하는 징용 군인들이 보이는 길거리. 어떤 노인의 시신 옆에 울고 있는 중국 아이의 모습을 보고 고개 돌리는 소녀들. 낄낄거리며 비실거리며 소녀들을 보는 기노시타.

S#26 위안소 관리인실(낮)

기노시타가 노리코와 박만이에게 서류를 넘긴다.

기노시타 すべて八人だ。(모두 여덟 명이야.)
노리코 ありがとうございます。(고맙습니다.)
기노시타 こちらこそありがたい。(고맙긴... 내가 고맙지.)

기노시타가 노리코의 아래쪽으로 손을 대려 하자 노리코가 재빨리 기노시타의 손을 잡는다.

노리코 おつかれさまでした。(수고하셨습니다.)
기노시타 おまえのそうゆう所がいいんだよ。(이래서 네가 맘에 들어.)

기노시타가 노리코의 뺨을 두어 번 툭툭 치면서 나간다.

노리코 態やろう。あらいさん、商品(女達)の確認を。(변태 같은 새끼... 아라이 상 물건 확인해 봐요.)
박만이 はっ。(네!)

S#27 위안소 마루(오후)

소녀들이 마루에 앉아 있고 각자가 가지고 온 짐들을 일본 군속 두 명이 걷고 있다. 안 빼앗기려는 소녀를 향해 거친 말을 하며 윽박지르면서 뺏는 일본 군속. 정민은 자기 차례가 오기 전에 짐 속에서 몰래 괴불 노리개를 꺼내 손에 쥔다.

박만이 모두들 오느라 고생했다. 앞으로 이곳이 너희들이 지낼 곳이다. 오른쪽에 있는 치는 자질구레한 일들을 해줄 남자다. 그리고 왼쪽은 너희들의 빨래를 해줄 여자다. 중국 년놈들이지.

그때 노리코가 치파오를 입은 자오이페이를 데리고 와서 소녀들 사이에 앉힌다. 기죽은 얼굴로 두리번대다가 끝자리에 가서 앉는 자오이페이.

박만이 너희들은 앞으로 일본어로 말하고 듣게 될 거다. 차츰차츰 알아가겠지만 일단 나를 부를 때는 오토상이라고 부르고 (노리코를 가리키며) 저기 있는 년을 오카상이라고 부르면 된다.

노리코가 무심히 자신을 바라보자 씨익 웃는 박만이.

옥분 쩌그... 죄송시러운디... 여가 머하는 곳이다요?

대답을 하려는 박만이를 제지하며 대답하는 노리코.

노리코 あなた。日本語できる？(너, 일본어 할 줄 알지?)
옥분 야? 하이。校ですこしだけおしえてもらって。(네, 학교에서 배운 만큼만...)
노리코 いくつ？(몇 살?)
옥분 一、二、三。十六。！(손가락을 꼽으며) (1, 2, 3... 열여섯 살!)

노리코는 주욱 둘러보다가 영희 앞에 선다.

노리코 いくつ？(몇 살?)
영희 十。。五(열... 다섯!)

정민 앞에서 멈춰 정민의 얼굴을 손으로 이리저리 돌리며 바라보는 노리코

노리코 いくつ？(몇 살?)

긴장한 채 정민, 영희 멀거니 바라보다가 겨우 대꾸한다.

정민 十四. ! (열네 살!)

노리코가 박만이에게 손짓하자 일본 군속이 달려들어 정민의 양팔을 잡고 끌고 간다.

정민 이거 노라. 와 이라노. 놔주소. 어델 데꼬 갑니꺼?

영희와 맞잡은 손이 떨어지며 정민이 악다구니를 쓰지만 건장한 군속은 막무가내로 정민을 끌고 간다. 끌려가면서 영희와 두 눈만 바라보는 정민.

정민 언니야, 좀 도와도고. 하지 말라 그래라. 언니야.

영희, 입 가리고 끅끅 운다. 결
국 무자비하게 군인들에게 끌려가버리는 정민.

S#28 위안소 복도(오후)

끌려가던 정민, 군인들 손을 물어버린다. 손 놓은 군인들에게서 빠져나온 정민 두리번거리는데 복도에 따닥따닥 맞붙은 쇠창살 방문 사이로 유령처럼 서 있는 소녀에게로 달려가는 정민. 소녀의 방 쇠창살에 철썩 달라붙어 소리친다.

정민 여가 뭐하는 곳이고? 누가 내한테 말 좀 해 도고?

메마른 얼굴로 쇠창살에 달라붙은 정민의 손을 잡아주려다가 멈칫 거둬버리는 분숙.
군인들에게 뺨 맞고, 걷어채다가 결국 질질 다시 끌려가는 정민.

분숙 (체념조)이보라, 고저 반항 마라, 처 맞아 뒈지기 싫은.....

S#29 부대 내 위생소(오후)

군속들이 위생소 검진대 앞 의자에 정민을 앉힌다.

정민 (울면서)와 이럽니꺼? 하지 마라카이. 하지 말라 했데이. 아입니더. 내 다 잘못했습니더. 한 번만 봐 주이소? 네? 네?

곧이어 마스크를 쓴 군의관과 위생병이 나와 군속들에게 눈짓을 하자 정민을 강제로 잡고 검진대 위에 눕힌다. 울며 악을 쓰던 정민, 갑자기 우렁차게 소리친다.

정민 天皇陛下、万．！万．！万．！(천황폐하, 만세, 만세, 만세!)

가만히 정민을 바라보던 군의관. 슬쩍 눈빛 흔들린다.
눈물 가득한 정민의 눈을 보면서 조곤조곤 말을 건네는 군의관.

군의관 おまえに病．があるかどうか確認するだけだからじっとしてろ。(네가 병이 있는지 없는지 확인하려는 거니깐 잠자코 가만히 있어.) おれが何言っているかわかるか。(내 말 무슨 말인지 알아?)

위생병이 정민의 치마를 가위로 잘라낸다. 속바지가 나오고 가위를 데려하자 정민이 놀라며 발버둥을 친다.

군의관 そう動くと刃が刺さって怪我するよ。(자꾸 그렇게 움직이면 칼에 찔려 네가 다치는 수가 있다.)

정민이 절망하며 잠잠해지자 가위로 옷을 다 잘라내고 아래가 훤히 드러난다.
눈에 눈물이 흐르는 정민. 속수무책으로 가만히 있을 수밖에 없다.

군의관 大丈夫だ。行け。(군속들을 향해) (괜찮으니깐 나가 봐)

군속들이 나가고 정민의 아랫도리를 검사하기 시작하는 군의관.

S#30 부대장 당번실(오후)

찢긴 옷을 입고 당번실에 앉아 있는 정민과 이를 감시하는 군속. 곧이어 어두운 표정의 중국인 이발사와 노리코가 들어온다. 노리코를 보자 부여잡고 애원하는 정민.

정민 아지매... 아지매... 살려주이소. 助けてください、おばさん！(살려주세요, 아주머니!)

노리코는 오열하는 정민을 잡고서는 얼굴을 들게 한다.

노리코 良く聞いて！あなたがこうすればするほどあなたが苦しくなるだけ。
(잘 들어! 니가 이러면 이럴수록 너만 힘들어지는 거야, 응?)
あなた生きたいでしょう？家にかえりたいでしょう？お母さん、いたいでしょう？
(너 살고 싶지? 너 집에 가고 싶지? 너 엄마 보고 싶지?)
じゃ、わたしが言う事よく聞きなさい。
((알아듣고 격하게 고개를 끄덕이는 정민)그럼 내 말 고분히 들어.)
それでこそ早く家にかえってお母さんが、えるから。でしょう？よういさせて。
(그래야 빨리 집에 가서 엄마를 볼 것 아냐? 그치? 준비시켜!)

중국인 이발사는 정민의 머리를 깎는다. 몸을 씻는 정민에게 툭 던져지는 낯선 옷.

S#31 부대장 침실(저녁)

불안하게 서 있는 정민. 잠시 후 따뜻한 밥과 국이 있는 식판을 갖고 나타
난 중국인 여자.

중국女 (중국어로)배고프지?

식판을 놓고 나가자 정민은 잠시 바라보다가 정신없이 먹기 시작한다.
(시간경과) 침상 아래 바닥에서 웅크리고 잠이 든 정민.
문이 열리는 소리에 놀라 자리에서 일어난다. 술에 취한 채 나타난 부대장
마에다.
장도를 풀면서 정민에게 다가오는 마에다. 뒤로 슬금슬금 도망치는 정민.

마에다 十四歳の処女か...いいね。
(열 넷에 처녀라... 좋구먼.)
(한국어)조선? 어디? 경성?
정민 天皇陛下、万歳！万歳！万歳！
(천황폐하 만세, 만세, 만세!)
마에다 ははは、おまえ。気に入った。
(으하하하. 네 년... 아주 마음에 든다.)
ここにすわれ。はやく(침상 옆을 가리키며)여기 앉아봐, 어서.

정민이 옆에 앉자 정민의 머리를 부드럽게 쓰다듬는 마에다.
마에다의 부드러운 태도에 몸의 떨림이 점점 진정되는 정민.
갑자기 정민의 가슴을 주무르는 마에다.
놀라 마에다를 밀쳐내고 도망치는 정민. 그 반응에 흥분하는 마에다.

마에다 そうだ、処女はこうじゃないと面白くないな。皇軍に捧げる身だったらこ
のぐらい気迫がないとな、さ、さあ。今日の狩の始まりだ。
(그렇지, 처녀는 이런 맛이 있어야지. 황군에게 바치는 몸이라면 이런 기백쯤은
가져야지, 암... 자, 오늘의 사냥을 시작한다, 실시!!!

문 쪽으로 다가가 문을 열려는 정민의 머리카락을 당기며 쓰러뜨리는 마에다. 버둥거리는 정민을 완력으로 누른다.

정민의 옷을 갈갈이 찢기 시작하는 마에다. 비명을 지르기 시작하자 정민의 뺨을 세게 후려친다. 기절하는 정민.

마에다는 정민을 들쳐서 침상에다가 내던진다. 자신의 옷을 벗기 시작하는 마에다. 기절한 정민의 치마를 벗기더니 떨어뜨린 신발 한 쪽을 다시 정민에게 신긴 후 흥분하는 마에다.

창문의 실루엣으로 마에다가 정민을 겁탈하는 모습 보인다.

S#32 위안소 복도(밤)

멍이 든 채로 군속에 의해 들쳐매져 위안소 방으로 이동하는 정민.

가는 위안소 복도마다 비명이 낭자하다.

들려진 채 흐릿한 눈을 떠서 보는 풍경, 지옥도를 방불케 한다.

울며 벽에서 맞는 소녀, 허겁지겁 바지를 내리는 일본군,

다리만 보이고 군복을 입은 채로 행위 중인 일본군들 면면이 보인다.

일을 마친 위생병이 나오자마자 입에 약을 한가득 털어 넣던 남아 있던 분숙과 허공에 들려진 정민의 눈 마주친다.

분숙 (약에 취한 듯)너 맞디? 여게가 어디냐 물었지비? 그깐 걸 걱정하네? 우린 벌써 다 죽은 기야. 여게는 지옥이니끼니...

정민의 몸에서 툭-하고 떨어지는 괴불 노리개. 다시 기절한 정민을 옮기는 군인. 괴불 노리개를 멀거니 보는 분숙의 몽롱한 눈빛.

S#33 순정의 한복집(낮)

괴불 노리개를 만드는 순정. 화려한 꽃분홍 한복에 고운 빛깔의 립스틱을 칠한 채 일한다. 뒤로 보이는 한복들과 생활공예품들.

한창 작업할 때 문을 열고 들어오는 송희, 애리, 은경을 보고 반기는 순정

순정 어서 오... 옴마, 이게 누구고?

송희 언니, 나 왔어.

순정 간밤 꿈자리가 사납더만 니 올라고 그랬나비다.

송희 만신님을 놀리면 큰일 나는데...

순정 맞나? 내 살아 있단 자체가 우리 만신님 욕보이는 일이제.

송희 언니, 나 옷 맞추러 왔어. 바느질... 아직 되시죠?

순정 칠성판에 엎어질 때까정 내 끄덕없데이.

송희 아들은 어디 갔어?

순정 메누리랑 시장 갔다. (은경을 가리키며)못 보던 얼란데... 누고?

송희 어. 이번에 딸 삼은 애야.

순정 글라? 아까비라. 저리 고운기... 물어보나마나 사연 많겠제?

송희 뭐, 그렇지. 참, 쟤 옷 하나 맞춰줘.

순정 누? 애리?

송희 아니 은경이 저 아이.

순정 쟈?

처다보니 은경이 손님 한복을 입고 난리다. 순정과 송희의 대화를 훔쳐 듣다가 은경의 모습을 보며 놀라는 애리.

애리 은경아, 은경아, 뭐하니? 아.. 죄송해요, 할머니.

순정 할무이라꼬? (짐짓 토라진 척)이모라카래라 안 했더나?
외, 쭈그렁밤탱이한테 그 소리 당췌 인 나오더나?

애리 에이, 삐지셨어요? 이모님.

순정은 웃다가 천진난만하게 이 옷 저 옷 입어보는 은경을 물끄러미 바라본다.
(시간경과)송희의 치수를 재는 영희.

순정 살 쪼매 빠졌네. 어디 아프나?

송희 다이어트 중이다.

순정 애리야, 너그 선상 지랄 마이 하신다. 그쟈? 됐고... (은경 가리키며)쟈도 맞춘다꼬?

송희 응.

애리 저도 재주세요, 이모님.

순정 너그 선상이 니 얘긴 안 했다.
잘 몰라 그카는데... 너그 선상한테 옷 얻어 입는기 별로 좋은 기 아이다.

애리 그래도 은경이보다 제가 선밴데...

순정 송희야, 애리 이 가시나 반항하는데 우짤꼬?

송희 죽여도 된다.

순정 너그 선상 말 참 이쁘게 뽄데없이 한다. 그챠? 애리야.
니맨치로 고운 가시나들을 같잖게 죽이면 우짜노? 낸 절대 그리 몬 한다.

순정, 송희의 치수도 재려는데...
그때 자신이 만들다 만 괴불 노리개를 유심히 보는 은경의 모습을 바라보는 순정. 은경, 괴불 노리개에 새겨진 나비를 유심히 보다가 손끝으로 만진다.
(플래쉬백) 정민이 나비를 쫓는 모습/ 정민이 어머니와 아버지와 강제로 헤어지는 모습/ 열차 안에서 정민과 영희/ 정민이 위안소에서 끌려갈 때 바라보는 영희의 모습이 이어진다.

멍하니 괴불 노리개를 보다가 바닥에 쓰러지는 은경. 은경에게 달려가는 사람들 뒤로 하얗게 질린 순정. 눈가가 파르르 떨리고 있다.

S#34 순정의 집(밤)

잠든 은경을 바라보는 순정. 뽀얀 목덜미, 예쁜 이목구비를 부러운 듯 쳐다보다가 웃옷을 살짝 들쳐보고 가슴께를 바라보는 순정.

순정 쪼맨한 기 제법 야무지네.

외마디 비명을 지르며 잠에서 깨는 은경. 순정이 은경을 물끄러미 바라본다.

순정 괜않나?
은경 (두리번거리며)여기가 어디에요, 할머니? 애리 언니는요?
순정 참말로 괜않나?

순정은 말없이 조용히 은경의 이마를 짚어보고 맥을 잡아본다.

순정 열 내렸다. 잠들어가 일규 아저씨가 닐 업고 여까지 왔데이.
여는 가게 앞 내 집이다. 기억이 한 개도 안 나나?
은경 네... 죄송해요, 할머니.
순정 어데 괜않타. 글찮아도 적적해서 말동무 기달맀고만. 뭐 쫌 먹어야제? 배
안 고프나?
은경 아뇨.

허겁지겁 밥을 먹고 있는 은경. 흐뭇하게 지켜보는 순정.

순정 맛 좋나?
은경 네
순정 천천히 무라, 체하겄다.
은경 네, 할머니

방 불을 켜자 순정이 작업한 괴불 노리개와 공예품들이 방 하나 가득 놓여
있다. 커다란 반짇고리 위에 다다닥- 잔뜩 찔러져 있는 바늘들. 손으로
만지려다가 확 오무리는 은경.

은경 이건 뭐예요 할머니?

순정 응, 반짇고리다. 바늘을 찔러 보관하는 기다.

은경 잔뜩 웅크린 고슴도치 같아요.

순정 맞나? 바늘 보고 니처럼 말한 아는 한 번도 없었데이.

은경 이건요?

순정 그긴 연잎다포라고 해서 장식에 쓰는 기다. 옛날엔 밥상 덮는 데도 썼다.

은경 그럼 이 많은 것들은 다 뭐예요?

순정 니 만지다가 쓰러진 이거는 괴불 노리개라는 기다.

은경 괴불 노리개요?

괴불 노리개를 신기하게 바라보는 은경을 역시 긴장한 모습으로 보는 순정. 은경이 순정을 바라보자 눈길을 휙 돌린다.

순정 (은경을 쳐다보지 않은 채)분명 니는 봤다. 맞제?

은경 할머니는 제가 안 이상하세요?
제 친구들도, 우리 고모부도... 징그럽고 무섭다 했는데...

순정 내한테는 안 보고 싶은 것도 많지만 보고 싶은 것도 많다.

은경 아까 가게에서도 본 군인은 안 보고 싶은 거겠죠?

순정 맞다. 잘 아네.

은경 여자애랑... 나비는... 보고 싶은 거고요?

순정 (물기 가득한)맞다. 억수로 잘 아네. 참말로 용타.

은경 저도 이거 가르쳐주면 안 돼요?

순정 어...어... 그래... 갈쳐주꾸마.

은경에게 이것저것 가르치는 순정. 은경이는 신기한 듯 계속 물어보며 서투른 솜씨로 바늘도 꿰어보고 천도 잘라본다.

은경 자면서 꿈을 꿨어요, 할머니. 할머니는 무슨 꿈 많이 꾸세요?

순정 늙어가 그런가 내는 꿈을 안 꾼다. 더 이상 꿈이 안 꿔지더라. 언제부턴가...

은경 아까 꿈에 할머니가 만드신 괴불 노리개를 본 것 같아요. 이건 어떻게 해요?

순정 요케 하믄 된다. (보다가 불쑥)밤늦었는데 여서 자고 가라.

은경 그래도 돼요? 아빠한테 말하고 올게요.

순정 아부지?

은경 아빠가 저 밤늦게 돌아다니는 거 안 좋아하시니까... 허락하실 거예요.

순정 맞나? 아부지한테 말씀드리고 오니라.

은경 네.

일어나서 방 밖으로 나가는 은경.

S#35 영희의 집 밖(밤)

웃으며 허공을 보며 말하고 인사하는 은경을 바라보는 순정. 은경이 순정을 바라보며 손짓하는데...
순정 두 손을 모으고 가만히 은경 곁을 향해 합장한다.

S#36 순정의 욕실(밤)

물이 가득 담긴 욕조 속으로 얇은 속적삼을 입은 채로 들어가는 순정.
이마에 땀방울이 맺힌다. 약한 신음을 흘리며 배를 부여잡는 순정.
안은 채 그대로 물속에 꼬르륵 잠수하는 순정.

S#37 위안소 주변 냇가(과거, 낮)

냇가 주변에서 담배를 피우는 일본군 병사들의 모습이 보인다. 노리코 역시 빨갛게 칠한 입술로 앉아 빨래를 하고 있다.
온몸이 멍든 소녀들이 나와 쭈뼛거리며 옷을 벗기 시작한다.

노리코 (일본어)빨리 해. 전투 때문에 잠깐 시간이 비는 거니까.

소녀들 재빨리 벗은 몸을 물속에 숨긴다.

차가운 기운에 부르르 떠는 소녀들. 서로의 몸에 난 잔인한 상처들을 외면한다. 정민에게 쭈뼛거리며 다가오는 영희.

영희 괜않나?

정민 언니야는....

영희 (글썽이며)괜않다. 니 끌려갈 때 몬 도와주고... 내가 참 미안타.

정민 울지 마라. 언니야도 똑같다 아이가. 도긴개긴. 고마 울어라. 배 꺼진데이.

영희 옹냐.

만덕 기래도 햇살이 이리 좋은 거는 오랜만이디 않아! 와오... 시원하네.

옥분 저 가이내는 워디를 가도 잘 살텨. 시언하네... 요딴 소리가 잘도 나온당게.

만덕 꾸무럭거리고 비 오는 거보다는 좋지 않네. 아가리는 먹을 때나 쓰라우.

만덕이 있는 물 위로 뽀로롱 기포가 솟아오른다. 근처 옥분이 코 싸매지고 뒤로 물러서며—

옥분 워매... 물방귀를 다 뀌불고 난리여. 도대체 너는 뭘 싸 처묵었냐? 냄시도 워티케 허면 요로코럼 그악시럽다냐?

물속의 소녀들이 킥킥 웃기 시작한다.

노리코가 '(일본어)떠들지 마!' 하고 제지를 해도 은밀하게 번지는 웃음을 다 제지하지 못한다. 결국 고개를 가로저으며 모른 체 빨래만 하는 노리코.

옥분 분숙이 성님은 평양서 기생 했다믄서요?

분숙 기래.

옥분 한 곡조 좀 뽑아부러요? 오카상도 모른 척하는디...

분숙 기래... 내래 핑양 기방 동기들 중에서도 좀 뛰어나디 않았간디. 지금쯤 내 고향 핑양에서 모란봉이며 대동강으로 삽사리처럼 휘젓고 다녔을 긴디.

다들 고향 생각에 침울해지는 소녀들. 정민한테 다가와 뭔가 툭 던지는 분숙. 놀라는 정민. 물 위로 둥둥 떠다니는 괴불 노리개. 꼭 쥔 채, 정민이 훌쩍거린다. 그때 들리는 분숙의 구성진 노랫소리.

분숙 대동강 부병루 푸른 숲에~ 산오름 가니 이수일 심순애가~ 어찌 심순애야 이수일을 기다리지 못하고 떠나갔느냐~
문소리(E) 끼익

S#38 순정의 욕실(밤)

문소리에 벌떡 일어나 앉은 순정.
신경질적이고 경계심 어린 표정으로 욕실 문을 노려보는데.... 문 뒤로 씩 웃으며 나타나는 은경.

은경 할머니, 때 밀어드릴게요!

(시간 경과)
거품 속에서 목만 빼놓고 앉은 순정과 은경

순정 어무이 안 보고 싶나?
은경 보고 싶어요. 그치만... 저 땜에 넘 힘들어하셔서 안 보고 싶기도 해요.
순정 학교는 와 안 가노?
은경 그냥요.
순정 와?
은경 몰라요.
순정 말하기 싫나? 그래. 말하기 싫으면 말 말아야제.
은경 할머닌 몇 살이세요?
순정 몇 살 묵은 걸루 보이노?
은경 육십 살?

순정 아이다.

은경 칠십 살?

순정 아이다.

은경 모르겠어요. 할머니 몇 살이신데요?

순정 (당황하며)내 나이 말이제... 내 나이는....(머뭇거린다. 대체 몇 살인가??)

은경 (빤히 보며)정말 모르시나 봐요? 첨 봤어요. 자기 나이 모르는 사람.

순정 글코 보이 은제부턴가 내 나이를 안 센 거 같다.

은경 언제부터요?

순정 글쎄... 그기 언제부터였더노?

순정, 생각하다가 옆을 보면 은경이 비누 거품을 훅훅 불고 있다.
그 천진한 모습에 미소 짓는 순정. 은경이 손에 모아 훅 불면 공중에 휙 날아가는 비눗방울.

S#39 부대 외곽(오전)

참호에서 날아다니는 나비를 쫓고 있는 기노시타. 순수한 표정.
문득 총소리가 들린다.

일본군1 敵だ！奇襲だ！(적이다! 기습이다!)

일본군 쪽 시점으로 광복군과 교전이 벌어진다.
참호 사격전이 벌어지고 곳곳에서 신음 소리가 들리고 파편이 튄다.
총구를 겨눠 광복군에게 총을 쏴 명중시키는 기노시타.

기노시타 りゅうすけ、よしお　先鋒だ。全員突？！！
(류스케, 요시오 선봉이다, 모두 돌격!!!)

일본군이 뛰쳐나가자 광복군도 일어나 달려온다. 총탄으로 몇몇이 쓰러지

다가 마침내 거리가 좁혀져서 서로가 맞붙은 백병전이 시작된다.
일본군도 쓰러져 나가지만 광복군은 수적으로 열세를 면치 못한다.
마침내 광복군이 퇴각하자 기노시타와 부하들은 신음하며 쓰러진 광복군
들을 확인 사살한다. 신음 소리를 내며 고통스러워하는 광복군 장교.

기노시타 よしお、?理しろ！(요시오, 처리해!)
요시오 おい！汚い朝鮮人。(어이, 더러운 조센징)

요시오가 광복군을 뒤집자 권총이 손에 쥐어져 있다. 눈 깜짝할 사이에 광
복군이 쏜 총탄에 쓰러지는 요시오.
기노시타는 깜짝 놀라 광복군 장교의 가슴에 퍽-퍽- 칼을 꽂는다.

S#40 부대로 가는 길(오후)

부대로 복귀하는 기노시타와 일본군들.
길거리에 지나가는 중국 노인한테 괜스레 시비를 걸어 폭행한다.
다나카는 지나가다가 중국인 여성의 시신과 그 곁에 앉아 우는 남자 꼬마
를 본다. 시신에게서 옷을 벗기고는 대열에 합류하는 류스케. 자신이 먹
던 음식을 꼬마에게 건네는 일본군 하나.

기노시타 何してんだ。(웃으며) (뭐하는 짓이야?)
류스케 これを朝鮮の女に着せようと思って。(이걸 조선년한테 입힐려구요.)
기노시타 馬鹿やろう。いまから便所に行くぞ。(미친놈. 바로 변소칸(위안소의 은
어)에 가자구)
류스케 はっ！(넷!)

어미의 시신 곁에서 맛있게 주먹밥을 먹는 꼬마를 보다가 왈칵 토하는 다
나카.
낄낄거리며 웃는 일본군들.

S#41 위안소 앞(오후)

위안소 앞에 도착한 기노시타 일행들. 이미 군인들의 긴 줄이 가득 찬 위안소.

류스케 (일본어)이 새끼들은 누굽니까?
기노시타 (일본어)기다려!

S#42 위안소 관리소(오후)

문을 박차고 들어오는 기노시타. 놀라 기노시타를 보는 노리코.

기노시타 あいつら何者だ。(저것들은 다 뭐야?)
노리코 見ればわかるんでしょう？皇軍です。(보면 몰라요? 황군들이지.)
기노시타 何でうちの部隊に？てんだ？ (왜 우리 부대에 왔냐고?)
노리코 曹長！慰安所がこの部隊だけの物だと思わないでください。(조장! 위안소가 이 부대 안에 있다고 착각하지 마세요.)
ここ一?にある部隊のための慰安所です。(엄연히 이 일대 부대들을 위한 위안소예요.)
기노시타 何？(일본어)(머리채를 잡고) 뭐?
노리코 はなして！悔しかったらまえだ部隊長に行ってよ！何で私にからむの！
(이거 놔! 억울하면 마에다 부대장한테 가보던가! 왜 나한테 지랄이야?
기노시타 ほう。部隊長か。。ん？北のいなか遊女のくせに出世したな。(그렇지. 부대장이라... 응? 북쪽 깡촌 창녀 주제에 출세했다, 이거군.)
おまえらを守って食べさせるおれらが死んだとして？にもしない奴らが。(니년들을 지켜주고 먹여주는 우리는 죽어나가도 눈도 하나 깜짝 않는 주제에 말이야.)

기노시타가 손을 놓고서는 실실 웃으며 문을 박차고 나간다.

S#43 위안소 방 안팎(영희+옥분의 방)(오후)

천장을 멍하니 응시하는 영희. 일본군 병사가 능욕하는 반동대로 무심히 흔들리는 영희의 몸. 허벅지 쪽에 가득 묻은 피. 침상이 삐거덕거리는 소리가 요란하다. 침상 나무 널빤지 아래로 뚝뚝 떨어지는 피. 밖에 있는 병사가 다급하게 문을 두드린다.

일본군 병사 何がこんなに長いんだよ？さっさと出ろよ！さっさと！(뭐가 이렇게 길어? 빨리 나오란 말야! 빨리!!!)

아랑곳하지 않고 행위를 계속하는 일본군.
밖에서 기다리던 일본군 병사는 못 참겠다는 듯 바지부터 내린다. 뒤에서 기다리는 병사들이 낄낄댄다.
카메라가 주욱 늘어져 기다리고 있는 병사들을 따라가면 문패에 가즈코라고 씌어 있다. 문이 열리고 들어가면 옥분이 다 떨어진 원피스를 입고 공포에 질려 있다.
옥분이 계속 고개를 저으며 울자 달래려는 일본군.
계속 우는 옥분에게 달래다가 갑자기 주먹을 날리는 일본군. 추욱 늘어지는 옥분의 몸. 치마를 걷어 올리는 일본군 등 뒤로 카메라 빠지면 쾅 문이 닫힌다.
다른 줄에 서 있는 병사들 사이로 류스케와 부하 셋이 다가와 기다리고 있던 병사가 들어가려 하는 것을 막아선다.

류스케 次はおれの番だ。(다음은 내 차례야.)
일본군 병사 何だよこのやろう！おれがどれだけ待ったと思っているんだ。
(뭐야, 이 새끼야! 내가 얼마를 기다린 줄 알아?)
류스케 かまわん。次はおれらだ！ (상관없어. 다음은 우리니깐!)

소란에 끼어드는 박만이.

박만이 やめてくださいよ。(이러지 마십쇼.)

少?順番を待てばすぐ回りますから。(자, 자, 순서를 기다리면 금방 돌아올 겁니다.) 伍長?は少しだけお待ち頂ければすぐ用意いたします。((류스케를 향해)오장님은 조그만 기다려주시면 준비하겠습니다.)

류스케 知らねな。このやろう！よしおが死んだんだぞ。(몰라, 이 새끼야! 요시오가 죽었다고 이 자식아!)

おまえみたいな朝鮮人の手にな!! (바로 너 같은 조센징 손에 말이다!!!)

박만이 かしこまりました。お先にどうぞ。((류스케에게 폭행을 당하다가 손사래 치며) 알았습니다. 먼저 들어가십쇼.)

뒤의 병사들과 박만이를 한 차례 째려보고서는 안으로 들어가는 류스케.

S#44 자오이페이의 방(오후)

들어오자마자 시신에서 벗겨내었던 옷을 자오이페이에게 던지는 류스케.

류스케 着ろ！(입어!)

못 알아들은 듯 바지를 벗기려는 자오이페이를 거칠게 밀쳐 내팽개치는 류스케.

류스케 きろ。着ろよ。このくそ女！(입어, 입으라고, 이 병신 같은 년아!)

자오이페이의 옷을 갈기갈기 찢고 옷을 강제로 입히려는 류스케.

자오이페이 (중국어)알았어요. 입을게요. 화내지 마세요.

돌아서서 옷을 입는 자오이페이.
냉혹한 눈길로 보며 옷을 벗는 류스케.

떨면서 옷을 입은 자오이페이가 뒤돌아보면 발가벗은 몸에 장도를 차고 칼을 빼 들고 다가오는 류스케. 확 커진 자오이페이의 눈. 길게 이어지는 비명 소리.(E)

S#45 부대 내 위생소(저녁)

피투성이가 된 채 온몸에 자상을 입은 자오이페이가 실려 들어온다. 눈살을 찌푸리는 군의관 옆에 선 노리코와 박만이.

노리코 助かりますか？(살 수 있을까요？)

옷을 벗겨내자 온몸이 칼자국으로 덮여 있는 자오이페이. 아래를 검진하던 군의관, 위생병을 다급히 부른다.

군의관 すぐ手術しなけければならない。あまりにも傷がひどい。
(바로 수술해야 돼. 너무 많이 찢어졌어.)

노리코와 박만이는 서로를 쳐다본다.

노리코 部隊長に報告しなければなりませんね。(부대장에게 보고해야겠어.)
박만이 しない方がいいと思います。(안 그러는 게 좋다고 전 생각합니다.)
노리코 じゃ、このまま見逃がせって言うの？(그럼, 이대로 넘어가자는 얘기야？)
박만이 はい、もちろんです。(네, 물론이죠.)

분해하는 노리코. (시간경과)
어렴풋이 눈을 뜨는 자오이페이. 옆에는 아무도 없다.
만신창이가 된 몸으로 힘겹게 자리에서 일어나는 자오이페이. 절룩거리며 문을 나선다.

S#46 부내 내(밤)

부서진 몸과 달리 형형한 눈빛으로 보초들을 피해 달아나는 자오이페이. 어둠 속에서 더듬거리며 가는 자오이페이를 아무도 안 막는다.

S#47 부대 내 위생소(밤)

자오이페이를 보러 온 위생병, 빈 침상과 바닥에 흥건한 피를 보고 달려나간다.

S#48 부내 내(밤)

부내 내에 사이렌 소리가 나고 서치라이트가 켜진다. 용기 있게 앞으로 더 전진하는 자오이페이.
(몽타주)기노시타는 방에서 자신의 표구에 전투 때 잡아온 나비를 핀침으로 고정하다가 사이렌 소리를 듣는다. / 각자 방에서 상처투성이의 소녀들 역시 요란한 사이렌 소리를 듣는다. / 일본군들의 '탈출자다!'란 말을 듣고 희미하게 웃음 짓는 소녀들. 기적같이 요리조리 잘 피해서 결국 정문을 바라보고 있는 자오이페이. 보초 경기병들이 안에서 나오는 마에다의 차량 불빛에 경례를 하며 앞으로 나서자 재빨리 빈틈을 노려 부대 밖으로 나온다.

자오이페이 (중국어)살았어! 나 살았어. 엄마, 아빠.
기노시타 違うな。(틀렸어.)

자오이페이가 돌아보면 기노시타가 권총을 들고 자신을 겨누고 있다. 탕 (E) 하는 소리가 밤하늘에 퍼진다.

S#49 병원(낮)
MRI 검사를 받고 있는 순정.
(시간경과)접수대에서 진단을 기다리는 순정.

간호사 할머니, 할머니! 오래 기다리셨죠? 어서 들어가세요.

순정이 안으로 들어가자 의사가 컴퓨터로 차트를 보고 있다.

순정 안녕하세요, 선상님.

의사 어서 오세요, 할머니. 음...

순정 쫌 어떤가요, 선상님?

의사 혹시... 아셨던 거예요?

순정 나이 들면 안 알고 싶은 것도 기냥 알게 됩니더.

의사 자, 여기 보시면 (MRI 사진들을 보여주며) 종양이 지난번보다 쫌 커졌어요. 제가 보기에는 수술적 치료는 의미가 없고 그냥...

순정 이노맙니꺼?

의사 네?

순정 부모형제도 다 죽고... 동무들도 다 죽고... 그래도 나 죽을 때꺼정... 내캉 살아주고... 내 마지막을 함께 할 놈이.... 야, 아입니꺼?

의사 수술은 못 해도... 항암치료 받으시면....

순정 필요 없심더. 같이 가겠심더.

의사 할머니! 남은 아드님하고 며느님 한도 생각하셔야죠?

순정 내 새끼 아입니더. 내는 아를 못 낳는 여자였심더. 살날도 얼마 읎는데... 지 앞가림도 몬하고... 누굴 신경 쓸 여유, 더는 없심더.

의사 휴우.... (씁쓸한 미소)그럼... 뭐부터 하시려고요?

순정 (해맑게)소풍... 소풍을 갈 낍니더.

S#50 송희의 굿당(오후)

한복 가방을 들고 굿당에 나타는 순정을 송희가 반갑게 맞이한다. 순정의 짐을 들고 방으로 들어가는 송희.

순정 낼모레 묏자리 들어간 늙은 것한테 꼭 배달을 시켜야제?

송희 (반가워하며)부르잖고?

순정 기냥 뒈지기 전에 널 한번 볼라고 왔다.

송희 뭔 소리를... 진짜 내 손에 죽는다.

순정 아들은?(*애들은?)

송희 누구? 은경이, 애리?

순정 알면서 뭘 묻노? 갱이는?

송희 글쎄. 어디로 갔나?

순정 두 것들 마이 싸우제? 그럴 나이 아이가? 그맘때 내는 허구헌 날 동리 아

아들과 싸웠다.

송희 싸우긴? 누가 보면 자맨 줄 알어. **순정** 자매라... 조오치.

송희 (걱정스럽게)뭔 일 있어?

순정 아이다.

송희 뭔 일 있구만.

순정 내한테는 그 신기 들이밀지 말라 캤다. 갱이만 보고 갈라 캤는데...

송희 왜?

순정 니한테 먼저 부탁할 게 하나 있다.

쟁반을 들고 왔다가 가만히 엿듣는 명혜의 모습이 출입문 틈으로 보인다.

S#51 송희의 방 앞(오후)

순정이 지나가는 명혜를 보고 묻는다.

순정 자네, 혹시 은경이랑 애리란 아이 어디 있는지 알아?

명혜 (퉁명스럽게)아, 사고만 치고 다니는 것들이요? 창고로 일 시켰어요.

순정 (찌푸리며)창고?

S#52 굿당 창고(오후)

굿당에서 조금 떨어진 창고에서 그릇을 닦고 있는 애리와 은경.

애리 여긴 대낮인데도 무서워. 그리고... 허구헌 날 우린 이런 거만 시키냐?

은경 난 좋은데.

애리 좋긴 뭐가 좋냐? 언니들이 일하기 싫으니깐 죄 우리한테만 시키고...
아주 미워 죽겠어.

은경 사람들이 여기 무서워한다면서?

애리 그럼, 여긴 아주 귀신 나온다고 온 동네방네 소문이 쫘악 났어요.

은경 여기에 귀신이 살아?

애리 살긴 뭐가 살아? 저기 저 꽃가마랑 제기랑 신물들이 보관되어 있으니깐
그러는 거지.

은경 아.... 근데...언니도 무녀야?

애리 그..그..그럼. 당연하지. 내가 이곳에서 엘리트 코스만 거친 울 어머니
적통 후계자지. **은경** 그럼 무녀가 뭐하는 거야?

애리 (당황하며)참 나, 얘기 무슨 거지 같은 질문을 해? 무녀가 뭐하냐니? 무녀
가 무녀지. **은경** 무녀는 죽은 사람 소원 들어주는 거야?

애리 그..그렇지. 아니, 산 사람 소원 들어주...는 건가? 에이 몰라, 몰라.
야, 빨리 안 해? 어! 이모님!

순정이 반가워하는 애리와 은경을 보며 빙긋 웃는다.

순정 이 할매가 맛난 거 갔고 왔다. 같이 묵자.

애리가 순정이 깃고 온 인질미를 허겁지겁 먹고 있다. 그런 애리의 모습을
보며 빙글빙글 웃음 짓는 은경.

순정 체한다. 천천히 무라.

애리 너무 맛있어요, 이모님.

순정 은갱이는 왜 안 묵노? 안 출출하나?

은경 아뇨, 언니가 먹는 거 보는 게 더 좋아요.

순정 맞나?

은경 네. 언니 보고 있음 나도 저런 동생 있음 좋겠다 생각이 들어요.

애리 (생긋 웃으며)죽는다.

순정 맞나? 내한테도 옛날에 니들처럼 단짝 동무가 있었데이.

은경 그 친구는 어디에 있어요?

순정 (머뭇거리며)글쎄... 갱이... 니가 좀 찾아줄래?

은경 (선선히)네.

순정 (눈빛 떨리는)진짜가?

은경 찾아달라면서요.

순정 니가 우예?

은경 애리 언니가 그러는데 무녀가 되면 죽은 사람이든 산 사람이든 소원을 들어준대요. **순정** (천천히 괴불 노리개를 내밀며)자... 이거 받아라.

애리 어디, 어디, 우와... 제 건요, 이모님? (삐져서)제 건 어딨어요?

은경 와! 이건 괴불 노리개잖아요.

순정 (희미한 미소)굿채로 받아주이소.

순정 갑자기 은경의 손을 잡는다. 순정의 눈은 진지하다.

순정 꼭 쫌... 찾아주이소!

은경은 진지한 순정을 바라보다가 고개를 끄덕인다.

S#53 애리의 방(밤)

누워서 괴불 노리개를 이리저리 바라보는 은경.
그때 약하게 앓는 소리를 내는 애리.

은경 언니, 어디 아파?

애리 배가 좀 아픈 것 같아.

은경 그러게, 천천히 좀 먹지? 있어봐. 내가 물 떠올게...

애리 고마워!

밖으로 나온 은경 앞에 불쑥 나타나는 명혜.

명혜 얘!

은경 네, 언니.

명혜 언니라니? 선생님이라니깐. 난 선생님! 아, 짜증나...

은경 ....

명혜 야, 낮에 창고 다 정리했어?

은경 네.

명혜 웃기시네. 정순 언니가 아까 보고 왔는데 엉망으로 해놨다던데?

은경 아...아니에요.

명혜 됐고. 정순 언니랑 내가 기도하는 데 필요해서 그런데 가서 정화수 그릇 가져와.

은경 이 밤에요?

명혜 그럼. 밤에 기도하지 낮에 기도해? 오호라. 무서워서 못 가겠다. 그러고도 잘도 여기 있네. 그럼, 애리랑 함께 다녀오면 되지.

은경 애리 언니 지금 아파요.

명혜 애리? 고게 또 꾀병을 부려?

은경 꾀병 아니에요.

명혜 그럼 니가 갔다 와. 나 지금 필요하니깐 빨리 갔다 와, 알았어?

은경 네.

S#54 창고 가는 길(밤)

어두컴컴한 길을 손전등 하나에 의지해 걸어가는 은경. 바람이 매섭게 불어온다. 추위에 옷깃을 여미는 은경.

S#55 굿당 창고(밤)

문을 열고 손전등을 비추며 안으로 들어가는 은경. 무서움에 질려 있다.
그릇이 쌓여 있는 곳으로 손전등을 비추고 정화수 그릇을 찾고 있던 찰나에
갑자기 창고 문이 닫힌다. 문을 열려고 하지만 밖에서부터 잠겨버린 문.

명혜 야! 너 신입 주제에 지난번 굿에서 잘난 척했지? 너 그렇게 귀신 잘 보면
창고에서 귀신들하고 함 뒹굴어봐라. 어디 건방지게 나타나서... 흥...
은경 (문을 두드리며)언니, 언니, 제가 잘못했어요.
저 나가게 해주세요. 제발 나가게 해주세요. 애리 언니가 아파요. 언니, 언니!!!

은경이 애타게 명혜를 부르지만 답이 없다. 공포로 두 눈이 희번덕거리는
은경. 그때 등 뒤에서 무언가 소리가 들리고 놀라 뒤를 돌아보는 은경.
은경이 손전등을 떨어뜨린다. 휙─ 불이 나가버린 손전등. 바닥을 손으로
더듬어 찾아보려 하지만 찾을 수가 없다.
갑작스럽게 밖에서 천둥이 치고 비가 요란하게 내리는 소리가 들린다. 어
깨를 웅송거리며 자포자기하듯 문 쪽으로 등지고 앉은 은경. 손에 괴불 노
리개를 꼭 움켜쥐고 있다. 그때 어둠 속에서 두런거리며 들리는 말소리.

분숙 이보라우, 이보라우!

은경은 소스라치게 놀라며 어둠을 쳐다본다.

은경 누..구..세요? 누가 거기 있어요?
분숙 그기 무신 소리야? 거기 다마코 아니네? 나야, 나쓰에. 정신 차리라우!
은경 무슨 소리예요. 전 은경이에요, 은경...

문득 어둠 속에서 확 드러나는 분숙의 얼굴.
사시나무 떨며 기겁하는 은경, 문에 바짝 기대어 경직된다.

분숙 야, 봐라야. 벌써부터 개 떼처럼 몰려왔다기래!

그때 들리는 웅성대는 소리.
은경이 겁에 질려 있다가 분숙의 눈과 손을 쫓아 천천히 뒤로 돌아보면
문틈 사이로 빛이 들어오며 바깥에 일본 군인들이 도열해 있다.
흠칫 놀라며 뒷걸음치다가 쿵하고 나무 벽에 부딪치는 은경. 그때 왼쪽 문이
열리며 일본군 병사가 들어온다.

일본군 병사 私の番です。時間がない。(내 차례야. 시간 없어.)

은경이 영문을 모르겠다는 듯 병사를 쳐다보고 있는데 갑자기 맹렬하게
자기를 향해 덮치는 병사. 비명을 지르며 반항하는 은경.
옥신각신 끝에 병사가 은경의 뺨을 후려치자 번쩍 부릅뜬 은경의 눈.

S#56 몽타주(과거, 환상, 낮)

하얀 원피스가 온통 붉게 젖은 은경, 아버지가 구급차에 실리는 모습을 바
라본다. / 응급실에서 아버지를 보고 오열하는 어머니. / 집에서 깡마른 모
습으로 숨을 거두는 아버지. / 어머니에게 밥을 먹이려다가 뺨을 맞는 은
경. / 유서를 쓰며 눈물을 흘리는 은경모. 대야를 놓고 손목에 칼로 긋는
모습이 보인다. / 은경이 쓰러져 죽은 엄마를 벽에 기대게 하고 밥을 떠다
가 입에다 넣는 모습/ 굿당에 찾아온 은경과 마주 앉은 송희. / 옆에는 송
희와 대화하던 엄마는 없.었.다.

S#57 굿당 창고(밤)

땅바닥에 누워 억누른 비명 소리를 가두며 오열하는 은경. 그러다가 갑자
기 괴성처럼 터져나오는 울음소리.

S#58 참호 인근 숲(과거, 오후)

얇은 국방색 담요를 흙 위에 깔고 누운 정민.
정민의 몸 위에 드리운 남자의 육중한 몸. 시근덕거리는 남자의 숨소리만
가득하다. 정민은 덤덤히 뒤로 보이는 푸른 나무들의 가지, 그 사이로 비
치는 햇살... 아름답다.
정민의 눈에 가득 담기는 하늘.
메마른 눈동자 위에 툭 떨어지는 빗줄기가 마치 눈물처럼 눈에 고인다. 투
덜거리며 일어나는 남자. (시간경과)
러닝과 팬티 차림, 맨발로 커다란 나무 아래 담요를 뒤집어쓴 채 비를 피
하는 정민. 축축이 젖은 흙 사이로 점점 빠지는 정민의 하얀 발. 오들오들
떨면서도 웃는 정민.

S#59 참호 인근 숲(과거, 오후)

허겁지겁 옷을 입고 비를 피하기 위해 참호 속으로 들어가는 사내를 보며
담요를 덮은 채 비를 피하던 영희. 그때 영희의 눈에 조그마한 땅굴 같은
것이 보인다.
딱 한 사람만 들어갈 수 있는 작은 땅굴에 기어 들어간 영희. 담요로 머리
를 닦으며 웃는다. (시간 경과)태아처럼 웅크리며 잠든 영희.

S#60 병원(낮)

은경이 병실에 누워 있고 이를 걱정스럽게 지켜보는 송희와 애리. 은경이
눈을 뜨고 두 사람을 확인하자 눈에서 눈물이 흐른다.
그 모습에 애리도 따라서 훌쩍거리고–

송희 기억났느냐?
은경 엄마, 아빠... 어디에 계세요?

S#61 납골당(오후)

은경의 아버지와 어머니가 함께 유골단지에 모셔져 있는 납골당에 온 은경과 송희. 은경은 그 앞에서 정중히 절을 한다.
유골단지 앞에 놓인 세 식구의 사진을 만지며 굵은 눈물을 흘리는 은경.

S#62 길거리(오후)

호수 옆 수변도로를 걷는 송희와 은경.

은경 (E)왜 저를 거둬주셨어요?
송희 (E)네 부모님이 간절하게 부탁하셔서...
은경 (E)혹시... 저 때문에 부모님이 돌아가셨나요?
송희 (E)잘... 모르겠다.
은경 (E)저 때문... 이에요... 복잡한 눈으로 은경을 바라보는 송희.

S#63 애리의 방(오후)

짐을 조용히 챙기는 은경. 옆에선 울먹거리는 애리가 서 있다.

애리 진짜 갈 거야? 안 가면 안 돼?
은경 ....
애리 (울먹이며)나 혼자 자면 무섭단 말야. 가지 마
은경 .....

짐을 다 싼 은경이 방문을 나선다.

은경 (애리 안으며)언니, 갈게!

S#64 순정의 한복집(오후)

비 오는 거리를 바라보던 순정은 하던 일감을 잠시 미뤄두고 생각에 잠긴다. 문득 TV 화면에 나오는 김학순 할머니. 이날은 1991년 8월 15일. 위안부 피해자 김학순 할머니의 최초 증언을 듣고 있던 순정의 눈... 약간 젖어드는데... 마침 한복집에 들어선 아들....
리모컨으로 TV를 다른 채널(유쾌한 청백전, 웃으면 복이 와요 류의 쇼)로 튼다. 순정, 아들과 예능 프로를 멀거니 보다가 풋- 하고 웃는다.
하지만 웃다가 이내 울음으로 바뀐다.

아들 어머니! 왜 그러세요?

순정의 울음이 그치지 않는다.

S#65 은경의 집(저녁)

오랫동안 집을 비운 탓인지 집 안 곳곳이 횅하다.
자동응답기를 트는 은경.

자동응답기 E 은경아, 고모야! 그간 연락 못 했지? 미안해...혹시 집에 들어오면 연락 줘. (삐익) 은경아. 고모다. 아직 안 들어왔어? 이것아, 아무리 그래도 연락 한 통은 줄 수 있잖니. (삐익)한성병원인데요, 22일 예약해놓으셨죠? 연락 주세요. (삐익)은경아! 고모다. 고모네 주소 모르지? 경기도 안성군 공도리 23번지야. 집 전화는 031-222-33...

S#66 시골 버스 안(오전)

시골 버스를 타고 고모네 집으로 가는 은경.

S#67 은경 고모의 집 앞(오전)

밭에서 농사일을 하던 은경의 고모가 버스에서 내린 은경을 본다.
고모에게 손을 흔드는 은경. 작업복 차림으로 그대로 달려와 은경을 안으
며 흐느끼는 고모. 고모 오른쪽 얼굴 앞머리로 가리워져 있다.

S#68 동사무소(낮)

순정은 잠시 망설이다가 동사무소에 들어선다.

순정 저...
남직원 무얼 도와드릴까요, 할머니?
순정 저... 텔레비에서 보고... 여 오면 신고할 수 있다 해서...
남직원 무슨 신고요, 할머니? 전입신고요?
순정 아니...저... 그기... 아이고... 마, 됐다.

순정, 차마 용기가 없어 되돌아 나오는데... 두런두런 직원들 대화를 나
눈다.

여직원 정신대 신고 실적 보고 기안해야 하는데... 우리 관내엔 아무도 없네요.
남직원 에이 있어도 좀 그렇잖아. 솔직히... 실적 없을 줄 난 알았어.
미치지 않고서야 누가 그런 과걸 밝혀? 안 그래?

입 비죽거리는 여직원. 홱 되돌아 다기서는 순정의 기세등등한 등장에 놀란
남직원.

남직원 왜...요? 할머니. (기계적으로)무얼 도와드리....
순정 내가... 내가... 그 미친년이다. 우짤래?

씩씩거리는 순정의 손을 가만히 다가온 여직원이 잡아준다.
점점 진정이 되는 순정. 여직원에게 기대어 의자로 발길 옮긴다.

S#69 은경 고모의 집(낮, 저녁)

분주히 밥을 준비하는 고모

고모 배고프지?
은경 아니!
고모 배고플 거야. 고모가 금방 밥 차릴게.

정신없이 식사를 준비하는 고모 모습을 볼 때 밖에서 들리는 아이 울음소리를 듣는 은경.

은경 밖에 누가 우는데?
고모 누가?
은경 안 들려?

아이의 울음소리가 들리다가 사라진다. 이상해하며 고개를 갸우뚱하는 은경. 밥상을 내오는 고모. 은경이 고모를 한 번 바라보고 숟가락을 든다.

은경 잘 먹겠습니다.
고모 그간 어디에 있었던 거야?
은경 ......
고모 아니다. 내가 괜한 걸 물었지? 몸 성히 있었으면 됐지!
은경 아는 할머니 댁에 있었어.
고모 그래? 다행이다. (시선 못 마주치고)당분간... 여기 있을 거지? (떨며)아니... 며칠만이라도 같이 있어줘...

은경, 가만히 고모를 향해 손 뻗는데... 반사적으로 방어 자세를 취하는 고모. 머리카락을 얼굴에서 걷으면 눈 주위 퍼렇게 멍들어 있다. 더 아래로 고개 숙이는 고모. (시간경과)집으로 귀가한 고모부. 기쁜 낯으로 은경을 대하는 고모부. 어색한 환대.

은경 안녕하세요?

고모부 어이구. 이게 누구야? 우리 은경이 아니니? 어떻게... 밥은 먹었어?

고모 아까 오자마자 바로 먹었어요.

고모부 그럼, 이 고모부랑 맥주 한잔할까?

고모 이 사람은 고등학생한테 못 하는 말이 없어.

고모부 무슨 소리야. 요새 은경이 나이 정도 되면 맥주 정도야 기본이지, 안 그래?

은경 저, 오늘은 피곤해서 일찍 잘게요.

고모부 그래? 그래, 그래... 우리 환송식은 내일 하고 그럼 얼렁 푹 쉬어, 알았지? 은경이 방으로 들어가자 안방으로 들어간 고모와 고모부.

고모부 생각보다 멀쩡하네, 뭘... 얼굴도 예뻐졌고....

고모 무슨 소리예요? 비쩍 말라서 얼굴에 윤기가 하나도 없구만.

고모부 집은 어떻게 됐대?

고모 집이라뇨?

고모부 은경이네 집 말야. 은경인 혼자고 당신은 유일한 고모니깐... 어떻게 하겠대, 은경인?

고모 (노려보며)애가 저렇게 됐는데 당신은 고작 한다는 이야기가.... 은경이가 불쌍하지도 않아요?

고모부 불쌍하시. 불쌍해서 물어보는 거 아냐? 당신이 은경이 데리고 키우고 싶다면서. 그러면 우리도 뭐 남는 게 있어야 될 거 아니냐란 거지. 애는 어떻게 키울 거야? 당신이 애 키워봤어? 양육비란 게 있어야 애를....

옆방에서 고모 내외가 싸우는 소리를 듣는 은경. 어둠 속에서 문을 등지고 돌아눕는 은경.

S#70 산길(낮)

야트막한 고모네 집 앞 산을 걷고 있는 은경.
문득 나비가 한 마리 날아들더니 은경의 허리춤에 있던 괴불 노리개 주변
으로 날아다닌다. 저도 모르게 미소를 띤 은경이 나비를 쫓아 따라간다.
(insert)그때 은경의 시선으로 정민이 나비를 따라다니던 모습이 보인다.
멍한 표정의 은경, 무언가에 홀린 사람처럼 정민을 따라간다.
따라가 보면 어느새 사라진 정민. 대신 어린아이 하나 울다가 빤히 은경을
보고 있다.

은경 꼬마야. 왜 그래? 어디 아파?

우는 아이를 달래던 은경. 문득 울먹거리던 아이, 은경의 손목을 잡아끈다.

은경 왜? 어디 가자고?

아이는 은경의 손을 당기며 따라가자고 한다. 얼결에 아이를 따라나서는 은경.

S#71 야산 밑 폐가(낮)

아이는 버려진 폐가를 보고서는 은경의 손을 놓고 집 앞까지 달려간다. 도
착한 아이는 폐가를 손으로 가리키며 '엄마, 엄마'라고 말한 후 폐가 안으
로 들어간다. 은경은 아이를 따라 급히 집에 들어가 보니 아이는 어느덧
사라졌다.

여인 (힘겹게)훈이가? 훈아

은경은 조심스럽게 여인에게 다가가보니 남루한 차림으로 바닥에 누워
있고 머리맡에는 남이 버린 음식들이 놓여 있다. 기침을 심하게 하는 여인.

여인 (인기척을 느끼며)훈이, 훈이제?

은경을 자신의 아들로 착각하는 여인. 하지만 몸을 가누기 힘든지 일어나지를 못한다. 자지러지듯 기침을 하자 은경이 걱정스러워하며 옆에 다가가 앉는다.

은경 전... 훈이가 아니에요, 아주머니.

순간 여인의 입에 웃음이 번지며 더듬더듬 은경의 손을 잡는다.

여인 훈이, 우리 훈이로구나. 엄마 여 있다. 일루 와서 엄마 찌찌 만지면서 자자.

은경의 손을 잡고 말라붙은 가슴으로 옮기는 여인. 은경은 눈에 눈물이 고인다. 볼을 타고 흐르는 눈물이 여인의 손등으로 떨어진다.

여인 와 우노, 우리 애기. 엄마가 애기 줄려고 밥 많이 얻어왔다. (은경의 손을 더듬더니) 우리.. 훈이가 아닌가베...

은경은 갑자기 오열하며 여인을 끌어안는다. 여인의 눈은 허공을 가른다.

여인 아이고, 내가 훈인 줄 알고 그만... 미안해요...
은경 잠시만, 잠시만요, 아주머니...

여인을 꼭 끌어안은 은경은 숙은 자신의 어미를 끌어안던 모습(밥을 먹이다가 죽은 엄마를 안고 우는)을 떠올린다.
목 놓아 울던 은경이 울음을 그치고 목소리와 눈빛이 변한다.
끌어안던 여인을 슬며시 바닥에 누이며 눈을 바라본다.

은경 엄마

여인 네?

은경 엄마, 내다...

눈물이 고이는 여인. 소리도 못 내면서 울음을 운다.

은경 엄마. 울지 마, 울지 마라...

여인 미안하다, 훈아. 엄마가 억수로 미안타...

은경 괜찮아, 엄마. 난 잘 있으니까네 걱정 말고 엄마 때문에 이 누나 델꼬 왔거든. 잘 들어, 엄마. 엄마 지금 많이 아파. 이러다가 나처럼 죽는다. 그러니깐 누나가 병원에 데려가면 꼭 치료받아야 돼. 알았지?

여인 훈아... 미안해. 니가 없는데 세상 살아서 뭐하노... 여가 어딘지도 모르고 고마 니 따라 갈란다.

은경의 모습은 어느새 아까 훈이의 모습으로 변해 있다.
우는 엄마를 꼭 안아주는 훈.

훈 내가 항상 옆에 있어줄게. 그러니깐 누나 따라서 치료받자.

여인은 은경을 꼭 안고 오열한다. (시간경과)
응급구조차가 들어와 여인을 후송하고 있다. 탈진한 듯한 여인은 들것에 실려 은경을 바라보며 고맙다는 눈짓을 한다. 현장으로 소식을 듣고 달려온 고모.

고모 은경아, 이게 어떻게 된 일이야?

은경 고모... 나 가야 할 곳이 있어.

고모 어딜 가? 고모부가 너한테 뭐라 그러디? 이 인간이...

은경 아냐. 그냥... 날 기다리는 분이 계셔.

고모 은경아, 이것아...

은경 조금만 기다려, 고모. 갔다가 다시 올게. 그리도 다시는 고모 아프지 않게 할세!

고모 은경아...

S#72 위안소 정민의 방(오후)

(자막 ? 1945년 목단강)
정민의 방으로 다나카가 들어온다. 무력하고 지친 음성으로 '이럇샤이마
세'를 외는 정민. 뒷물을 챙기려고 몸을 숙인다.

다나카 ちょっと待って、ちょっと…(잠시만, 잠시만...)

정민이 다나카를 멍하게 바라본다.

다나카 ちょっとだけ座って見て。(잠시만 거기 앉아 있어봐.)

영문을 모른 채 침대에 걸터앉아 경계 어린 시선으로 다나카를 바라보는
정민.

다나카 いくつ？(몇 살이야?)
정민 二十二？。(스물두 살.)
다나카 いや、本？の？。(아니, 진짜 나이...)
정민 何故ですか？ (망설이며)(왜요?)
다나카 いや。ただ。(당황하며)(그냥...)
정민 わかりません。(몰라요.)
다나카 そう？そうだよな。普通ここに？たら何分ぐらいいればいい？(그래? 그
렇구나... 보통 여기 들어오면 몇 분 정도 있어야 돼?)

영문을 몰라 당황한 얼굴로 다나카를 바라보는 정민.

다나카 ぼくがここで何分ぐらいいればいいか。(나 여기 언제까지 있으면 되냐고?)

정민 十分ぐらい。(10분 정도)

다나카가 일어나 성큼성큼 정민에게 다가간다. 흠칫 놀라는 정민. 잠시 움직임을 멈춘 다나카는 조심스럽게 정민을 자리에 눕힌다. 그런 다나카를 빤히 쳐다보는 정민.

다나카 じゃ、十分の間休んで。(10분 동안 이대로 쉬고 있어.)

정민 だめです。わたし叱られるんです。(안 돼요, 그럼 제가 혼나요.)

다나카 これでしょう？ここに置くよ。(군표를 꺼내며)(이거 때문이지? 여기에 놓을게.) だからすこしでも休んで。(그러니 잠시라도 좀 쉬어.)

잔뜩 경계한 채로 침상에 눕는 정민.

다나카 そう、そう。。。でも今日はほかの部隊が？なかったからよかっただろう。(그래, 그래... 오늘은 그래도 다른 부대가 안 오니 그나마 낫지?) この間見た酷いものだ。ごめん。一人で？ってもいいだろう？(저번에 봤어. 지독하더군. 미안... 혼자서 말해도 돼지?) ？は。。。？になって入ったんだけど君を見た時考えが？わった。(사실... 궁금하기도 하고 해서 들어왔는데 널 보니 생각이 싹 사라졌어.)

정민 何故ですか？(어째서죠?)

다나카 信じてもらえるかわからないけど俺の妹に似ている。(믿을지는 모르지만 넌 내 여동생을 많이 닮았거든.)

정민 そう言ってくれる人多いです。ある人はお母さんに似ているとか。(그렇게 말하는 사람 많아요. 엄마 닮았다는 사람도 있고...)

다나카 そうだな。みんな今日死ぬか明日死ぬかわからない身だからそうかもな。(그렇겠구나. 다들 오늘 죽을지 내일 죽을지 모르는 처지라서 그럴 거야.) 俺も幼いみかちゃんと年老いたお母さんを置いてここに連れて？られた。(나도 어린 미카짱과 연로하신 어머님을 두고 여기에 끌려왔어.) 一生畑しか知らなかった俺がここに？て銃を握るなんて。。。？はここでも？日叱られる。(평생 농사밖에 못한 내가 여기 와서 총을 잡다니... 사실 여기서도 매일같이 혼나.) 銃に打たれ死な

なければたぶん？リ殺しになるかも。君、名前は？（총에 맞아 죽지 않으면 아마 맞
아죽을지도 모르지. 넌 이름이 뭐니?）

정민 たまこです。(다마코요)

다나카 その名前じゃなくて本？の名前…(그 이름 말고 진짜 이름...)

정민 わかりません。(몰라요.)

정민의 눈에서 갑자기 눈물이 고인다.
가만히 정민의 눈물을 닦아주는 다나카.

다나카 最近？が？がってるんだ。日本が負け？けているとか…(요즘 소문이 돌아.
우리가 번번이 지고 있다는 소문이야.) 多分…俺は死ぬかも知れないけど…君は
生きて故？に？れるよ。だから元？出して。(아마... 난 죽을 수 있겠지만... 넌 살
아서 고향에 갈 수 있을 거야. 그러니 힘내.)

밖에서 일본 병사가 문을 두드린다.

일본 병사1 おい、たなか。何してんだ？もういっちゃったのにこもっているんじ
ゃないよ！(어이, 다나카. 뭐하는 거야? 벌써 다 싸고 버팅기는 거 아냐?)

일본 병사2 あいつの事だからズボン？いだとたんいっちゃったよ、へっへっへ。
(바지 내리자마자 쌌을 거다, 저 새낀...ㅋㅋㅋ)

다나카 そろそろ行くよ。(문을 노려보며) (가야겠다.) ありがとう。俺の話聞いて
くれて…(손으로 정민의 머리를 흩뜨리며) (고마워. 내 말 들 어줘서....)

정민을 뒤로 누고 분을 열고 나오는 다나카.

일본 병사1 さっさと動け。たなか一等兵。くく (빨리빨리 움직이라고 다나카 일
병. ㅋㅋ...)

다나카 ？をつけろよ。あの子何か病？に持ってるみたい。(조심해, 저 애 병 걸린
것 같더라...)

그 말에 확 얼굴 굳어지는 병사들.

S#73 부대 행정관실 (오후)

장교에게 박만이가 쭈뼛대며 다가간다.

박만이 きくた中尉、ご機嫌いかがでしたか。(기쿠타 중위님, 그간 잘 지내셨습니까?)

경리장교 慰安所のあらいじゃないか？ここには何の用だ？ (위안소 아라이 아닌가? 여긴 웬일이야?) **박만이** あの...これ...(저... 이거...)

박만이는 품속에서 일본 군표 세 묶음을 꺼낸다.

박만이 これを円に？えてほしいんですが。(이걸 엔화로 바꿔주셨음 해서요.)

경리장교 今回はけっこう多いな。(이번엔 꽤 많은데...)

박만이 はい、そういうことになりました。故？の娘がお嫁に行くんですよ。(네. 그렇게 되었습니다. 고향에 있는 딸이 이달에 시집을 갑니다.)

경리장교 今月の末に？理になるはずだが、今必要か？ (이번 달 말에 처리가 될 텐데 지금 당장 필요한 건가?)

박만이 嫁に出さないといけないし、あらかじめして置いた方がいいとおっしゃってました。
(딸 시집도 보내야 하고.. 그리고 미리미리 해놓는 게 좋겠다고 해서요.)

경리장교 だれが？ (누가?)

박만이 のリこさんじゃなくて誰ですか。(노리코 상이지 누구겠습니까?)

경리장교 わかった。明日の午前中に用意してやる。(알았어. 내일 오전까지 해주지.)

박만이 へへへ...ありがとうございます、きくた中尉 (헤헤헤... 감사합니다, 기쿠타 중위님.) 今度いらっしゃったら綺麗な子用意して置きます。(다음에 아주 깨끗한 걸루 하나 마련해놓겠습니다.)

S#74 위안소 관리소(오후)

노리코가 문을 열고 들어오는 박만이를 노려본다.

노리코 こんな忙しい時にどこ行ってきたのよ.(바쁜 와중에 어딜 갔다 오는 거야?)
박만이 いや..ちょっと個人的事情がありまして.(잠시 개인적인 볼일이 있었습니다.)
노리코 まえもって私に話して置きなさい.(미리미리 나한테 이야기를 하도록 해.)
そう.最近へんな?耳にしなかった? (참, 요즘 이상한 소문 듣지 못했어?)
박만이 な..なんのうわさですか? (무... 무슨 소문요?)
노리코 最近聞いた事だけど日本が負け?ているはなし.(요즘 듣기로는 본토에
서 우리나라가 밀리고 있다는 그런 얘기?)
박만이 僕は初耳ですね.(의뭉스럽게) (전 처음 듣는 이야기네요.)
??と言う物はいつも勝ったり負けたりするじゃないですか (전쟁이야 늘 이겼다
졌다 하는 거 아닙니까?)
노리코 それはそうだけど.(그렇긴 하지만...)

문을 두드리는 소리가 나더니 중국인 죠바가 문을 열고 들어온다.

죠바 (중국어) 그 사람이 왔습니다.
박만이 (중국어) 누가?

S#75 위안소 입구(저녁)

기노시타가 부하 두 명과 함께 술을 마시고 나타나 소리를 지른다.

기노시타 お..これはこれは..のりこちゃんじゃないか..俺ちょっと酒?んだけど今
晩?むよ.(오... 이게 누군가? 노리코짱아닌가... 나 술 한잔했는데 긴 밤 부탁해.)
노리코 申し?ございませんが今お偉い方?がいらっしゃって..(죄송하지만 지금
은 장교들이 다 계셔서...)

류스케 おい！おまえ今誰に向かって生意?な口たたくんだ。(어이! 너 지금 누구한테 감히 안 된다는 말을 하고 있는 거야?)

曹長が今女が必要だとおっしゃってるだろ。(지금 조장님께서 여자가 필요하시다잖아.)

노리코 でも規定上だめなものはだめです。(그래도 규정상 안 되는 건 안 되는 거예요.)

돌아서 들어가려는 노리코.

기노시타 おい、まて！(어이, 잠시만!)

기노시타가 부르는 소리에 뒤돌아보는 노리코는 갑자기 뺨을 맞는다.
쓰러지는 노리코. 엎드려 노리코의 머리카락을 움켜쥐는 기노시타.

기노시타 この女はな、前からいつもこの俺のことを馬鹿にしやがる。(이 계집은 전부터 날 무시하고 깔본다 말야.) おい、北海道の田?町で股開いてた女がここに?たら偉くなったな！(어이, 홋카이도 촌구석 항구에서 가랑이 벌려 먹는 년이 여기 오니깐 세월 좋지?) このきのした?が女が必要だ。(나 기노시타사마께서 지금 여자가 필요하다고...) しかもお偉いさんが食べる女だ。あ？！(그것도 장교들이 먹는 걸로다가... 응?!!!)

노리코 かしこまりました。もうしわけありまえんでした。今すぐ見て?ります。(알았어요. 제가 잘못했어요. 바로 알아볼게요.)

기노시타 そう、おんなはそう答えるんだよ。それが女と言う者だ。(그렇지. 여자는 그렇게 답을 하는 거야. 그게 여자야.)

기노시타가 노리코의 머리채를 풀자 다시 한 번 바닥에 나뒹군다.
노리코의 얼굴에 치욕이 서리지만 것도 잠시 박만이에게 눈짓하여 한쪽으로 잡아끈다.

노리코 今､誰がいます？ (지금 누가 있죠?)

박만이 今日は週末だからみんな空いてないんです｡みよこが非番ですがそれが｡｡｡
(오늘은 주말이라 다 차고 미요코만 남았는데 그게...)

노리코 それが？ (그게...?)

박만이 具合いが?いらしいです｡(지금 몸이 좀 안 좋아서...)

노리코 しかたがない｡用意させなさい｡(어쩔 수 없죠. 준비시켜 주세요.)

박만이 はい､かしこまりました｡(네 알겠습니다.)

노리코 今､一人?っているのでただいまご案?致します｡少?お待ちくださいませ｡
(마침 한 아이가 있어서 지금 안내해드릴게요. 잠시만 기다려주세요.) 조심하며
문을 열고 사라지는 노리코를 보며 낄낄대며 웃는 기노시타 일행.

S#76 만덕(미요코)의 방(저녁)

박만이 만덕의 방에 들어서자 아픈 만덕이 힘겹게 일어난다.

박만이 미요코, 손님이다.

만덕 고거이... 오늘 달거리라 힘들다고 말씀드렸습네다.

박만이 어쩔 수 없어. 받아.

만덕 형편없이우. 제발 살려주시우. 저번에 탈나고 봐주시겠다고 하잖았수?

박만이 아파도 참아. 니 하나 때문에 다른 여자들이 죽어나가는 걸 보고 싶어?

만덕 ....

박만이 금방 끝날 거니깐 참아. 내일은 푹 쉬게 해줄 테니깐.

할 말을 마치고 문을 닫고 나가버린 박만이.
침상에 웅크린 채 기다리고 있는데 문이 열리며 들어오는 기노시타.
만덕을 먹잇감처럼 바라보며 침상 앞 의자에 앉더니 허리춤에서 칼을 푼다.

기노시타 名前は？ (이름이?)

만덕 みよこです (미요코입니다.)

기노시타 いい名前だな.(귀여운 이름이구나.)

S#77 위안소 복도(저녁)

중국인 여자 일꾼이 지나가다가 만덕의 방에서 '흐읍-' 하는 소리를 듣는
다. 문틈 사이로 바라보다가 놀라며 들고 있던 쟁반을 떨어뜨린다.
소리가 나자 행동을 멈추고 기노시타가 문을 연다.
상체가 알몸 상태인 기노시타가 밖을 둘러보지만 떨어진 쟁반만 보인다.
구석에서 몸을 숨긴 중국인 여자 일꾼, 벌벌 떨다가 숨죽인 채 도망간다.

S#78 만덕의 방(저녁)

기노시타가 문을 닫고 만덕을 바라보자 입에는 재갈이 손발은 모두 묶여
있다. 천천히 허리춤에 있던 허리끈을 푸는 기노시타.
만덕을 향해 다가가 킁킁거리며 냄새를 맡더니 허리띠로 만덕을 향해 내
리친다.

S#79 위안소 근처 산(오전)

일본 병사 둘이 느슨한 경비를 서는 가운데 돌을 주워 나르는 일을 하는
소녀들.

일본 병사1 おい.遠く行くなよ.(어이, 거기 멀리 가지 말라구)

병사가 손가락으로 자신이 지켜보고 있다는 듯 자신의 눈을 가리키며 씨
익 웃는다. 조금 떨어진 곳에서 눈빛으로 서로를 확인하는 정민과 영희.
옥분도 주변에서 일을 하며 눈길을 주고받는다. 먼 곳에서 일본 병사를 부
르는 소리가 들린다.

일본 병사2 おい、よしい、下で俺ら呼んでいるんだけど何か食うか？ (이봐 요시이, 밑에서 우릴 부르는데... 먹을 건가?)

일본 병사1 ：降りるか？ (내려갈까?)

일본 병사2 女達はどうする？ (여자들은 어떡하고?)

일본 병사1 あいつらに何ができる？ (제깟 것들이 달아나봐야 벼룩이지, 별수 있겠어?) 監視台で見張っているのに。(망루에서 감시하고 있는데 말야.)

일본 병사2 そうだな。。おい！ちょっと降りて？るから余計な？似はするな。(그렇지... 어이 이봐! 잠시 내려갔다 올 테니깐 딴짓 말고 얌전히 있어.)

일본 병사1이 손가락으로 입을 잠그는 표시를 하고서는 둘이 낄낄거리며 내려간다. 내려가는 것을 확인한 정민은 재빨리 대열 속에서 영희를 찾아 간다.

정민 언니야!

영희 정미이 니 괜않나?

둘은 서로의 손을 부여잡고 눈을 글썽인다. 그때 눈에 멍이 든 옥분이 함께 한다.

옥분 이 썩을 것들, 다들 잘 살아 있었구마이.

영희 (옥분에게 눈을 가리키며)마이 맞았나?

옥분 이까이꺼 암시랑토 안 혀. 이 정도는 양반이랑께. 니 낯짝이 더 목불인견이구먼. 그란디 만덕이가 안 보이는구마. 메칠 동안 못 봤는디...

영희 그러게... 아픈가?

정민은 주변을 둘러보니 구석에서 혼자 어두운 얼굴로 있는 분숙이 보인다.

옥분 저 가이내는 늘쌍 조래 칙칙하게 늘어졌당게.

정민 전번에 탈출했던 그 중국 아는 그에 죽었다꼬?

옥분 그날 밤 총소리가 안 났어야... 고거이 가 명줄 따는 소리였당게. 탈출에 거진 성공했는디 막판에 총 맞아 뒈저부렀다.

영희 니는 그걸 우예 알았노?

옥분 고다마 상이 안 그냐?

영희 닐 좋아한다는 그 고구마?

옥분 (삐죽거리며)고구마가 아니라 고다마랑께. 그 아그는 좀 나쁘지 않아야.

정민 짐승한테 정... 주지 말라 캤다. 우릴 짓밟은 일본 놈이다.

옥분 고다마 상은 다르당게. 전쟁 끝나믄 날 데불고 고향 가서 혼례 올리자 했응께.

정민 이 등신아. 퍽도 잘도... 우리가 시집가고 애 낳고 살겠다. 고마 헛물 켜지 마레이. (괴불 노리개 만지며)조만간 전쟁도 쫑 날 끼다.
누 믿지 말고... 우리만 믿고... 여서 나갈 방법을 찾아야 된데이.

영희 방법... 무신 방법?

내려갔던 일본 병사들이 다시 올라와 소리친다.

일본 병사1 おい、そこに集まらないで散れ、はやく∞(어이, 거기 모여 있지 말고 다시 흩어져, 빨리...)

정민,영 희, 옥분은 다시 흩어진다. 하지만 정민과 영희는 가까운 거리를 유지한다.

정민 (속삭이며)언니야! 지도가 일본어로 뭐고?

영희 지도? 글쎄... 그래 어리운 단어는 내 모리는데...

정민 알겠다. 내 알아보꾸마. 언니야. 몸 조심해레이.

일본 병사2 さあ、みんな降りるぞ。集合！ (자, 모두들 내려간다. 집합!)

병사의 지시로 소녀들이 다시 모여 함께 위안소를 향해 걸어간다. 갑자기 정민에게 가까이 다가와 말을 건네는 분숙.

분숙 지도는 왜 묻는기네? 정

민 옴마야! 애 떨어지겠다.

분숙 빙신... 고거이 왜놈 말로 '치즈'야, 치즈.. 알간?

정민 치즈... 치즈...

말을 마치고 대열에 섞여 걸어가는 분숙을 바라보는 정민. 갑자기 배 아래에서 통증을 느끼는지 고통스러워한다.

배에 손을 대고 밑을 바라보니 다리 사이에서 피가 흘러내린다.

극심한 고통을 느끼며 주저앉는 정민. 대열이 엉키면서 소란스러워진다.

일본 병사가 대열을 가르며 다가와 쓰러져 혼절한 정민을 바라본다. 주변에 정민이 흘린 피를 바라보는 일본병사.

일본 병사1 こんちくしょう∞(제길...)

S#80 마에다 부대장실(낮)

기노시타가 긴장한 표정으로 부대장실 문을 열자 부대 간부들이 모여 회의를 하고 있다.

마에다 おい、きのした。はやく座れ。こんの、つづけろ。(어이, 기노시타. 어서 앉게. 곤노 계속하지.)

곤노 現在、?東軍は西北で蠢動する群れをそうとうしております が (현재 관동군은 서북쪽에서 동하는 무리들을 소탕하고 있지만) その?が日?に?え?けて現場の事情が?化しやっかいな事になっているようです。(그 수 가 날로 늘어나고 현지 사정이 좋지 않아 곤란을 겪고 있다고 합니다.)

마에다 現地の人?の同?は？ (현지민들의 동요는?)

곤노 帝?についてでたらめな?が?がっているようです。(제국에 대한 잘못된 소문이 퍼지고 있다고 합니다.)

마에다 何の?だ？ (무슨 소문 말인가?)

곤노　そ｡｡それが｡｡(저...그게...)

마에다　大丈夫だ｡言って見ろ｡(괜찮아, 말해보게.)

곤노　我が軍の?況が?くなっていると｡｡(우리 군 전세가 나빠지고 있다는...)

마에다　お､こんの､ご苦?だった｡(오, 곤노. 수고했어.)

みんな警戒をおこたらず不?な動きがあったらすぐ報告しろ｡解散 (다들 경계를 철저히 하고 이상 동향이 있으면 즉각 보고하도록. 해산)

간부들　はっ！！！(넷!!!)

마에다　きのした｡おまえは?れ｡(기노시타은 잠시 남도록)

모두 나가자 엉거주춤하게 앉아 있는 기노시타를 바라보는 마에다.

마에다　最近どうだ？(요즘 어떤가?)

기노시타　何がですか？(당황하며) (무엇이 말입니까?)

마에다　兵士達だが､問題ないか？(병사들 말일세. 문제없나?)

기노시타　こんのさんが言った事ですか｡(곤노 상의 말 말입니까?)

もちろんみんな?いでいますがどうせすべてでたらめじゃないですか｡(물론 수군 덕대고 있지만 모두가 헛소문 아니겠습니까?)

마에다　いや､そうじゃない｡根も葉もない?じゃないんだよ｡?は｡｡(아냐. 그렇지 않아. 헛소문이 아니야. 사실...)

기노시타　はい？(네?)

마에다　万が一だが､きのした｡もし問題が生じたら前にはなした慰安所の?理｡｡(만일 말이야, 기노시타. 문제가 생기면 전에 이야기한 위안소 처리...) おまえに任せてもいいか｡(자네가 알아서 해낼 수 있겠지?)

기노시타　そ｡｡それほど深刻ですか｡(그 정도로 심...각한 겁니까?)

마에다　うるさい！おまえは俺が言う事に?えばいいんだよ｡(시끄러! 넌 그저 시키는 대로 하면 되는 거야.)

上部の命令だから問題無く遂行するように｡｡！いいな？ (상부의 명령이니 차질 없이 시 행하도록...! 알았어?)

기노시타　はい｡わかりました｡(지그시 억누르며)(네, 알겠습니다.)

마에다 もういっていい。(나가봐.)

경례를 하고 부대장실을 나오면서... 뒤를 향해 입 비쭉거리다가 가버리는 기노시타.

S#81 위생소 (오후)

혼절한 정민이 힘겹게 눈을 뜬다. 두런두런 사람들의 목소리가 들린다. 마스크를 쓴 위생병들과 군의관의 목소리다. 그 곁에 노리코가 무표정하게 서 있다.

위생병 間違いないです。軍？官 (틀림없습니다. 군의관님.)
군의관 そう、見ればわかるか？ (그래, 보면 알겠나?)

두 다리를 벌린 채 누워 있는 정민. 움직여보려 하지만 꼼짝할 수 없다.

위생병 軍？官は見極めますか？最初と違うものと。。。(군의관님은 구분이 됩니까? 첨이랑 아닌 거랑...)
군의관 俺も初めて生理する女達を見た時、？分できなかったけど、(나도 초경하는 여자들을 봤을 때 구분이 안 되더라구.) でもな、時間が解決してくれるんだ。しばしば見ればわかるんだ。ははは (근데 시간이 다 해결해줘. 자주 보면 알 수 있단 말이야, 하하하!)
위생병 おめでとう、おまえはもう女になった。((정민을 바라보며)축하해. 너 이제 여자가 되었어.)
위생병2 あの軍？官、こっちに？て見てください。(밖에서 다급하게) ((E)저 군의관님 여기 와보십시오!)

군의관과 위생병이 곁의 침상으로 간다. 정민은 흠칫 몸을 떤다. 힘없이 고개를 돌리면 노리코가 차가운 표정으로 다가온다.

다리를 오므리며 겨우 반쯤 몸을 일으키는 정민의 몸을 확 도로 눕히는 노리코. 확– 담요를 던져주는 노리코.

노리코 ?になって冷えるわよ。(누워 있어. 추울 거야.)

으슬으슬 떨리는 몸을 담요로 덮는 정민. 약기운에 까무룩 잠드는 정민.

S#82 정민의 집 안방(환상,오후)

잠에서 깨면 아랫목에 누운 정민 곁에 광목천으로 된 개짐(*생리대)을 바느질하는 정민모. 믿을 수 없다는 표정으로 일어난 정민, 물끄러미 엄마를 벅찬 얼굴로 바라본다.
 정민에게 다가와 귀밑머리를 귀 뒤로 이쁘게 넘겨주던 정민모, 모락모락 김이 나는 수수떡을 내민다.

정민모 은제 우리 얼라가 다 컸었노? 무라. 으른된 거 축하한다.
정민 (아련하게)음마! 음마!
정민모 (개짐 보이고)일나면... 이게 채우는 벱 알려주꾸마. 소금으로 씻는 벱도....
정민모 야 보레이. 어미소 찾는 송아지맨치로 음메, 음메... 닌 고마 이제 얼라가 아이다.

S#83 위생소 (오후)

잠에서 깨면 눈물로 흥건하게 젖은 정민. 겨우 몸을 움직여 침대 아래로 내려오는 정민. 그때 커튼이 처진 옆 침상에서 두런거리는 목소리.

군의관 先から見張ったか？((E)아까부터 지켜본 거야?)
위생병2 いや、ちょっと席を外したうちに…((E)잠시 자리를 비운 사이...)

군의관 馬鹿やろう！俺がずっと見張ってろって言ったんだろ。((E)바보 같은 놈! 내가 계속 지켜보라고 했지?) ええい、しかたがない。報告しなければならないからおまえらはここを片付けろ、いいか？ (에이... 어쩔 수 없지. 보고해야 하니깐 여기 정리해, 알았어?)

위생병1,2 すみません。軍？官！！！((E)죄송합니다, 군의관님!!!)

군인들이 나가는 소리가 사라지자 정민 커튼 옆에 힘겹게 다가가 열어젖힌다. 얼굴이 침대보로 덮여진 채 누운 사람의 형상.
서서히 침대보를 내리자 만덕이 주검이 되어 눈을 뜬 채로 누워 있다. 가슴 위까지 내린 몸과 얼굴엔 온통 멍과 상처투성이다. 손으로 입을 막고 나가는 정민. 화면 위로 구슬픈 굿 음악이 흐르기 시작한다.

S#84 송희의 굿당(오전)

은경과 애리가 제단 아래 무릎을 꿇고 있다.

송희 앞으로 너희들은 나를 어머니라고 부르거라.
은경, 애리 네,... 어머니.
송희 그래. 너흰 이제 오늘부터 예전의 너가 아닌 무녀로서 새로 태어난 게야. 아직 내림굿이 남아 있지만 지금부터 언제나 마음가짐을 바로 하고... 항상 기도하는 자세를 잃어서는 안 된다. 알겠지?
은경, 애리 네
송희 옳지... 그럼, 고단할 텐데 쉬거라. 참, 은경인 그전에 잠시 가봐야 할 곳이 있다.

S#85 병원 입원실(낮)

링거 주삿바늘이 뽑힌 채 텅 빈 병실. 침상 위 핏방울 자국을 보는 간호사. 병실 문을 열고 들어온 간호사가 다급하게 어딘가로 뛰어나가고...

S#86 기차 안(낮)

퀭한 얼굴이지만 미소 띤 얼굴로 은경과 기차에 앉은 순정. 창
밖으로 휙휙 사라지는 풍경을 바라본다.
잠이 든 은경의 머리가 툭 자신 쪽으로 떨어지자 어깨를 받쳐주는 순정.
(사이)잠이 깬 은경이 계란을 까주고 있다. 은경 입에도 넣어주는 순정.

은경 힘 안 드세요?

순정 내 니한테만 말하는긴데... 이 병 실은 꾀병이다. 내 살아온 기에 비하면
꾀병이고 말고... 하모.

은경 지금... 우린 어디로 가는 거예요?

순정 내 말 안 했다 그치. 우린 지금 소풍... 가는 기라.

은경 소풍요?

순정 와... 이리 쭈그렁 할망구랑 가기 싫나?

은경 아니에요. 갑작스럽긴 해도... 좋아요.
그런데... 다음 주에 있을 굿 준비 때문에 혼날 것 같아서요.

순정 니 들었나? 니 신 어무이가 낼 위해 굿을 해줄 끼다.

은경 네, 들었어요.

순정 (미소 짓다가)내 죽을 때까지... 니 내한테 괴불 노리개 만드는 법 안 배울
라나?

은경 정말요? 좋아요. 배울게요.

순정 니... 고마 내 손녀 해라.

은경, 야윈 순정의 손을 꼭 잡아준다. 서로를 쳐다보며 빙긋 웃는 두 사람.

순정 와 이리... 졸립노? 니가 손 잡아주이 참말로 좋데이.

은경 주무세요.

순정, 금세 잠이 든다. 은경 갑자기 머리를 콩콩 쥐어박으며-

은경 (조용히)할머니... 할머니...
(난감한 표정으로)근데... 우리 지금 어디로 소풍가는 거예요?

죽은 듯이 잠이 든 순정. 은경 가만히 순정의 코 밑으로 손가락을 넣어본다.

S#87 어느 시골 마을(낮)

멍하게 동네 어귀를 보면... 제법 잘사는 부촌 마을이다. 저 멀리 논두렁
에서 뭔가 살펴보는 은경.

순정 (혼잣말)한 개도 모리겠다. 여 있던 나무도... 저 있던 논도... 다... 없
어져뿌릿다.
은경 (멀리서 달려오며)할머니!
순정 (혼잣말)안 오는기... 날 뻔했다. 여는 인제 내 고향이 아이다.
은경 (씩씩거리며)일회용 카메라 샀어요. 제가... 사진 찍어드릴게요!
순정 아이다... 내는 사진 안 찍는다.
은경 아이, 그러지 마시고... 찍으세요.
순정 (버럭)안 찍는대두!
은경 (시무룩하게)소풍 왔는데... 에이... 그래도... 사진밖에 안 남는건데...
순정 (번쩍)남는다고...? 안 없어지삐리고.... 그래... 찍어도고. 갱아.
은경 (신난)네... 이쁘게 웃으세요. 자, 치즈! 할머니... 치즈!

S#88 위안소 관리실(오후)

말끔하게 차려입은 채로 노리코에게 뭔가 간청하는 다나카.

다나카 ちょっとだけでいいです？のりこさん。(잠시만이면 됩니다, 노리코 상)
노리코 規定に反する事です。(규정에 벗어나는 일입니다.)

다나카 だから…こうやっておねがいするんじゃないですか？ (그러니…제가 이렇게 부탁드리는 것 아닙니까?)

노리코 わたしも聞いてあげたいんですが前例を作ったら (저도 들어주고 싶지만 선례를 만들면) これからどうやってこんな要求を?れます？すみませんがだめです。 (앞으로는 어떻게 이런 요구들을 막을 수 있겠어요? 죄송하지만 안 됩니다.)

다나카 あの、僕は何日かあとで瀋陽に??します。そこがどんな場所かはおわかりだと思います。 (저, 며칠 있다가 심양으로 전근 갑니다. 그것도 어떤 곳인지 아시죠?)

노리코 . . . .

다나카 どうしてもだめだったらまさこさんと僕が?う時に側にいても構いません。 (정 안 되시겠다면 다마코와 제가 만날 때 옆에 있으면 될 것 아닙니까?)

노리코 생각에 잠긴다.

S#89 위안소 건물 뒤(오후)

왠지 안절부절못하며 정민을 기다리는 다나카. 정민이 오는 모습을 보자 만면에 미소가 번진다.

다나카 一人で?た？ (혼자 왔어?)

정민 はい。(네.)

다나카 もう?えないと思った。(못 볼 줄 알았어.)

정민 こんな時間に大丈夫ですか？ (이 시간에 괜찮아요?)

다나카 ああ…君は、だいじょうぶか？ (괜찮아. 넌… 괜찮아?)

정민 はい。(네)

잠시 어색한 침묵이 흐른다. 문득 생각났다는 듯 호주머니에서 손목시계를 꺼내는 다나카

다나카 あ、これ…君にあげようと思って持って?た。(참, 이거… 너 주려고 가져왔어.)

정민 これ…何ですか？ (이게...뭐예요?)

다나카 僕が家から出るとき母さんがくれたものだ。(나 집에서 나올 때 어머니가 주신 거야.)

정민 そんなに大事な物をもらえません。お返しします。(다시 다나카에게 돌려주며) (그런 귀한 걸 남에게 주면 어떡해요. 가져가세요.)

다나카 いいんだ。どうせ僕には必要ない。(아니야. 난 어차피 쓸 데도 없는걸...) もし僕が死んだら土の中に眠ってるかもしれない。君がもっていてほしい。(어쩌면 내가 죽으면 땅바닥 속에서 멈춰 있을지도 몰라. 네가 갖고 있어줬으면 좋겠다.)

정민, 강권에 마지못해 받아 든다.

다나카 僕…何日か後でほかのところに??されるらしい。(나... 며칠 안으로 다른 곳으로 발령이 날 것 같아.) 聞いたところ、そこは?日??があるらしい。)듣기로는 거긴 매일같이 전투가 벌어진다고 하더라고.)

정민 もしかして新たな情報はないですか？ (혹시 새로운 소식 없어요?)

다나카 あ、情報？それが…口にするの禁じられて俺らの間でも?話ができない。(아, 소식? 그게... 입단속 하라는 명령이 내려와서 우리들도 대화하기 힘들어.) でも、もうすぐ??がおわるんじゃないかな？ (실망하는 정민에게) (하지만 곧 전쟁이 끝나지 않을까?) ここは平?だからどっちが勝っても構わないだろう… そろそろ行くよ。(이곳은 꽤 평온하니깐 누가 이기든 상관없겠지...... 이제 가봐야겠다.) こうやって君と顔?わせてよかった。ありがとう、本?に…(이렇게 얼굴을 봐서 좋네. 고마워, 정말...)

무언가 말을 하려나가 망설이는 정민을 물끄러미 보는 다나카.

다나카 あ、そうだ。うっかりするところだった。(아, 참, 내 정신 봐. 깜빡할 뻔했다.)

다나카가 조심스럽게 주변을 두리번거리며 정민에게 종이 한 장을 건넨다.

다나카 部隊の地?とまわりの道を簡?に描いたものだ｡(부대 지도야. 감시탑과 길들을 간단하게 그린 거야.) ?をつけろよ｡見た目には?かだけどあっちこっち目 があるからさ｡(조심해. 보기엔 조용해도 곳곳에 눈들이 있으니깐...)

정민 ありがとう｡たなかさん｡(고마워요, 다나카 상)

다나카 やっと俺の名前を呼んでくれたか｡さびしいな｡まあ､でも構わないよ｡(이 제야, 내 이름을 불러주는구나. 섭섭한데... 뭐 그래도 상관없어.) 君をこうや って近くで?えただけで十分だから｡(정민 손을 잡으며) (이렇게 가까이서 본 것 만으로도 좋으니깐.)

정민, 다나카를 멍하게 바라본다.

다나카 あ､もうそろそろいかないと｡さきに行くね｡じゃあね｡(아, 이제 정말 가야 겠다. 나 먼저 갈게. 안녕.)

다나카가 돌아서서 걸어간다. 살짝 떨리는 정민의 눈동자

정민 たなかさん｡(다나카 상.)

다나카, 정민을 뒤돌아본다.

정민 わたしの名前はです｡(수줍게) (제 이름은 정민이에요.)

다나카 いい名前だね｡(정민... 정민... 이쁜 이름이야.)

환하게 미소 지으며 손 흔드는 다나카를 오래오래 바라보는 정민.

S#90 위안소 복도(저녁)

정민은 감시병을 지나쳐 복도를 걷는다.
자신의 방으로 들어가는 척하다가 뒤를 돌아다보면 감시병이 등을 돌리고

딴 곳을 보고 있다. 잠시 망설이던 정민이 재빨리 영희의 방 명찰(다마코)을 확인하고 문을 열고 들어간다.

S#91 영희의 방(저녁)

정민 (속삭이듯)언니야!

영희 정미이... 아이가? 우째 여길...?

정민 쉿! 조용해라...(인기척을 확인한다)

영희 들키면 우짤라고 그라노?

정민 괜찮데이, 언니야한테 비줄 게(보여줄게) 있다.

정민은 허리춤에서 다나카가 건네준 부대 내 지도를 영희에게 보여준다.

영희 이긴.. 혹시...

정민 맞다. 지도다. 이거 있으면 여서 우리 나갈 수 있데이.

영희 미쳤나? 전번에 중국아가 우예 됐는지 모리나?
만다꼬 그라노? 기냥 여서 때를 기다리자.

정민 안다. 다 안다. 그래도 내는 갈 끼다. 죽은 만덕이 허연 두 눈 보고 내는 결심했다. 여서 나가야제. 죽는 한이 있어도 여길 나가야제.. 이카고 말이다.

영희 설령 여서 나갔다 치자. 그리고 우짤 낀데? 거가 어덴지도 모를 낀데...

정민 그치만 지옥 같은 여보다는 더 낫겠지. 무서브면 언니야는 관도라.

영희 아이다. 내도... 잠깐, 쉿!

감시병 기까이 있는 문이 열리는 소리, 군화발 소리가 들린다.

영희 여서 꼭꼭 숨어레이.

정민은 영희가 가리키는 대로 침상 밑으로 들어간다.
좁은 공간에 들어가자 그곳에 생쥐 한 마리가 정민을 물끄러미 본다.

그러더니 어두운 쪽에 나 있는 구멍으로 사라진다. 문이 왈칵 열리며 감시병이 들어온다.

감시병 ここで何か話し？がしたんだが…ひとりか？(여기서 말소리가 났는데... 혼자 있나?)
영희 はい…！(네...!)
감시병 ？だな…たしかに聞こえたのに…おとなしくしてろよ。わかったか？(이상하네... 분명히 내가 들었는데... 얌전히 잘 있어, 알았지?)
영희 はい！(네!)

감시병이 나가자 영희가 정민을 나오라고 한다.

영희 가삐릿다. 니 빨랑 방으로 가라. 곧 있음 군인들이 몰려올 끼다.
정민 알았다. 언니야도 내 말 단디 명심해레이. 밖에 다시 만나 얘기하자.
영희 옹야.

정민은 영희에게 속삭이듯 이야기하고 조심스럽게 문을 열고 나간다.

S#92 몽타주(낮, 밤)

밖에서 단체 체조할 때 감시탑의 위치를 확인하는 정민. /
삼사인이 조를 이뤄 걸어갈 때도 주변의 지형지물을 철저히 살피는 정민. /
담배를 피우며 이야기하던 군인과 눈을 마주치면 재빨리 고개를 돌린다. /
영희와 눈길을 주고받는 모습 등이 보인다.

S#93 위안소 근처 산(오전)

감시병들이 지켜보는 가운데 소녀들이 돌 나르는 일을 하고 있다. 정민은 기회를 틈타 영희에게로 간다.

정민 오늘 밤이데이. 오늘… 알긋나, 언니야?

영희는 정민의 뒷모습을 멍하니 바라본다.
그런 둘의 모습을 바라보는 옥분.

S#94 위안소 관리실(낮)

박만이는 몰래 관리실에서 금고를 열어 자신이 미리 바꿔둔 엔화들을 보자기에 담는다. 한창 담는 중에 책상 위에 있는 노리코의 사진 액자를 책상에 뒤집어놓는다. 계속해서 담는 박만이.

S#95 영희의 방(오후)

안절부절못하는 영희. 하지만 간단한 짐을 쌓아놓았다. 조용히 문이 열리며 옥분이 들어온다. 정민이 아닌 옥분의 모습에 당황하는 영희

영희 옥분아. 웬일이야?
옥분 영희야, 나도 데불고 가라이.
영희 뭐? 뭘 말야…
옥분 너들 여 나가려는 거 다 들었당게. 나 하나만 더 끼워주라. 응? 부탁이야, 영희야!

S#96 분숙의 방(오후)

정민이 분숙의 방 앞을 지나갈 때 분숙이 문 앞에 서 있다 정민을 부른다.

분숙 이보라, 잠시 들어와 보라우.
정민 언니야… 나중에 보면 안 되겠나?
분숙 잠시면 된다, 날래 오라.

정민이 초조해하며 분숙의 방으로 들어선다.

분숙 니들 뭐하는지 내 다 알고 있디.

정민 뭔 소리를 하노?

분숙 딴 사람 눈은 속여도 내 눈은 못 속여. 도망가려는 거 아니네?

정민 언니... 그걸 어떻게...

분숙 부대 밖은 그렇대도 여기 위안소는 어케 벗어날려는 기네?

정민 그건....

분숙 내가 도와주갔어. 대신 부탁이 있다. 분숙은 정민에게 편지 한 장을 건넨다.

분숙 거기 주소하고 편지가 있다. 안 잡히면 우리 아바이, 어마이한테 전해주고 잡히면 버리던디... 씹어서라도 먹으라우.

정민 언니야...

분숙 그 정도 부탁은 들어주갔디? 그런 표정 짓지 말아주련? 내래 아파서 나가지도 못하고 여기 수습도 해야지 안 캤어? 그저 살아만 나가라우. 응?

정민 눈물을 글썽이며 분숙을 안는다.

S#97 부대 정문(저녁)

박만이가 부대 정문을 통과하려고 하자 경비병이 제지한다.

경비병 だれだ？ (누구냐?)

박만이 慰安所のあらいです。(위안소 아라이입니다.)

경비병 こんな時間にどうした？ (이 시간에 무슨 일이야?)

박만이 ?に部隊長から?まれ事の?理でちょっと外出してまいります。(부대장님이 낮에 부탁한 일을 처리하려고 잠시 나갔다 오려고 합니다.)

경비병 ん...荷物の中には何がある？ (흠.... 짐에는 뭐가 들었어?)

박만이 はい、補給でもらったふくと私物です。(네, 보급받은 옷들과 제 개인 물품입니다.)

경비병 わかった。はやく行ってこい。(알았어. 빨리 다녀오도록)

부대 문이 열리고 박만이 나가면서 얼굴에 미소가 번진다.

S#98 영희의 방(밤)

정민이 영희의 방으로 들어오자 영희와 옥분을 본다.

정민 옥분 언니야가 왜 왔노?
영희 정민아... 미안하지만 옥분이도 같이 가고 싶어 한다. 낑가주자!
옥분 나도 데불고 가라. 정민아, 제발.
정민 가다가 마카 모두 죽을 수도 있데이. 괘않나?
옥분 이래 죽으나 저래 죽으나 매한가지 아녀?
죽을 거면 차라리 가다가 같이 죽을라네.

고민하는 정민을 뚫어져라 바라보는 영희와 옥분. 마침내 결심한 듯 고개를 힘차게 끄덕이는 정민. 옥분과 영희의 손을 하나로 모은다.

정민 우린... 사는 기다. 안 죽고... 마카 사는 기다. 알긋나?
옥분 그려.
영희 알았따.

이때 밖에서 경비병이 교대하는 소리가 들린다.

옥분 근디 워찌 나가냐?
정민 걱정 붙들어 매고... 내만 따라온나.
(초조하게)지금 신호가 날 쯤인데... 그때 분숙의 방에서 비명 소리가 난다.

S#99 위안소 복도(밤)

분숙의 방에서 비명 소리가 계속 들리고 각 방에서 소녀들이 나와 무슨 일인지를 확인한다. 경비병이 달려오고 노리코도 황급히 나온다.

정민과 영희, 옥분은 이 광경을 지켜보는 척하다가 뒤로 슬금슬금 나간다. 이를 이상하게 바라보는 노리코.

S#100 부대 안 (밤)

정민과 영희, 옥분은 달빛과 다나카가 건네준 지도에 의지해 부대를 빠져나간다. 지나가던 경비병에게 들킬 뻔하지만 영민하게 움직여 이를 피해나간다.

S#101 위안소 복도(밤)

분숙의 소란이 잦아지자 경비병들은 각자 모두의 방으로 가라고 독려한다. 나가려고 하는 순간 경비병 하나가 옥분의 방문 앞에서 멈춰 방문을 열어본다. 아무도 없는 것을 확인한 경비병이 관리실로 가려던 노리코를 불러 세운다.

경비병 おい､のりこ｡ここのかずこ｡どこにいるかわかる？ (어이, 노리코. 여기 (문패를 확인하며) 가즈코(옥분) 어디 있는지 알아?)

노리코 ちょっとどこかに出掛けたんでしょう｡近くにいると思います｡(잠시 어디 갔겠죠. 근처에 있을 겁니다.)

경비병 だから知らないと言うことか｡おい､探せ！あらいはどこだ？ (그러니깐 모른다는 얘기군. 이봐, 찾아봐! 참, 박만이는 어디 갔나?)

노리코 さ｡｡｡｡さあ｡｡｡(글.....글쎄요...)

이때 갑작스럽게 공습 사이렌이 울리며 밖에서 누군가가 '공습이다'라고 외친다.

S#102 부대 안(밤)

셋은 갑작스럽게 울리는 사이렌 소리에 화들짝 놀란다.

옥분 들켰으야? 울 들켰으야? 워쩌?
정민 퍼뜩 온나. 이쪽으로... 셋이 담 사이 틈에 몸을 웅크리고 숨어 있는데 일본군들이 총을 들고 그들 앞을 지나간다.
정민 쉿!!!
영희 요상혀. 뭔 일이 일어난 게 틀림없당게로.

S#103 당직관실(밤)

병사들이 달려와 당직을 서고 있던 기노시타에게 보고한다.

기노시타 何の?ぎだ？ (무슨 일이야?)
병사1 警備所からの連絡で部隊の前で不?な動きがあると報告してきました。(경비초소에서 부대 앞에서 이상한 움직임이 있다고 보고를 해왔습니다.)
기노시타 何の動きだ。(무슨 움직임?)
병사1 さあ…それはよく…(글쎄 그건 잘 모르겠...)

기노시타가 병사1의 복부에 발로 가격한다.

기노시타 調べてこいよ。馬鹿やろう！(알아오란 말이야. 이 병신아!) 병사1 : はっ。(벌떡 일어서며)(넵, 알겠습니다.)

S#104 부대 정문 옆 담 안팎(밤)

어린 소녀가 겨우 들어갈수 있을 듯한 담 밑에 벽돌이 깨진 구멍 사이에 도착한 세 사람.

정민 영희 언니야부터 나가라.

영희 알... 알았다.

둘은 계속 경계를 하면서 영희를 밖으로 내보낸다.

이어서 옥분이 나가려 하지만 몸집이 커서 어려움을 겪는다. 안에서 밀고 밖에서 당기고 하는데 갑자기 인기척이 들린다. 경비병 : そこ∞そこだれだ？(거기...거기 누구야?)

다급해진 정민이 바로 옆으로 가서 웅크려 숨는다.

경비병이 긴장한 채로 천천히 다가와 보니 껴서 못 빠져 나간 옥분이 있다. 울상이 되어가는 옥분의 얼굴. 손을 뻗어 잡으려는 경비병이 갑자기 앞으로 고꾸라진다. 옥분이 바라보니 정민이 돌을 들고 서 있다.

몸집이 작은 정민이 마지막으로 틈 사이를 간단하게 나온다.

옥분 우덜이 밖에 나와부렀어야.

정민 쉿! 지금부터 더 몸 사려야 한데이. 절대 서로 안 떨어지게 단디 쫓아와라.

영희, 옥분 응

정민 자, 가자!

어둠을 헤치며 앞으로 나가는 세 사람. (시간경과) 다른 경비병들이 쓰러진 경비병을 발견한다. 뺨 때리며 경비병을 불러보지만 이미 숨을 거뒀다. 옆에 있던 경비병이 어딘가 뛰어간다.

S#105 부대 밖 숲 속(밤)

험한 숲속 길을 가다가 어둠에 다들 힘겨워한다.

옥분이 제일 뒤처져서 가다가 쓰러지며 외마디 비명을 지른다.

앞서가던 두 사람 멈춰서 다시 돌아온다.

정민 괜찮아, 언니야?

영희 다쳤나?

옥분 (애써 웃으며)괜찮여, 암시랑토 안 혀. 이건 암것도 아녀.

그때 멀지 않은 거리에서 개가 짖는 소리가 난다.

영희 우야노? 개새끼들 풀어 쫓아온다카이.

정민 괜찮다. 고마 진정해라. 옥분 언니야. 일날 수 있나?

옥분 그려. 여적 거뜬해부러. 걱정 붙들어 매더라고!

정민 다시 간다. 뒤에 꼭 따라와라.

옥분 알았당께.

다시 출발하는 세 사람. 절룩거리며 걷기 시작하는 옥분. 그녀의 발에는 한쪽의 신발이 없다. 시간이 흐를수록 점점 더 힘들어하는 옥분. 앞선 둘과의 거리가 점점 더 멀어져간다.
가다가 맨발에 날카로운 나뭇가지가 박힌다. 그대로 주저앉아버리는 옥분. 앞서 보이는 정민과 영희는 계속 걸어 나간다. 소리도 지르지 못하고 고통스러워하는 옥분. (시간경과)한참을 걸어가다가 문득 뒤를 돌아보는 정민.

정민 언니야, 옥분 언니야는?

영희 우야노? 어데서 갸를 흘러버렸노? 뒤따라오는 줄 알았다.

정민 언니야, 옥분 언니야!!!

속삭이듯 불러보지만 아무 대답이 없다.

영희 우야노, 정민아?

정민 (울먹거리며)병신처럼 와 그것도 몬 따라오고... 씨이....

영희 날 밝으면 안 만나겠나? 가지 말자. 정민아.

정민 옥분이 언니야... 만덕이 언니야처럼 죽어뿔면...?

영희 그건... 안 된다.

정민 (눈물 쓱 닦고 다부지게)같이 가서 주워오자.

오던 길을 되돌아 옥분이를 찾으러 가는 두 사람. 한참을 가다 보니 사람들 인기척과 불빛이 보인다.

순간 몸을 숨기는 정민과 영희. 정민이 쫌 더 앞으로 나가 살펴보니 옥분이 추격하던 일본군에 의해 만신창이가 된 채 잡혀 있다.

일본군1 お前一人なの？ すぐに答えなくて？(너 혼자야?) (뺨을 때리며) (빨리 대답 못해?!)

옥분 (일본어)저 혼자 왔어요. 혼자요...

일본군2 (일본어)일단 돌아가시죠. 적들이 있을지도 모르는데... **일본군1** (일본어)독한 년. 알았다. 일단 이년을 끌고 복귀한다.

눈물이 그렁그렁한 눈으로 이 광경을 지켜보는 정민.

일본군들은 옥분을 거의 질질 끌다시피하면서 부대로 복귀한다. 둘은 소리 죽여 끌어안고 흐느낀다. 문득 정민이 영희를 쳐다보며 말한다.

정민 내 다시 갔다 올게.

영희 그... 그기 무신 소리고?!

정민 옥분 언니야 저대로 가면 죽는다.

영희 글치만... 다시 가면 우리 다 죽는다, 정민아...!

정민 (곰곰 생각하다가 품에서 뭔가 꺼낸다)분숙이 언니야가 준 편지다. 언니야가 살아나면 그 집에 꼭 갖다 줘라. 여서 곧바로 쭉 가면 된다.

영희 만다꼬 거길 돌아갈라꼬. 나랑... 가자. 정민아. 같이 가자.

정민 언니야는 돌봐야 하는 동생들도 많다메. 가라.

영희 닌... 니 하나만 기다리는 부모님 안 보고 싶나?

멈칫 굳어 있던 정민, 영희를 버리고 혼자 걸어간다.

영희 가스나... 언니야 말은 더럽게 안 듣는 동생 내도 필요 없거든.

영희, 저만치 걸어가는 정민의 등을 향해 씩씩거리며 걸어간다.

S#106 부대 외곽 소로(밤)

어두운 길을 배낭을 둘러멘 박만이가 서둘러 걸어가고 있다. 그때 갑자기 양 사방에서 쏟아져 나오는 사람들. 횃불을 든 독립군들이다.

박만이 だれ...だれだ？ (누구,...누구냐?)
광복군1 (중국어)어디를 그렇게 열심히 가시나?
박만이 (중국어)누구시오?
광복군1 (중국어)그러는 넌 누구냐? 보아하니 일본군 같기도 하고...
박만이 (중국어)나...난 조선인이오.
광복군2 그래? 조선인이 왜 여기서 이러고 있나?
박만이 징용당해 끌려왔다가 방금 탈출해서 도망치는 중입니다.
광복군1 그래? 증거를 보여봐.
박만이 증..증..증거라뇨? 내가 말하는 게 증거 아니오?
광복군 장교 그 배낭 안에 든 게 뭐냐?
박만이 이...이건... 탈출해서 먹으려고 챙겨온 식량과 옷가지들입니다.
광복군 장교 한번 풀어봐.
박만이 아니, 왜들 이러십니까? 같은 조선인들끼리...

장교가 눈짓을 하자 광복군1,2가 달려들어 짐을 수색한다.
배낭을 열자 후두둑 떨어지는 일본 돈과 서류들.

광복군1 이놈입니다. 부대 안에 있는 아라이라는 앞잡이입니다.
박만이 아니, 그 무슨 말입니까? 앞잡이라뇨?
광복군 장교 그럼, 이것들은 다 뭐냐?

박만이 그... 그건... 장교에게서 훔쳐온 겁니다.

광복군2 닥쳐! 이 부대에 위안소가 있다는 것쯤 다 알고 있다. 너 그 위안소에서 있었던 놈이지?

머뭇머뭇거리다가 광복군1을 밀치고 달아나는 박만이. 박만이의 등을 조준하고 총을 쏘는 광복군 장교. 총을 맞고 쓰러지는 박만이. 돈들이 이리저리 흩어진다. 땅바닥에 누워 죽어가는 박만이의 몸 위로 낙엽처럼 쌓이는 돈. 돈을 꼭 끌어안은 채 절명하는 박만이. 박만이의 상의 앞섶에서 비죽 나온 가족사진 한 장, 하이칼라 스타일의 머리를 한 박만이, 아내, 딸 셋, 막내아들의 모습이 천천히 피에 젖어든다.

S#107 위병소 앞(밤)

기노시타가 자신의 부하들과 함께 마에다에게 보고하고 있다.

마에다 近くに敵がいるのは事?か？(근처에 적들이 있었다는 게 사실인가？)

기노시타 はっ,事?です。しかしあまりに暗くて?索はこの?で打ち切ろうと思います。(네, 사실입니다. 하지만 너무 어두워 수색은 이쯤에서 거둘까 합니다.)

마에다 わかった。動きがあったらすぐ報告しろ。おれは宿所に?る。(알았어. 움직임이 있으면 바로 보고하도록. 난 숙소로 돌아간다.)

기노시타 はっ。(넷)

마에다가 부관과 함께 사라지자 기노시타는 비아냥거린다.

기노시타 あんな者が指揮官かよ。。酒くせ~。(저런 것도 지휘관이라고... 술 냄새가 여기까지 난다.)

류스케 曹長、あそこに。。！(조장님, 저쪽에...!)

류스케가 손가락을 가리킨 쪽을 보자 수색조 병사들이 옥분을 끌고 온다.

기노시타 何だ？(뭔가?)

수색조오장 森の中で倒れていろのを？見してつれてきました。(숲 속에 쓰러져 있는 걸 발견해서 끌고 왔습니다.)

기노시타가 피투성이가 된 옥분의 얼굴을 든다.

수색조오장 どうやら共謀者がいるみたいんですが口を開きません。(아무래도 동조자가 있는 것 같은데 입을 열지 않습니다.)

기노시타 共謀者？(동조자?)

수색조오장 ほかにも離?者がいるみたいです。(다른 이탈자도 있는 것 같습니다.)

기노시타 おい、りゅうすけ、今すぐ慰安所に行き、全員集合させろ！(어이, 류스케. 지금 위안소로 달려가 모두 집합시킨다.) ご苦?だった。よしだ。われらに任せて復?しろ。(수고했어, 요시다. 우리한테 넘기고 복귀하도록!)

수색조오장 はっ。(넷)

기노시타 どれどれ、狐狩にいくか。(어디, 여우들을 족치러 가볼까?)

기노시타의 부하들이 낄낄대면서 기노시타의 뒤를 따라간다. 고통스럽게 끌려가는 옥분.

S#108 위안소 앞(밤)

기노시타의 부하들이 위안소를 들이닥친다.
방문을 열어젖히고 잠자고 있던 소녀들을 마구잡이로 밖으로 내모는 군인들. 갑작스러운 상황에 노리코도 나와 병사들에게 영문을 묻지만 아무도 대구 안 하고... 집합된 여자들 앞으로 기노시타가 건들거리며 나타난다.

노리코 何事です？何でこんなことしますか？ (이게 무슨 일이에요? 왜 이러시는 거예요?)

기노시타는 노리코에게 입을 다물라는 시늉을 한다.

추운 날씨에 얇은 옷만 입은 채 덜덜 떠는 소녀들.

일하는 죠바와 중국인 일꾼마저도 대열에 서 있다.

기노시타가 눈짓하자 불안해하는 얼굴들 앞으로 옥분이 끌려 나온다. 처참한 몰골의 옥분을 보고 마른 숨을 삼키는 사람들.

기노시타 あきれかえるのは。(기가 막힌 것은 말야.) われらの天皇陛下はおまえら身分のいやしいやつらに食べ物と着る物 (우리 천황폐하께서 너희 하찮은 족속들에게 먹을 것과 입을 것) さらに？所も用意してくださったのにかえってくるのはこんな裏切りというものだ(심지어 잠잘 곳까지 마련해주었는데 돌아오는 것은 이런 식의 배신이란 거야.) 道にうろつく野良犬も餌あげれば尻尾振るのに (길가에 떠도는 들개들도 먹을 걸 주면 꼬리를 흔드는데) おまえらはいつも飼い主を？むんだよ。(너희들은 이런 식으로 주인을 물지.)

기노시타가 옥분의 뺨을 주먹으로 때린다. 입에서 피를 뚝뚝 흘리는 옥분. 소녀들은 모두 공포에 질린다.

기노시타 この女は逃げる途中に捕まえた。きっとこの中に共謀者はいるはず。(이 계집이 도망가다가 잡혔는데 분명 이 안에 공모자가 있을 거야.) そうだろう？だから俺は今夜共謀者が名？るまで (그렇지? 그래서 난 오늘 밤 공모자가 나올 때까지) おまえらとたのしい時間を過ごそうとおもっている。おい、りゅうすけ！(너희들과 즐거운 시간을 보내려 한다. 알았나? 어이 류스케!)

류스케 おまえら着ている服を全部？げ、いそげ！(모두 입고 있던 옷을 전부 벗는다. 실시!)

소녀들이 영문을 모른 채 가만히 있자 군인들이 달려들어 소녀들의 옷을 마구잡이로 벗긴다. 추위와 수치심에 부들부들 떨면서 옷이 벗겨지는 소녀들. 중국 소녀는 기침을 심하게 한다.

기노시타 おまえ、あの女が逃げた事、知らなかったか?(맨 처음 소녀 앞에 서서) (너, 저 계집이 도망치는 걸 알았나 몰랐나?)

소녀1 知らなかったです。(몰랐습니다)

기노시타 ちがうな。(틀렸어)

기노시타가 소녀1의 복부를 주먹으로 때린다. 얼굴이 일그러지는 노리코.

기노시타 おまえは知ってたか?知らなかったか? (넌 알았어, 몰랐어?) **분숙** 내래 몰랐다.

기노시타 あ?!このやろ!朝鮮言を使ったな!? (뺨을 때리며) (어, 이것 봐라. 감히 조선말을 해?!)

분숙을 구타하기 시작하는 기노시타. 한창 구타하고 있을 때 정민이 대열 끝에 재빨리 잡았다. 곧이어 숨을 헐떡거리며 옆에 서는 영희. 정민은 그런 영희를 놀란 듯 바라본다.
한창 구타에 집중하다가 이를 눈치챈 기노시타. 정민과 영희 쪽으로 다가간다. 옥분은 겨우 떠지는 눈으로 불안하게 바라본다.

기노시타 お!どこに行って?りましたか?おじょうさん達は…! (오! 어디 갔다가 이제 오셨나, 우리 숙녀들께서는...!)
ん?これは何か臭うな。(응? 이거 수상한 냄새가 나는데...)

노리코 この馬鹿女ども!! (잇새로 내뱉듯) (저런 멍청한 년들!!!)

갑자기 노리코가 달려들어 징민과 영희의 옷을 빗기기 시작한다. 기노시타는 그 광경에 황당해한다. 그 와중에 정민의 품에서 떨어지는 다나카의 지도. 옷으로 덮여 아무도 눈치채지 못한다.

기노시타 おい、のりこ!おい、りゅうすけ、どう思う? (어이, 노리코! 야, 류스케 어떻게 생각해?)

류스케는 이 광경을 보며 킬킬대며 웃는다. 한 병사가 다가온다.

일본군3 あたま？はあってます。どうやら僕が間違がったようです。(인원은 다 맞습니다. 아무래 도 제가 잘못 안 것 같습니다.)

기노시타 さっき襲？された兵士はどこだ？ (아까 기습당한 병사는 어디 있나?)

일본군3 ?念ながら死にました。(안타깝게도 죽었습니다.)

그 말이 마치자마자 옥분에게 달려들어 발로 걷어차는 기노시타.

기노시타 おい、りゅうすけ。この女達、夜通ししつけして一人も部屋に入れるな。(어이, 류스케. 이년들을 밤새 족치고 방 안에 한 명도 들이지 마라.) そして逃げたこれは監禁して水もやるな。(그리고 도망친 이건 물 한 모금 주지 말고 가둬놔!!!)

류스케 はっ！ (넷!)

기노시타 今日のどころは見逃してやるが次はただではすまないぞ。(오늘은 이렇게 넘어가지만 다음번에는 죽여달라고 애원할 때까지)
おまえらは人間ではない。(가만두지 않을 거야. 너희들은 모두 인간이 아니다.)
ただ皇軍のためのメスだ。。。もう一度こんなことおこすと皆殺しにする。?るぞ。(그 저 황군을 위한 냄비일 뿐... 다시 한 번 일어나면 모두 죽일 것이다. 가자!)

기노시타는 몇 명의 부하와 함께 옥분이를 바닥에 질질 끌며 사라진다.
정민와 영희는 그 모습을 보며 소리 없이 눈물을 흘린다.

S#109 위안소 관리실(낮)

정민과 영희를 노리코가 노려보고 있다.

노리코 正?なの？私じゃなかったら二人供死んでたわ。(정신 나갔어? 나 아니었으면 둘 다 죽었어.)

정민 何の事です？ (무슨 말이에요?)

노리코 わたしがわからないとでもおもって？ (지금 내가 모른다고 생각해?)
もう一度こんな事おこすと私が二人を殺す。二人ともわかった？ (다시 한 번 이런 일이 생기면 내가 먼저 죽일 거야, 너희 둘. 알았어?)

영희 あの、、、はどうなるんですか？ (저.... 옥분이는 어떻게 되나요?)

노리코 明日中に間移送されるわ。どこかはきかないで。私も知らないから、、、(내일 중으로 이송될 거야? 어딘지는 묻지 마. 나도 모르니깐...) さっき死ななかった事だけでも幸せだと思って。(아까 죽지 않은 것만으로도 다행으로 알아.)

정민 明日、？わせてください。(내일 만나게 해주세요.)

노리코 私が何でそんな事しなければならないのよ。(헛웃음을 지으며)(내가 왜 그래야 하는데?)

정민 おねがいします。昨日、助けてくれた事は感謝します。だけどどうか。(부탁이에요, 어제 도와주신 것 정말 감사해요. 그치만 제발.) (한국어)(악쓰듯)한 번만 더 도와고. 마지막으로 한 번... 만나게 해달란 말이다. 안 해주면 기노시타한테 자수할 끼다. 니 뱃살은 어데... 쇠로 만든 기가?

노리코 おまえって子は、、、、(네 년이 감히........)

S#110 기노시타의 집무실(낮)

기노시타가 류스케가 가지고 온 정민의 지도를 바라보고 있다.

기노시타 これが地面に？がっていたんだな？ (이게 땅바닥에 뒹굴고 있었다 이거지?)

류스케 はい、曹長 (네, 조장님)

기노시타 これはあの女供では無理だな。そうだろう？ (이건 계집년들 솜씨가 아닌데 말야. 그지?)

류스케 どうやら手助けしたやつがいるようです。(아무래도 도와준 녀석이 있는 것 같습니다.)

기노시타 誰にも知れず探し出せ。(조용히 찾아내봐, 류스케.)

류스케 はい、わかりました。(네, 알겠습니다.)

기노시타 そうだ, 何時の出?だ? (참, 우리 출발이 몇 시지?)

류스케 午後三時です。(오후 세 시입니다.)

기노시타 準備に問題ないよう。(준비에 차질이 없도록.)

S#111 옥분 감금실 앞(낮)

노리코가 옥분의 감금실 앞에 있는 감시병에게 무언가 건넨다.

감시병 五分だけだよ、のりこ、それ以上は無理だ。(딱 오 분 만이야, 노리코. 더 이상은 힘들어.)

노리코가 고맙다고 눈인사하며 한쪽에서 기다리고 있는 정민에게 눈짓을 한다.

S#112 감금실(낮)

좁은 감금실에 힘겹게 기대 있는 옥분을 본 정민. 눈에 눈물이 맺힌다.

정민 언니야! 괜찮나?

옥분이 정민을 보자 언제 그랬냐는 듯 철창 가까이 다가온다.

옥분 정민아…!

정민 언니야, 이거 쪼매 먹어봐라.

정민이 옥분에게 소금으로 절인 주먹밥을 쇠창살 사이로 건넨다. 눈물 흘리면서 주먹밥을 먹는 옥분.

옥분 참말로 맛나네. 꿀맛이여.

정민 거짓말!

옥분 (꿀꺽 삼키며)그냥 가불지. 왜 돌아왔냐, 빙충아.

정민 언니야는 그냥 가버렸을 끼가?

옥분 먼 당연한 소리를 입 아프게 묻냐? 훌훌 나비처럼 날아갔겄지.

정민 거짓말!

옥분 울지 말어. 먼 별일이야 있것어? 아마 하루 종일 매나 맞것지. 고향에 있을 때부터 새엄씨한테 먼지 나도록 매 맞는 것이 나으 일이었당께. 그런 못된 새엄씨랑 새끼들한티 도통 관심도 없는 아부지랑 한나도 안 보고 싶당게.

정민 거짓말!

정민 흐느낀다. 그런 정민을 보면서 명치께를 탕탕 치는 옥분.

옥분 주먹뱁을 멕이라믄 물도 좀 갖고 오지... 엉켜부렀잖어?

정민 거짓말!

옥분 하여튼 이 가이내는... 더럽게 생각이 없어.
불쑥불쑥 넘으 일 지 일 천지 분간도 못 하고 끼어들지를 않나... 가! 어여 가!

정민 언니야.

옥분 보고 싶질 않어. 너그때문잉게. 너그들 때문에 이 꼴 됐응게... 안 보고 싶단 말이여.

정민 거짓말! 거짓말!

휙 뒤돌아 앉은 옥분을 울며 보던 정민, 감시병이 얼른 나오라는 손짓에 나가는데...

옥분 (뒤돌아 앉은 채)만약에 말여... 나 죽으면 나비가 될 터.
너 집에 돌아갈 때 나가 앞장서 갈 틴게... 나만 따라오면 된다이. 알긋냐?

노리코 もう出ないと、早く。(이제 나가야 해. 어서.)

안 나가려는 정민을 억지로 떼내어 나가는 노리코. 옥분의 등이 후득 떨린다.

S#113 위안소 앞(오후)

정민, 영희를 비롯한 소녀들이 지켜보는 가운데 트럭에 올라타는 옥분과 중국인 소녀.

소녀1 어디로 가는 걸까. 쟤들은?

소녀2 중국인 쟤는 예전부터 몸이 안 좋아 병사들 안 받았잖아.

소녀3 치료받으러 가는 거래.

소녀1 누구한테 들었어.

소녀3 위생소에서 여기선 치료받기 힘들어 더 큰 부대로 간다고 하더라구.

소녀2 나도 따라가고 싶다.

기노시타는 긴장한 표정의 다나카의 경례를 받는다.

기노시타 お！たなか一等兵｡(오! 다나카 일병.)

다나카 はっ、曹長､お呼びですか？ (넷, 조장님. 부르셨습니까?)

기노시타 ちょっと俺につきあえ｡(잠시 나와 함께 다녀올 데가 있어.)

다나카 今ですか？ (지금 말입니까?)

기노시타 あ｡(응)

다나카 あの｡｡｡それが｡｡｡(저... 근데...)

기노시타 問題あるか？ (문제 있나?)

다나카 僕､??命令が降りて待機していますが｡(제가 전근 발령이 내려져서 대기하고 있었습니다.)

기노시타 今日は??じゃなくて補給に行ってくるだけだから心配するな｡(오늘은 전투가 아니라 보급 다녀오는 거니깐 걱정 마. 우린.. 지금... 소풍 가는 거라니깐...)

다나카 ｡｡｡はい｡｡｡(일본어)...네...

류스케 みんな?って出?するぞ｡(다 올라타고 출발한다.)

다나카가 트럭에 올라타면서 정민을 바라본다. 옥분은 정민과 영희와 마지막 눈길을 나눈다. 희미하게 미소 지으며 손을 흔드는 다나카에게 자기도 모르게 손을 흔드는 정민.
기노시타의 지프차가 먼저 출발하고 그 뒤를 트럭이 따라간다.

S#114 트럭 안(오후)

트럭에 기노시타의 부하들과 옥분, 중국인 소녀, 다나카 등 섞여 있다.

중국 소녀 (중국어)지금 어디 가는 거예요?
옥분 중국말은 모리는데 우짜쓰까. 워디 가는지 궁금혀? 근디 그건 나도 몰라야.
중국 소녀 (중국어)(울면서)우리 집에서 점점 멀어져간다. 어떡해...

트럭이 멈추더니 세 명의 소녀들이 더 탄다.
자리를 비켜주는 옥분과 중국 소녀. 세 명의 소녀들 역시 많이 아픈 기색이다.

S#115 소각소 입구(오후)

트럭이 멈추고 기노시타의 부하들이 먼저 내린다. 이어서 내려오는 소녀들. 두려운 듯 두리번거리며 내리는 소녀들 뒤로 어느덧 일본군들이 총부리를 겨눈다. 얼결에 함께 따라온 다나카도 총을 든다. 무겁게 걸음을 옮기는 소녀들.

S#116 소각소 (오후)

소녀들이 도착하자 앞장서서 걸어갔던 기노시타가 기다리고 있다. 소녀들을 기다리는 건 미리 파놓은 구덩이. 총으로 재촉하며 소녀들을 구덩이로 들어가게 한다. 곳곳에서 울음이 터져 나온다.

옥분 요것이 다 머다요? 병원으로 가는 거 아니여라?

후에 탔던 소녀 하나가 류스케의 발목을 붙잡고 흐느끼자 가차 없이 개머리판으로 쳐 쓰러뜨린다.
피를 흘리며 쓰러지는 소녀.

기노시타 さあ、さあ、手間かけないで一度にばっ~とやろう。(자, 자 일 어렵게 만들지 말고 한 번에 주욱 가자.)

그제야 죽은 데 온 줄 깨달은 소녀들은 서로를 바라보며 눈물을 흘린다.
혼란에 빠지는 다나카.

류스케 一列に、おまえら一列。よし。みんな頭の上に手置いて後ろに向け (일렬로, 모두 일렬. 좋아. 모두 머리 위로 손을 올리고 뒤를 돌아.)
後ろに向けって言ったんだろうが。はやく！(뒤를 돌으란 말이다, 어서!)

소녀들이 한둘씩 뒤로 돌아선다.
옥분은 오열하는 중국 소녀의 손을 꼭 잡는다. 울던 중국소녀는 옥분을 바라보고 옥분이 희미하게 웃음을 짓자 따라서 웃는다.

기노시타 かまえ、ねらえ、打て！(준비, 조준, 발포!)

나무토막처럼 쓰러지는 소녀들. 하지만 옥분은 쓰러지지 않는다.
질끈 감았던 눈을 떠보니 다나카가 벌벌 떤 채 총을 쏘지 않았다.
기노시타는 혀를 끌끌 차면서 옥분에게 다가가 권총으로 쏜다.

류스케 さ、さあ日が沈む前におわるぞ、さっさと動け。(자, 자, 해 떨어지기 전에 해야 한다. 어서 어서 움직여.)

병사들이 가지고 온 기름 드럼통으로 죽은 소녀 시신들 위로 기름을 끼얹는다.

기노시타 おい、たなか (어이, 다나카)

다나카가 돌아보면 기노시타의 총알이 이마에 박힌다.

기노시타 こいつもー?に?け。(이 녀석도 같이 태워.)

류스케가 담뱃불을 붙이고 그 불을 소녀들과 다나카의 주검 위로 던지니 삽시간에 불길이 번져간다. 화면 위로 굿에 쓰이는 징 소리가 나기 시작한다.

S#117 느티나무(오전)

징 소리가 이어지면서 만장이 휘날리는 가운데 순정이 가운데 앉아 눈을 감고 있다. 신딸들이 송희 주변에 둘러서서 기도를 하고 있다.
내림굿을 받는 은경과 애리는 순정이 만든 무복을 입은 채 순정 옆에 앉아 있다. 음악에 맞춰 춤사위를 보이다가 순정 앞에 서는 송희. 서서히 혼맞이를 시작하는데...

송희 동에는 청제조왕, 남에는 적제조왕, 서에는 백제조왕, 북에는 흑제조왕, 중앙에 황제조왕..

송희가 노래를 부르는 동안 순정의 얼굴과 중첩하여 괴불 노리개를 건네는 장면, 돌을 나르며 이야기하는 장면, 정민과 함께 달아나는 장면 등이 스쳐 지나가며 현재와 교차된다.
기도를 하다가 일어나 순정을 향해 다가가는 은경. 송희는 노래를 부르면서 이런 은경을 지켜본다. 한편 순정은 계속해서 과거의 장면 하나하나가 스쳐가다가 눈을 뜬다.

음악 중간부터 쳐대던 바라를 치던 손이 허공에서 멈추면 모든 것이 정지된다. 어느새 바로 옆에 와 있는 은경. 표정이 위급하게 변하더니 헐떡거리기 시작한다.

은경 엎드려!!!

S#118 위안소 부근 안팎(낮)

포탄을 맞는 부대. 중국과 광복군이 연합하여 부대를 공격하고 있다. 응사하는 일본군.
양쪽의 사상자가 속출한다. 폭발의 굉음과 함께 진동을 느끼며 두려워하는 위안소 사람들. 영희는 귀를 막고 벌벌 떨고 있다. 정민은 문을 열고 나와 밖의 상황에 예의 주시한다.

노리코 みんな動かずなかにはいってなさい。すぐおわるから。(모두 꼼짝 말고 안에 들어가 있어. 금방 끝날 거야.)

한편 기노시타는 부하들에게 긴급한 지시를 내리고 있을 때 마에다와 간부들이 나타난다.

기노시타 部隊長！(부대장님!)
마에다 ?況は？(상황은?)
기노시타 敵の?が?えています。(적들의 수가 계속 늘어나고 있습니다.)
마에다 うちの被害は？(우리 피해는?)
기노시타 死亡四。負傷十です。(사망 넷, 부상 열입니다.)
마에다 わかった。引き?き攻?し、?況を報告しろ。(알았어. 계속 공격하고 상황을 보고해.) **기노시타** はっ。(넷.)
마에다 万が一の場合、慰安所の?理は徹底的にするよう。(만일의 경우 위안부들 처리는 철저히 하도록.)

기노시타 用意して置きます。(일단 준비시켜 놓겠습니다.) りゅうすけ、今すぐ女達を車に？せろ！？却場に行くぞ。(류스케 가서 여자들을 차에 태워! 소각장으로 바로 간다.)

류스케 はっ。(넷.)

마에다 よし。(좋아.)

말을 마친 마에다는 장교들을 데리고 걸어가더니 한 장교에게 무언가 지시를 내린다. 총소리에 말소리가 들리지 않지만 무언가 이상한 낌새를 차리는 기노시타. 같은 시각 위안소 안에서는 정민이 영희의 방에 들어간다.

정민 언니야. 아무래도 뭔가 이상하다. 여서 나가야 한데이.

영희 꼼짝하지 말라고 했다. 우야노?

정민 아까 내는 봤다. 군인들이 안 싸우고 어디로 달아나더라. 우리 지키는 군인도 없다.

영희 뭐라고?

이때 바깥에서 들이닥치는 일본군들

류스케 おまえら全員 外にでろ！一人？らず！！(모두 다 밖으로 나온다. 한 명도 빠짐없이!!!)

정민과 영희가 있는 방의 문이 열리며 일본군이 들어와 강제로 끌고 나간다. 한편... 기노시타는 교전하면서 점점 어려움을 겪는다.
문득 양옆을 보니 병사들이 한 조씩 뒤로 후퇴하는 모습이 보인다. 다급히 총탄을 피하면서 다가가 후퇴하는 병사를 붙잡는다.

기노시타 今、何しているんだ？ (지금 뭐하는 짓이야?)

병사1 自分達は今、命令に？っております。(저희는 지금 명령에 따르는 중입니다.)

기노시타 何？ (뭐라?)

병사1 あれを見てください。(저기 보십시오.)

기노시타가 보자 트럭에 군인들이 올라타면서 후퇴 준비를 한다.

기노시타 誰だ、誰の指示だ？((병사의 멱살을 움켜쥐며)누구냐, 누구 지시야?)

병사1 放してください。(이거 놓아주십시오.)

기노시타 さっさと言わんか？(어서 말하지 못해?)

병사1 まえ。。。まえだ中佐です。(마에... 마에다 중좌님이십니다.)

기노시타 두 눈이 동그래지며 멱살을 풀고 마에다를 찾아 나선다.

S#119 부대장실(낮)

문을 박차고 들어오는 기노시타. 마에다는 급히 나서려다가 기노시타를 맞이한다.

기노시타 部隊長、これはどういう事ですか。(부대장님. 이게 어떻게 된 일입니까?)

마에다 な。。。なにがだ。(뭐... 뭐가 말이야?)

마에다 다가오는 기노시타를 피해 뒷걸음치다가 책상에 막힌다.

기노시타 なんで兵士達が引いているんです！(왜 병사들이 떠나냔 말입니다!)

마에다 何の？似だ、さがれ！(이게 뭐하는 짓이야. 물러서!)

기노시타 このやろう！おれらを？して逃げる？だったか？！(멱살을 잡으며)
(너 이 자식! 감히 우릴 남겨놓고 도망을 가?!)
この裏切り者！(이 배신자 자식!)

마에다 は。。放せ。。上。。。上部の命令だ。(이..거 놔... 상...상부의 지..시다.)

숨이 막혀 킥킥거릴 때까지 있다가 마에다의 멱살을 푸는 기노시타.

마에다 はあ、はあ、はあ！！！ありがとう、ぎのした。これはすべて命令｡｡｡｡｡(헉, 헉, 헉!!! 고맙다, 기노시타. 이게 다 명령.....)

기노시타의 총탄에 가슴을 맞고 쓰러지는 마에다.

마에다 こ｡｡｡この｡｡やろう｡｡(너...너 이...자식.....)
기노시타 皇軍は絶?逃げる事は許されない。できそこないが。(황군은 절대 도망치지 않는다. 병신 같은 새끼야.)

입을 틀어막고 눌러서 마에다를 절명시키는 기노시타.
숨이 끊어진 마에다의 시신을 향해 침을 뱉고 뒤돌아서 간다.

S#120 위안소 앞(낮)

기노시타가 다급한 걸음으로 위안소 앞을 오자 류스케가 달려나와 보고한다.

류스케 みんな車に?せました。どうかなされましたか？ (모두 다 차에 태웠습니다. 아니, 무슨 일 있으십니까?)
기노시타 いや｡｡今すぐかなたわの陣地にむかう。用意はいいか？ (아니야... 지금 바로 가나타와 진지로 떠난다. 준비됐지?)
류스케 はっ。女達は？(넷. 여자들은...?)
기노시타 途中で?理する。さあ、いそげ｡｡(가는 길에 처리한다. 자, 서둘러...)
류스케 はっ！！！ (넷!!!)

트럭에 강제로 탄 여자들은 머리가 헝클어지고 맨발인 채 엉망 그 자체다.
기노시타는 지프 차에 타고 먼저 출발하고 트럭이 그 뒤를 따른다.

S#121 위안소 관리실(낮)

엉망이 되어버린 관리실에 우두커니 서서 멍하게 있는 노리코. 곧 이어 독립 군이 들이닥쳐 총을 겨눈다. 벌벌 떠는 손으로 립스틱을 바르는 노리코.

S#122 소각소 + 굿판(오후)

* 과거와 현실이 병치 또는 혼재되어 나타난다.

(과거)

트럭이 멈추고 군인들이 총구를 들이밀며 차에서 강제로 끌려 내려오는 소녀들. 영희와 정민은 가까이 바짝 붙어 있다.

류스케 さっさと降りろ、はやく！ (빨리 빨리 내려, 어서!)
정민 今、どこに行くんですか？ (지금 어디로 가는 거예요?)

정민이 일본 병사에게 물어도 아무런 대답이 없다. 바로 보이는 언덕 가까이 검은 연기가 보인다. 순간 들리는 여러 발의 발포음.
소스라치게 놀라는 소녀들. 그때부터 무언가를 직감한 소녀들은 흐느끼기 시작한다. 영희는 갑자기 발걸음이 떨어지지를 못하고 얼어붙는다. 일본 군인이 일어나라고 외치지만 그저 정신을 잃은 듯 움직이지 못하는 영희. 군인이 칼을 빼 들고 다가와 영희에게 휘두르려 하자 정민이 막아선다.

정민 やめてください！私に任せてください！ (안 돼요! 제게 맡겨주세요!)

정민이 돌아서며 영희를 바라보자 겁에 질린 채 눈물만 흘리고 있다.

(현실)
순간 정민의 모습은 무복을 입은 은경이로 변해 있다.

은경 언니야! 쫌만 더 힘내라. 내캉 가자. 같이... 알았제?

순정이 은경의 말을 듣고 얼굴에 믿을 수 없다는 표정이 떠오른다.

순정 정민...이?
은경 언니야. 이기 몬 줄 알제? 이기만 있으면 절대로 나쁜 일 안 생긴다. 꽁(*거짓) 아이다. 언니야.

(과거)
영희의 뺨을 때려 자신을 보게 만드는 정민.
자신의 옷깃에 붙은 괴불 노리개를 떼어내 영희에게 건넨다.

(현실)
놀란 송희와 굿판의 모든 사람들. 음악도 멈춘 채 은경과 순정을 바라본다. 마침내 앉아 있던 순정이 은경의 손을 잡자 굿상 쪽으로 걸어가며 은경이 노래한다. (느린화면-S#8의 을녀와 같은 앵글)

은경 여보시오 일신 망자 씨 혼맞으로 오시시오 넋맞으로 왔습니다...

순정이 은경의 손을 잡고 걸어가며 주위를 살펴보자
자신을 쳐다보는 신딸, 박수, 악사, 관객 사이사이에 일본군들이 웃음을 흘리며 서 있다.

(과거)
점점 사람들이 보이기 시작하는데-
그곳에는 기노시타와 군인들이 소녀들을 향해 바라보고 있다. 가까이 다가가자 소녀들을 한 줄로 정렬시키는 군인들. 뒤쪽을 바라보자 구렁 아래에 먼저 죽임을 당한 소녀들의 시신들이 나뒹굴고 있다. 그중 소녀 하나가 오열하며 소변을 지려 땅을 적시자 기노시타와 군인들이 낄낄댄다.

분숙 여게가 마지막이구나야. 오마니!

영희 정민아!

정민은 분숙과 영희의 손을 잡는다.

기노시타 構え！(들어 총)

정민은 총구를 향해 뚫어져라 쳐다본다. 그때 숲 속에서 총소리가 들리면서 조준하고 있던 일본군 하나가 쓰러진다. 소녀들은 모두 엎드리고 일본군들은 숲 속을 향해 총구를 돌려 발포한다. 숲 속에서 나온 광복군들과 교전하며 총탄이 빗발치듯 오고 간다.
엎드리지 않고 도망가기 위해 뛰는 소녀 하나를 방패로 잡은 일본군. 결국 유탄에 죽는 소녀. 그 모습을 보다가 정민, 영희와 분숙에게 소리친다.

정민 반대쪽으로 뛰가라. 언니야!!!

교전 중인 기노시타. 정신없는 와중에도 정민과 영희가 뛰어가는 모습을 지켜본다. 넘어졌다 일어나기를 반복하며 교전의 현장에서 벗어나려고 애쓰는 두 사람.
한편 본격적인 백병전에 돌입한 기노시타는 부하들을 독려하지만 수적인 열세를 면치 못하며 점점 밀리는 부하들을 보고 이를 악문다.
심복, 류스케가 총검을 맞고 쓰러져 죽는 것을 보고 기노시타, 눈이 희번덕 뒤집힌다.

기노시타 りゅうすけ！！(류스케!!!)

눈이 돌아간 기노시타는 칼을 빼 들고 광복군과 사투를 펼친다.
영희와 정민은 어느덧 총탄 소리가 들리지 않자 뛰던 걸음을 잠시 멈춘다.
큰 나무 뒤에 숨어서 숨을 고르는 두 사람.

영희 우리... 살았나? 살았제? 벗어난 기제?

정민이 헐떡거리며 웃음을 짓다가 굳는다. 영희의 뒤에서 피투성이의 기노시타가 보인다. 굳어진 정민의 얼굴이 이상해 뒤를 돌아본 영희가 기겁을 하며 뒷걸음친다.

기노시타 この汚い朝鮮人、俺と一?に地獄に行くんだ！ (이 더러운 조선년들. 나와 함께 지옥을 가자!)

칼을 들고 달려드는 기노시타에게 돌을 던지며 저항하는 정민.
얼굴에 돌을 맞은 기노시타는 잠시 머뭇거리더니 정민에게 칼을 휘두르며 다가온다. 애써 몸을 날리며 피하다가 허벅지에 칼을 맞는 정민.
영희는 그저 겁에 질린 채 이 광경을 바라보고만 있다. 쓰러져 탈진한 정민에게 기노시타는 칼끝을 목에 갖다 대며 악마의 웃음을 짓는다.

기노시타 天皇陛下万?！！！ (천황 폐하 만세)

기노시타가 칼을 들고 내리치려는 찰나 총탄 하나가 기노시타의 가슴에 박힌다. 구멍이 뚫린 자신의 가슴을 바라보던 기노시타가 바닥에 쓰러진다.
영희는 오열하며 정민에게 다가와 끌어안는다.

영희 정민아, 정민아. 죽지 마라. 낼 두고 가지 마라. 괜않나? 괜않제? **정민** 응 괜않다. 언니야. 이제 고마 우리 집에 가자!
영희 옹야. 옹야. 집에 가자!

숲 속에서 광복군 장교가 나오면서 두 사람을 부축한다.
칼을 맞은 정민이 힘들게 일어나며 광복군의 팔에 의지하고 옆에는 영희가 부축을 한다. 걸음을 옮기려고 하는 순간, 무언가를 감지한 정민이 문득 뒤를 돌아본다.

기노시타가 몸을 반쯤 일으킨 채 권총으로 겨누고 있다. 느린 화면으로 뒤를 돌아보는 정민. 영희가 눈을 마주치자, 희미하게 웃는다.

정민 잘 가레이, 언니야!

(현실)
은경 잘 가레이, 언니야!

(과거)
정민은 영희에게 와락 달려들며 가로막자 기노시타의 총이 정민의 등에 와 꽂힌다. 그 상태로 영희에게 안기는 정민.

(현실)
은경의 흰색 무복 가슴 주위에 피가 번져간다. 사람들의 놀라는 얼굴들.

(과거)
영희 정민아!!!

기노시타의 권총이 다시 겨누자 광복군 장교가 다가가 가슴에 여러 발을 쏴서 절명시킨다. 영희는 힘없이 쓰러지는 정민의 머리를 받치고 앉아 오열한다.

(현실)
순정의 허벅지를 베고 은경이 누워 있다. 은경을 쓰다듬으며 눈물 흘리는 순정.

(과거)
영희 정민아! 정민아! 일어나레이! 어여 눈 좀 떠보p이!
정민 언니야....

영희 (괴불 노리개 쥐어주며)집에 가자. 다 끝났다. 쫌... 눈 감지 말라꼬?

정민 (희미하게 웃으며)귀청 따갑다. 언니야... 먼저... 가라. 내 곧 따라가 꾸마.

영희 같이 가자. 일나라. 일나라.

영희의 품에서 숨을 거두는 정민.

영희 (오열하며)일나란 말이다.

(현실)

순정이 눈감은 은경이를 보며 '정민아!'를 외친다.

(과거)

오열하던 영희가 문득 정민의 곁에서 날고 있는 나비를 바라본다. 나비는 둘을 한 바퀴 돌더니 다시 정민의 몸에 와 앉는다.

(현실)

은경의 몸에 와 앉은 나비. 그러자 은경이 눈을 뜬다.

순정 정민아!

은경 언니야!

순정 내 혼자만 돌아왔데이. 미안하다. 억수로 미안하다. 끄으윽...

오열하는 순정의 얼굴 매만지며 은경이 밀한다.

은경 괘않타. 내도 이래 안 왔더나?

순정 닐... 거다 두고 온 그때부터 지금까지... 내도... 거기 있었데이. 몸만 왔지... 내 맴은 차마 몬 왔었데이.

(과거)

울며불며 정민 곁을 떠나지 않으려는 영희를 광복군 장교가 억지로 끌고 간다. 정민의 시신, 들판에 외롭게 뒹굴고 있다.

(현실)

은경 이제 곧 다 안 끝나겠나? 이리 불러준 기만 해도 고맙데이.

순정 이제야... 불러가 미안하데이.

은경 내 안 잊어줘서 참말로 고맙다.

순정 내 마이 늙었지?

은경 한 개도 안 늙었다. 고대로다.

어느새 은경 앞 순정이 하얀 저고리에 검정 치마를 입은 어린 영희로 바뀌어 있다. 나란히 마주 바라보고 웃는 두 소녀.
영희, 자신의 허리춤에서 괴불 노리개를 꺼내 은경에게 쥐어준다.

영희 니가 준 괴불 노리개 때메 머리카락 한 개 안 보이고 잘 살았다.

은경 언니야... 이제 고마 나와도 된다.

영희 그래도 되나?

은경 못 찾겠다, 꾀꼬리!

영희 기둘리라. 내 여 소풍 끝내놓고 곧 갈 끼다.

은경 아이다. 찬찬히... 온나. 맛난 거 마이 묵고... 좋은 귀경 마이 하고 온나.

말끝 흐려지며 천천히 눈을 감기 시작하는 은경.

영희 잘 끼가?

은경 와 이리... 졸립노. 노곤하니... 영판 졸립데이...

영희 잘 자레이. 정미이... 내 난중에 보제이.. (울먹거리며)자나?

은경 (희미하게)응냐.

영희 (눈물 툭 떨어뜨리며)자나?

은경 ⋯⋯⋯⋯

쌕쌕거리며 잠든 은경. 잠든 은경을 가만히 꼬옥 안아주는 순정. 앉은 채로 혼절해버린다. 사람들이 달려들어 순정을 일으키면 아들 달려와 순정을 업는다.

일규 어서 방으로! 이봐! 어서 구급차를 불러, 어서!!!

순정의 품에서 나온 잠든 은경을 가만히 안아주는 을녀. 은경의 감은 눈을 보여주면...

S#123 소각소+굿판(오후)

(과거 소각소)
무복을 입은 은경이 교전이 끝나 광복군, 일본군의 시신들을 지나쳐 걸어 간다. 마침내 위안부 소녀들의 시신들이 있는 구릉에 이르자 어느덧 시신 곁으로 거닐고 있다. 근엄한 표정 위로 말없이 흐르는 눈물을 흩뿌리며 걷던 은경, 정민의 시신이 있는 곳에 이르러 몸을 굽히고 정민의 손을 잡는다.

은경 일어나요, 언니!

은경이 말이 마치자마자 정민의 눈이 떠지더니 어리둥절한 표정으로 은경 이를 바라본다.

은경 이제 집에 가셔야죠.

정민이 문득 주변을 살펴보자 죽었던 소녀들이 마치 잠에서 깬 듯 모두 일 어나기 시작한다. 그리고 잠시 후, 소녀들 사이에서 수백 마리 흰색 나비 들이 날아다닌다.

(현재 굿판)

은경은 굿판에서 쓰러져 있다가 일어난다. 서서히 고개를 들면 눈빛에 위엄이 서려 있다.

은경 나무야 나무야. 나무 나무 나무야. 나무 불이나 길이나 닦세.
춘일은 원약하고 하월은 동령한데 청림녹엽이 만발한데 정처 찾아 쉬어들 가시오
나무야 나무야. 나무 불이나 길이나 닦세

송희가 은경을 놀라운 눈으로 바라보며 있고
다른 사람들 역시 모든 것을 멈춘 채 은경을 멍하니 본다.

은경 (송희에게)아가! 왔느냐? 어서 시작하자!

송희가 움찔하며 감전된 듯 우두커니 서 있자 일규가 급히 악사들에게
눈짓을 해 연주가 시작된다. 그 연주에 맞춰 춤을 추기 시작하는 은경.

송희 귀향굿이다.
애리 네, 선생님!?
송희 길 닦으신다. 가서 전하거라! 어서 물을 받아와야 한다고!!!
애리 네....!?
송희 열 개 정도의 큰 그릇에 물을 받아오니라, 어서!!
애리 네!

애리가 송희의 말을 듣고 나가자 본격적으로 은경의 굿이 시작된다.
송희가 은경을 향해 부복하고 손으로 기도를 하자, 주변의 신딸들도 눈치
를 보며 빌기 시작한다. 음악이 점점 빨라지고 은경이 춤사위가 점점 더
신명을 낼 즈음 애리와 여러 명의 바라지들이 물그릇을 갖고 온다.
송희는 그 물그릇을 은경의 앞쪽으로 나란히 놓는다.
은경은 춤사위의 절정에 이르러 한 차례 부르르 떨더니 그 물그릇 안으로

발을 담근다. 그러자 물이 끓는 듯이 연기가 나기 시작하고 다음 발을 담그자 같은 일이 벌어진다. 마지막 발을 담그고 서 있는 은경이 뒷모습. 하늘을 향해 두 팔을 올리며 돌아본다. 송희의 눈을 카메라가 비추면.....

(과거 소각소)
소각소 현장에 송희도 함께 와 있다.
송희가 바라보자 일어난 소녀들과 그 앞에 선 은경이 앞으로 두 팔을 천천히 올린다. 소녀들의 발끝이 허공에 살짝 올라가고 시선이 하늘을 향하는 듯하더니 주변에 있던 나비가 공중으로 날아 사방으로 흩어진다.

(현재 굿판)
다시 현실로 돌아온 송희는 깊은 숨을 내쉬고 있는 은경을 향해 절을 한다. 신딸들도 그런 송희를 따라 은경에게 절을 한다.

S#124 몽타주(오후)

소각소에서 흩어지는 한 마리 나비를 보여주는가 싶더니 카메라는 나비의 시선을 따라 숲을 지나 길을 따라 날아간다. 곧이어 산을 지나고 바다를 건넌다. 또다시 산을 지나 어느 마을을 도착한다.

S#125 마을 어귀(석양 무렵)

어느새 바람이 휘익 하고 부는가 싶더니 나비 한 마리가 날아가서 덩실 당나무 가지에 사뿐히 앉는다. 부스럭부스럭 바람에 나부끼는 나뭇가지 속에서 갑자기 휙- 고개를 내미는 정민(S#1과 연결)의 얼굴.

S#126 마을 보리밭(석양 무렵)

(S#4과 연결)손 끝으로 푸릇푸릇한 보리에 손끝을 대고 차르르 쓰다듬는 정민의 모습. 살랑거리며 나비 하나 정민을 계속 따라다닌다. 흥얼거리며 민요를 부르는 정민.

정민 상주함차 공갈못에... 연밥 따는 저 처자야....

S#127 정민의 집(석양 무렵)

모락모락 연기가 나는 집 앞 평상에서 나물을 다듬는 정민모.
멍하게 넋 놓고 앉아 있는 정민모의 텅빈 시선... 어디선가 옹알거리는 어린 것의 소리. 카메라 빠지면—
포대기를 돌리자 꼬무락거리는 갓난쟁이가 정민모의 품에 들어와 있다.

정민모 와, 니 배고프나?

정민부, 소 여물통에 쇠죽을 부으며 정민모와 아기를 바라본다.

정민부 얼라가 또 칭얼대나?
정민모 어메가 매 시래기죽만 먹는데 젖이 잘만 돌겠다.
정민부 낼 장에 가서 만난 거 마이 사와 함 묵소.

대답 없는 정민모. 정민부, 정민모 따라 문 쪽을 바라보면,
헥헥거리며 뛰어들어온 정민이 서 있다. 말없이 한참을 마주 보다가...
환하게 웃는 세 사람.

정민모 인제... 왔나?
정민 왔다.
정민부 밥 무라.
정민 묵자.

정민모 정민을 지그시 웃으며 바라보지만 눈가에 물기가 가득하다. 정민
도 그런 엄마를 향해 환하게 웃는다.
같이 마루 평상에서 평화롭게 밥 먹는 네 식구의 모습 점점 멀어지고, 화면
점점 넓어지면 온 마을, 온 땅에 나비들이 펄렁거리며 날아다니고 있다.

(자막 – 이 영화는 일본군 위안부 피해자 강일출 님의 실화를 바탕으로 제
작된 것입니다)

– the end –

귀향(歸鄕)

Q & A - 최종현 & 조정래 작가

최종현 어떤 계기로 영화계에 입문하게 되었습니까?

조정래 어릴 때 마을 앞 갱빈(강변)에 가설극장이 가끔 차려지곤 했
는데 그때 본 영화를 잊을 수 없습니다. 중·고등학교 시절엔 극단 '현
대'에서 연극을 하고 교회에서 성극을 하며 배우가 되기 위한 자질을
키웠습니다. 고3 때 연극영화과를 가겠다고 하니 선생님과 부모님이
다 말렸습니다. 공부도 못하는 편이 아니었는데, 끝까지 고집을 부려
1992년 중앙대학교 연극영화학과에 입학을 했습니다. 대학에 가선
연극배우를 하고 싶었으나 배우를 하면 먹고살기 힘들다고 해서 영화
를 선택하게 되었습니다. 군대에서 전역한 후 〈연풍연가〉〈텔미썸씽〉
〈퇴마록〉 등에 연출부로 참여하면서 충무로 경험을 쌓았고 4학년 때

학교 졸업 작품으로 〈종기〉란 단편영화를 연출하게 되었는데 그 영화로 세계단편필름페스티벌에서 우수상을 받고, 프랑스 코테 세계필름페스티벌에 특별 초청되면서 단편영화를 통해 데뷔하게 되었습니다.

최종현 영화 〈귀향〉의 탄생 과정을 짧게 설명해주시겠습니까?

조정래 대학 졸업 후 판소리 인간문화재이신 '故 성우향 선생님'의 다큐멘터리를 맡아서 3부작으로 촬영을 하고 '청년 국토 대장정' 같은 다큐멘터리 작업을 하던 중 2002년도 저의 또 다른 직업인 판소리고수일로 국악인 박예리 씨 등과 함께 경기도 광주 '나눔의 집'에 국악 봉사 활동을 간 적이 있었습니다. 그곳에서 강일출 할머니의 '태워지는 처녀들'이란 그림을 본 뒤 너무나 큰 충격을 받았습니다.

그림의 내용을 할머니가 직접 설명해주셨는데 몸이 아프니까 고쳐주겠다~ 치료해주겠다~ 하면서 큰 병원으로 데려가 준다고 한 말들이 사실은 모두 거짓말이었고 따라갔더니 처형을 당한다는 내용의 이미지였습니다. 먹먹한 마음속에서 영화로 만들어야겠다는 생각이 솟아났고 곧바로 시나리오 작업에 들어가게 되었습니다.

그때 강일출 할머니가 겪으신 일과 수많은 다른 할머니들의 증언집이 큰 힘이 되어서 오늘날에 이르게 되었다고 보시면 됩니다.

최종현 〈귀향〉을 극영화로 선택하신 이유는 무엇입니까?

조정래 저는 대학 때부터 계속해서 극영화를 만들려고 노력했습니다. 졸업 후 어쩌다 보니 다큐 작업을 많이 하게 되었지만 〈귀향〉은 할머니들의 육성과 증언집을 통해서 알게 된 실체적 역사에 직접 작가가 만든 인물들을 가지고 들어가 보고 싶었습니다. 그러기 위해선 그 시절 그 공간에 소녀들을 만나는 여정이 필요했고 그것이 극영화를 선택하게 된 동기이기도 합니다.

처음 데뷔작이었던 단편영화 〈종기〉는 비전문 연기자들이 나와서 연기를 하는 그런 영화였는데, 사실적 스토리에 다큐적 기교가 들어간 실험 작업들이 〈귀향〉을 만드는 데 소중한 경험이 되었던 것 같습니다.

요즘 방송을 보면 예능도 대부분 리얼 다큐 포맷이잖아요.

현실에서 영화보다 더 영화 같은 일들이 많다 보니까 최대한 현실을 반영한 영화를 만들고 싶은 꿈을 늘 가지고 있었습니다.

다음 영화로 사극을 준비하고 있기도 하지만 그런 점에서 철저한 사실적인 고증을 바탕으로 현재의 시대적 과제와 아픔을 작품 속에 녹여내는 것이 작가인 제가 해야 할 중요한 소명이 아닌가 생각합니다.

최종현 실제 역사를 픽션으로 구성하는 데 있어 작가로서 가장 신경 쓰고 고민해야 할 지점이 무엇이라 생각하십니까?

조정래 시나리오 〈귀향〉을 쓰면서 지금도 아직 해결되지 않는 할머니들의 문제 그리고 그다음에 생존해 계신 많은 분들의 증언집과 기록들 이런 것들을 철저하게 고증하고 그 이야기를 담지 않으면 진정성도 떨어지고 또 위험할 수도 있는 그런 부분이 있다고 생각했습니다.

그리고 단순히 반일문제를 떠나서 인권문제로 전 세계가 주목하는 역사적 소재를 다루는 만큼 제가 시나리오를 쓰면 나눔의 집에서 철저하게 감수와 자문을 받고 이런 과정을 통해 작업해 나갔습니다.

결론적으로 실제 역사를 픽션으로 다룬다는 것은 실제 역사에 대한 작가의 깊은 통찰력이 기본이라고 생각합니다. 그리고 그걸 바탕으로 진정성 있는 리얼리티를 극 속에서 얼마나 확보하며 공감시키느냐가 가장 중요할 것입니다.

최종현 우리 역사의 아픈 기억을 쓰는 데 힘들었던 점이 무척 많으셨으리라 생각되는데 구체적으로 어떤 에피소드가 생각나시는지요?

조정래 너무 많죠. 일단은 이 작업을 하는 자체가 제겐 너무나 큰 고통이었습니다. 증언집은 잘 아시겠지만 10페이지 이상 읽기가 힘들 정도로 너무 괴롭고 힘든 작업이었습니다.

시나리오나 영화의 수준 자체가 할머니들이 남긴 증언집의 100분의 1 수준도 되지 않아요. 그 아픔의 강도라는게….

그러다 보니 작업을 하면서 어려웠던 점이 실제 있었던 일의 고통과 아픔을 나열만 하면 아무도 안 보게 되고 그렇다고 해서 그것을 표현하지 않으면 이것을 인지하지 않게 되고 어떻게 사실적이면서도 진정성 있게 관객들에게 잘 전달할 수 있을까? 하는 부분이었습니다. 하지만 저는 시나리오를 쓰면서 작가로 뚜렷한 주제 의식을 설정했습니다.

'타지에서 돌아가신 분들을 영화에서나마 고향으로 모시자!

모셔서 따뜻한 밥 한술 올리는 그런 제사 같은 영화를 만들자!'라는 목표가 있었기 때문에 견딜 수 있었던 거 같습니다. 그럼에도 불구하고 저 개인적으로 굉장히 고통스러운 작업이었습니다.

최종현 영화에서 과거와 현재를 이어주는 매개체로 열여섯살 소녀 무당이라는 영매를 등장시키신 이유가 있으신가요?

조정래 원작 시나리오를 보시면 확실히 이해하실 겁니다. 촬영은 다 했는데 많은 부분이 편집됐습니다. 그래서 아쉽게 생각합니다.

영매라는 무녀보다는 앞서 말씀드렸다시피 저는 이 영화 자체를 지극히 개인적으로 하나의 주술로 생각하고 있습니다. 그래서 정말 영화에서 굿을 하고 싶었고 실제 영화 속 굿 장면은 진짜로 굿하는 분들이 하셨습니다. 그리고 주인공 은경 역마저도 연기자가 아닌 실제로 살풀이를 전공하는 친구를 캐스팅했어요. 과거와 현재를 이어주는 매개체 역할을 하는 친구가 '진도씻김굿'을 통해서 영혼을 모셔온다는 설정을 영화적 장치로서가 아니라 실질적인 의미로 쓰고 싶었습니다.

그래서 처음부터 이 영화의 진짜 주인공은 "은경이다" 라고 저는 얘기를 합니다. 시나리오에는 그것이 확실하게 드러나 있습니다.

최종현 작가이자 감독이자 제작자로서 상업적인 영화가 아니라서 투자받기가 힘드셨을 텐데 어떻게 극복하셨나요?

조정래 귀향이라는 영화 자체가 '실패와 구걸' 의 역사였습니다.

14년 동안 75270명의 뜻 있는 분들이 돈을 모아주셔서 만들 수 있었던 영화입니다. 개인 투자하시는 분들은 집을 팔아 후원하시고 차도 팔고 심지어 살고 계신 전세를 빼신 분들도 있고 그렇게 어렵게 만든 영화입니다. 물론 출연자와 스태프의 재능기부도 있었습니다.

배우 손숙 선생님은 노캐런티로 재일 교포 배우는 자비로 와서 촬영에 임해주기까지 했습니다. 정인기, 오지혜 등의 배우와 영화 〈명량〉〈암살〉〈도가니〉 제작에 참여했던 스태프들도 재능기부로 참여해주었습니다.

그야말로 〈귀향〉 은 국민 1%가 제작에 참여한 영화입니다.

최종현 작가님의 뚝심이 귀향을 만드셨네요?

조정래 전 그냥 마당쇠일 뿐이고 주인은 국민 여러분이라고 생각합니다.

최종현

최종현 일본에서도 영화가 상영되고 초대받으신 걸로 알고 있습니다. 현지 반응은 어떠했는지요?

조정래 일본인들이 직접 보면 어떨까? 하는 호기심이 솔직히 있었습니다.

저도 제 눈으로 보고도 믿기지 않는 광경인데, 비록 대부분의 관객이 재일 교포분들의 지인들이었지만 순수하고 평범한 일본인들인데 너무 충격 받을하시고 정말 많이 울고 심지어 몇 분은 제 손을 잡고 계속 우시는 분들도 있었습니다.

너무나 미안하다고….

그리고 그분들 중 상당수가 이 영화 일본에서 개봉했으면 좋겠다고 진심으로 말씀하세요. 일본이나 미국이나 그들의 문화적 특성상 영화를 보면서 펑펑 우는 민족이 아니에요. 근데 미국에서도 그렇고 일본에서도 그렇고 펑펑 우는 모습을 봤습니다.

그건 역사상 일본제국주의 조상들이 한 잘못에 대한 반성도 있겠지만 그것보다는 너무나 안타까운 인류사적인 비극 때문 일거라고 생각합니다. 거기에 대한 공감이 있는 거고 그런 거에 대한 아픔을 다 공감하기에 일본에서도 한국과 같은 반응이 나온다고 생각합니다.

최종현 우리 사회에서는 최근 위안부 배상문제로 인해 한일 협상 문제를 지적하는 분들이 적지 않습니다. 어떤 견해를 가지고 계십니까?

조정래 한일 협상 자체가 너무나 잘못됐다고 생각합니다.

거기에 대한 반증은 할머니들의 반응만 보더라도 알 수 있잖아요.

할머니들은 거리에 나와서 기자회견도 하시고 계속해서 정부를 향해 이건 다시 무효화하고 말씀하세요.

10억 엔이라는 돈에 대한민국이 거지도 아니고 저희가 지금 저희 힘만으로 10억을 기부하려고 계획하고 5억은 이미 기부를 했고 나머지 5억을 기부하고 있는데 일본이 준다는 액수가 100억 원이 잖아요.

조정래

20만 명이라는 사람들의 핏 값을 돈으로 계산한다는 발상 자체도 웃기지만 그거를 10억 엔으로 규정을 하고 줬으니까 이제는 최종 해결이며 불가협적이고 앞으로 국제 사회에서 말도 하지 마라… 이거는 제2의 을사늑약 아닙니까?

제 생각이지만 이 문제를 정부가 맹목적으로 완전 타결이라고 말한다면 엄청난 비난에 직면하게 될 겁니다. 현 정부에는 지금 3대 국가 문제가 미해결로 남아 있다고 생각합니다. 정치적인 발언 같아서 좀 그렇지만 세월호 문제가 있었고, 위안부 문제가 있고 최근엔 사드 문제가 진행형이고 현 정권이 남은 기간 동안 원점에서 피해자들의 말에 귀를 기울이지 않는다면 국민들의 엄청난 저항에 시달리게 될 겁니다.

최종현 관객들은 〈귀향〉을 통해 작가님의 차기작인 〈광대〉에 대한 기대가 무척 크리라 생각됩니다. 차기작에 대해 간단히 소개해주실 수 있으신지요?

조정래 2012년에 쓴 작품이고, 더 거슬러 올라가면 학교 다닐 때 시나리오 수업시간에 낸 작품의 진행형이라고 보시면 됩니다.

처음에 쓴 시나리오가 단편영화 〈회심곡〉이라는 시나리오인데 그 확장과 연장선인 거지요. 조선시대 천민이라고 하면 천민을 보고 개돼지보다 못한 존재라고 사회적으로 어떤 신분인지를 드러내주는데 바로 광대도 천민이었거든요.

광대는 천민 중에서도 더 천대받는 직업이었는데 그런 광대들이 사실은 지금의 민족음악, 민족문화를 형성하는 데 지대한 공이 있었습니다. 문득 가장 인기가 있었지만 가장 멸시당했던 조선시대 광대의 삶을 통해서 이 시대를 대변하고 싶은 생각이 들었습니다. 또 그 당시에는 지금의 아이돌만큼이나 인기가 있었던 게 판소리였습니다.

소리광대라든가 그런 여러 가지 민족적인 혼이 담겨 있는 음악과 문화들을 영화를 통해서 찾아보고 싶은 마음에 쓰고 있습니다. 또 상당히 많은 음악이 들어갈 겁니다. 지켜봐주십시오.

최종현 시나리오 작가를 꿈꾸는 지망생들에게 해주고 싶은 말이나 추천해주고 싶은 책이 있으신지요?

조정래 저는 어떤 책을 추천하기보다 역사와 관련된 서적을 권하고 싶어요. 그게 만화책이 든 모가 되든….

역사는 계속해서 되풀이되잖아요. 그 안에 지금의 문제를 해결할 수 있는 숱한 키워드도 있는 거 같고…

동양의 역사뿐만이 아닌 전 세계사적인 역사책이 정말 많잖아요. 그런 책들을 읽어보면 무궁무진한 소재가 그 안에 있습니다.

역사를 읽고 지나간 과거를 보고 현재를 보면 뭔가 새로운 이야기가 떠오르는… 작가를 지망하시는 분들이라면 거기야말로 보고가 아닐까요? 그래서 저는 역사책을 권하고 싶습니다.

최종현 귀향을 한 문장으로 정의해주신다면?

조정래 억울하게 돌아가신 분들을 고향으로 모신다는 '귀향'이라는 말 그 자체입니다. 마지막 장면에 고향으로 돌아오는 정민이가 부모님과 밥 먹는 장면이 있어요. 그 신을 편집하자는 분들이 많았는데 전 절대 안 된다고 했습니다. 엄마가 안아주고 눈물 흘리고 끝날 수도 있는 거지만 고향으로 돌아와서 온 가족이 같이 밥을 먹는다?

우리나라 사람은 누구나 밥, 집, 고향 이런 것들에 대한 의지가 굉장히 강한 민족이라고 생각합니다. 그래서 그런 부분들을 표현하고 싶어서 만든 영화이고 그 한 장면 때문에 만든 영화라고 해도 과언이 아닐 만큼 중요한 장면이었습니다.

저는 지금 우리 사회에서 가족이 해체되고 고향이라는 단어가 잊히고 하지만 누구도 아파하지 않고 그런 게 너무나 아쉽고 안타까운 거 같아요. 사회가 치유될 수 있는 방법은 가족이어야 하고 너무나 당연한 가족이라는 개념 그런 소중함을 찾을 수 있는 하나의 도구이자 표현으로서 귀향이라는 단어를 쓰고 싶고요. 광대라는 작품도 이야기는 다르지만 그것도 또 다른 귀향이라고 생각합니다.

작가의 해설

나눔의 집에 봉사 공연 시 '위안부' 피해 할머니들을 처음 뵙게 되었고, 5년여 간 나눔의 집 방문 봉사와 수요 집회에 참여하며 할머니들과 인연을 맺게 되었습니다. 할머니들을 처음 만난 2002년은 한일월드컵 공동 개최로 그 어느 때보다 양국의 함성이 뜨거웠던 해입니다.

강일출 할머니께서 미술 심리 치료 도중 그리신 '태워지는 처녀들'이란 작품을 보았고, 너무나 충격적인 그림과 실상을 할머니께 전해 듣고 '태워지는 처녀들'이라는 그림과 '위안부' 피해 할머니들의 증언집을 바탕으로 '귀향'의 시놉시스를 완성하였습니다.

제작을 준비하는 14여년의 시간 동안 수많은 거절과 역경이 있었지만, 타국에서 돌아가신 20만 명의 피해자 소녀들께 마음으로 위로해 드리고자 영화 제작을 포기하지 않았고, 이를 도와주신 7만5270명의 시민들과 많은 스태프, 배우 분들의 힘으로, 마침내 2016년 영화 '귀향'은 세상 밖으로 나오게 되었습니다.

장편영화 〈귀향〉은 타향에서 돌아가신 20만 명의 억울한 영령들을 비록 넋으로나마 고향의 품으로 모셔와 따뜻한 밥 한술 올리는 영화입니다. 단순히 일본을 비난하고자 하는 것이 아닌 생존 '위안부' 피해 할머니들을 위로하고, 그뿐만 아니라 일본 군국주의가 만든 고통의 역사를 고발하면서 다시는 이 땅에 전쟁이 일어나지 않기를 간절히 바라는 이야기입니다.

또한 과거의 아픔을 함께 직시하고 일본이 공식적인 사과와 배상이 이루어질 수 있도록 기억하고자 하는 문화적 기록이기도 합니다.

현재 40명밖에 남지 않은 할머님들을 안아드리기 위해, 타향에서 돌아가신 '위안부' 피해자 소녀들이 고향으로 돌아오시게 하기 위해, 세계 각국의 많은 사람이 이러한 아픔을 잊지 않도록 하기 위해, 끊임없이 노력하겠습니다.

현재 총 10만여 회 상영이 이루어졌으며, 영화가 한 번 상영될 때마다 한 분의 영혼이 돌아오신다는 믿음으로, 20만 번의 상영이 이루어질 때까지 멈추지 않겠습니다.

각본/연출/제작 | 조정래 감독 |

2000년 중앙대학교 영화학과 졸업 작품인 단편영화 〈종기〉로 프랑스 코테쿠르 국제 단편 영화제에 초청, 이후 다큐멘터리와 애니메이션을 제작하며 꾸준한 작품 활동을 해온 조정래 감독은 국악 합창 이야기를 다룬 영화 〈두레소리〉(2012)와 독립 야구단 고양 원더스 다큐멘터리 〈파울볼〉(2015)을 연출했다. 지난 2002년 전통 음악인 판소리, 산조 등의 반주자 '고수'로 공연 활동을 활발히 하던 조정래 감독은 '나눔의 집' 봉사 활동 중 '위안부' 피해 할머니들을 직접 만나며 들은 증언을 바탕으로 영화 〈귀향〉의 시나리오를 완성했다.

연출의 변

"14년이라는 시간 동안 영화를 준비하면서 수많은 거절과 역경이 있었지만, 영화를 포기하지 않았고, 마침내 시민들이 영화제작에 힘을 보태주셨습니다.
〈귀향〉은 타향에서 돌아가신 20만 명의 억울한 영령들을 넋으로나마 고향의 품으로 모셔와 따뜻한 밥 한술 올려드린다는 마음으로 만든 영화입니다.
그래서 단순히 일본을 비난하거나 섣불리 생존 '위안부' 피해 할머니들을 위로하고자 하는 영화가 아닌, 다시는 전쟁이 일어나지 않기를 간절히 바라는 염원을 영화에 담았습니다."

PROFILE

1973년 생 | 중앙대학교 영화학과 졸업

FILMOGRAPHY

단편영화 〈종기〉 연출
KBS 〈청년국토대장정〉 다큐멘터리 연출
장편영화 〈텔 미 썸딩〉 〈연풍연가〉 조연출 및 제작부
인물 다큐멘터리 인간문화재 〈성우향〉 2부작 연출
2002 2008 화성국제연극제 영상감독
2009 의정부 음악극 축제 영상감독
2009 청소년 비전 Arts-TREE 영상감독 – 서울문화재단
2010 아트에코 종합영상 연출 서울문회재단
2011 문화재청 중요무형문화재 제5호 판소리 기록영화(총5편) 연출
2012 영화 두레소리 제작/연출(명필름 배급)
2014 고양원더스 다큐멘터리 영화 연출(TPS컴퍼니) 〈파울볼, Foulball〉
2016 영화 〈귀향〉 각본, 제작, 연출(와우픽쳐스 배급)

개봉 : 2016. 9. 7
주연 : 송강호, 공유, 한지민
감독 : 김지운

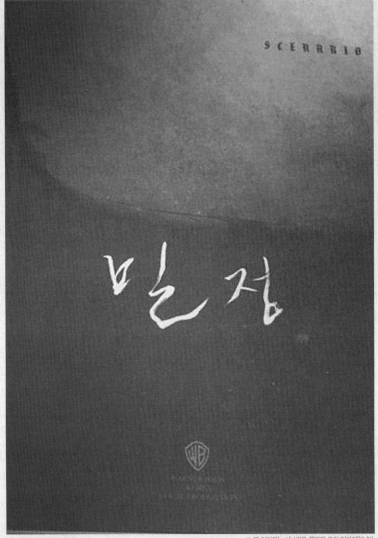

SCENARIO

민정

WB
WARNER BROS.
KOREA

※ 본 이미지는 시나리오 책자의 표지 이미지입니다.

| 이지민 |

한국예술종합학교 영상원 시나리오 전문사 졸업

주요 작품
〈품행제로〉〈밀정〉 각본
〈로봇소리〉 각색
〈덕혜옹주〉 윤색

시놉시스

1920년대 후반.

한밤의 경성. 고관대작의 저택. 일본 군인들의 대대적인 총격에 홀로 맞서다 마지막 남은 한 발을 자신의 머리에 겨눈 채 '대한독립만세!'를 외치며 자결하는 의열단원 김장옥. 그의 죽음을 눈앞에서 지켜보는 경무국의 조선인 경부 이정출. 한때 상해임시정부에서 활동하며 김장옥과 친구 사이였으나 지금은 경무국장 히가시의 눈에 들어 일본의 충견 노릇을 하고 있는 이정출은 친구의 죽음 앞에 복잡한 심사를 감춘다.

경무국장 히가시는 상해에서 의열단장 정채산을 중심으로 폭탄을 사들이고 있다는 첩보를 입수하고 이정출에게 의열단의 정보를 캐오라고 명령한다. 심어둔 정보원들을 통해 경성에서 자금을 모으고 있는 의열단의 새로운 리더 김우진의 존재를 알게 된 이정출은 자연스럽게 그에게 접근한다. 김우진 또한 자신에게 접근한 이정출의 의도를 알면서도 일부러 친분을 맺고 둘은 팽팽한 위장술을 펼친다.

이정출의 파트너이자 히가시의 총애를 받는 라이벌이기도 한 하시모토가 경성에 있는 의열단을 소탕하기 시작하자 김우진과 정채산의 비서인 의열단원 연계순은 상해로 떠난다. 그들을 찾아내라는 히가시의 특명을 받고 이정출과 하시모토도 상해행 기차에 오른다.

상해에서 하시모토는 자신의 정보원을 이용해 정채산의 뒤를 바짝 쫓고 이정출은 김우진을 이용해 의열단을 일망타진하려 한다. 하시모토는 의열단 내부의 핵심 요원을 밀정으로 포섭해 정채산을 잡을 기회를 노린다. 일제의 주요 시설을 파괴할 폭탄을 경성으로 가져가는 지상최대의 작전을 앞두고 일본 경찰의 추적에 바짝 쫓기게 된 의열단. 의열단장 정채산은 이를 뚫고 나가기 위해 이정출을 이용하자고 한다. 적의 첩자를 역이용해 적의 동정을 살피는 반간(反間). 한때 김장옥과 친구였으며 독립운동에 투신했던 이정출의 마음의 빚을 우리 쪽으로 움직여보자는 정채산. 자신의 신분을 노출하며 이정출에게 적극적으로 손을 내미는 정채산. 이정출은 자신을 믿고 모든 걸 거는 정채산의 믿음에 흔들린다. 결국 마지막까지 갈등하던 이정출은 하시모토에게 거짓 정보를 흘리며 의열단이 상해를 빠져나가는 걸 돕는다.

그러나 이미 의열단 내부에 심어둔 밀정을 통해 의열단이 경성으로 떠났다는 첩보를 입수한 하시모토 일행은 그들을 기차에서 잡아내기 위해 안동으로 떠난다. 그렇게 경성행 기차에 함께 몸을 싣게 된 의열단과 일본 경찰. 그리고 그 두 집단 사이에서 누구의 편에 설지 당장 선택해야만 하는 운명에 처한 이정출. 그의 도움으로 김우진은 형제처럼 믿은 동지들 중에 숨어 있는 밀정을 찾아낸다. 그러나 언제부터인가 이정출의 행동을 수상히 여긴 하시모토에게 둘은 정체를 들키게 된다. 단 한 번 마음의 빚을 갚기 위해 의열단을 도왔던 이정출은 자기가 살기 위해 어쩔 수 없이 하시모토와 일본 경찰들에게 총구를 겨누게 되고. 김우진과 단원들은 이정출 덕에 무사히 경성역에 도착하게 된다. 그러나 이미 또 다른 밀정의 밀고로 경성역에는 일본 군인들이 무장한 채 의열단원들을 기다리고 있는데.

가까운 친지와 동지들의 배신으로 의열단원들은 줄줄이 체포돼 고문을 당하고 죽음을 맞이하고…. 김우진은 혼자 폭탄을 갖고 몸을 숨긴다. 한편 이정출은 의열단을 도왔다는 의심을 하고 있는 히가시 앞에서 자신이 누구의 편인지를 확실히 보여주어야 하는데. 이미 마음이 움직인 이정출은 계속 일본의 개로 살 수 있을 것인지 본인조차 확신할 수 없는 가운데….

밀정의 시작

2014년 여름. 오랜만에 이진숙 피디님과 연락이 닿았다. 이진숙 피디님과는 십 년 전부터 함께 작업을 하고자 했으나 아쉽게 무산됐는데 그 후 피디님이 다른 사업을 하느라 바빠서 실로 오랜만에 얼굴을 보는 것이었다. 마침 집도 가까워 이제 자주 보자 하며 즐거이 만났는데 피디님이 요즘 근현대사 공부에 푹 빠져 있다며 책 한 권을 주셨다. 〈1923년 경성을 뒤흔든 사람들〉(김동진/서해문집)이었다. 일제강점기 애국지사들의 지옥이었던 종로경찰서에 폭탄을 던지고 일본 군인들 몇백 명과 홀로 교전을 치르다 "대한독립만세"를 외치며 장렬히 자결한 전설의 김상옥 열사와 의열단의 투쟁을 흥미진진하게 풀어 쓴 책이었다. 어릴 때 아버지 책장에 꽂혀 있던 창비에서 나온 〈의열단〉을 보고 가슴에 불끈 뜨거움이 솟아오른 기억이 떠올랐다. 이제 의열단에 관한 영화가 기획될 수 있는 의식과 환경이 만들어졌다는 사실에 반가움과 동시에 겨우 이제야 의열단을 세상에 꺼낼 수 있게 됐다는 사실에 서글픔이 들었다.

"그 시대 가장 뜨겁게 자신을 불태웠던 청춘들의 열정과 결기를 보여주자."

이진숙 피디님이 그동안 수집한 책들과 자료들이 워낙 풍부하고 미리 작업하고 있던 트리트먼트도 있었기에 곧장 의기투합하여 작업에 들어갈 수 있었다. 일단 박종대 작가가 캐릭터를 만들고 트리트먼트를 재정리하는 작업을 했다. 실화를 바탕으로 하기에 캐릭터를 잡는 방향부터 신중해야 했다. 아직도 진짜 의열단원이었는지 단순한 일본 경찰이었는지 의견이 분분한 '황옥'이 주인공이기에 조심스러운 접근이 필요했다. 하지만 작가에게는 실화를 넘어서 더 큰 인식의 장을 제시할 숙제가 있었다. 우리는 실패한 역사를 이야기하고 싶지 않았다. 의열단을 비롯한 수많은 독립운동가가 목숨과 바꾼 시도를 결과만 놓고 실패한 테러리스트의 기록쯤으로 평가 절하하는 요즘의 불온한 움직임에 따끔한 일침을 놓고 싶었다. 그래서 우리는 주인공들이 불가능한 싸움 끝에 다시 주먹을 쥐며 결연히 일어서는 모습을 라스트 이미지로 정하고 작업에 들어갔다.

항상 주인공의 성명학에 많은 신경을 쓰는 편인데 밀정의 주인공 '이정출'의 이름도 그런 고심 끝에 태어났다. '이정출'의 이름은 박종대 작가가 지었는데 입에도 짝짝 붙고 상당히 토속적이면서 풀이도 적절했다. 바를 정. 나갈 출. 한마디로 바른 정신이 집 밖으로 가출했다는 뜻인데, 이것은 이정출이란 '바름'이 '나가' 있는 인물의 '바름'이 다시 돌아오는 격한 여정에 관한 이야기이기 때문에 딱이란 생각이 들었다. 또한 공유가 연기한 김우진은 올바른 공유의 생김새만큼 뜻도 정직했다. 도울 우. 나아갈 진. 어떤 정신과 행동이 당장은 빛을 보지 못하더라도 끝까지 꺼지지 않고 나아갈 수 있도록 돕는 인물이란 뜻이다. 김우진의 실제 모델이기도 한 김시현 의사는 백발의 노인이 돼서도 김구 선생 암살의 배후로 의심되는 이승만 대통령 저격을 시도한 불굴의 투사다. 그 같은 이유로 독립운동으로 19년의 세월을 감옥에서 보내고도 독립유공자로 인정받지 못하셨는데, 그런 김시현 의사에게 부끄럽지 않은 뜻을 가진 이름을 붙여드리고 싶었다. 현재 우리의 정의와 평화가 이만큼이라도 나아갈 수 있었던 것은 그런 분들의 도움이 없이는 불가능했기 때문이다.

〈밀정〉은 주인공들부터 사건 하나하나까지 생각보다 많은 부분을 실화에 기반을 두고 쓴 작품이다. 다소 과장되게 극화하고 강조한 부분도 있지만 많은 부분을 실제에 빚졌다. 영화 초반부터 관객들을 충격에 빠뜨린 김장옥의 떨어져나간 발가락도 실제 김상옥 열사가 항전 중에 발가락을 잃은 실화에서 비롯되었다. 영화 말미에 그것을 이정출이 가지고 있었다는 것은 허구지만 실화의 작은 에피소드에서 의미를 확장시켜 나간 것이다. 밀정의 전반적인 작업이 대체로 그러했다. 김우진이 고문실에서 모진 고문을 당하면서 동지들의 이름을 불지 않기 위해 혀를 깨무는 장면도 실제 김시현 의사의 실화다. 김시현 의사는 비밀을 지키기 위해 혀를 잘라버려 그 후 말하는 데 어려움을 겪었다고 한다. 그런 몸으로도 "나의 섭생은 독립운동뿐이다"라며 제 한 몸 돌보지 않고 계속 독립운동에 투신하신 분이다. 지금의 시각으로 보면 설마 저랬을까? 현실성에 의문을 들게 만드는 장면들이지만 평범한 인간의 의식과 양심을 뛰어넘는 그분들의 위대함을 보여주기 위해서 꼭 집어넣고 싶었다.

그럼에도 영화는 다큐멘터리가 아니기에 정확한 포인트를 잡을 필요가 있었다. 의열단의 뜨거운 투쟁을 다룬 영화이기는 하지만 여타 다른 일제강점기 독립운동을 다룬 영화와 차별되는 선을 보여줘야만 했다. 그 열쇠는 캐릭터에 있었다. 캐릭터들 간의 개성과 그 사이에 뿜어져 나오는 긴장감이 어떤 폭탄보다 위험하고 강력하게 이 영화를 끌고 나가야 했다. 독립운동가와 일본 경찰. 서로를 믿을 수 없는 두 인물이 서로를 이용하면서 뜻하지 않은 선택으로 서로를 이끌고 결국 그것이 자신의 정체성을 뒤흔들게 된다는 이야기는 충분히 보편적인 설득력을 가질 수 있을 것 같았다. 이 구조는 성공적인 멜로나 누아르나 여타 장르에서도 가장 기본적인 척추가 된다. 나의 정체성이 나의 생존을 지탱해주던 그 살벌한 시대에 스스로 정체성의 의미를 뒤흔드는 인물이야말로 그 시대를 가장 잘 표현해줄 수 있을 것 같았다. 그 역할을 하는 인물이 바로 이정출이었다. 자료조사를 하면서 일제강점기에 관한 역사 서적도 많이 읽었지만 스파이에 관한 책들도 많이 찾아보았다. 밀정, 즉 스파이의 정체성이란 무엇일까. 특히 이중스파이는 이쪽도 아니고 저쪽도 아닌 상태에서 계속 의심을 받으며 또 그 의심으로 자신의 효용성을 증명한다. 하지만 양쪽을 오가던 그들도 결국 하나의 선택지를 향한다고 한다. 영화 속 정채산의 말대로 이중첩자에게도 조국은 하나인 것이다. 이중첩자에게는 자신의 가치를 증명해주는 즉, 자신을 밀정으로 이용해주는 편이 결국 조국이 되지 않을까. 그런 의문에서 이정출의 갈등과 번민을 따라가고자 했다. 이정출은 결국 깨닫게 된다. 자신을 믿어준 쪽은 자신에게 돈과 명예를 보장해준 일본이 아니라 굴욕과 나락으로 이끈 의열단이었음을. 그래서 기어이 어떠한 고통이 기다리고 있을지 누구보다 잘 알면서도 그 험난한 속으로 발을 내딛게 된 것이다.

캐릭터를 다듬었으니 이제 영화적인 즐거움을 찾는 작업이 기다리고 있었다. 일제강점기는 암흑의 시기이나 또한 아이러니하게도 새로운 문물이 기존의 문화와 아름다운 충돌을 일으키는 시각적으로 상당한 쾌감을 보장하는 시기이기도 한다. 몇 편 이 시대를 다룬 작품들의 성공으로 인하여 앞으로도 계속 이 일제강점기를 다룬 작품들은 다양한 장르로 변주될 것이라 본다. 어쨌거나 영화는 어떤 장소를 설정하느냐가 어떤 우주를 보여주겠다는 의지의 표현이기에 낭비가 있어서는 안 된다. 우리는 근대의 상징인 기차와 사진을 적극적으로 불러오기로

했다. 주인공 김우진의 집안은 아버지가 유명한 초상화가로 그 재주를 이어받아 형과 함께 사진이라는 신문물을 업으로 삼았다는 설정인데, 그렇게 김우진 자체가 전통과 현대를 잇고 그걸 기록하는 증언자로 그리고 싶었다. 사진관 이름은 영생사진관인데, 한 번뿐인 생을 조국에 바친 독립운동가들에게 영원한 생명을 드리고 싶다는 뜻으로 '영생'이라고 이름 지었다. 나중에 이곳에서 찍은 연계순의 사진 때문에 비극이 벌어지기도 하지만 그 모든 것을 다 기억하고 기록하고 있다는 의미로 사진관이란 설정은 작가로서 꽤 흡족하다.

'기차'는 이진숙 피디님이 가장 애정을 기울인 영화적 공간이었다. 과거 강철과 같은 의지를 품고 대륙을 향해 떠났던 우리의 나라 잃은 청춘들. 그들의 기개와 슬픔을 실어 나른 기차. 그 기차를 타고 떠났던 이들 중에는 영원히 돌아오지 못한 이도 있고, 겨우 살아서 다시 경성행 기차에 몸을 싣고 뜨거운 눈물을 흘린 이도 있었을 것이다. 한번 타면 내릴 수 없는, 설령 그 역의 이름이 죽음이라 할지라도 목적지에 도착해야만 끝이 나는, 돌이킬 수 없는 운명과도 같은 기차에서 그야말로 운명을 바꾸어버린 이정출. 우리 작가들이 쓴 원안에서보다 김지운 감독님이 쓴 각색고에서 이 기차란 공간이 가진 의미는 더욱 풍성하게 시각적으로 의미적으로 발화하였는데 이미 〈놈놈놈〉을 통해 기차가 가진 묘미를 한껏 운영하신 감독님이어서 그런지 기차가 가진 상징을 훌륭하게 표현하신 것 같다. 게다가 주인공을 맡은 두 배우가 전 작품에서 〈설국열차〉와 〈부산행〉이란 문제 많은 기차를 탄 경험이 있어 농담으로 '그들은 기차만 타면 일 난다'고 다시는 태우지 말라며 웃었는데 이래저래 기차는 이 영화에서 엔진과도 같은 역할을 해냈다.

그렇게 박종대 작가와 캐릭터를 가다듬고 트리트먼트를 정리하고 둘이 합의한 신구성표까지 완성하였다. 신구성표까지 만드는 것은 객관화란 공동작업의 장점을 최대한 살리기 위한 것인데 시나리오 집필 전에 마치 연출부처럼 신구성표를 작성해보면 이 영화가 어떤 호흡으로 진행이 되겠다, 어떤 인물과 어떤 장소가 중복되고 부족한지를 한눈에 볼 수 있어 많은 도움이 된다. 그렇게 재차 수정된 신구성표를 바탕으로 한 신 한 신 채워나가기 시작해 6개월 만에 초고를 완성하였다. 실화를 바탕으로하다 보니 분량이 오버되어 있었지만 그 자체로 생생한 결이 살아 있다고 판단해서 일단 돌리기로 하였다. 연락은 생각보다 빨리 왔다. 〈변호인〉을 제작한 최재원 대표께서 좋게 보시고는 가까운 지인들에게 보여주었다. 그 지인이 배우 송강호와 김지운 감독이었다. 워낙 초고이다 보니 거친 면도 많았지만 이 작품이 세상에 내뿜고자 하는 어떤 빛을 감지하셨던 것 같다. 배우와 감독의 눈으로 보는 작품은 작가가 책상에서 쓸 때와는 또 다른 이미지를 가진다는 것을 알게 된 게 〈밀정〉이 준 가장 큰 선물이라고 생각한다. 이정출이란 아직도 정체를 알 수 없는 모호한 인물을 표현하기 위하여 배우가 얼마나 깊은 고민과 연습을 했을지 완성된 영화를 보고 절감할 수 있었다. 2시간가량의 시간 동안 관객에게 질문을 던지고 그 질문에 스스로 대답해야 하는 배우란 직업의 위대함도 새삼 깨달았다. 물론 그 신선한 자각은 이 시대의 명배우가 작품을 연기했을 때 작가가 되돌려 받는 최고의 선물이었다.

어쨌거나 일사천리로 영화화가 진행되었다. 김우진 역에 공유가 캐스팅됨으로써 김우진이란 캐릭터가 가진 맑고 따뜻하고 올바른 기운이 상승되는 느낌이었다. 어떤 배우가 오더라도 공유가 가진 착한 청년의 기운을 그만큼 잘 표현하지 못할 것 같았다. 이렇게 기대치도 않았는데 최고의 배우와 감독이 뜻을 맞추면서 〈밀정〉은 워너브라더스가 제작하는 첫 번째 한국 영화가 되었다. 모든 진행이 신속하고 차분하게 빈틈없이 진행되는 것을 보자니 하늘에 계신 우리 독립운동가 선생님들이 도와주시는 것은 아닐까 그런 생각이 들 정도였다. 1월에 돌린 초고가 작가와 감독의 각색을 거쳐 여러 스태프들의 프로덕션 작업을 지나 그해 10월 첫 촬영에 들어갔으니 지체 없는 속도였다. 작품이 가진 정갈한 의미에 때가 타지 않도록 마음을 다스리며 촬영을 응원하였고 이듬해 추석에 영화를 볼 수 있게 되었다.

영화를 보고 나서 완성된 영화는 시나리오 작가에게 훌륭한 오답노트가 된다는 사실을 깨달았다. 무엇이 '틀렸다 옳았다'의 문제가 아니다. 감독이 시나리오에서 고심 끝에 선택한 대사들, 특히 생살을 도려내는 듯한 고통이라는 편집 작업 끝에 추려낸 장면 등을 통해 작가로서 앞으로 얼마나 더 치열하게 고민해야 하는지를 실감했다. 영화 〈트럼보〉에 나오는 대사처럼 시나리오 작가는 감독에게 가장 최상의 신들로 이루어진 시나리오를 줘야만 한다. 그걸 추려서 효과적으로 안배하는 것은 감독의 몫이다. 과연 내가 가장 최상의 것을 감독, 배우, 제작진들에게 주었나, 그런 의문이 들었다. 앞으로의 작업은 이러한 질문에 먼저 대답을 준비하는 시간들로 채워나가야 할 것이다.

개봉 : 2016. 6. 29
주연 : 김혜수, 마동석, 김현수
감독 : 김태곤

| 신동선 |

중앙대학교 영화학과 졸업

주요 작품
〈작업의 정석〉, 〈두사람이다〉
〈알투비 : 리턴투베이스〉, 〈집으로 가는 길〉 각색
〈굿바이 싱글〉 각본

시놉시스

아역으로 시작, 인기 정상에도 서봤으나 이제 완연한 내리막길에 들어선 배우 고주연

데뷔 이후 수십년을 연기력보다 남성 편력을 쌓아온 그녀, 이른바 스캔들의 여왕이다.

평생 현실과 동떨어진 연예계에서 살아온 탓인지, 타고난 천성이 천진난만한 탓인지. 이제 그만 정신 좀 차리라는 주변인들의 충고는 귓등으로 흘리며, 하루하루 떨어져가는 인기엔 아랑곳 않고, 철없는 행동만 일삼던 고주연은, 기어코 믿었던 연하 남자친구에게서 철저하게 배신을 당하고 나서야, 현재 처한 상황을 돌아보는데….

협찬 옷, 협찬 백, 리스한 차. 온통 가짜로 둘러싸인 허상의 인생.

이대로는 안 된다. 뭔가 진짜가 필요하다. 진짜 내 거. 진짜 내 편.

절대 내 곁을 떠나지 않고, 평생 날 사랑해줄 그런 사람…. 내 아이.

그래, 엄마가 될 거야!

당장 아기 하나 안고 올 태세로 입양 기관으로 향하지만. 온갖 스캔들 덕에 인기는 몰라도 인지도 하나는 대한민국 No.1인 그녀. 찾아가는 입양 기관마다 죄다 퇴짜를 맞고. 그럼 내가 직접 낳겠다며 찾아간 산부인과에서 충격적인 폐경 선고까지 받는다. 그렇게 엄마의 꿈은 영영 멀어지는가 싶은 그때.

임신 중절을 위해 병원을 찾은 중학생 임신부 김단지와 마주친다.

처음엔 그저 보호자가 없는 중학생이 안쓰러워 진료를 받게 도와주는 주연. 그러나 단지는 임신 중절 수술을 원한다. 벌써 6개월이 넘어

위험하단 의사의 만류에도 작은 체구, 낯선 상황에 겁을 잔뜩 먹은 중학생 주제에 그녀는 단호하다.

애를 무책임하게 낳기만 하면 끝인가. 나도 다 못 컸는데, 멋대로 낳아놓으면 걘 누가 키워주냐고.

그 순간 주연의 머릿속에 반짝, 남들이 기겁할 아이디어가 떠오른다.

너 그 애 낳아… 낳아서 나줘. 내가 키울게.

그렇게 철없는 여배우와 애늙은이 여중생의 위험한 거래가 시작되는데….

집필기

〈굿바이 싱글〉의 개봉 전 제목은 〈가족계획〉이었다.

그러나 사실 그 이전에, 그러니까 감독이 붙고, 투자를 받기 훨씬 이전에, 그저 종이 뭉치에 불과하던 시절 시나리오 파일엔 전혀 다른 제목이 붙어 있었다. 더 정확히는 제목이 아니라 제목들이다. 솔직히 다 기억나지 않을 정도로 많았는데, 늘어놓으면 A4 반장은 족히 채울 그 무수한 워킹 타이틀들에서 유일하게 매번 빠지지 않았던 공통 단어는 단 하나, 〈엄마〉였다.

그러나 이런 제목을 둘러싼 고민이 무색하리만큼, 실상 이 작품의 진화 과정은 엄마라는 껍질과 무게에서 벗어나 여성으로서, 인간으로서의 고주연과 김단지, 두 캐릭터를 바라보게 되기까지의 과정이라고 해야겠지만, 어쨌거나 처음은 엄마란 단어에 대한 고민으로 시작될 수밖에 없었다.

2007년 가을. 기획자가 미혼모에 대한 다큐를 하나 봤다며 아이템을 제안했다. 한 줄 요약을 하자면, '아이를 원하지만 가질 수 없는 엄마, 그리고 원치 않은 아이를 갖게 된 엄마, 서로 다른 두 엄마'에 대한 이야기였다.

들자마자 키워드들이 주르륵 떠올랐다.

엄마와 아기? 입양? 모성애? 신파… 아이고. 단박에 거절했다.

모성이 타고난 본능이 아니라 아기와의 교감으로 쌓여가는 것이라 말한다 한들 그것이 위대하지 않다는 의미가 결코 아님에도 불구하고, 대부분의 사람은 '모성은 본능이 아니다'란 말을 들자마자 내가 방금 그들의 면전에서 모친의 뺨이라도 때렸다는 표정을 짓는다. 더 나아가 [모성본능]이 '모성을 과하게 찬미함으로써 여성에게 출산과 육아의 모든 책임을 전가하려는 가부장제 사회의 음모'라고 말한다면? 이번엔 내가 뺨을 맞을지도 모르겠다.

여하튼 이런, 대다수가 믿고 싶어 하는 바를 정작 스스로는 믿지 않는 사람이 엄마 이야기를 쓰다니. 번지수가 아예 틀렸지. 당연 거절이었다.

그러나 이러한 단호하고도 즉각적인 의사에 반해… 어쩌다 보니 나는 이미 시놉시스를 쓰고 있었다. 그 기획자가 끈질겼다. 좀 많이.

도저히 아이템을 모성 찬미와 두 엄마의 감동 이야기로는 풀어갈 수 없는 인간이 시나리오를 쓰려니 시작부터 고민이 많을 수밖에 없었다.

작업 초반, 가장 고민이 되었던 부분은 캐릭터도 스토리도 아닌, 미혼모(비혼모) 그것도 십대 중학생이 임신을 했다는 상황을 어떻게 바라볼 것인가였다.

어쩔 수 없었다고 변명할까? 한 번의 실수였다 말하며 용서를 구할까? 그런데 십대가 임신한 게 뭐 잘못인가? 대체 누구에게 미안해해야 하는 거야? 근데 애를 진짜 낳아야 하나? 사회적으로 책임질 수도 없고 기본적인 학습권조차 보장받지 못하는 상황에서? 그럼 입양? 입양 제도는 그저 차선책인 거 아닌가? 생모와 억지로 떨어진 아기가 행복할 수 있을까? 가만 애초에 원치 않은 임신에 대한 낙태는 합법화되면 되는 거 아냐? 그렇지만 생명 존중은? 아니, 그것보다 태어나지 않은 태아의 인권보다 여성의 신체에 대한 자기 결정권이 우선 아니야?

그나저나 다 넘어가서.

애를 사고팔다니. 이거 세팅부터 너무 비윤리적인 거 아냐?

물론 영화가 윤리 교과서도 아닌데 굳이 도덕적이어야 한다거나 교훈을 남겨야 한다는 건 아니지만, 사회적 약자와 생명이 얽힌 이야기다 보니 스스로 이 문제를 어떤 태도로 바라볼 것인지 그 스탠스 정립하는데 예상보다 많은 시간이 걸렸다.

온갖 다큐멘터리며 참고 영화며, 자료들을 뒤지고 미혼모센터에도 찾아가보며 시놉을 계속 고쳐나갔다. 너무 약한가 싶어서 좀 더 극적인 요소를 넣어보기도 하고, 반대로 다루기 부담스러운 십대 미혼모란 요소를 빼고 나이를 올려보기도 했다.

매번 이런저런 변화를 겪었지만 결국엔 주연이 단지의 보호자가 되어주는 게 그들을 행복하게 만들어줄 수 있는 유일한 결말이라는 판단에 도달했다.

이야기의 시작부터 예측 가능한 뻔한 대안가족 만들기라는 건 알지만… 뭐 어떤가 싶었다. 이때쯤엔 이미 주연과 단지에게 너무 감정이 입이 된 나머지, 대단하고 강력하며 예상도 못 했던 결말보다 더 우선인 건 걔들이 행복해지는 거란 생각이 들었다.

영화는 현실과 달리 '그 후로 다 함께 행복하게 살았습니다'란 마법이 펼쳐질 수도 있잖은가.

시작부터 개봉까지 햇수로 10년.

시나리오가 대충 크게 8번 정도 뒤집기를 반복하는 동안에도 단지의 캐릭터는 거의 변화가 없는 편이었다. 중간에 한 번 20대로 바꿔보는 실험을 겪긴 했지만, 얼마 안 되어 최초의 설정으로 돌아왔고 끝까지 일관적으로 유지되었다.

상황에 의해 일찍 철이 들어야 했던 아이. 아무도 보호해주는 어른이 없기에 스스로의 생존을 위해 계산적, 현실적이어야 한, 다시 제 나이대의 모습으로 돌아갈 수 있도록 어른의 보호가 필요한 십대 소녀.

반면 주연의 캐릭터 설정은 시나리오의 매 버전마다 극단적으로 변화하곤 했다.

어떤 버전에서는 냉철하고 이기적인 독신 회계사였고, 어떤 버전에서는 긴 결혼 기간 내내 불임으로 고통받는 아내였다. 매번 시나리오의 톤&매너를 쥐고 흔든 건 고주연이었다. 그 말은 고주연의 캐릭터가 제대로 잡히지 않았기 때문에 그토록 긴 시간 시나리오가 매번 수정만 거듭하며 진전되지 못했단 말이다.

결국 돌파구를 찾은 것은 시나리오를 수정하다 지쳐 잠시 손에서 내려놓은 지 2년째 되던 해였다. 이즈음엔 주변에서 다들 미혼모 이야기로 상업영화라니 어렵지 않겠냐는 반응이었지만, 이쯤 되면 오기의 문제가 된다. 다른 작업이 일단락되자 다시 시작하는 마음으로 이전 버전을 꺼내 들어 읽어봤다.

간만에 읽어보는데, 문득 너무 무겁고, 너무 어둡다는 생각이 들었다. 어쩌면 그 직전에 막 끝낸 작업이 꽤나 톤이 어두웠던 이유일 수도 있고, 이젠 도저히 더 바꿔볼 경우의 수도 없으니 장르를 뒤집어보자는 단순한 아이디어이었을 수도 있다. 확실했던 건 이번이 기필코 마지막 수정 작업이 되어야 한다는 점이었다. 충분히 과감해져야 할 타이밍이다.

승부수를 띄워 기획자에게 말했다. 난 진지한 이야기를 진지하게만 표현하는 데 정말 소질이 없는 모양이다. 그러니 이 작품은 필연적으로 블랙 코미디가 되어야 한다고.

내 딴엔 각오를 다지며 내뱉은 말인데, 엄청 쉽게 받아들이더니 그 자리에서 획기적인 아이디어를 던져줬다. 당시 한창 할리우드의 말썽꾼으로 악명 높던 린지 로한 같은 배우가 갑자기 엄마가 되겠다고 선언한다면?

그렇게 고주연이란 캐릭터가 구축되고 나니, 나머지 이야기는 정말 물 흐르듯 자연스럽게 흘러갔다. 단시간 내에 배우 고주연 버전의 첫 시놉이 완성되고 모니터링을 돌렸다. 당연 모니터링에 대한 첫 반응 역시 고주연에 대한 것이었는데… 아주 단호하고 강렬했다.

주인공이 미친년 같다는 거다.

그즈음엔 이미 메이드된 작품이 적어서 그렇지 나름 쓰기도 여러 편 썼을 즈음이고, 그 과정에서 온갖 부정적인 피드백들에 익숙할 대로 익숙해졌을 때지만. '주인공이 미친년이다'란 원색적인 반응은 또 처음. 상당한 쇼크를 받았다. 이런저런 점이 과하다/부족하다도 아니고. 대놓고 미친년이라니.

주연 캐릭터를 또 잘못 잡은 건가?

이번엔 정말 제대로 방향성을 잡았다고 확신했는데. 다시 처음부터 수정 방향부터 고민해야 한다는 생각에 당황한 것도 잠시. 이건 시나리오 내의 묘사로 설득해야 할 문제이지, 수정할 문제가 아니라는 확신이 들었다.

이 작품은 분위기는 확실히 과장된 면이 있다. 물론 코미디로 장르 전환으로 결정한 이후 코믹성 강화를 위함도 있지만, 그보다 우선한 건 아이를 사고 판다는 세팅으로 인한 거부감을 최대한 지우고 시작하고 싶었기 때문이다. 톤&매너를 밝고 과장되게 설정해, 돋보기나 광각렌즈처럼 현실적 문제를 더 가깝게 더 폭넓게, 그러나 동시에 색다르게 표현함으로써, 흥미를 끌고 그걸 미끼로 공감을 불러일으키고 싶었다.

그런 의도적으로 과장된 스토리를 촉발하고 리드하기 위해선, 그만큼 과장된 캐릭터가 필수불가결한 요소였다. 그래, 한마디로 주연은 흔히들 말하는 미친년이어야 했다. 저렇게나 비현실적인 사람이니 이렇게나 황당한 일을 벌이겠지.

미친년 맞다. 그래서 뭐? 다들 내부에 그런 측면이 조금씩은 있지 않은가. 나이에 맞지 않게 충동적이거나 앞뒤 따지지 않고 마음 가는 대로 저질러 버린다거나. 나이 들어 순진한 게 자랑은 아니지만 그렇다고 죄도 아니잖아.

결국 이건 캐릭터나 장르가 아닌 단순 묘사의 문제라 믿고 밀어붙였다. 분명 고를 거듭하다 보면 이건 다 들어내겠다 싶은 장면임에도, 우선 읽은 사람들에게 캐릭터에 대한 이해와 애정을 갈구하기 위해, 초반 몇몇 신은 다소 설명적으로 구구절절 붙여놓은 장면들도 있었다. 심지어 되도 않는 내레이션까지 넣어봤다. 그 노력의 덕인지 단순히 시간이 흐르며 자연스럽게 반복 학습(?)된 덕인지는 몰라도, 다행히 점차 주연의 캐릭터가 받아들여졌다.

위의 캐릭터 문제와는 별개로 개인적으로 작업 도중 타인의 의견을 시나리오 작업에 반영시키는 것에 부담감이 없는 편이다. 오히려 홀로 작업에 매진하기보다는 비록 때론 부정적인 피드백일지언정 누군가의 반응에서 자극과 에너지를 얻는다. 때론 결정적인 아이디어를 얻기도 하는데, 예를 들어 이 작품에서는 평구의 등장이 그러하다.

주연을 가장 잘 이해하며 곁을 지키는 친구이자 스타일리스트인 조력자 캐릭터는 원래 은희라는 이름의 여고 동창생이었다. 은희도 자녀 셋과 좋은 반려자, 다복한 가정을 지닌 평구와 다를 바 없는 캐릭터였지만 다만 성별이 여성이었다. 모니터링에서 너무 여자들만 나오는 거 아니냐, 스타일리스트를 남성으로 성 전환한다면?이란 아이디어가 나왔고, 즉각 받아들여져 평구가 완성되었다. 덕분에 여성들의 연대보다 더 나아가, 대안적 확대가족의 형성이라는 주제에 더 부합할 수 있는 적합한 그림이 그려졌다 믿는다.

평구가 은희를 대체하는 버전을 마지막으로 시나리오를 제작사로 넘겼고, 나의 작업은 공식적으로 마무리되었다.

혹여나 지금까지 언급된 내용과 완성된 영화 사이 간극이 느껴진다면 그것은 이 작품 또한 시나리오가 영화되기 전 각색 과정을 지났기 때문이다. 연출까지 책임지지 않는 순수 시나리오만 담당하는 작가로서 어느 순간 고민이 될 때가 온다. 마지막까지 작업에 참여할 것인가, 아니면 감독에게 바통 터치를 하고 한발 물러설 것인가.

이 작품의 경우 후자를 택했다. 시나리오를 넘기고 난 뒤, 직접 수정 작업에 참여하진 않고 슈팅고가 나올 때까지 매 각색 버전의 모니터링 뒤 간접적으로 의견만 전달하기로 결정했다. 그러한 판단에는 몇 가지 이유가 있었는데, 역시 가장 큰 건 어차피 내 안에서 나올 수 있는, 나와야 하는 부분은 모두 쏟아냈다고 느껴졌기 때문이다.

더불어 프로덕션으로 넘어가면 이후의 문제는 감독을 비롯한 현장 스태프들의 손에서 해결될 수밖에 없다는 걸 스스로 여러 차례의 현장 경험으로 학습했기에, 시나리오의 디테일들에 대한 집요함이 부족한 성향 탓도 있으리라 본다. 그러나 솔직히 말해서 예산, 헌팅, 캐스팅

심지어 그날의 날씨에 따라서도 깃털 같은 무게로 가볍게 날아가는 게 시나리오상의 디테일들이지 않은가.

물론 다음 작품에서도 같은 결정을 할지는 모른다. 그렇지만 작가로서 기필코 끝까지 시나리오 수정 작업에 참여해야만 한다는 생각이 들지는 않는다.

결국 영화는 작가의 손에서 시작되어, 감독과 배우와 그 많은 스태프와 홍보팀의 손을 거쳐 최종적으로는 작품을 보는 관객의 머릿속에서 완성되는 것이니까.

그래서? 그래서 시나리오 작가가 고심하고 시간을 들여 하는 작업들이 무의미하다는 말을 하는 것이 아니다. 오히려 그 모든 과정들 속에서도 흔들리거나 떨어져 나가지 않고 마지막 주자에게까지 전달될 무언가 더 핵심적이고, 흔들리지 않는 것을 최초의 시작 부분에서 창조해내는 것이 더욱 더 중요하지 않나라는 생각을 하는 것뿐이다.

그걸 '영감'이어도 좋고, '밈(MEME)'이라 불러도 좋고, '인셉션'이라 불러도 좋고.

백지 위의 커서가 깜박거리던 것이 엊그제 같은데, 영화가 만들어지고, 상영되고, 회자되고, 다시 모든 사람의 기억에서 사라졌다. 스스로조차 이 집필기를 쓰는 이 순간이 이제 마지막으로 진지하게 이 작품에 대해 생각하는 과정이 될 터다. 캐릭터들에게 이름을 지어준 사람으로서 그 과정을 지켜보는 건 매우 즐거운 경험이었다.

처음 작품을 시작했을 때 단지는 열다섯 살, 고주연은 서른 살이었다. 십년 동안 내내 중학생이었던 단지와 달리, 고주연은 작품과 함께, 그리고 나와 함께 나이를 먹어갔다.

고주연도 나도 더 나이를 먹기 전에 서로 이별을 고할 수 있게 되어서 다행이다.

개봉 : 2016. 5. 19
주연 : 윤여정, 김고은, 김희원
감독 : 창감독

| 허아름 |

백제예술대학 방송시나리오극작과 졸업.

주요 작품
〈계춘할망〉 각본

시놉시스

12년 만에 잃어버린 손녀를 기적적으로 찾은 해녀 계춘.

손녀 혜지와 예전처럼 단둘이 제주도 집에서 함께 살면서 서로에게 적응해간다.

그러나 아침부터 밤까지 오로지 손녀 생각만 가득한 계춘과 달리 도통 그 속을 알 수 없는 다 커버린 손녀 혜지. 어딘가 수상한 혜지에 대한 마을 사람들의 의심이 커져가는 가운데, 혜지는 서울로 미술경연대회를 갔다가 홀연히 사라진다.

12년 만에 혜지가 할망을 찾아온 진짜 이유는 무엇일까?

할머니와 떨어져 있던 시간 동안 혜지에게 무슨 일이 있었던 걸까?

집필기

지금의 영화 〈계춘할망〉은 대학 졸업을 앞두고 있던 저의 첫 장편 시나리오 이자 졸업 작품으로 시작했지만, 후에 스크린에 걸리기까지 수많은 분의 노고가 있었기에 비로소 탄생될 수 있었다고 생각 합니다. 그때문에 집필 과정을 쓰기 위해 노트북 앞에 앉아 한참 동안 저만의 생각과 이야기를 정말 담아도 되는 것인지 많은 고민을 했습니다. 부족하지만 글을 쓰는 모든 분께 작은 도움이 될 수 있기를 바라며 저는 고민 끝에 〈계춘할망〉 집필 과정을 적어보려 합니다. 하여 제 집필 기안에 담긴 모든 글은 모두 지극히 주관적이라는 것을 미리 말씀 드리고 싶습니다.

■ 〈계춘할망〉을 쓰게 된 계기

당시에 부모님께서는 맞벌이를 하고 계셔서 어린 나는 아침부터 밤 늦게까지 대부분의 시간을 할머니와 보내는 일이 더 많았다. 그래서인지 어릴 때 엄마가 끓여주는 칼칼한 김치찌개보다 할머니가 끓여주신 구수한 된장찌개가 더 입에 맞았고, 아빠가 주는 용돈을 받아 동네 아이들과 노는 것보다 할머니를 따라 바다에 가는 것이 더 좋았다.

어릴 적때 목깃에 닿는 머리카락이 너무 간지러워 미용실이 아닌 마당 바닥에 앉아 빨간색 부엌가 위를 들어 머리카락을 거침없이 다 잘라버린 기억은 아직도 생생하다. 그날 외출하고 돌아온 할머니는 마당 바닥을 어지럽게 나뒹구는 머리카락과 삐쭉빼쭉 잘린 머리카락 덕에 동네 모자란 형 같은 모습을 하고 있던 나를 보고는 기겁을 하셨다. 그러곤 이내 가장 가까이에 자리하고 있던 빨랫방망이를 집어 들곤 내게 돌진 하셨다.

빨랫방망이에 강타당한 엉덩이는 바닥에 똑바로 앉을 수도 없을 만큼 부어올라 너무 아팠고, 남도 아닌 내 머리카락을 잘랐다는 이유로 혼이 난 것이 너무 억울하고 슬펐다. 그렇게 혼을 내셨으면 됐지… 저녁을 준비하는 내내 내게 못난 계집애 하고 끝까지 잔소리를 늘어놓는 할머니가 너무 밉기까지 했다. 그래서 종일 옷장 안에 들어가 엄마가 돌아오시기 전까지 나오지 않았던 기억까지도 생생한데 후에 할머니가 내 기분을 풀어주기 위해 어떻게 하셨는지에 대한 기억이 잘 나지 않는다. 되게 달콤한 걸로 어린 나를 달래주었던 것 같은데 말이다.

자려는데 희미해지는 나의 유년 시절의 기억을, 할머니와의 추억을 언젠가 한번 진실 되게 쓰고 싶다는 생각이 문득 들었다. 잊어버리지 않기 위해 하루 일기를 쓰고 어딘가에 메모를 해두는 것처럼… 그러다 나는 마침 졸업 작품을 쓰는 시기와 맞물려 할머니와 있었던 일을 시나리오로 써 내려가기로 결심했다. 졸작을 완성하고 처음 내 글을 읽은

과 동기들은 단번에 "이거 거의 네 이야기지?" 하고 눈치챌 만큼 진솔하게 썼다.

　과 동기를 비롯해 지인들은 제목이 왜 계춘할망인가?에 대해서도 물어보았는데 극 중 인물 계춘은 나의 할머니의 진짜 성함을 딴 것이다. 그 뒤로 따라붙는 할망은 제주도 사투리이며, 표준어로 번역하면 할머니와 뜻이 같다. 나는 어릴 적에 거만한 양반 행세를 하듯 뒷짐을 쥐고 앞서 걷는 할머니를 향해 계춘할망! 하고 불렀다. 덜렁 빠진 앞니사이로 바람이 숭숭 들어와 발음도 잘 안 되던 아주 어릴 때 말이다.

　졸업 작품이 종이책으로 만들어져 내 손에 들어오게 되었을 때 그저 써야만 했던 졸업 작품 하나를 쓴 것뿐인데도 뭉클한 기억이 있다. 뭐 하나 끈기 있게 끝까지 하지 못하는 내가 비록 엉망진창의 글일지라도 하나의 장편 시나리오를 완성했다는 이유와 못난 손녀가 이미 돌아가신 할머니께 드리는 뒤늦은 선물과도 같은 의미가 담겨 있어서 그랬던 것 같다.

■ 교수님에서 감독님으로…

　나는 글에 남다른 재능이나 재주가 있는 학생이 아니었다. 꿈이 작가도 아니었다. 학교를 졸업하긴 했으나 당장 무엇을 해야 할지가 가장 큰 고민이었다. 나를 우습게 만드는 이야기 중 하나지만 나는 교수님들 사이에서 '학교 잘 나오지 않는 애' 정도였을 뿐, 특별하게 글을 쓰는 것에 재주가 있어 눈에 뛰는 학생은 아니었다.

　졸업 후 얼마 지나지 않아 창 교수님과 작업을 같이 하던 친구가 교수님께서 나의 근황을 물어보셨다는 이야기를 우연히 전해 들었다. 교수님들 사이에서 제일 엄격 했던 창 교수님이 나의 근황을 물어보셨다니… 순간 감사한 마음보다 의아한 마음이 더 들었다.

　졸업 후 약 5개월 만에 다시 만난 교수님과 커피 두 잔을 시켜 놓고 이런저런 이야기를 많이 한 것 같다. 졸업 후 취업 계획이 불확실했던 나였기에 이야기의 주제는 취업 쪽으로 많이 기울어져 있었다. 그러다 문득 교수님은 잊고 있던 졸업 작품에 대해 이야기하셨다. 내가 졸업 작품을 낸 시기와 교수님의 어머니가 돌아가시는 시기가 겹쳤다고 하셨다. 갑자기 개인사를 이야기하셔서 무슨 말을 해야 할지 몰라 그냥 고개만 끄덕이고 있었는데 교수님은 이내 진지한 얼굴을 하시곤 진심이 담겨 있는 내 졸작 시나리오를 사들이기로 결정하셨다고 한다. 그땐 정말 이게 무슨 말씀이시지? 하고 어안이 벙벙했다.

나는 단 한 번도 이 이야기를 스크린에 걸어보고 싶다는 생각을 해 본 적이 없었다. 이 시나리오로 인해 기필코 작가가 되겠다는 꿈을 꿔본 적도 없었고, 졸작으로 낸 계춘할망 속엔 제주도 도민이나 알아 들을 수 있는 제주도 사투리가 심각하게 난무하고 있었으며 거기다 신 배열, 심지어 밤과 낮을 구분해 놓은 것도 아주 엉망이었다. 그래서 내 장편 시나리오를 정식으로 계약한다는 교수님 말씀에 마냥 좋다고만 할 수는 없었다. 오죽했으면 거짓말을 조금 더 보태 만우절 인가? 싶었다.

이것이 계약 전까지의 과정이다. 이 이야기를 들은 분들은 꼭 공모전이 아니어도 이렇게 진행이 되는구나 하고 신기해하거나 또는 의아해하셨다. 아마 지금 이 글을 읽고 계신 몇몇 분도 그리 생각하고 계시지 않을까 싶다. 어쨌든 나는 과 동기들 중 유일하게 교수님을 감독님으로 다시 만나게 되어 완전하게 시나리오 작가의 길로 들어서게 되었다.

■ 엉망진창 뜯어고치기

교수님과 회의 끝에 계약 전에 졸업 작품 시나리오를 다시 뜯어고치기로 결정했다. 역시나 내 생각처럼 졸업 작품에 낸 완전 초고 상태의 시나리오로 계약을 진행할 순 없었다. 뜯어고치기를 시작할 당시에 교수님은 내게 정말 쉴 틈 없이 아이디어를 제공해주셨다.

장편 시나리오라고 말하기가 부끄러울 만큼 형편없던 시나리오의 틀을 새로 갖추는 작업만 해도 꽤 시간이 걸렸다. 거의 모든 시나리오 작가님들과, 극작 작법서 안에서 뜯어고치는 작업은 정말 고된 작업이라며 두 입을 한입처럼 모아 이야기한다. 그 말을 단번에 이해했다. 기본기도 제대로 갖추지 못한 실력에 써 내려간 첫 장편이었기에 이것을 다시 뜯어고치는 작업은 정말 머리가 아팠고 복잡했다. 솔직한 심정으로 말하자면 진짜 싫다고 느낄 정도였다.

혜지의 캐릭터는 보통 그 시기를 겪는 예민한 사춘기 소녀들과는 다르게, 조금은 삐딱한 사춘기를 겪는 10대 소녀를 생각하며 만들었다. 중2병을 이상한 허세로 보내는 10대 소년의 여자 버전이랄까… 문제는 혜지가 아닌 할머니 역의 계춘이었다. 자꾸만 나의 할머니와 영화 캐릭터 계춘을 동시에 넣으려 해서 할망의 캐릭터를 바르게 잡아내는 것에 골머리를 썩였다. 주관적인 내 개인 사연 때문에 좀처럼 객관적인 시선으로 캐릭터를 잡지 못하는 것이 화근이었다.

내 기억 속에 할머니는 엄마보다 더 엄마 같은 인물이었다. 생각하면 자꾸만 마음이 쓰이는 측은한 할머니를 내 머릿속에서 잠시 지워야 했다. 자식과 손녀를 위해 어쩔 수 없이 강해져야만 했던 강한 할머니 캐릭터를 만드는 게 목표였다. 하지만 성장하는 중인 사춘기 소녀와 부딪히는 장면이 나올 때마다 자꾸만 할머니는 약하고 여린 캐릭터가 되어버렸다. 반항하는 손녀와 부딪히지만 그럼에도 꺾이지 않는… 더 센(?) 할머니 캐릭터를 그려내는 데에는 정말로 교수님의 공이 컸던 것 같다.

영화 속 제주도 배경에 빠질 수 없는 제주 방언에 대해서도 몇 글자 적자면… 나는 마지막 작업을 끝낼 때까지 방언을 버리지 못했다. 도민이 아니고서야 알아듣기 힘들 텐데. 밑에 자막을 넣어야겠지? 하고 내 나름대로 순화 작업도 해보았지만 크게 차이는 없었다.

다행히 시사회 날 본 영화 속 방언은 많이 순화되어 있었다. 방언을 모르는 분도 눈치로 알아들을 수 있을 정도였던 것 같다. 감독님께서 제주도 방언을 배우기 위해 방언 선생님을 섭외하려고도 했지만 결국 같은 한국 사람끼리 보는 한국 영화에 굳이 자막을 넣어야 하나 하는 이유 때문에 고심 끝에 적당한 선에서 순화를 하셨다고 한다.

■ 원작 계춘할망

오랫동안 집을 나가버렸던 계춘의 철없는 딸이 대뜸 갓난쟁이 혜지를 업은 채 제주도로 돌아오면서 이야기는 시작된다. 계춘은 아빠도 없는 미혼모 신분의 딸을 보고 노발대발하지만 이내 딸과 아기를 받아준다. 철없는 계춘의 딸은 계춘이 잠시 한눈을 판 사이에 혜지를 두고 다시 도망가 버리면서 졸지에 진짜 할머니가 되어버린 계춘과 손녀 혜지의 동거가 시작이된다. 초반부엔 어린 혜지와 할망의 아기자기하고 예쁜 모습을 담았다. 시간이 조금 더 흘러 혜지가 초등학교 입학을 앞두고 있던 해에 계춘의 딸이 다시 돌아온다. 그러곤 한다는 말이 딸보다 더 딸 같았던 혜지를 자신이 데려가겠다고 하며 둘의 사이에 끼어든다.

그렇게 계춘과 어린 혜지는 너무나 슬프게 생이별을 하게 된다. 가지 않겠다는 혜지의 손을 계춘이 먼저 놓아버린다. 아무렴 그래도 늙은 자신보다 아직 젊은 엄마의 품이 더욱 안전하다고 생각해서다. 손녀딸을 보내고 하루하루를 힘들게 살고 있던 계춘은 고등학생이 된 혜지가 서울에서 다니던 고등학교에서 사고를 치는 바람에 제주도 고등학교로 강제 전학을 오게 되면서 재회한다. 할머니의 집으로 컴백 홈한 혜지는 완벽한 날라리가 되어 있었고, 혜지의 눈에 비추는 소 간 먹는 할머니 계춘의 모습은 엽기 그 자체였다. 날라리 혜지가 사고를 치면 수습은 언제나 계춘의 몫이었다. 그때마다 살벌한 욕을 한 무더기 뱉긴 했지만 계춘은 혜지를 놓지 않으려 애썼다.

혜지는 계춘을 통해 많은 성장을 하고 부모에게서 느끼지 못한 사랑을 느끼며 조금씩 변화하지만 마음 한편엔 항상 계춘이 어릴 적 자신을 버렸다고 오해하며 원망하는 마음을 항상 품고 있다. 그래서 혜지는 계춘을 통해 성장하면서도 계춘을 미워했다. 계춘은 그렇게 작고 예뻤던 아이가 자꾸만 엇나가는 것이 속상했고 조금씩 그런 아이를 컨트롤하는 것이 힘에 부치기 시작했다. 그러던 어느 날 둘은 분명 사랑하고 있었지만 오해가 깊어져 크게 싸우게 된다. 결국 또다시 큰사고를 치고 떠나버린 혜지가 후에 연락을 받고 돌아왔을 때, 계춘은 이미 치매에 걸려 손녀마저 완전히 잊어버리는 상황을 마주하게 된다. 자신이 그동안 얼마나 못난 손녀였는지 깨닫게 된 혜지는 진실로 반성하고 계춘의 마지막을 지킨다.

이렇게 이야기는 끝이 난다. 이것이 지금의 영화 계춘할망과는 조금 다른 각색 전 시나리오 버전의 이야기이다. 후에 각색 작업을 거쳐 다시 만난 계춘할망 속에는 생각하지도 못한 반전이 숨어 있었다. 혜지를 혜지 그대로 받아들이는 계춘의 사랑과 진실이었든, 거짓이었든 할머니의 사랑은 위대하는 점이 원작과 각색의 공통점이라 느꼈다.

■ 마치며...

2016년 5월 19일 영화 〈계춘할망〉이 드디어 개봉했다. 영화가 나오기 까지 3년이라는 시간이 걸렸다. 시사회장 안에 들어섰을 때 기분은 처음 시나리오를 계약하던 날 만큼이나 떨렸던 것 같다.

할머니가 살아 계셔서 이 영화를 같이 보았다면 더 좋았을 것이라는 생각도 들었다. 그저 학생 신분이던 내가 졸업 작품으로 낸 첫 장편 시나리오는 좋은 분을 만나고 좋은 분들의 손을 거쳐 좋은 영화로 탄생할 수 있었고, 또한 그로 인해 내 할머니께 최고의 선물을 할 수 있었다. 앞으로 또 다른 시나리오 작업을 하겠지만 이만큼 내게 의미가 깊은 작품은 없을 것 같다는 생각이 미리 든다.

애초부터 지극히 주관적이었던 글이라 많은 애를 먹었던 〈계춘할망〉을 통해 객관적으로 보는 법을 조금은 익힌 것 같다. 그 가르침을 잊지 않고 앞으로도 나는 사람 냄새가 풍기는 좋은 작품을 계속해서 오래오래 하고 싶다.

개봉 : 2016. 6. 29
주연 : 안성기, 조진웅, 한예리
감독 : 이우철

※ 본 이미지는 시나리오 책자의 표지 이미지입니다.

| 천진우 |

주요 작품
2009 〈벙어리 순이〉 30분. 각본/연출/편집
　　　상록수단편영화제/특별상
2012 〈지리산 – 마지막 전쟁〉(가제) 각본
2014 〈전투 – 독립의 봉화〉(가제) 각본
2015 〈사냥〉 각본
2016 〈플레이어〉 각본

시놉시스

쇠락한 고장 '무진'
한때 탄광촌이었으나 부동산업 활성화로 광산업은 사양길로 접어든다.

금자는 부동산 업자에게 속아 쓸모없는 땅을 사버린다.
상심한 금자는 '남편 중현과 어린 양순'을 남겨둔 채 자살한다.
그녀의 장례식에 중현의 갱부 선배인 기성 영감이 찾아온다.
『수년전, 기성은 금자와 자신의 아들 대국과의 혼인을 반대했었다.
대국은 혼사에 실패하자, 아버지 기성이 모은 돈을 훔쳐 도시로 사라졌다.
이해할 수 없는 건 금자를 버린 채 떠났고 이후 중현이 그녀를 위로했다.』

금자의 장례를 마친 중현은 기성에게 비밀 하나를 털어놓는다.
『대국이 마을에서 사라진 날.
안개 자욱한 무진의 강물에 몸을 던진 금자를 중현이 건져내었다.
그때 그녀 뱃속에서 갓 낳은 양순이 강의 수면으로 둥둥 떠올랐다.』

기성은 진실을 부정했다.
얼마 안 가 광업소에서 갱 붕괴 사고가 터진다.
비좁은 어둠 속에서 기성과 중현은 얼마 안 남은 수통으로 연명한다.
중현은 이미 중상을 입어 의식이 오락가락한 상태였다.
어차피 어둠이랴. 기성은 중현의 목을 졸랐다.
그에겐 물 한 방울이 더 중했다.

수 년 후

갱 붕괴 사고로 죽은 아들(중현)의 제를 지내고 돌아오던 노파는
늙은 소나무 뿌리가 갈라낸 바위틈에서 금맥을 발견한다.
그곳은 며느리 금자가 목을 매단 장소이기도 했다.
흥분한 노파는, 무진 경찰서 명근을 불러낸다.
금맥을 살피던 명근은 거짓을 말해 노파를 기망한다.

다음 날 수상한 엽사 무리들이 나타나 산을 오른다.
과거 갱 붕괴 사건의 유일한 생존자였던 기성 영감도 홀로 산을 오른다.

금맥 바위에 모인 엽사들은 챙겨온 탐지기로 금의 매장량을 가늠한다.
어마어마한 양의 금이 묻혀 있음을 알고 기쁨도 잠시
약초 바구니를 든 노파가 그들 앞에 나타난다.
무리의 안내자인 동근과 실랑이하던 중 노파는 발을 헛디디고 만다.

엽사들은 난처해진다. 금을 최초 발견한 자, 땅의 주인도 노파다.
그리고 다툼 끝에 생긴 우연의 사고로 노파는 의식이 없다.
더군다나 이곳은 휴대폰이 터지지 않는 깊은 산중이다.
엽사들은 이 상황이 요행일지 불행일지 고민에 빠진다.
그런데 죽은 줄로만 알았던 노파가 눈을 뜬다.
그것도 잠시, 언제부터였는지 동근이 노파의 목을 조르고 있다.
지켜보는 엽사들은 아무 소리도 내지 않았다.
늙은 소나무만 딱딱 소리를 내며 그들을 내려다본다.
순간 "할매~" 소리가 정적을 깨고, 손녀 양순이 숲을 휘적거린다.
그 소리에 놀란 것은 숨어서 상황을 지켜보던 기성 영감도 마찬가지
였다.

동근이 노파 목을 조르던 손을 뗄 때, 기성은 어떤 '기시감'에 사무쳤다.

기성은 양순을 데리고 그들을 피해 달아난다.
엽사 일행은 영감과 소녀를 제거하기로 마음을 굳혀간다.
마을 밖에서 조망하던 명근도 동근을 간접적으로 돕는다.
산은 점차 그들의 복잡한 마음을 간결하게 만들어준다.
둘을 처리하는 일은 맹수가 고라니를 범하듯 쉽고 간단할 것만 같다.
평온하던 숲은 살풍경으로 변해간다.

암흑기

벌써 7년 전이다. 10여 쪽의 스토리를 써내고 폴더 안에 묵혀놓은 이야기였다.

원제는 〈어느 육식동물의 최후〉

결코 메인 스트림을 넘볼 수 없는 아리송한 제목에 내용마저 어두웠다. 지금도 마찬가지지만 영화를 선정하는 데 있어 흔히 말하는 '관객의 기준'은 항상 '나'로 도출된다. 흥행 공식 같은 거 안 믿는다. 내가 보고 싶은 영화를 만들자는 고집스러운 주관이다.

그해 줄거리를 쓰고 쭉 되새김질을 하고 나니, 역시나 어떤 불안감이 속을 비집었다. 그렇게 폴더 속으로 들어간 시놉시스는 무기한 방치될 터. 항상 그런 식이었다. 내가 쓴 대부분의 '감성'이 써 내려간 이야기는 '이성'에 의해 장기 수면 상태가 되길 반복했다. 결국 뼛속 깊이 트렌드를 의식한단 소리다. 그저 언젠가는… 잠꼬대처럼 기약 없는 희망에 기댈 뿐이었다.

그러다가 2012년, 한 제작사에서 진행하던 프로젝트가 무산되면서 시간이 남아돌았다. 돈도 못 받고, 허탈함을 잊기 위해 절치부심의 심정으로 폴더를 열었다. 그땐 이미 '감성'과 '이성'은 변신 합체된 상황이었고, 나는 가장 끔찍한 이야기를 골랐다.

2014~2015년 '여차저차 우여곡절'을 겪고

2016년 6월, 영화가 개봉했다.

올 초 계약한 다른 글을 쓰느라 정신없었던 나는, 시사회에 다녀온 지인을 통해 소식을 접했다. 그 시점부터 하루에 전화가 서너 통 이상은 울렸다. 각양각색의 톤으로 위로를 전하는 그들에게, 나는 매번 자동응답기였다.

'면목 없습니다.'

개봉한 영화는 철저히 천대받고 있었다. 전후 사정을 아는 이들은 그 점이 내게 위안이 되리라 생각했던 모양이다. 반은 맞고 반은 틀리다. 입양 보낸 내 새끼, 남이 잘 키워도 쓰리고 못 키워도 쓰리다. 개봉된 영화는 아직 못 봤으며 앞으로도 볼 생각이 없다. 이유야 셀 수 없이 많다만, 이미 만들어진 영화의 작품성을 따져들고 싶진 않다. 어떤 이야기든 화자의 의도대로 재구성되기 마련, 그들은 그들 나름대로 최선을 다했을 것이다.

어느 육식동물의 변명

■ 배경

줄거리를 쓰기 전 배낭을 싸서 고장 하나를 찾았다.

폐쇄된 광업소와 낙후된 마을 이미지는 예상한 느낌을 어느 정도 반영했다. 도박 빚을 진 자를 위한 전당포가 즐비했고, 뜨내기들이 많아 그런지 식당들은 대체로 불친절했다. 비온 뒤라 온통 축축하고 산봉우리마다 안개를 휘감고 있었다. 김승옥 선생님의 소설 〈무진기행〉에 안개 가득한 음울한 무진을 구현하면 이럴까 싶었다.

난생처음 가보는 도박장 풍경은 내 예상과 전혀 달랐다. 순진했던 거지.

라스베이거스를 기대한 건 아니었지만 휘황찬란한 이미지를 떠올린 건 사실이다. 그런 거 전혀 없이 평범한 외경에 평범한 사람들이 있었다. 다만 어딘가 무기력하고 찌든 기운은 고장의 그것과 닮았다. 길을 거니는 이들은 지역민인지 이방인인지 도통 구분할 수 없었으나, 이따금 눈동자가 짙은 사람들을 보면 이방인이겠거니 싶었다.

이곳 사람들은 도박장이 들어설 때 어떻게 받아들였을까. 아마 지긋지긋한 석탄가루보다 진보적이며 생산적인 풍경을 그렸을지도 모른다. 관련 업종 사람들에겐 큰일 날 소리 같겠지만, 2009년 내가 본 그림은 어딘가 채색이 덜된 추상화였다.

땅을 사기당한 금자가 자살한, 그 쓸모없는 땅에 이방인들이 나타나 생사를 진단하듯 청진기(탐지기)를 들이대는 이미지와 무산가의 굴레를 벗어나려 아들의 혼사를 반대한 기성 영감의 그릇된 성정(性情). 붕괴된 막장 안에서 저만 살자고 젊은이의 목을 조르는 늙은이와, 일확천금을 코앞에 두고 늙은이의 목을 조르는 젊은이.

이야기는 그렇게 나왔다. 뭐가 이리 비극적이냐고 묻는다면 달리 할 말이 없다.

〈어느 날 지지리도 가난한 마을에 금광이 발견되어, 서로 티격태격했으나 결국 오해를 풀고 '황금 보기를 똥같이 하라! moneymoney 해도 사람이 중하다!'라는 훈훈한 미덕을 남기며 오래오래 행복하게 잘 살았다~〉는.

도저히 능력이 안 돼서 못 썼다. 분명 어마어마한 걸작의 반열에 들어섰을 텐데… 누군가 이 글을 본다면 새로 써주길 바란다. 최소 1700만이다.

■ 공간

'산'은 이야기를 펼치는 데 있어서 절대적이었다.

평화로운 자연경관 속 정적인 롱숏과 인물들의 욕망을 강렬한 클로즈업 샷으로 충돌시킬 때 생기는 에너지는 상상만 해도 아찔했다. 문명사회에서 사람의 숨겨진 본성이 쉽게 발현되는 곳은, 아마도 보는 눈이 없는 곳. 시나리오에선 컴컴한 막장 공간과, 온통 숲으로 둘러싸인 산으로 비유된다. 전자는 어둡고 좁은 공간이지만 후자는 넓게 열린 우주. 어떤 의미에선 둘 다 고립이다. 속세에서 그들이 무얼 하고 어떤 지위를 갖추었든, 산에선 의미가 없어지고 모두가 평등해진다. 따라서 인물 각자가 지닌 원초적 색감들이 녹색의 환경에서 얼룩덜룩 도드라지길 원했다.

■ 캐릭터

열 길 물속은 알아도 한 길 사람 속은 모른다고, 과장되지 않게 미묘한 행동과 말투로 캐릭터를 다져나가는 것은 상당히 난해했다. 뭐든지 '자연스러운' 게 가장 어려운 법임을 새삼 깨달았다. 그 표현에 제일 집중했던 건 역시나 동근이었다. 미리 말하지만 동근은 애초에 무리의 안내자였다. 단지 행색이 껄렁하고 호전적이라 튀었을 뿐, 처음부터 이들의 우두머리는 아니었다. 초반에 엽사들이 기성을 놓치고 어찌할 바 몰라 당황할 때, 그가 제일 먼저 행한 일은 서열을 재정비하는 것이었다.

엽사 무리 중 하나가 일이 꼬인 것에 대해 그를 질책하자, 동근은 "언제부터 네가 나한테 정색했냐?"라고 민감하게 반응, 조바심을 느꼈는지 후에 맹 실장에게 엽총을 쥐어주어 기성을 쏘도록 지시하는 일은 공범경합을 꾀하는 간계 같기도 하지만 동시에 무리에서 자신의 지위를 격상시키는 일이기도 했다.

그리고 엽사들의 경우에는, 금을 발견했을 때 "~와 금이다! 부자다!"의 분위기가 후반 즈음 "~한동안 묻어둬야지. 금이 썩는 것도 아니고..."로 꺾이는 부분에서 그들의 본성을 완연히 드러내기로 했다. 영감으로 인해 혼란스러웠던 백주의 시간이 끝나고 이윽고 해가 저물어 그들 얼굴에 어둠이 드리워진, 심적 전환기를 맞는 인물들에게 시각적 효과를 더하기 위해 계산된 타이밍이었다. 오직 동근을 위시해 매 상황 책임전가를 꾀하던 그들의 최종 결론은, 매우 당연히도 "영감만 없었다면..."으로, 처음으로 혼연일치가 된다. 나는 아예 노골적으로 대사를 집어넣었다.

"산이 참 희한해. 사람이 솔직해져."

■ 구조

이야기가 진행될수록, 그리고 기성 영감에게 닥친 상황이 절박해질수록, 과거 붕괴된 막장의 심연과 현재 열린 숲에서의 쫓기는 상황을 병치시켜 나갔다. 막장(과거)과 숲(현재)은 수평 구조인 듯 보이지만 일점투 시방식이었다. 중심점은 갱도 입구가 되고, 과거와 현재의 궤적이 그 중심을 향하는 방식이었다. 다시 말해 '갱(폐광) 입구'는 두 플롯의 기성 영감이 당도해야만 하는 출구이자 종착지. 말 그대로 탈출

지점이면서, 언젠가 죄를 고해야 할 성소가 된다.

지상(숲)과 지하(막장)에서 벌어지는 상황은 마치 동 시간에 일어나는 느낌을 주려 했고, 두 공간에 공통으로 주어진 '생존' 미션은 서로 대조되며, 한 늙은 남자의 치부를 들어내는 한편 연민을 불러일으키길 바랐다. 나름 적재적소의 타이밍이라 생각되는 부분에 신들을 배치, 가급적 신과 신의 감정이 연계되는 걸 우선시했다. 단지 총만 빵빵 쏴대고, 쫓고 쫓기는 추격신을 위했다면 애초에 이 이야기를 쓸 이유가 없었다.

■총

총격은 감정이 고조될 때마다 임팩트를 더하는 도구에 불과했다. 시나리오 전반에 걸쳐 그들이 소비한 총탄 수와 남은 총탄 수를 기록했을 정도로 총격 신은 심플하며 게릴라식 접전에 가까웠다. 마구잡이 총질은 정서에 해악을 끼칠 뿐 아무런 도움을 주지 않는다고 생각했다. 의미 없는 열 발의 총격보다 파워풀한 총격 한 발이 주는 즐거움(?)은 삼척 웨스턴 동자도 안다. 욕설도 마찬가지! 시도 때도 없이 1818거리는 캐릭터를 두고 리얼리즘으로 해석해선 곤란하다.

잠시 흥분했다… 어쨌든 전반적인 총격 신의 구도는 웨스턴 무비의 그림자를 쫓았다. 폭력의 도구로 '총'을 택한 건 상업적이고자 한 타협이었을 뿐, 별 의미는 없었다.

■사유

그렇게 하나둘 죽어나갈수록, 자극을 받은 인물들은 온전히 짐승에 가까워진다. 그 저변에 금을 향한 광기가 동력임은 말할 것도 없다. 꼬일 대로 꼬여버린 상황에 방해물 영감을 향한 동근의 포비아는 절정에 이르러, 종극에는 살과 살이 부딪히는 격투 신이 벌어진다. 과거

고립된 막장에서 목을 조르는 기성에게서 살기 위해 발버둥치는 중현과, 현재 처절하게 동근의 완력에 압도당하는 기성은 동일시된다. 탐욕에 잠식돼 물불 안 가리는 젊은이와, 지난날 과오를 상기하며 사태를 바로잡으려는 늙은이의 회한 내지는 울분, 이 두 육식동물의 몸부림은 작금의 시대 유감이다.

콘티 회의 때, 상당히 집중했던 그림이고 두 배우 분에게도, 우리 영화에서 가장 힘든 지점이 될 것임을 암시한 부분이기도 했다. 나는 시나리오상의 지문 한 줄이 영화 전체를 말해주는 경우가 있다고 믿는다. 다만 그것은 텍스트에서의 요구가 아닌 영상 문법, 즉 연출의 계제에 속한다. 당시 나로서는 반드시 해결해야 할 숙제였다.

노인의 이야기는 과거 그가 행한 죄악이 고스란히 펼쳐지다가 일종의 반성문처럼 귀결된다. 절박한 상황에서 그가 쓴 쪽지는 서브플롯을 따라 양순에게서 그리고 무진서 반장으로, 말미암아 관객에게 읽힌다. 이것은 무의미한 설계였다. 어차피 인과 과정은 명명백백 알려졌거나 밝혀졌다. 문제는 이글을 쓰기 위해, 근 일 년 만에 각본을 훑어본 오늘에서야 깨우쳤다는 것이다. 원래 목적은 이랬다. 기성이 끄적거린 쪽지 내용은 당연히 '산에서 벌어진 사건'에 관한 고발 내용이겠거니, 굳이 보여주지 않아도 짐작된다. 하지만 마지막 즈음 무진서 반장이 펼쳤을 땐 예상을 깨고 전혀 다른 내용, '자신의 죽음을 예감한 늙은이의 유언'이 담겨 있더라는, 나름 드라마틱한 종결을 위해 깔아두었는데 구차하게 느껴졌다. 늦은 후회지만 군더더기를 줄일 다른 구성이 필요했다. 뭔가 풀리지 않을 땐 한동안 덮어두고 쉬도록 해주는 게 도움이 된다. 얼른 대한민국 영화 제작자들에게 이 중대한 사실을 알려야 할 텐데…

어쨌든, 영감을 구원해주는 것은 양순의 "할배 햇님 떴다. 소풍가자" 그의 죽음 앞에 흘려주는 마지막 대사 같기도 하지만, 애착이 가는 신은 따로 있다.

트 - 앙

67 - 3 숲
총성은 산중에 깊게 울려 퍼지고
최 반장과 기동대원들 모두 동작을 멈춘 채, 시선은 총성이 울린 허공에 머문다.
마치 국기에 대한 경례를 하듯 서서 침묵한다.

67 - 4 폭포 아래
그대로 떠서 처박히는 동근.
완전히 물에서 상체를 일으키는 기성. 탄피를 뱉어낸다.
상처투성이 검붉은 몸과 고슬고슬 물기를 머금은 백발이 은빛을 내며 조화를 이룬다.

『이윽고 고라니와 시선을 마주하고, 서로를 본다.
고라니의 맑은 눈에서 전해지는 형언키 힘든 차분함에
기성의 눈은 죄진 아이처럼 잔뜩 겁을 집어먹는다.
곧 또각또각… 쓸쓸히 발길을 돌려 수풀로 사라지는 고라니.』

극 초반에 동근이 엽총을 쏴서 놓쳤던 고라니의 재등장이다. 때문에 동근은 남은 총알을 소비해버리고 기성은 반격할 수 있었다. 이때 고라니는 중현의 환상 내지는 환생처럼 보였으면 했다. 생사를 넘나들며 만신창이가 돼버린 늙은이의 눈에 비친 것은 실물이든 헛것이든 상관 없었다. 죽음에 가까워진 그의 심안이 보고 싶은 대로 내버려두자. 왜 곡될수록 좋다. 작정하고 핍진성에 의지한 초현실적 이미지를 그렸다. 실제로 CG팀에게, 배우가 연기할 중현의 착하고 슬픈 눈과 고라니의 맑은 눈망울에 느낌이 닮아 있길 의논했다. 당연히 중현은 선한 눈매 의 배우가 필요했음은 물론이다. 비록 죄책감이 불러일으킨 환상이지 만 중현과 기성의 관계가 간접적으로나마 해소되는 신이며, 이 시나리 오에 대한 마지막 사유였다.

다음 신에서 막바지 클라이맥스 회상으로 연결, 기성은 들것에 실린 채 붕괴된 막장에서 구출되어 환한 빛으로 상승, 그동안 자신을 괴롭 혔던 암흑의 심연에서 비로소 탈출, 구원받는다.

최종 목표

중학교에 다닐 무렵부터 본격적으로 영화에 학술적 접근을 꾀했다. 그래 봤자 토요일마다 발간되는 비디오 가게 책자와 서점에서 파는 잡 지책 정도였지만, 내게 지대한 영향을 준 건 그 당시 심야라디오 '故정 은임의 영화음악'이다. 매주마다 출연해 영화를 해설하던 정성일 평론 가(감독) 덕에 지금 이 글을 쓰고 있다. 그때 그가 분석하고 해설해준 추천 영화들은 여전히 큰 자양이 된다. 언젠가 영화평론가가 되고 싶 다던 한 학생의 엽서 질문에 그가 해준 답변은 능히 기억할 만하다.

'영화광의 최종 목표는 직접 영화를 만드는 겁니다.'

감독 : 백승화
출연 : 심은경, 안재홍
개봉 : 2016. 10. 20

느릿느릿
걷기왕

시나리오 13고_160305 백승화 / 남순아
제작 (주)인디스토리

※ 본 이미지는 시나리오 책자의 표지 이미지입니다.

| 백승화 |

2006 계원조형예술대학 애니메이션 전공 졸업.

주요 작품
- 장편 〈반드시 크게 들을 것〉(2009)
  - 제35회 서울독립영화제 관객상 수상
  - 제13회 부천국제판타스틱영화제 후지필름 이터나상 수상
- 장편 〈반드시 크게 들을 것 2: WILD DAYS〉(2012)
  - 제4회 DMZ국제다큐영화제 관객상
- 단편 〈화목한 수레〉(2014)
  - 제11회 서울환경영화제 한국환경영화상 청록상 수상

시놉시스

모두가 열심히! 빨리! 를 외친다!!

"꼭, 그래야만 하나요?"

그녀 나이 네살에 발견된 선천적 멀미증후군으로 세상의 모든 교통수단을 탈 수 없는 만복(심은경)은 오직 두 다리만으로 왕복 4시간 거리의 학교까지 걸어 다니는 씩씩한 여고생.

무조건 빨리 무조건 열심히! 꿈과 열정을 강요당하는 현실이지만 뭐든 적당히 하며 살고 싶은 그녀의 삶에 어느 날 뜻밖의 '경보'가 울리기 시작한다.

걷는 것 하나는 자신 있던 만복의 놀라운 통학시간에 감탄한 담임선생님의 추천으로 그녀에게 딱 맞는 운동 '경보'를 시작하게 된 것.

공부는 싫고, 왠지 운동은 쉬울 것 같아 시작했는데 뛰지도 걷지도 못한다니!

과연 세상 귀찮은 천하태평 만복은 '경보'를 통해 새로운 자신과 만날 수 있을까?

시나리오 집필기

먼저 시나리오 집필에 관한 이야기를 쓰는 것이지만 한국 영화 대부분의 데뷔작이 그러하듯 각본과 연출을 함께해야 하는 초보 연출자가 연출을 목적으로 한 시나리오 집필 경험기 정도로 봐주시면 더 좋을 듯하다.

〈걷기왕〉은 2016년 1월부터 프리프로덕션을 시작하여 3월 중순부터 25회 차의 촬영, 그리고 4월부터 9월까지의 후반 작업을 거쳐 10월 20일에 개봉 예정인 영화다. 이렇게만 보면 별 탈 없이 진행된 것 같아 보이지만 사실 여타 많은 영화가 그렇듯 촬영에 들어가기까지 많은 탈이 있었고 시나리오도 많은 수정을 거쳐왔다.

■ 초고의 완성

　두 편의 장편 다큐멘터리와 한 편의 단편 극영화를 만들고 난 뒤 자연스럽게 장편 극영화의 시나리오를 써봐야 되겠다고 마음먹게 되었다. 저예산으로 만들 수 있는 내 취향의 엉뚱한 영화를 만들고 싶다는 생각과 함께.

　그렇게 '쓸데없는 걸 잘하는 주인공'에 대한 이야기를 하고 싶어서 쓰기 시작했던 게 2013년 초쯤이다. 당시 나의 주요 관심사는 '청년, 루저, 꿈…' 같은 것들이었고 처음에는 동네의 볼링장에서 알바를 하다가 자신의 재능을 깨닫게 되는 백수 여자아이를 주인공으로 한 '데굴데굴 볼링왕'이라는 시나리오를 쓰게 되었다. 1년 동안 쓰다 막히다를 반복하던 때에 '주인공이 잘하는 것이 볼링보다 더 쓸데없는 거여야 해!' 라는 생각으로 숨 쉬기, 걷기가 소재 후보에 올랐고 결국 걷기, 그리고 경보라는 데에까지 생각이 닿았다. 그리하여 선천적으로 심한 차멀미 탓에 몇 시간씩 걸어서 등하교를 하다가 경보를 시작하게 되는 여고생의 이야기인 〈걷기왕〉이라는 시나리오를 쓰게 되었다.

　2014년 초에 130신으로 된 초고를 일주일 만에 다 썼다. 사실 이전 볼링왕 시나리오부터 차용한 부분도 많다 보니 너무 금방 써버려서 '나 사실 천재였나?'라는 생각이 잠시 스쳐도 갔지만 이후 수정을 거치면서 초고가 얼마나 엉망이었는지 깨닫게 되었다.

　또 무엇보다 술술 써 내려갈 수 있었던 건 그 무렵 함께 아이디어를 공유한 보조 작가인 남순아 작가의 공이 크다. 카페에 죽치고 앉아 혼자 머리를 싸매던 이전과는 달리 보조 작가에게 이야기를 설명하고, 생각지 못한 아이디어를 듣고, 온갖 엉뚱함을 나누면서 많은 부분 도움을 얻을 수 있었다.

장편 시나리오라는 먼 길을 함께 고민해주는 파트너가 있다는 것에 대한 심적인 면도 큰 도움이었지만, 나의 경우 글을 쓰는 스킬보다는 성장영화로서의 주제적인 측면에 대한 이야기를 폭넓게 나누면서 다양한 시각과 새로운 아이디어로 접근할 수 있었다는 점이 가장 큰 도움이었다.

10여 년의 차이지만 내가 청소년기를 보낸 1990년대 말과 남순아 작가가 겪은 2000년대 말은 커다란 차이가 있었다. 지금의 청소년들과는 또 차이가 있고.

그 간격이 어디에서 오는지 이해하려다 보니 비로소 내가 이 성장영화에서 무슨 이야기를 하고 싶었는지에 대해 더 정밀하게 고민할 수 있게 되었다.

결과적으로 이전의 이야기가 소위 '꿈을 찾아가는' 익숙한 이야기였다면 그것이 '꿈이 없는 게 뭐가 어때?'로 바뀌게 되자 아리송해하던 것들이 안개 걷히듯 정리가 되었고 이야기도 쉽게 풀려나갔다.

■ 시나리오 수정

그렇게 일단 하고 싶은 걸 다 넣어서 두꺼운 초고를 쓰고 난 뒤, 이후로는 버리는 과정이 길게 이어졌다.

개성 있는 조연들이 등장하는 서브플롯을 좋아하는지라 초고에는 현재의 시나리오보다 조연의 숫자도 더 많았고 서브플롯도 더 디테일했지만 애초에 저예산 영화를 생각하고 쓰기 시작한 시나리오다 보니 이렇게 많은 등장인물과 많은 이야기를 담을 순 없을 거라고 생각했다. 함께 시나리오를 고민해혼 제작사 인디스토리도 난감해하는 모양이었다.

그 후로 1년여 간 제작을 준비하면서 130신이 120신, 100신 이 되고 두 자릿수가 될 때까지 줄이고 줄었다. 지문이나 대사도 줄여 페이지 수도 거의 절반가량이 줄었다.

이번 시나리오 작업을 하면서 가장 크게 느낀 것 중 하나가 시나리오 사이즈의 중요함이다. 책정된 예산에 비해 비대한 시나리오는 애초부터 쓰지 않는 것이 좋다는 말이다.

초고가 나온 순간부터 시나리오를 줄여야 한다는 압박에 늘 괴로웠고 그렇게 줄이다 보니 아쉬움도 많이 남았다. 그러다 보니 어느 순간부터는 삭제된 아쉬움보다도 줄어든 신 숫자에 미소 짓는 해탈의 상태도 된다. 하지만 물론 그렇게 뭐에 홀린 사람처럼 이야기를 줄이다가 정신 차리고 보면 애초에 생각한 이야기가 아니게 될 수도 있는 위험도 많이 따랐다.

그런 것들을 보강하기 위해 여러 가지로 고민을 많이 했는데 기본적으로 중심이 되는 메인 플롯을 더 명확히 가져가는 것이 중요한 것 같았다. 그렇게 되니 자연적으로 서브플롯에서 중복되는 주제 또는 감정 같은 것들을 삭제하기 쉬워졌다.

또 다행히도 〈걷기왕〉은 처음의 기획부터 보통의 극영화에서는 잘 쓰이지 않는 내레이션과 자막을 자주 활용할 수 있는 톤 앤 매너를 가진 시나리오였다. 영화 전체가 하나의 동화처럼 보이고 그것을 읽어줄 화자가 있으면 좋겠다고 생각했기 때문에 내레이션을 선택했고, 또 내가 다큐멘터리를 연출했을 때부터 적극적으로 활용하곤 하던 좋아하는 방식이기도 했다.

그렇게 시나리오가 줄어드는 대신 내레이션과 자막을 좀 더 활용함으로써 부족해 보이는 상황과 감정의 설명을 좀 더 용이하게 메울 수 있었다고 생각한다.

■ 톤 앤 매너

시나리오를 쓰며 종종 이 짓거리가 왠지 모르게 건물을 설계하는 것처럼 느껴지는데 내 상상 속의 건물을 만들기 위해 기둥은 어떻게 세워야 하고, 평수는 몇 평이고, 방은 몇 개고, 주차장은 어디에 있고 창문을 어느 방향으로 내어야 해가 잘 들어오는지, 배관은 어떻게 할지 등등. 이러한 모든 걸 설계하는 것 말이다.

나는 내가 설계하는 건물이 튼튼하고 넓고 좋은 아파트보다는 좁고 복잡하더라도 내가 원하는 소품들로 가득한 단독주택 같았으면 하는 바람이 있었다.

또 큰 아파트 같은 건 튼튼하게 잘 짓지도 못하는 것 같고 벽돌집 정도는 열심히 한번 지어볼 생각이었기 때문에 그리 된 점도 있겠다.

그래서 시나리오의 탄탄함(도 물론 중요하지만)보다도 좀 부서지거나 삐뚤어지더라도 나의 장점이라고 생각하는 톤 앤 매너를 지키는 것을 첫 번째로 생각하며 시나리오를 썼다.

이러한 점은 이후 영화를 연출할 때도 마찬가지였는데, 뛰어난 연출을 고민하기보단 어디서 본 거 같지만 내가 좋아하는 연출 방식을 고수하려고 노력했다.

■ 여성 캐릭터

개인적으로 시나리오를 이루는 많은 부분 중에서도 캐릭터를 어떻게 설정하고 관계를 맺는지에 대해 고민할 때 가장 즐거움을 느끼는 편이다. 그와 관련하여 고민한 점들도 많긴 하지만 〈걷기왕〉은 주인공부터 주요 조·단역까지 여성 캐릭터가 잔뜩 나오는 영화였고 이러한 이유로 시나리오를 쓰며 여성 캐릭터를 다루는 방식과 태도에 대해서 어떤 고민이 있었는지 이야기해보고 싶어졌다.

예를 들어 자신의 부상을 감추고 있는 육상선수인 수지가 병원에서 의사와 면담하는 장면을 쓰면서, 나는 자연스럽게 남자 의사를 떠올렸다. 이후 캐스팅 과정에서 의사가 여자면 안 되느냐는 질문을 받았고 어째서 당연하게 남자 의사를 떠올렸는지 반성했다. 의사는 당연히 남자일 것이라는 차별적 편견이 작동한 설정이었다.

단역의 경우 이것이 잘못된 편견이라고 판단했을 때, 보다 쉽게 역할의 성별을 바꿔볼 수 있지만 더 커다란 비중이 있는 주·조연일 경우에는 어땠을까? 차별적 성 역할을 현실적이라고 오해하는 제작자들을 만났다면 또 어땠을까?

이번 영화의 시나리오를 쓰고 제작하는 과정에서 자주 들은 이야기 중 하나가 왜 주인공이 여고생이냐는 것이었다.

'여성이 주인공인 영화는 흥행하기 어렵다.' '여고생이 아니라 남고생이었다면 투자나 캐스팅도 더 쉬웠을 거다' 라는 말과 함께 말이다.

남고생이 주인공이었을 때도 왜 여고생이 아니라 남고생인지에 대한 질문을 들었을까? 왜 남고생일 때 투자나 캐스팅이 더 쉬운 걸까?

이러한 질문들 속에 나 또한 캐릭터를 만들 때 현실적이고 자연스럽다는 미명하에 차별적 편견 등을 그대로 재현한 것은 아닌지 다시 고려해보게 되었다. 또 이러한 것들이 다음 영화의 기획과 시나리오의 과정에서 먼저 고민되어야 한다고 생각하는 계기가 되었다.

■ 최종고

크랭크인이 들어가기 며칠 전쯤에야 최종고인 13고를 완성하게 되었다. 이러한 최종고를 바탕으로 영화를 다 찍고 편집과 후반 작업을 거치면서 시나리오의 미숙한 부분에 대한 대가를 치르고 있다는 생각도 종종 들었다. 하지만 이 이야기는 나뿐만 아니라 많은 사람의 노력과 애정이 더해져 완성된 이야기이고 또 누구보다 〈걷기왕〉의 시나리오와 그 세계 안의 인물들을 내가 가장 사랑하고 아껴주어야 한다는 생각도 동시에 들었다. 훌륭한 시나리오를 쓰는 방법에 대해서는 아직도 잘 모르겠지만, 부족한 면이 있더라도 내가 사랑하는 이야기가 한 편의 영화로 완성되는 일을 목격하는 일은 역시 즐거웠다.

이제 조만간 관객들을 만날 일만 남은 이 영화의 앞날에 행운이 따르길 바란다.

'송 작가'라는 글쟁이

| 송장배 |

엄청 무지한 몸으로 요행이 있어 작가라는 영예스러운 이름을 얻어 글쟁이 행세를 하며 살아온 것이 어느새 50여 년 세월.

그사이 크고 작은 많은 일이 있었지만 유난스레 기억에서 지워지지 않는 할머니가 한 분 계셨기에 다시 한 번 추억해보려고 한다.

충청도 공주 땅에 사셨던 이신애 그 할머니. 하얀 버선발과 은백색 하얀 머리까지 마치 한 마리 백조인 양 항상 창가에 서서 먼 하늘만 바라보며 계셨던 그 할머니.

지금은 이미 타계하시어 하늘나라에 계시지만 그 옛날 왜 정치 하에 꽃다운 젊은 처녀의 몸으로 사내들도 꺼려하던 독립운동 단체인 애국부인회에 죽어도 좋다는 결사선서까지 써주며 투신. 조직원들도 기피의 대상이었던 자금모금 운동원으로 힘쓰시다가 여러 차례 체포, 구금, 고문 등으로 몸 전체가 상처투성이였던 그 할머니.

언젠가 할머니의 얘기가 신문을 통해 알려지자 청와대에서 감화, 박정희 대통령이 공주의 한 야산 중턱에 작은 집 한 채를 마련해드렸고 육영수 여사께서는 할머니의 자랑스러운 얘기를 영화로 만들어 국민이 모두 함께 감상할 수 있는 기회가 만들어졌으면 좋겠다고 하여, 당시 충무로 영화계를 주름잡던 한진영화사 한갑진 사장께서 이영우 감독을 통해 본인에게 작품 집필을 당부했고 본인이 공주로 직행, 할머니를 만나볼 수가 있었으며 조금만 늦어도 역사 속으로 숨어버리고 없을 귀하고 값진 많은 얘기를 전해 들을 수가 있었다.

– 유관순을 만나다 –

일경들이 구치소에서 하루 한 차례 죄수들을 운동장으로 불러내 운동을 시키곤 했는데, 어느 날 운동장에서 낯선 처녀 하나가 찾아와

"이신애 씨죠? 말씀 많이 들었습니다. 존경합니다."

경의를 표하기에 댁은 어디서 온 누구냐고 물었더니

"전 천안에서 온 유관순이라고 해요" 하더랍니다. 두 사람이 그렇게 만났고 의기투합 옥중만세 사건도 함께할 수가 있었답니다.

– 유관순의 죽음 –

유관순이 총에 맞아 죽었다. 칼에 맞아 죽었다. 소문들이 분분하지만 현장을 직접 목격한 할머니의 말씀으론 유관순이 장이 터져 죽은 것이라고 하셨다.

어느 날인가 일경들의 행패가 너무 심하자 유관순이 일경의 얼굴에 침을 뱉는 사건이 일어났는데 화가 머리끝가지 치솟은 일경이 저만치 물러갔다가 뛰어오며 양손이 묶인 체 허공에 매달려 있는 유관순의 복부를 있는 힘을 다해 걷어찼고 "헉!" 하는 소리와 함께 유관순의 두발 아래로 수돗물처럼 붉은 피가 쏟아져 내리더란 것이다. 이튿날 아침 땅땅거리는 이상한 소리가 나기에 무슨 소리냐고 했더니 방금 유관순이 죽어서 관 뚜껑 닫는 소리라고 하더란다.

– 이완용을 만나다 –

할머니가 구치소를 나와 다시 조직에 복구해 또 자금모금원으로 애를 쓰고 있는데 어느 날 조직의 책임자인 전협 대장의 부름을 받고 갔

더니 그날따라 표정이 근엄한 대장이 말하기를 신애 양 오늘은 좀 더 큰돈이 필요한데 내가 일러주는 집으로 한번 가봐줬으면 좋겠어. 한데 이집 은 좀 심각해, 용기가 필요해 용기가….

놀랍게도 그 집은 매국노로 지탄이 하늘을 찌르는 이완용의 집이었 다. 난 처음엔 내 귀를 의심했고 나를 사지로 모는 것 같은 대장이 죽 이고 싶도록 밉고 원망도 됐지만 한발 한발 이완용의 집을 향해 가는 동안 생각이 180도로 바뀌더란 것이다. 전협대장이 그 누구인가?

한 시절 부천인가 부평에서 사또를 지냈고 언젠가는 김구 선생과 이 범석 장군과도 대화하는 모습을 보지 않았던가. 그런 양반이 어찌 그 런 어리석은 생각을… 이건 분명 어제 오늘의 얘기가 아니고 벌써 오래 전에 서로를 만나 대한독립이 어쩌고저쩌고하며 세밀하고 빈틈없이 세 워 놓은 연극 같은 것이 아니겠는가. 이런저런 생각을 하며 가는 동안 어느새 이완용의 집 앞이었고 마음이 급해진 나는 미리 준비해간 물건 들을 확인(재떨이 밑에 깔아두는 예쁘게 수놓은 헝겊들)

이것들을 팔러 다니는 고학생으로 가장, 사모님이 불러서 왔다고 속 이고 정문을 통과 조심조심 안으로 드니 이완용이 서재에 홀로 앉아 책 을 읽고 있었고 내가 소리 없이 다가가 큰절을 해 인사를 드리고 전협 대장의 심부름으로 왔다고 전하니 알았다는 듯 머리를 끄덕이며 윗방 으로 들어가더란 것이다.

잠시 후 가방 하나를 들고 다시 나와 내게 건네며

"봐라 바깥세상에선 사람들이 날 보고 매국노라고 욕들을 한다면서?"

묻기에 그렇다고 했더니 그럼 넌 어떻게 생각하느냐고 또 물어 나도 그렇게 생각한다고 말해줬단다. 그러자 한동안 말없이 서 있더니 알 듯 모를 듯 말 한 마디를 더 하는데.

"허허벌판에 두 그루의 나무가 서 있고 오랜 세월 바람만 불면 서로 를 비벼대며 괴롭히고 상처까지 준단다."

해서 차라리 두 몸이 한몸이 되면 어떨까 생각되더란 것이다. 참으로 자기적이며, 단순, 치졸, 매국노다운 판단이란 생각이 들더란 것이다. 누가 바람을 불러왔으며 누가 누구를 괴롭혔고 상처를 줬단 말인가.

그리고 한날 한시 한배에서 태어난 쌍둥이들도 서로가 다른 법인데, 조상이 다르고 역사가 다르고 마음이 다르고 생각까지 다른 사람들이 어찌 한몸이 될 수 있단 말인가 했더니. 그건 그렇다고 치고 아무리 생각해도 자네를 혼자 내보내는 것은 왠지 불안하고 위험천만하다는 생각이 드는데 안 되겠어 나와 함께 나가자고 하곤 당신 자신께서 앞장을 서고 나를 뒤따르게 해 정문을 통과 저만치 가서 인력거까지 불러 나를 태워 보내주더란 것이다.

이완용 어쩌면 그도 조국에 대한 어쩔 수 없는 연민과 회한 두 가지의 마음을 함께 담고 살아야 했던 불운한 인생은 아니었는지 조심 또 조심 한번 생각해본다.

2016년 8월 5일 필자 송장배

| 송장배 |

1939년에 태어났다. 고등학교를 졸업하고, 수많은 영화와 소설을 읽으면서, 어느 순간엔가 스스로에게 문학적 재능이 있다는 것을 발견하고서 써 내려간 작품이 「초우」였다고 한다(한국영상자료원). 이 시나리오는 1966년 정진우 감독의 동명의 영화로 만들었고, 이어 (막스 오필스의 연출작으로 유명한) 〈모르는 여인으로부터 온 편지〉(1948)를 당시의 한국 상황으로 번안, 각색한 〈모르는 여인의 편지〉(1969), 〈어느 소녀의 고백〉(1970), 〈여인의 종착역〉(1970) 등의 멜로 드라마, 〈원한의 거리에 눈이 나린다〉(1971), 〈30년 만의 대결〉 등의 액션, 〈판문점 도끼살인〉(1976), 〈판문점 미류나무 작전〉(1978) 등의 반공 영화 시나리오 등 다양한 장르와 스타일의 작품들을 작업한다.

주요 집필 작품
각본 판문점 미류나무 작전 (1978), 판문점 도끼살인 (1976), 울면 바보야 (1976), 30년만의 대결 (1971),
　　 들개 (1971), 원한의 거리에 눈이 나린다 (1971), 그날 밤 생긴 일 (1971), 어느 소녀의 고백 (1970),
　　 여인의 종착역 (1970), 모르는 여인의 편지 (1969)
각색 이 다음에 우리는 (1977) - 윤색, 초연 (1975)
원작 초우 (1966)

충무로
비사(秘史)

한유림

1941년 함경남도 함흥에서 태어났다. 대학 졸업 후, 영화 월간지였던 『영화 세계』에 근무하다 김기영 감독의 〈하녀〉의 시나리오를 접하고, 그 매력에 이끌렸다고 한다. 이후 시인이자 시나리오 작가였던 김지헌의 집에서 3년 동안 머물며 사사했다. 1965년 〈성난 얼굴로 돌아오라〉의 시나리오로 영화계에 데뷔한 후, 1966년 이광수의 『유정』을 각색한다. 이후 1970년대 중반까지 다양한 장르의 시나리오 작업을 하는데, 그 가운데는 〈수절〉(1973)과 같은 공포물, 〈아빠하고 나하고〉(1974) 같은 가족 멜로 드라마, 〈금문의 결투〉(1971) 같은 무협물 등이 폭넓게 펼쳐져 있다. 1970년대 중반 이후로는 방송극으로 주요 활동 무대를 옮기는데, 1980년대에는 특히 기업 관련 다큐멘터리 드라마에 집중하여 현대건설, 대우그룹, 국제그룹 등의 기업사를 다룬 라디오 방송극은 단행본으로 출간되기도 한다. 1989년에는 백시종, 김녕희, 전범성 등의 작가들과 함께 기업문학협의회를 결성하여 기업사를 문학 장르로 넓히려고 시도한다(매일경제).

| 각본 | 안개도시(1988), 동백꽃 신사(1979), 천하무적
(1975), 출세작전(1974), 연화(1974), 대형(1974),
아빠하고 나하고(1974), 위험한 사이(1974), 요화 배
정자(속)(1973), 여대생 또순이(1973), 협기(1973),
수절(1973), 금문의 결투(1971), 월남에서 돌아온
김상사(1971), 첫정 (1971), 현대인(1971), 지금은
남이지만(1971), 미워도 안녕(1971), 당나귀 무법
자(1970), 버림받은 여자(1970), 어느 소녀의 고백
(1970), 불개미(1966)
| 각색 | 며느리(1972) – 윤색, 괴담(1968), 유정(1966)
| 원작 | 여대생 또순이(1973)

이감독의 이민

| 한유림 |

"컷!"

이성구 감독이 함경도 악센트가 섞인 목소리로 고함을 질렀다. 돌아가던 카메라가 멈추자 이 감독은 연기자에게 다가갔다.

"야, 진심이 없어 진심이. 니 연기에 색을 입히지 말고 있는 그대로 연기하라고! 월남 땅에서 베트콩하고 싸우다 지쳐서 돌아온 김 상사가 되란 말이야!"

나는 촬영장에는 잘 나가지 않았지만 이번 영화 〈월남에서 돌아온 김상사〉는 이 감독과 두 달간 앰배서더 호텔에서 밤을 새워가면서 시나리오 공동작업한 것이라 나더러 꼭 나와달라고 신신당부를 했기 때문에 잠이 쏟아지는 걸 꾹 참고 촬영을 참관하고 있었다.

이성구(李星究) 감독하고는 여러 번 인연이 있었지만 이 작품이 첫 만남이었다. 알고 봤더니 함경도 함흥, 동향이고 말투도 비슷하고 성격도 외삼촌을 닮아 갑자기 친해진 사이였다.

"야, 방금 찍은 거 어떻게 생각해?"

이 감독이 갑자기 묻는 바람에 나는 잠이 달아났다.

"괜찮은 것 같아요."

"같아요라니? 좋으면 좋고, 나쁘면 나쁘지. 같아요라는 표현은 좀 쓰지 말라구!"

"네, 좋아요. 시나리오 분위기대로 잘 찍은 겁니다."

"그렇지?"

이 감독은 씩 웃으며 맛 좋게 담배를 피워 물었다.

나와는 반대로 성격이 괄괄하고 함경도 사나이다운 기질이 넘쳐 나 아닌 다른 작가와도 여관방에서 난투극을 벌여 이가 두 개나 부러졌다는 얘기를 들었다. 나하고 꼭 10년 선배였기에 깍듯이 존댓말을 썼다.

시나리오 작업을 마치고 이 감독은 "야, 우리 집에 가볼래?" 해서 미아2동에 있는 그의 집을 방문했는데 난 솔직히 무지하게 놀랐다.

마당은 넓은데 집은 너무나 초라했고, 송아지만 한 세퍼트가 우리 속에서 으르렁대는 것까지는 좋았는데, 그의 부인 이은심(李恩心) 여사가 마치 식모 같은 차림으로 나와 인사를 했다.

김기영(金綺泳) 감독의 유명한 영화 〈하녀(下女)〉의 여주인공으로 한때 충무로를 떠들썩하게 한 여배우였다. 주인(김진규 분)에게 정조를 뺏겨 아기를 임신한 하녀가 주인 아주머니의 지독한 구박에도 안간힘으로 견뎌내지만 아기가 죽자 지독한 악녀로 변신해, 가족을 하나하나 없애가는 무서운 복수극. 김기영 감독이 이 시나리오로 〈화녀(火女)〉 〈충녀(蟲女)〉 등으로 여러 번 리메이크한 원전이 바로 영화 〈하녀〉였다.

사실 나는 초년병 시절 부산 제일극장에서 〈하녀〉를 보았다. 흑백 스탠더드였는데 나는 충격을 받고 평소 문학을 좋아하던 터라 제일극장 지배인을 찾아가 "하녀"의 시나리오를 보여달라고 졸랐다. 그가 나에게 보여준 대본은 나중에 시나리오가 아니라 촬영 대본이었다.

시나리오처럼 자세한 지문은 없지만 대사만은 생생하게 기록돼 있었다.

시나리오 하녀가 내 주의를 끈 것은 크레딧 타이틀이었다. 주인집

아들과 딸이 실코를 뜨는 장면. 매여진 실로 손가락에 끼워서 젓가락도 만들고 그릇도 만드는, 두 사람이 마주 보고 앉아 상대방이 낀 실코에 손가락을 끼워 '코'를 만드는 놀이. 어릴때 누구나 해본 이 놀이가 영화의 첫머리에 타이틀백으로 나오는데 미스터리한 이 영화의 분위기를 너무나 잘 나타낸 장면이었고 오래도록 뇌리에 남아 있었다.

"아, 내가 할 일이 바로 이거야."

고등학교를 졸업하고 어느 석유회사 영업부 말단으로 일하고 있던 나는 시나리오라는 장르에 반해버렸다.

석유회사 사장이 제일극장의 경영주이기도 해서 나는 용감히(?) 사표를 내고 사장실로 찾아가 "시나리오 공부를 하고 싶으니 서울영화사 사장에게 소개장을 써달라"고 간청했다.

사장님은 나를 멍한히 바라보았다. 당시 석유회사는 매출이 좋았고 보너스도 300%씩 나오는 초일류 회사였다. 이런 좋은 회사를 박차고 소위 영화판에 뛰어들려는 나를 좀 돈 친구가 아닌가 하고 지켜봤다고 했다.

"정말 시나리오 하고 싶어?"

"네, 꼭 한국 제일의 시나리오 작가가 되어서 돌아오겠습니다."

내 눈빛에서 결연한 의지를 본 사장님은 서울 유한영화사 사장에게 소개장을 써주었다.

이래서 시작된 나의 작가 생활이었다. 그동안 세 분의 스승(김지헌, 장사공, 김강윤) 밑에서 코피 터지게 원고지 칸을 메꾸워 첫 작품이 영화화되고 재작년에 제작자 주동진에게 이광수 원작의 '유정(有情)'을 하자고 제안, 일본 홋카이도에 가서 찍어 유명한 남정임(南貞姙)이란 여배우를 탄생시켰고 주동진을 부자로 만들어 나도 주가가 부쩍 상승되었었다.

나에게 시나리오 작가로 인도한 바로 그 〈하녀〉의 여주인공 이은심이란 배우가 이런 초라한 모습으로 이상한 아기를 안고 나에게 인사할 줄이야!

이상한 아기!

사실 아기가 아니었다. 이상하게 흐느적거리는 기형아였는데 이 감독의 장남으로 열일곱 살. 신체가 자라지 않아 아직도 아기였고 도저히 인간의 형상이 아닌, 쳐다만 봐도 구역질 나는 그런 흉측한 모습의 아들이었다. 그 아들의 쭉 째 진 입에 이은심 여사가 계속 라면 가락을 쑤셔 넣고 있었다.

'살아야 된다, 살아야 돼! 넌 이걸 먹고 살아 있어야 돼!'

이은심의 모습은 바로 불구의 자식을 가진 자애로운 어머니였다. 나중에 들은 얘기지만 이은심 씨가 제2차 세계대전 때 일본 히로시마 근처에 살았는데 간접적으로 원폭의 방사능에 노출된 모양이었다.

이 감독은 좀 성난 표정으로 내 손을 끌고 부엌으로 향했다.

"우리 덴푸라 만들어서 쇠주 한잔하자."

그는 프라이팬에 기름을 붓고 냉장고에서 미리 만들 놓은 돼지고기와 튀김가루, 계란 등을 익숙하게 꺼내 돼지고기 튀김을 만드는데 일류 요리사 못지않았다.

"야, 이거…"

한쪽 찬장에서 됫병 말소주를 꺼낸 이 감독은 튀김 요리, 김치 등을 들고 안방으로 들어왔다.

이은심 씨와 장남은 사랑채에 있었기 때문에 안방은 비어 있었다.

"난 하루에도 수천 번씩 저 자식이 죽어줬음 하고 바래."

소주 몇순 배가 돌자 불콰해진 이 감독이 내뱉듯 말했다.

"내가 나쁜 놈이지?"

사랑채 쪽에서 칭얼대는 장남의 이상한 괴성이 들렸다. 나는 무어라고 위로해줄 말을 찾지 못하고 연거푸 소주잔만 비워냈다. 문갑에 차남과 딸의 모습을 담은 사진 액자가 놓여 있었고 두 아이는 학교에 가고 없었다. 아이들의 액자 곁에 유난히 눈에 띄는 상패와 트로피가 놓여 있었는데 영화상이 아니라 대한명견협회에서 탄 최우수상이었다. 명견이름 프론트. 나이 세 살. 명견주 이성구라고 적혀 있었다.

"마당에 있는 저 세파트가 받은 상이군요?"

"아, 저거…?"

비로소 이감독의 얼굴에 웃음꽃이 피었다.

"저놈이 아니야. 저건 박노식이 준 거구…"

배우 박노식씨가 애견가인 것은 알고 있지만 왜 박노식이 이 감독에게 값비싼 순종 세파트를 줬는지 얼른 이해가 가지 않았다.

한동안 이 감독은 말을 못 하고 약간 비감에 젖어 있었다.

그의 얘기에 의하면 이렇다.

박노식과는 몇 작품 하지 않았는데 걸쭉한 남도 사나이 박노식과 함경도 토종 이성구는 대번에 의기가 통했다.

1970년대 말 이 땅에 TV가 들어오고 영화계에 유례없는 불경기가 들이닥쳐 너도나도 일거리가 없던 시절, 이 감독은 박노식이 준 프론트를 애지중지 잘 길러왔다. 79년인가, 장충공원에서 한국명견협회가 주최하는 명견대회에 이 감독은 혹시나 하고 기분으로 프론트를 출품했는데 당당히 1등으로 뽑혔다. 독일산 순종이었고 족보도 있었지만 이 감독이 프론트를 데리고 마아9동 신일고등학교 뒷산에서 맹훈련을 시킨 덕분에 등의 선이 아름다운 곡선을 이루고 군살 하나 없이 잘 자라 준 덕분이었다.

상장을 받고 상금도 300만 원인가 받았는데 개를 끌고 나오는 이 감독을 붙잡는 사람이 있었다.

"그 개 파시오. 천만 원 드리리다."

당시 천만 원은 적은 돈이 아니었다. 한참 영화계가 전성기였을 때 이 감독도 세 작품을 한꺼번에 계약, 밤낮 철야 작업을 하며 코피를 쏟은 적도 있었다. 배우 김지미가 30작품 가께모찌(중첩계약의 일본말) 한다느니 신성일, 엄앵란이 40작품 가께모찌해서 지금 무슨 작품, 어떤 신을 찍는지 잘 몰라 조감독이 일일이 프롬터 (뒤에서 대사 읽어주기)를 해준다는 얘기였다. 사실 필자 역시 충무로 3가 수강여관에 방세 군데를 빌려 A방에는 연방영화사 작품을, B방에는 합동영화사 액션 작품을, C방에는 연합영화사 〈괴담〉 작품을 쓸 때였다. 여관 지배인은 세군데 사장 얼굴을 잘 알았으므로, 실내 전화로 "합동사장이 올라갑니다" 하면 B방에 가서 집필하는 척하고 "연방이 올라갑니다" 하면 A방에 가서 원고지를 들척이며 고민하는 척했다. 이때는 모 감독이 일주일 만에 희극영화 한 편을 찍어 시야게(후반 작업)를 마친 경우도 있었다.

그 당시 나나 이 감독의 월수는 2천,3천만 원 올라서 생활 걱정은 없었으나 TV가 이 땅에 들어오면서 배우는 물론 감독, 스태프까지 모두 백수 신세가 되었으므로 이 감독에게 세퍼트 값 천만 원은 눈이 확 뜨이는 액수였다.

아침에 개를 끌고 나올 때 이은심 씨가 아이 등록금 꼭 해줘야 한다고 못을 박았기에 더욱 그랬다.

"싫소. 개 안 팝니다."

이 감독은 프론트에게 들인 정이 너무 아까워 그 유혹을 물리치고 집으로 돌아왔다. 상금 300만 원이 있었기에 아이 등록금은 물론 쌀 두어 가마, 연탄 1000장을 들여왔다.

80년이 되어도 영화 불경기는 풀리지 않았다. 몇 달 동안 상금 300만 원을 써버린 이 감독은 충무로를 누비며 일거리를 찾았지만 영화사 사장들도 개점휴업 상태로 스타다방이나 청맥, 벤허다방에 죽치고 앉아서 경기가 풀리기만 기다렸다.

아침 잠결에 이은심 씨가 부엌에서 바가지로 쌀독 밑바닥을 "드륵" 긁는 소리를 냈기에 그걸 들은 이 감독은 며칠 고민하던 일을 결행하고야 말았다.

대한명견협회에 가서 그때 3등 한 배인수라는 사람을 찾았다. 그에게 눈물로 프론트를 넘겨주고 800만원을 받아왔다.

"낑, 끼기 낑…!"

프론트와 헤어질 때 곁눈질로 주인을 바라보며 슬피 울어대던 그 소리가 며칠 밤을 못 견디게 했으나 어쩔 수 없는 일이었다.

〈젊은 표정〉〈춘향전〉〈장군의 수염〉을 만든 명감독이 왜 이 모양으로 살아야 하나 생각하면 속이 부글부글 끓었다.

그 어려운 한 해를 이 감독은 800만 원으로 버텨냈다. 한 가지 걱정은 프론트를 선물한 배우 박노식을 만나기가 겁이 난다는 거였다.

"이 감독, 프론트 잘 크지라우?"

이렇게라도 물어오면 과연 무어라고 대답할 것인가.

"아, 잘 커. 암 잘크고말구…"

이러고 거짓말을 해야 하나.

그래서 영화계에의 공식 석상을 늘 피해왔다. 박노식에게 차마 프론트를 팔아먹었다고 말할 수 없었다.

그런데 원수는 외나무다리에서 만난다고 P영화사 사장이 찾아서 가니 '스타베리킴'이란 액션물을 맡아달라고 했다. 이미 배우와 캐스트가 다 돼 있는데 주인공이 다름 아닌 박노식이라고 했다.

"죄송합니다. 이 작품 사정이 있어서 연출 못 하겠습니다."

사장에게 고개를 숙이고 영화사를 나왔는데 등줄기에서 진땀이 다 흘렀다.

이 감독팀에는 민철홍이란 조감독이 있었는데 생각다 못해 박노식에게 이 감독의 속사정을 털어놓고 말았다.

사실을 안 박노식은 프론트의 손자뻘 되는 해피란 세퍼트 강아지를 보내왔다. 박노식의 스케줄맨 황 부장이 차에 실어왔는데 이 감독은 해피를 돌려보냈다.

"내가 무슨 면목으로 받겠나? 노식 씨한테 면목 없다고 전해주게."

이튿날 박노식이 직접 찾아왔다. 고개를 들지 못하는 이 감독을 차에 태우고 우이동 생막걸리집에서 오랜만에 회포를 풀었다. 막걸리도 많이 마시면 취하게 마련이다.

"영화계가 화려한 것 같아도 일거리 떨어지면 비참허요잉?"

박노식도 한탄을 하며 모 후배 배우가 암으로 쓰러져 죽어가는데 아무도 도와주는 사람이 없다고 한탄했다. 영화인만큼 인정 많은 동네도 없지만 대부분 가난한 사람들이고, 영화 해서 돈 번 곽 아무개, 신 아무개, 강 아무개, 정 아무개는 이빨도 안 들어간다고 했다. 박노식이 신 아무개에게 돈 거둬 사람 하나 살려보자고 했지만, "내가 뭣 땜에 그 사람 도와줘? 내가 무명 땐 쳐다보지도 않던 사람인데…" 하고 사장실을 휑하니 나가버리더라는 얘기였다.

"이 감독, 우리들만이라도 인정 변치 말더라고요. 한국 영화계가 살려면 똘똘 뭉쳐야 한다께요"

이 감독은 또 박노식의 신세를 졌다. 해피를 데려와서 키우는데, 프론트 생각이 자꾸 떠올라 괴로웠다.

"해피 이놈은 더 잘 키워야지."

매일 새벽 해피를 데리고 신일고등학교 뒷산에서 살았다. 야구공을 힘껏 던지면 해피가 달려가 귀신같이 찾아 물고 왔다. 이 훈련을 수백 번, 수천 번을 했다.

그 해피가 벌써 세 살. 지금 이감독집 마당에 있는 쇠그물 개장에서 왔다 갔다 하며 넘치는 활기를 주체 못 하고 있었다. 내가 처음 여기

와서 목격한 그 세퍼트가 프론트의 새끼 해피였던 것이다.

이런 이야기를 하는 사이에 막소주 한 병을 둘이서 다 비웠다. 돼지 고기 튀김도 떨어져 나는 자리에서 일어섰다.

"그만 가보겠습니다. 얘기 재미있게 들었어요."

"아니, 같이 나가자구."

이 감독은 점퍼를 걸치고 따라나왔다. 나는 이은심 씨에게 인사를 하고 나왔다. 이 감독은 조감독 민철홍을 만나야 할 일이 있다고 했다.

민철홍 조감독 얘기를 좀 해야 할 것 같다. 그날 이성구 감독은 민철 홍의 속병(아마 암이 아니었나 생각된다) 치료를 위해 입원비를 주려 고 묵정동 그의 집을 찾았던 모양이다.

영화계에 만년 조감독이 많았다. 내가 알기로도 여나문 명 되는데 20년, 30년 조감독 생활을 해도 감독으로 입봉(데뷔)하지 못하고 직 업 조감독으로 짱 박고 사는 사람들이다. 그들이 실력이 없는 게 아니 다. 동서양 철학을 꿰고 클래식 음악을 통달하고 우리나라 역사학에 지리학에 모르는 게 없는 만물 천재들이 많았는데도 그들에게 가장 중 요한 인간관계의 실패에서 감독 데뷔를 이루지 못한 것으로 판단된다.

경우에 따라서는 제작자에게 아부(?)도 하고 남을 섬기는 일을 해야 되는데 이들의 공통점은 자존심이 너무 세고 아집이 있고 남을 배려하 지 못하고 남을 나보다 낮게 여기지 못한다는 것이다.

내가 모시고 있던 K작가의 동생 김대연은 S대 음대 성악과를 나온 천재형 인물이었다.

드라마 해석에서부터 드라마를 어떻게 이끌고 가야 하나, 이 드라마 의 원형은 무엇인지, 소위 36가지 국면(모든 드라마는 36가지 시추에 이션에 속한다는 이론) 중 어느 국면에 속하니까 어떤 테마로 결말지 어야 하는지 이론은 한국 제일인데도 40년 동안 감독이 되지 못했다.

이론과 실제는 항상 다른 것인지, 아니면 제작자에게 아부(?)를 떨지 못했는지, 그는 한국 영화계의 거물 감독 김기영(金綺泳), 유현목(俞賢穆), 조긍하(趙肯夏), 이성구(李星究), 이강원(李岡原), 박종호(朴宗鎬) 감독 밑에서 조감독 생활을 해왔다. 새카만 그의 후배들이 척척 메가폰을 잡고 아시아 영화제, 칸영화제에서 감독상을 받는데도 그는 여전 조감독이었다.

한번은 내가 잘 아는 제작자가 "어디 실력파 조감독 없어? 이번 작품은 신인감독을 기용할 건데 한 작가 한번 추천해보지 그래." 이렇게 말해서 속으로 쾌재를 부르고 김대연 조감독을 찾았으나 충무로에서 떠났다는 거였다. 그런 일이 여러 번 있었으므로 사방으로 수소문해서 그의 행방을 알아냈는데 이번엔 엉뚱하게도 청계천 철물상에서 점원 노릇을 하고 있었다.

너무나 그림이 어울리지 않아 철물점 밖에서 멍청히 그를 바라만 보고 있으려니까 꾸벅꾸벅 졸고 있던 그가 시선을 느꼈는지 부스스 눈을 뜨고 나를 발견하자 그냥 씩 웃기만 했다. 들어오라든지 웬일이냐는지 뭔가 반응이 있어야 하는데 그냥 씩 웃고만 있었다.

"정말 태평이군."

"이 짓 좋아서 하나. 호구지책이지 뭐…"

"어서 일어나. 감독 데뷔할 기회야. K사장이 찾고 있다구."

"내 팔자에 감독이 되겠어?"

"이 답답한 양반아. 가서 만나나 보자구."

"작품이 뭔데?"

"김문엽 작가가 쓴 '엄마는 대통령'이야"

"그거 조긍하 감독이 한 육체의 고백 아니야?"

"그래 그걸 리메이크한 거래. 배우도 일류로 캐스팅한다니까 어서 일어나라구."

"그거 되겠어?"

"될지 안 될진 해봐야 하잖아?"

"그 작품 자신 없어. 진부해."

"스타트가 중요하잖아? 우선 뚜껑을 떼놓고 다음에 기찬 작품 해보자구. 나한테도 아이디어가 있어."

이렇게 겨우 설득해서 K사장에게 데려가 소개했더니 열 흘후에 충무로 괴목정(槐木亭) 술집에 혼자 앉아 줄담배만 피워대고 있었다.

"아니, 왜 혼자야? 그거 어떻게 됐어?"

"이거지 뭐…"

김대연은 손을 목을 긋는 시늉을 하면서 물 건너 갔다는 표정이었다.

"왜 기획이 안 좋았나?"

"나가레(기획취소)야."

"원 제기…"

"내 복에 뭐... 하긴 입봉만 하면 뭐해? 한 작품 해놓고 줄창 놀고 있는 친구가 부지기순데…"

그의 말이 옳았다. 첫 작품이 끝 작품이 되어 한 작품 데뷔만 해놓고 후속작이 없어 영화계를 떠나지도 못하고 부유하는 친구들이 하나둘이 아니었다.

"자네 덕에 직장만 날아갔어. 그 집 딸이 꽤 이뻤는데…."

"아니, 다시 가면 될 거 아냐?"

"사표 낸 놈 누가 일 시킨대. 다른 점원 벌써 들어갔지."

"미안허구만. 오늘 술값 내가 내지."

"다 날 위해선데 한 작가가 무슨 죄가 있겠어. 술이나 마시자구."

김대연과 꽤 많이 마셨는데 갑자기 라디오에서 미성이 흘러나왔다. 헨델의 '라르고'였는데 나는 한참 후에 그게 라디오에서 흘러나오는 노래가 아니라 발근히 취한 김대연이 직접 육성으로 부르는 명곡 '라르고'임을 알고 몸에 소름이 끼쳤다. 카르소 못지않은 미성이었다. 그제야 나는 그가 서울 음대 출신임을 상기했고, '라르고' 전곡을 다 부른 그는 말없이 술집을 빠져나가갔다.

결국 김대연은 그 훨씬 후 청계천 그 철물상 주인 딸과 결혼해서 영영 영화계와 작별했다.

이런 친구가 또 한 사람 있었다.

오랫동안 유현목 감독 밑에서 조감독 생활을 해온 이재헌이란 친군데 그와 처음 만난 건 명동 박 대통령 집에서였다.

명동 뒷골목에 염통구이 잘하는 대포집이 있었다. 이 집 주인이 당시 청와대 주인 박정희와 신통하게 닮았다. 벌쭉귀도 닮았고 피부도 까무잡잡하고 키도 작아 영락없는 박통이었다. 그가 생김새 때문에 어떤 고난을 당했는지는 잘 모르지만 좌우간 명동에서 소염통을 구워주는데 이것이 일미였다.

양념이 잘된 염통을 얇게 저며서 당시 유행하던 연탄불에 살짝 데쳐만 먹는 막걸리 안주로는 그것 이상이 없었다. 값도 싸고 말만 잘하면 외상도 주므로 가난한 영화인들이나 연극인들이 자주 찾았다. 말하자면 이재헌도 그 집 단골이었다.

앞머리가 신상옥 감독처럼 멋있게 넘어가고 두툼한 계목도리를 아무렇게나 목 위에 걸친 사내가 혼자 술잔만 기울이고 있었다.

"되게 고독을 즐기는군."

"누구?"

나와 함께 간 귀천의 시인 천상병이 내 시선을 따라 그를 식별하고

"야, 영화쟁이가 저 사람 몰라?"

"누구야?"

"유 감독 조감독 이재헌? 저 사람 모르면 빨갱이지."

"영화쟁이 어떻게 다 알아?"

"그럴 게 아니라 합석하자구."

이래서 천상병 시인의 소개로 이재현을 알게 됐는데 당시 유현목 감독의 〈잉여인간〉을 작업하고 있었다.

우리는 거기서 자주 만났다. 명동 금문다방 3층 조남철 기원에서 바둑을 두노라면 "야, 돈 좀 있어?" 하고 며칠 노숙한 듯한 천상병이 와서 뜬금없이 술 마시자고 강요(?)했다. 아침이고 대낮이고 상관없었다. 대낮부터 한잔 걸치고 저녁에 명동 청와대(?) 그 집에 가면 어김없이 이재헌이 앉아 있었다.

별로 말이 없었는데 클래식 음악을 훤히 꿰고 있었다. 어떤 음악을 들어도 누구의 콘첼토 몇 번 몇 악장… 술술 나왔다. 한동안 종로 '르네상스'에서 살면서 거기 소장된 3000여 장의 음악을 모두 섭렵했다는 얘기였다. 영화를 만드는 사람들은 누구보다 집념이 강했다. 영화라는 종합 매체에 종사하려면 다재다능해야 했다. 때문에 영화인은 기인(奇人)이나 광적인 집념의 소유자가 많았다.

그러기에 영화 해서 못살거나 운이 없거나 경쟁에서 밀려나거나 기존 제작자나 기획자, 감독, 촬영기사, 조명기사, 시나리오 작가에게 잘못 보여 현역에서 밀려나 오랫동안 끗발 유지(영화인들에게는 세 가지 생존 철칙이 있었는데 현금 박치기, 끗발 유지, 안면 몰수였다) 못하면 일단 충무로를 떠났다. 동대문시장에서 양말 장사를 하든, 외항선을 타든, 태백시에 들어가 무연탄을 캐든 어떤 직종에 종사하다가도 돈이 좀 모이면 마치 마약중독자처럼 충무로로 귀환하지 않고는 견디지 못했다. 그런 친구가 여럿 있었는데 그들의 체면 때문에 일일이 거명하지 못하겠다.

어쨌든 이재헌 감독과 친해졌고 얼마 후 그는 입봉하겠다고 유현목 감독 밑에서 나왔는데 정말 운이 없었는지 그 작품이 지방 흥행사의 눈에 들지 못해서 기획 취소가 되는 바람에 그 역시 충무로의 짚시가 되고 말았다.

하도 안타까워 나는 필동 하숙집에서 '동정(童貞)'이란 시나리오를 탈고하여 그에게 갖다줬다.

"이형, 이걸로 다시 시작해보시오. 작품이 마음에 들면 말입니다."

시나리오 '동정'은 영화지 〈실버스크린〉에 게재되던 것인데 다시 손질해서 이재헌에게 준 것이다. 당시 시나리오 작가들은 계약을 해서 계약금을 주지 않으면 필(筆)을 들지 않았다. 그런데도 나는 근 20일 걸려서 탈고하여 한 푼 안 받고 그에게 줬으니 그가 고마워하지 않을 수 없었다.

'동정'은 쏘냐라는 고급 콜걸을 사랑하는 천진무구한 사춘기 소년을 그린 것이다. 이재헌은 완고를 읽고 소재가 좋다면서 그걸 들고 제작자를 찾아갔으나 역시 딱지를 맞았다.

그 후 10여 년간 그는 감독이 되지 못했다. 결국 시나리오로 방향을 돌려 작가협회에 등록했다. 이야기가 길어졌지만 이성구 감독 조감독이었던 민철홍 역시 입봉을 하지 못하고 있었다.

그의 소식을 듣고 묵정동 그의 자취방을 찾아갔더니 대낮부터 소주를 까고 있었다.

"웬일이야? 이 감독이 걱정하던데…"

"별거 아니야. 간에 구멍이 뚫렸다는데 아무렇지도 않아. 이렇게 건강하다구."

민철홍은 팔뚝을 들어 힘을 주어 근육을 보이며 씩 웃었다. 안주가 시원찮아서 탕수육을 시켜 같이 마셨는데 자꾸 한숨만 내쉬었다.

"무슨 고민 있어 민 감독?"

"나 원 참 더러워서…"

"왜? 주동진이 또 부도수표 뗀 거야?"

주동진이랑 나와 〈유정〉을 같이해서 벼락부자가 된 제작자로 그 돈으로 묵정동에 50억을 들여 10층 빌딩을 지었다. 충무로에서 그를 '전

자두뇌'란 별호를 붙여줄 만큼 하는 작품마다 줄줄이 히트하여 승승장구하는 중이었다. 그가 민철홍에게 꼭 입봉시켜 주겠다면서 벌써 여러 작품 막일을 시키고 있었다.

"그 작품도 날 안 준대."

"그 작품이라니?"

"하와이 연정."

"야, 그건 현상열 감독하고 묵계가 있던 작품이야. 초고도 현 감독이 썼고 그걸 너한테 줄 리 없잖아?"

"그러니까 또 날 속인 거라구."

"민 감독, 아직 기회가 많아. 국제간첩, 국제금괴 사건 계속 쓸 거라구."

그때 007위기 일발이 히트하면서 국내에도 첩보물이 많이 기획되던 때였다.

"너 연방영화사 기획실장이야?"

"실장은 무슨… 최춘지 상무가 있는데 내 차례에 돌아오겠어? 계속 작품이나 써야지."

"야, 나한테 소원 한 가지 있어."

"입봉 말구 또 소원이 있다구?"

"응."

묵정동 연방영화사 건물 뒷골목에 당시 병아리 여배우 김소라, 윤정옥 두 여자가 살고 있었다. 하숙인지 자취 생활인지 잘 기억이 나지 않지만 제작부장 황용갑이한테서 그 소스를 듣고 나도 알고 있었다.

"나 그 애만 보면 미치겠어."

아직 총각인 민철홍은 여배우 김소라를 짝사랑하고 있었다. 그 여성과 결혼하기 위해서도 민 감독은 하루빨리 감독이 되고 싶었다.

"직접 한번 부딪쳐봐."

"어떻게?"

"꽃다발 하나 들고 가서 정식 프러포즈 하라구."

"용기가 없어."

"이봐, 용감한 자가 미인을 소유한다잖아?"

"그래도 안 돼. 나는…"

심한 열등감에 빠져 있었다. 그에게는 멋있게 빼입고 나갈 의상도 멋진 레스토랑에서 고기를 썰 돈도 갖고 있지 못했다.

소주 몇 병을 더 비워 민 감독이 취기가 올 무렵 내가 제안했다.

"한번 그 여자 집에 가보자. 밖에서 모습만이라도 보고 오자구."

"… ."

워낙 자신이 없어서 묵묵부답인 그를 억지로 끌고 나왔다. 민 감독 집에서 약 300m 더 올라가면 김소라가 사는 집이 있었다. 초저녁이라 집집마다 문을 닫고 저녁을 먹을 시간이었는데, 담 넘어로 본 그녀들의 자취방 창문에 김소라의 모습이 잡혔다.

"야, 저기…"

나는 민철홍의 등을 두드려줬다. 약간 취기가 돈 민철홍의 눈은 그야말로 황홀 그 자체였다. 그의 낭만을 부추기듯 김소라가 당시 유행하던 '지금도 마로니에는…' 노래까지 불렀다. 나 역시 그 여성의 미성과 미모에 현혹되어 멍청히 쳐다보고 있는데 민 감독이 발길을 돌렸다.

"안 돼. 난 안 돼…"

"야, 바라보지도 못 하니?"

"자격 없어. 저런 여잘 어떻게 행복하게 해줄 수 있겠어."

"니가 입봉하는 작품에 주연으로 픽업하면 되잖아?"

"…"

결국 민철홍은 주동진 사장의 눈 밖에 나서 입봉하지 못하고 3년 후 암으로 저세상으로 갔다. 너무나 안타까운 죽음이었다. 제일병원 영안

실에서 그와 작별하고 나오는데 김소라가 어느 제작부장과 같이 문상을 왔다. 나는 주춤 멈춰 섰다. 저 여자가 민 감독의 짝사랑을 어느 정도 알고 있었을까. 지금도 김소라는 브라운관에서 주연 못지않은 조연으로 맹활동하고 있다.

충무로 3가 마리안느 다방에서 배우 송재호와 커피를 마시고 있는데 이성구 감독 써드 조감독 백군이 날 찾아왔다.

이성구 감독이 날 찾는다는 얘기였다.

미아 9동 이 감독 집에 들어서자 해피가 개집에서 반갑게 짖었다. 이은심 씨는 무표정하게 장남을 안고 라면을 먹이고 있었다. 이 감독이 부엌에서 또 돼지튀김을 만들고 있었다.

"저 왔습니다."

"응, 방으로 들어가."

둘이 또 막소주병을 놓고 마주 앉았다. 저번에 처음 와보고 석 달 만에 만난 셈이었다.

"뭐 달라진 거 없어?"

이 감독이 소주잔을 채우며 싱긋 웃었다.

"뭐요?"

하며 방 안을 살피다가 트로피 하나가 늘어난 걸 발견했다.

새 트로피는 받은 지 얼마 안 되었는지 반짝반짝 빛나고 있었다. 영화상 트로피가 아니라 한국애견협회에서 받은 해피의 우수상 트로피였다.

"아니, 또 받았군요."

"받았지. 그런데 2등 상이야. 최고상이 아니라구…."

"2등상요?"

"응, 지 애비보다 허리가 좀 굵대나."

"그래도 그게 어디예요? 상금도 받았겠네요?"

"응, 300…"

"축하합니다."

하고 나는 손을 내밀었다. 그 손을 마주 잡는 이 감독의 손에 힘이 없었다. 이 감독의 눈에 핑 눈물이 고였다.

"아니, 왜 그러십니까?"

"말도 말어. 거기서 프론트하구 딱…"

"네?"

이번 애견대회에 참가하려고 해피를 데리고 대회장인 장충공원에 막 들어서는데 참가견들이 죽 늘어선 대위에서 2년 전에 헤어진 프론트와 이 감독의 눈이 딱 마주쳤다.

헤어진 애인과의 재회가 이토록 강렬할 수 있을까. 이 감독이 대번에 저 개가 프론트구나 했는데 프론트가 낑하고 신음을 토하며 공중으로 뛰어오르더라는 것이다. 이 감독은 엉겁결에 뛰어올라 이 감독의 품에 안기는 프론트를 안고 바닥에 뒹굴고 말았다.

"오, 프론트!"

"낑 끼깅 낑…"

프론트는 비명을 지르며 이감독의 목과 턱을 마구 핥고 야단이었다. 프론트의 새 주인이 뛰어와서 보고 기가 막히는지 멍청히 서서 두 편의 해후를 바라보고만 있었다.

해피가 놀라 마구 짖었다. 이 감독은 두 개를 양팔에 껴안고 펑펑 울고 말았다.

프론트가 2년이 지났는데도 이 감독을 알아봐줬다는 게 너무 고마워서 울음이 나왔다고 한다.

"이 개 도루 파슈."

프론트 주인을 보며 이 감독이 말했다.

"안 돼요. 한번 넘겼으면 그만이지. 천만 원 줘도 안 팝니다."

주인은 냉정하게 말하고 억지로 프론트를 이 감독의 품에서 떼어내더니 끌고 가버렸다. 이 감독이 따라가며 사정했다.

"500백 드리리다. 도루 넘겨주시오."

"허, 안 된다니까. 당신 그 개 있는데 뭘 그러슈?"

해피를 턱으로 가리키며 말했다.

결국 그날 이 감독이 데려간 해피는 2등, 나이 든 프론트는 장려상만 받았다. 어느 여성이 데려온 럭키라는 개가 특상을 받았는데 이 감독은 특상개가 부럽지 않았다.

"야, 프론트!"

이 감독이 목메어 불렀다. 장려상 받은 프론트를 끌고 가는 그 사내의 뒤를 따르며 이 감독은 이상하게 자꾸 눈물이 났다. 그 사내에게 해피를 주고 오늘 상금 300만원 다 준다고 제안해도 고개를 흔들었다.

"이보슈, 당신만 정든 게 아니요. 나도 프론트 당신 못지않게 사랑하고 있소." 그러고는 프론트를 랜드로버에 싣고가는데 프론트는 계속 이 감독을 돌아보며 낑낑대고 울었다.

짐승과의 정도 인간의 정 못지않게 강렬하다는 걸 새삼느꼈다. 이감독은 그 후 해피도 다른 사람에게 넘기고 개를 기르지 않았다. 개에게 준 정을 처리하는데 스트레스를 받았기 때문이다.

이감독을 생각하면 죄송한 점이 한두 가지가 아니다. 그는 어느 날 나에게 300만 원을 주며 내가 쓰고 싶은 작품 하나 써달라고 부탁했다. 참으로 안타깝게도 그 당시 나는 소위 선배작가들이 지나가는 성장통, 매너리즘에 빠져 있었다. 도무지 창작이 되지 않았다. 작품의 실마리도 잡히지 않고 뭐가 떠올라서 쓰면 졸작만 나왔다.

나는 결국 이 감독에게 작품이 써지지 않는다고 말하고 300만 원을 되돌려줬다. 그 후 이 감독도 작품을 만들지 못했다. 중부시장에서 만리장성이란 중국집을 냈다. 장남을 안방에 뉘어놓고 이은심 씨가 카운터를 지켰고 요리사를 위해 이 감독은 식재료를 사다 보급해주는 일을 했다.

어느 날 충무로에서 마주쳤는데 "야, 밀가루가 많이 남아 한번 들리라구" 하더니 신문에 "오, 인천"을 찍는데 감독은 미국의 테렌스 영이고 한국측 감독은 이성구라고 나와서 너무나 반가워 만리장성으로 뛰어갔더니 주인이 바뀌고 이 감독은 서소문에 중국 레스토랑을 냈다고 했다.

이 감독과는 잘 만나지지 않았다. 6.25때 카추사였던 이감독은 영어에 능통했다. 테렌스 영 감독(007 위기일발 감독)과 〈오, 인천〉을 찍으며 너무 소통이 잘된다는 얘길 들었다.

그 영화가 미국서 개봉됐으나 흥행에는 실패했다. 우리나라에도 붙었지만 역시 마찬가지였다. 그러나 이 감독은 서소문 레스토랑이 잘되고 〈오 인천〉에서 많은 개런티를 받았다며 한동안 한남동 고급 호텔 생활을 했다.

어느 날 만나자는 전화가 와서 충무로에서 만났는데 대뜸 이민 간다는 얘길 꺼냈다.

"이민이라니요?"

"동생하구 누님이 브라질에 가 있어."

"거기 가면 영화일 할 수 있어요?"

얼마 전부터 이 감독의 친동생 이병기 촬영기사가 충무로에 나타나지 않은 걸 깨닫고 남미에 가도 영화 일을 할 수 있을까 하고 염려를 표했더니 아니나 다를까, 거기 가면 누님이 하는 섬유 제품 일을 하겠다고 말했다.

"가지 마십시오. 영화쟁이가 영화를 만들어야지 섬유가 뭡니까?"

"여기 정세도 확실하지 않고…"

"아니 여기가 어때서요? 레스토랑 하면 생활도 안정되고 꼭 하고 싶은 영화 만들면 되지 않습니까?"

"김일성이 언제 또 전쟁 일으킬지 누가 알어?"

이 감독의 눈이 잠시 떨렸다.

"예?"

나는 눈을 동그랗게 떴다. 이 감독의 진짜 이민 이유가 한국의 정전 불안이라니. 사실 그즈음 북한군의 산발적 도발이 서해안에서 일어났던 건 사실이었다. 그러나 그런 일 때문에 정든 충무로를 떠난다니 말이 안 된다고 생각했다.

"좌우간 난 여기가 싫어."

"비겁합니다. 그건 현실도피예요!"

나는 버럭 화를 냈다. 이 감독의 눈에 잠시 당혹하는 기색이 떴다가 사라졌다. 다시 온화한 웃음을 보이며 말했다.

"자네 좋은 작품 많이 써."

그렇게 헤어졌다. 훨씬 이후에야 깨달았지만 이 감독은 6·25때 여러 번 죽을 고비를 넘겼다고 말했다. 이 감독에게는 전쟁공포증이 있지 않았나 생각된다.

최근에 어느 촬영기사한테서 이병기 기사의 소식을 들었다. 이 감독 일가는 브라질 상파울루 시에서 섬유 제품 공장과 판매점을 운영하며 잘 살고 있다고 한다. 기형아 장남은 사망했다고 한다. 다행스러운 일이라고 해야 할지 잘 모르겠다. 어쨌든 그렇게 영화를 좋아하던 이 감독이 영화를 만들지 못한다는 게 안타까운 일이다. 그와 같이 단성사에서 같이 본 영화 〈미션〉을 다시 비디오로 볼 때마다 그가 한 대사가 떠오른다.

"저런 영화 한번 꼭 만들고 싶어."

이 감독은 〈미션〉 같은 영화를 만들고 싶어 이구아수 폭포에 가서 지금쯤 어떤 생각을 하고 있을까.

걸작의
탄생

젊은 시나리오 작가들이 그룹을 결성, 공동 작업 과정을 통해 서로의 장단점을 보완하여 작품성 있는 오리지널 시나리오를 완성시키는 창작 프로젝트. 공동 집필 프로젝트에 참여한 각 작가의 스토리는 다른 작가들이 서로에게 객관적 감상평을 전해준다. 그리고 토론을 통해 새로운 아이디어를 제공하거나, 보완, 수정 과정을 거쳐 참여 작가 스토리 모두를 오리지널 시나리오로 완성할 수 있게 한다. 참여 작가들의 스토리가 오리지널 시나리오로 창작, 완성되어 가는 공동 집필 전 과정을 〈시나리오〉에 공개 연재하고 완성된 시나리오는 저작권위원회와 협의하여 각 작가가 작품의 저작권을 소유한다.

1. 임시보호_조영수
2. 가족의 복수_이충근

임시보호

| 조영수 |

1. 골목 / 밤

암전 화면에서 다소 거칠게 숨 몰아쉬는 소리 들린다.
서서히 화면 밝아지면, 바쁘게 어디론가 걸어가는 누군가의 뒷모습.
후드를 뒤집어쓴 지윤(여. 33)이다.
어두운 골목의 끝으로 들어가는 지윤의 모습, 어딘가 수상해 보인다.
골목의 끝에서 부스럭거리는 지윤.
보면, 배낭에서 물과 사료를 꺼내 빈 통을 채우는 중이다.
지윤, 입에서 휘이, 휘이 하는 소리 내자 고양이 한 마리 모습을 드러낸다.
경계하며 다가오지 못하는 고양이.

지윤 (일어서며) 간다, 가. 근데 우리 이제 친해질 때도 되지 않았니?

아쉬운 듯 웃으며 돌아서 가는 지윤.
골목 코너를 도는데, 무언가와 팍- 부딪친다.
놀라 눈을 질끈 감는 지윤. 부딪친 어깨가 아픈지 부여잡는다.
모자를 눌러쓴 한 덩치 크고 위협적인 오십대 남자가 지윤을 내려다본다.

남자 야, 너 대체 뭐야?
지윤 …….

눈을 가늘게 떠보는 지윤.

남자 사람 말을 무시해도 정도가 있지, 도대체 몇 번째야?

지윤 죄송합….

남자 그 소리 듣기 싫다고!! 죄송하다고 생각하지도 않잖아?!
인간 말은 우습고, 떠돌이 고양이들은 상전이냐?

지윤 조금만 이해해주시면….

남자 싫다고!! 이 여자가 진짜 좋게 말하니까, 말을 안 들어 처먹고!!

남자, 주먹을 들어 올리자 다시 한 번 눈을 질끈 감는 지윤.
다행히 남자의 부인으로 보이는 사람이 다가와서 말린다.

부인 아우, 진짜 그만해! (지윤 보며) 아가씨도 그만 좀 해요! 싫다잖아요.
우리가 싫다잖아! 아가씨가 밥 주니까 사방팔방에서 고양이들 다 몰려들어 듣기
싫게 울어대는데, 우리 진짜 죽겠어! 아니 원수진 것도 아니고, 왜 이래요, 진짜!

지윤 고양이들은 영역 동물이라, 낯선 곳으로 쉽게 이동하지 않아요.
우르르 몰려왔다는 건 그냥 그렇게 느끼신 걸 거예요.
원래 이쪽에 살던 애들인데 지금에야 보인….

부인 뭐요?

지윤 같이 사는 거잖아요. 지구에 인간만 사는 거 아니잖아요.

기가 막혀서 말이 안 나온다는 얼굴의 부부.
지윤, 그 틈을 타 조용히 자리를 빠져나온다.

남자 (씩씩거리며) 니네 동네 가서 하라고!! 남의 동네 오지 말고!!

2. 지윤의 집 / 밤

탈칵. 현관문을 열고 들어서는 지윤.

들어서서는 안도의 한숨을 한 번 크게 내뱉는다.
지윤의 시선으로, 침대 위에 잠든 애인 상철의 뒷모습이 보인다.
그리고 앙— 앙— 소리를 내며 다가오는 고양이 타키.
쓰다듬으며 인사해주는 지윤.

지윤 쉿. 알았어. 엄마 왔으니까 이제 조용히 해.

지윤, 들어가 상철의 등을 끌어안으면 손을 뿌리치는 상철.
누구에게도 환영받지 못하는 것 같아 조금은 속상한 지윤.

3. 지윤의 집 / 오전

지윤, 밥상을 차리는 중이다.
밥상에는 야채와 두부, 과일 등만 가득하다.
그래도 정성껏 차린 상인데,
상철이 샤워를 마친 뒤 밥상 앞으로 와 앉다가 밥상을 보고 찌푸린다.

상철 계란이라도 하나 부쳐줘.
지윤 우리 집에 계란이 어디 있어. 새삼스럽게.
상철 고기도 아니고, 계란이다. 계란 정도는 먹을 수 있는 거 아니냐?
진짜 유난은…
지윤 뭐?
상철 유난이라고, 아주!

지윤, 굳어서 상철을 본다.

지윤 왜 그렇게 말해?
상철 나 더 이상 못 참아. 왜, 왜 나만 양보해야 되는데. 내 꿈이 뭔지 알아? 퇴근 후에 마누라랑 밤에 치킨에 맥주 마시면서 야구 보거나 라면에 김치 척척 얹어 먹으면서 같이 개그 콘서트 보면서 낄낄대는 거야. 넌 심지어 라면도 안 먹지?!

왜 남들한테는 당연한 게 나한테는 꿈이 돼야 하는 거냐?

지윤 내가 싫어진 거면 싫어졌다고 말해, 차라리. 괜히 채식하는 거 가지고 걸고넘어지지 말고.

상철 뭐?!

지윤 처음엔 채식하는 거 특별해 보여서 좋았다며.

상철 꼬실 땐 무슨 말을 못 하냐?!

상철, 신경질적으로 옷을 챙겨 들고 현관 쪽으로 간다.

상철 (나가기 전) 넌 진짜 세상에는 착한데, 나한테는 안 착해. 나한테만 안 착하다고.

지윤 …….

상철 우리 결혼 다시 생각하자.

상철, 문을 쾅- 닫고 나가버린다.
지윤, 아무렇지 않은 듯 채소 집어 먹는다. 우물우물…

시간경과-
책상 앞에 앉아 본업인 번역 일을 차분히 하고 있는 지윤.
아무렇지 않은 듯 일을 하는 것처럼 보이더니, 자꾸만 눈물이 차오른다.
차오르다가, 서럽게 울기 시작하는 지윤. 소매로 눈물 연신 훔친다.
타키, 위로하는 것처럼 다가와 지윤 옆에 앉는다.

4. 또 다른 동네 / 밤

1신과 다른 어느 동네에서 통에 사료며 물을 채우고 있는 지윤.
다 채우고 일어서려는데, 누군가 등을 세게 내리친다.

지윤 아아!

돌아보면, 웬 노파가 골이 난 얼굴로 서 있다.

노파 니가 고양이 밥 주는 년이야?
지윤 …….
노파 니가 고양이 밥 주는 년이냐고!
지윤 (폭발하는) 네!! 내가 밥 주는 년이에요, 왜요!
노파 왜 동네 사람들 허락도 없이 밥을 주고 지랄이야?
지윤 내가 밥 주겠다는데 왜 허락을 받아야 되죠? 그게 허락받을 일이에요?
여기 고양이들이 이 동네 사람들 건가요?
노파 (당황스런) 이게!!

노파, 지윤의 멱살을 잡으려고 하면 휙 뿌리친다.
그 바람에 노파가 휘청한다. 휘적휘적 앞서 걸어가는 지윤.

지윤 (사방에 대고) 사람들이 왜 이렇게들 못 됐어!!
왜 이렇게들 이기적이냐고!!

5. 거리 / 밤

사람들로 붐비는 거리를 걷는 지윤.
친구, 애인, 가족과 웃으며 가는 사람들,
고기 집에서 고기를 구워 먹는 사람들에 시선이 간다.
수많은 사람들 속에 자신만 동떨어진 것 같은 기분이 든다.

(지윤) 잘못 살고 있는 걸까요?

6. 성당 고해성사실 / 오후

고해성사실에서 신부에 고해성사 아닌 고해성사 하는 지윤.

지윤 한 번도 잘못 살고 있다고 생각한 적 없는데, 아니, 잘못은커녕 착하게 잘 살아가고 있다는 게 제 나름의 자부심이었는데…
가진 거 없고, 특별히 잘난 거 없어도 잘 살고 있다는 확신은 있었는데… 왜 이렇게 된 거죠.
신부 그래도 하나님은 당신을 사랑하십니다. 그런 실비아 자매님이기에 더더욱.
지윤 ……

7. 성당 앞 / 오후

터덜터덜 걸어 나오는 지윤.

수녀 실비아 자매님.

뒤에서 수녀 한 명이 지윤에게 다가온다.

지윤 네, 수녀님.
수녀 (쪽지 건네주는) 신부님께서 적어주신 곳인데, 유기 동물 보호소래요.
지윤 보호소요?
수녀 네, 보호소.
유기된 동물들 임시로 보호해주다가 입양 보내고 하는 곳이요.
일정 기간 동안 입양이 안 되면 안락사를 해야 하기도 하고…
여튼 그곳은 늘 일손이 부족하대요.
지윤 아…
수녀 동네 고양이들 챙기는 것도 좋지만, 그러다 자매님이 변 당할까 걱정된다고 신부님께서 한번 가보시면 어떻겠냐고…

곰곰, 생각하는 얼굴이 되는 지윤.

8. 유기동물 보호소 입구 / 오후

어느 허름한 보호소 입구로 들어서는 지윤.
멀리서부터 개 짖는 소리가 들린다.
천천히 보호소를 향해 걸어가는 지윤.

9. 유기동물 보호소 / 오후

보호소에 들어서니, 몇몇 일손을 거들고 있는 봉사자들이 보인다.
개, 고양이가 머무는 곳을 청소하고 변을 치우고 동물들을 돌보면서,
하하, 호호 웃고 있는 사람들.
자신과 닮은 그 사람들을 보니 서러울 정도로 반가운 지윤.

(직원) 어떻게 오셨죠?

소리에 돌아보면, 보호소 직원이 서 있다.

시간 경과-
앞서 봉사 중이던 사람들에 섞여 일하는 지윤.
허리가 아플 정도로 일을 하지만,
싫기는커녕 제자리를 찾은 것 같아 기분이 좋다.

봉사자1 새로운 봉사자 진짜 오랜만에 왔네. 거의 한 달 만이다.
봉사자2 다들 살기가 각박해져서 그렇지. 그나마 봉사할 사람들은 웬만하면 사람부터 챙기지, 누가 버려진 동물들 챙기나. 나도 어디 가서 당당하게 말 못 하잖아.
봉사자1 맞아. 나도 우리 신랑한테 최근에야 말했잖아.
신랑이 차라리 그 시간에 독거노인이나 고아들 돌보는 게 어떻겠냐고 젠~틀하게 말하는데, 진짜 무슨 대답을 어떻게 해야 할지 모르겠어. 나는 인간보다 동물이 더 좋아~! 그래야 되나.

봉사자2 솔직한 말로 그래서 오는 거긴 하지.

유별나다고 손가락질해도 할 수없지, 뭐. (지윤 보며) 안 그래요?

지윤 (미소) 네, 맞아요.

봉사자3 (요구르트 주는) 이거나 한 잔씩 하고 합시다.

봉사자들 틈에서 요구르트 마시는 지윤.

자기도 모르게 작게 웃음이 난다.

봉사자3 참, 새로 오신 분 오늘 파랑이 임보 데려가신다면서요?

지윤 네.

봉사자3 잘 좀 부탁드릴게요. 하수구에서 배곯아 죽어가던 걸 구조해온 거라,

여기 사람들이 다 애착이 깊어요.

워낙 예쁘게 생겨서 입양 갈 수 있을 테니, 갈 때까지만.

지윤 잘 돌볼게요.

10. 지윤의 집 / 오후

집으로 돌아온 지윤, 이동장을 내려놓고 그 안에서 파랑이를 꺼낸다.

이제 3개월 된 까만 고양이다.

지윤 (파랑이 보며) 근데 누가 니 이름을 이렇게 아이러니하게 지었다니.

까만 애한테 파랑이라니.

이때, 다가와 파랑이를 경계하는 타키.

지윤, 파랑이를 이동장에 넣고 한쪽에 둔다.

지윤 다 같이 적응할 때까지 잠깐만 안에 있자~!

기분 좋아 보이는 지윤, 대청소를 시작한다.

상철과의 이별을 받아들이기 위해 애쓴다.
집 안 곳곳에 있는 상철의 짐을 골라 챙기는 지윤.
셔츠, 양말, 펜 하나, 칫솔까지 다 가방에 넣는다.
이불 홑청도 뜯어내고 이불 빨래를 한다.
대야에 물을 받고 이불을 꽉꽉 밟아 빨래하면 다가와 보는 타키.
그런 타키와 이동장의 파랑이를 보며 싱긋 웃는 지윤.

〈 한 달 후 〉

11. 어느 아파트 지하실 / 오후

어느 아파트 지하실 구석에서 뭔가를 보고 있는 지윤.
다리를 다친 채 지윤과 직원들 경계하고 있는 고양이다.
고양이, 사람들이 몸을 숨기고 보이지 않자,
배가 고픈지 결국 철창 앞으로 와 먹을 것을 먹다가 잡힌다.

직원 잡았어요, 잡았어!!

안도의 숨을 크게 내쉬는 지윤

12. 도로 – 차 안 / 오후

보호소 직원이 운전하는 뒷좌석에 구조한 고양이와 앉아 있는 지윤.
고양이는 괴로운 듯한 울음소리를 낸다.

직원 설마 이번에도 집으로 데려가시려는 건 아니죠? 지윤씨 네 임시보호 갔다
가 입양한 고양이가 몇 마리죠?
지윤 여섯 마리요.
직원 많긴 많네요.

지윤, 고민스러운 얼굴로 구조된 고양이를 본다.
고양이는 목이 쉬어라 울어댄다.

13. 지윤의 집 / 오후

－집 앞
커다란 고양이 사료가 문 앞에 놓여 있다.
메모에는 '고양이들의 천사님, 언제나 감사해요.'
글이 쓰여 있다. 고마우면서도 한숨 푹─ 나오는.

－전에 없이 다소 흐트러져 있는 지윤의 집.
지윤의 집이라기보다는 고양이들의 숙소처럼 되어버렸다.
지윤의 공간은 없는 것처럼 보인다.
돌아와 구조한 고양이를 씻기는 지윤.
조금은 버겁지만, 이제는 일상이 되어버린 삶.

14. 지윤의 차 안 / 오후

운전해 가다가 갓길에 차를 세우고 봉사자들을 태우는 지윤.

지윤 어서오세요~
봉사자1 (올라타며) 일주일 만에 보는데 거의 일 년 만에 보는 것 같네.
보고 싶었어서. (커피캔 주며) 이것 좀 마셔.
지윤 감사해요. (네 명 다 올라타면) 그럼, 출발합니다~!

15. 유기동물 보호소 / 오후

사람들과 왁자하게 동물들 목욕시키는 중인 지윤.
초반 모습과 달리 밝고 에너지가 넘쳐 보인다.

사람 자체가 바뀐 듯한 느낌이다.
이때, 누군가 입구 쪽을 보며 놀란다.

봉사자1 어? 선영 씨?!

'선영 씨'라는 말에 동시에 입구 쪽을 보는 봉사자들.

봉사자2 어머, 선영 씨 맞네! 이게 몇 달 만이야~!

선영, 봉사자들 곁으로 다가온다.
지윤, 그런 선영을 흘깃 훑어본다.
명품 가방에 원피스, 잘 세팅된 머리.
흡사 연예인같이 화려해 보이는 여자다.

선영 잘들 지내셨어요?! 너무 오랜만이죠~

봉사자들, 선영에게 우르르 가서 붙는다.

봉사자2 아픈 덴, 괜찮아?
선영 네. 치료 잘 받고, 거의 다 나았어요.
봉사자3 그래도 잘 지켜봐야지. 벌써 이렇게 돌아다녀도 되는 거야?
선영 몸이 근질근질해서요. 제가 얘들 두고 집에서 마음이 편하겠어요?
봉사자3 하기사, 이것들 돌보는 게 선영 씨 인생 전부였잖아. 가만히 있는 게
더 괴롭고 힘들긴 할 거야.
봉사자1 (어정쩡 서 있는 지윤 보더니) 아차, 서로 인사해.
(선영 보며) 여긴 우리 보호소 터줏대감 라선영 씨,
(지윤 보며) 여긴 우리 보호소 떠오르는 열혈 봉사자 박지윤 씨.
또래라 친하게 지내면 좋겠네.
선영 안녕하세요~ 만나서 반가워요. 라선영이에요.

지윤 네. 안녕하세요.

해맑게 인사하는 선영에 비해, 다소 경계하는 듯 보이는 지윤의 얼굴.

선영 (동물들에게 가며) 이구, 우리 애기들.
내가 보고 싶어서 죽는 줄 알았어, 진짜!!

동물들도 선영을 알아보는 듯, 꼬리를 흔들어댄다.
그런 선영을 가만히 바라보는 지윤, 표정이 묘하게 굳어진다.

가족의 복수

| 이충근 |

1. 효식 사무실 / 오후

○○물산. 넓은 사무실에 다닥다닥 붙어 있는 책상들이 숨 막혀 보인다.
서류를 든 짧은 미니스커트 여자가 파티션 사이를 걸어간다.
여자의 엉덩이를 따라가던 카메라가 팬하며 일을 하는 효식을 비춘다.

50대 보통 중년의 모습을 한 효식.
그런데 요즘 듬성듬성 빠지는 머리카락에 정수리 부분이 조금 하얗게 보인다.
효식의 머리 위에 시계가 12시를 가리킨다.
점심을 먹으러 가려는 직원들이 삼삼오오 모여 밖으로 나간다.
점심시간인데도 아랑곳하지 않고 일을 하는 효식.
아무도 효식에게 점심을 먹자고 말하지 않는다.

신입처럼 보이던 여직원이 효식의 눈치를 본다.
그런 여직원을 한 남직원이 데리고 나간다.
나가는 직원들을 멀뚱히 보던 효식이 머리 위의 시계를 쳐다본다.

2. 구내식당 / 오후

점심시간이 조 지난 구내식당.

효식이 혼자 앉아 점심을 먹는다.

지나가던 직원들이 마지못해 인사하고 간다.

이때 지나가던 타 부서 동기가 효식을 본다.

동기 웬만하면 직원들이랑 같이 어울려서 먹어라.

효식 (억척스럽게 밥을 씹는다)

동기 직원들이랑 어울리기도 하고 그래야지. 혼자 일 하냐? 세상을 혼자 사냐! 니가 그러니까 안 되는 거야.

효식 (손으로 국그릇을 들고 한 모금 마신다) 밥 다 먹었으면 가라. 나 식사하잖아.

동기 (안타까운 듯) 희망퇴직 신청자 받는데.

효식 (한 숟가락 크게 밥을 떠서 입으로 구겨 넣는다)

3. 효식네-부엌 / 저녁

효식의 부인 순임과 이혼하고 집으로 컴백한 딸 아영이 분주하게 집 안을 청소한다.

마치 군대 점오 전 청소하는 모습 같다.

그 옆에서 말년 병장처럼 태연하게 누워 티비를 보는 아영의 딸 미주가 보인다.

잠시 후 효식이 집으로 들어온다.

효식을 본 미주가 달려가 안긴다.

효식을 보고 인사하는 순임과 아영.

가방을 순임에게 주고 아영은 본체만체하지만 미주를 안으며 환하게 웃는 효식.

집 안을 둘러보는 효식은 미주를 내려놓고 부엌으로 간다.

냉장고의 물을 꺼내려는 효식이 냉장고 문을 연다.

그런데 정리가 안 되어 있는 냉장고.
거기에 티비 리모컨이 들어가 있는 게 효식의 눈에 보인다.

효식 (물잔을 옆 테이블에 내려놓고) 냉장고 정리 좀 해. 집에 있으면서 뭐하는 거야? 그리고 인형이 왜 여기에 있냐고.

아무 말도 못하는 순임과 아영.
방으로 들어가서 문을 닫는 효식.

아영 미주야 냉장고에 장난감을 넣으면 안 되지.
미주 곰돌이가 덥다고 하는 것 같아서.

미주의 말에 헛웃음이 나오는 아영.

(시간경과)
식탁에서 밥을 먹는 효식, 순임, 아영, 미주.
아무 대화 없이 냉랭한 분위기에 밥만 먹는 가족.
이때 아들 창호가 들어온다.
그런데 집 안 분위기가 이상하다는 걸 느끼는 창호.
언제나 아빠 효식 때문이란 걸. 창호는 안다.

창호 이제 좀 적당히 하세요. 아버지.
효식 (밥을 씹다가) 뭐? 아버지한테 말버릇이 그게 뭐야!
창호 아버지는 가족을 대하는 태도가 문제인 거 아세요?
효식 가족을 대하는 태도! 내가 널 그렇게 키웠냐?
창호 아버지는 그렇게 살아서 그렇게 배웠지만, 우리는 달라요. 그리고 어머니는 식모가 아니에요.
효식 식모? 내가 세빠지게 돈 벌어서 검사 만들어놨더니, 지금 아버지한테 조사하냐!

창호 키워주신 아버지한테 감사는 드리는데요. 그렇게 가족을 대하면 안 돼요. 이건 가족이 아니잖아요.

효식 가족? 나는 이게 가족이야. 내 생각을 바꾸려 하지 말고 너희들이 아빠를 이해하려고 노력해봐.

숟가락을 던지고 방으로 들어가는 효식.
순임과 아영은 효식과 창호의 눈치 보기 바쁘다.
그 옆에서 맛있게 밥을 먹는 미주.

4. 효식 사무실 / 오후

누가 봐도 열심히 일하는 효식.
한 직원이 효식에게 다가온다.

직원 사장님 호출이십니다.

가는 직원. 잠시 생각에 잠긴 효식.

5. 회사 건물 앞 / 오후

퇴근 전인데 회사를 나오는 효식,
표정이 안 좋다.

사장NA) 희망퇴직 신청할래? 저기 아래 시골 깡촌으로 내려갈래?
효식 (화가 난 채) 내가 일한 게 몇 년인데, 이 회사를 위해서 어떻게 일했는데!

사장에 말에 화가 난 효식, 마음이 가라앉지 않는다.
다시 들어가 사장 책상이라도 엎고 나오고 싶은 효식.

6. 순대국집 / 오후

벌건 대낮에 순대국에 혼술을 하는 효식.
2신에 나온 동기가 들어와 효식 앞에 앉는다.

동기 어떻게 할 거냐?
효식 (소주 한 모금을 입에 턴다)
동기 내려가는 것도 나쁘지 않을 것 같긴 해.
효식 (말을 자르고) 염장 지르냐! 내가 왜 내려가! 내가 이 회사를 위해 얼마나..... (소주 한 모금을 다시 마신다)
동기 니 회사 사랑은 내가 인정한다.
효식 (한숨을 내쉰다) 인생이 왜 이러냐. 회사도 가족도 다 왜 이러냐. (갑자기 눈물을 흐린다)

동기는 바늘로 찔러도 눈물 하나 안 날 거 같은 효식이 우는 모습에 놀란다.

동기 니 마음 알아. 그래도 세상이 이런데 어쩌겠어.
효식 세상은 변해도 나는 안 변한다. 이효식이가 어떻게 살아왔는데.

7. 효식네 앞 / 저녁

손을 입에 대고 술 냄새가 나는지 확인하는 효식.
효식은 대문 앞에서 술을 깨려고 스트레칭을 한다.
그런 효식의 모습이 코믹스럽다.

8. 효식네-거실 / 저녁

효식이 들어오고 순임, 아영이 인사한다. 효식에게 안기려는 미주.
하지만 미주를 안아주지 않고 바로 방으로 들어가는 효식.

무슨 일인가 생각하는 가족들.

9. 효식네-안방 / 밤

나란히 누워 자고 있는 효식과 순임.
잠을 이루지 못하는 효식.

순임 (잠이 깨고) 무슨 일 있어요?
효식 없어. 자.
순임 힘들 땐 가족한테는 얘기해도 돼요.

순임에 말에 눈을 감는 효식.

10. 효식 사무실 / 오전

언제나 그렇듯 열심히 일하는 효식. 하지만 손에 일이 잘 잡히지 않는다.
말도 걸지 않는 직원들.

직원들로 꽉 찬 사무실이 오늘따라 더 외롭게 느껴지는 효식.

11. 공원 벤치 / 오전

업무시간은 칼같이 지키는 효식이 벤치에 앉아 있다.
이어폰을 귀에 꽂고 트로트를 듣고 있는 효식.
오늘따라 슬픈 트로트가 더 슬프게 느껴진다.

이때 귀여운 강아지가 나타나 자신을 보고 으르렁거린다.
효식은 쪼매난 강아지도 이제 자신을 무시한다는 생각에 기분이 나쁘다.
옆에 있던 작은 돌을 강아지한테 던지는 효식.

강아지를 찾으러 온 여자 주인이 효식의 행동을 본다.

화가 난 여자 주인이 효식에게 화를 낸다.

여주인 요즘이 어떤 세상인데 동물을 학대해요? 사과하세요.

효식 아, 죄송합니다.

여주인 아니 저한테 말고, 우리 밍키한테 사과해주세요.

효식 밍키가……

여주인 우리 강아지 밍키요.

효식 (어이없다)

여주인 빨리 해주세요.

효식 제가 주인분한테 했으니까, 사과한 거죠.

여주인 무슨 말씀이세요? 우리 밍키한테 돌을 던졌으니까 밍키한테 사과를 하시는 게 맞죠? 안 그래요?

효식 밍키한테 미안한데요. 동물이고 말도 못 알아듣는데요.

여주인 밍키가 사람 말을 얼마나 잘 알아듣는데요. 보실래요? (밍키를 보며) 밍키, 앉아.

밍키 (바로 앉는다)

여주인 밍키 엎드려.

밍키 (엎드린다)

여주인 보셨죠? 사과하세요. 빨리.

효식 (정말 어이가 없다. 어렵게 말을 꺼낸다) 밍키야, 미안해.

여주인 진심으로 해야죠. 요즘 세상이 어떤 세상인데 동물한테 돌을 던져요.

효식 (많이 참았다. 더 이상 못 참는다) 어떤 세상? 내가 이 세상을 어떻게 살았는데. 남들보다 한 시간 일찍 출근한 게 몇 십 년이고 회사에 몸 바쳐 일한 게 얼마인데 나를 짤라! 그리고 먹고살아 보려고, 자식 키우려고 세빠지게 일해서 키웠더니, 아버지 태도가 모라고, 우리는 다르다며 날 개무시해. 그런데 이 개새끼도 날 개무시하고, 내가 개호구야.

여주인 (미친 듯 뱉어내는 아저씨 말에 어이없다) 밍키야, 이 아저씨는 대화할 상대가 아니다. 가자.

밍키를 데리고 가버리는 여자 주인.

효식 나보고 어쩌라구! 내가 개호구냐!

12. 회사 건물 앞 / 오후

박스 한 상자만 덩그러니 들고 건물을 걸어 나오는 효식.

효식 내가 지금은 그냥 나가지만, 오늘을 꼭 후회하게 만들어주겠어.

뒤도 안 돌아보고 앞으로 걸어가는 효식.

13. 거리 / 오후

스마트폰 시계가 5시 43분을 넘어간다.
박스를 옆에 두고 거리 한쪽에 쭈그리고 앉아 있는 효식.
아직 퇴근시간이 한참 남아서 집에 들어갈 수 없다.
배도 고프고 갈 데 도 없는 효식.

다시 스마트폰 시계를 보는데, 화면이 깜박거린다.
곧 2년 약정이 끝나는 스마트폰이 이상하다.
효식의 스마트폰이 방금 그만두고 나온 회사 제품이다.
스마트폰에 화풀이하듯,

효식 대기업이면 대기업답게 제품을 만들어야지. 딱 2년 약정기간 만큼만 사용
하면 고장 나게 만드냐.

그런데 생각해보니 점점 열 받는 효식.

효식 생각해보니 열 받네. 이걸로 먹고사는 회사가 제품 하나도 제대로 못 만들어.

효식의 눈에 건너편 00전자 A/S 센터가 보인다.

14. 00전자 A/S센터 / 오후

센터에 들어온 효식이 대기표를 뽑고 의자에 앉는다.
그런데 한쪽에서 남자 직원과 50대 아줌마가 말다툼 중이다.

남직원 수리비는 내셔야 해요?
아줌마 내가 이걸 산 지가 일 년도 안 되는데, 수리비를 왜 내요?
남직원 아니요, 애프터 서비스 기간이 지났어요.
아줌마 (화가 난다) 아직 일 년이 안 됐어요. 그리고 전화기를 내가 고장 내고 싶어서 고장 났어요. 지가 그냥 알아서 꺼진 건데. 내가 잊어버릴까 봐 개목줄처럼 목에 걸고 다녀서 떨어지지도 않았는데 왜 갑자기 화면이 꺼지냐고요.
남직원 안 떨어졌다는 걸 증명할 수 없잖아요. 수리비 얼마 안 되시니까 내시고 수리 받으세요.
아줌마 돈 2만 8000원이 얼마 안 된다고? 여기는 직원 교육을 어떻게 시키는 거야? 야 점장 불러. 여기 점장 나오라고 해!

이때 자신의 호출번호가 화면에 뜨고 직원 앞으로 가는 효식.
스마트폰을 꺼내서 직원에게 건넨다.
그런데 아까와 달리 화면이 멀쩡하다.

직원 뭐가 문제세요?
효식 좀 전에 시계를 보는데 화면이 깜빡깜빡 거리더라구요.
직원 그래요. 뜯어봐야 되는데. 폰에 있는 번호나 사진 같은 건 다 백업 받아 두신 건가요? 수리하다가 정보가 손실될 수도 있어서요.

효식 그런 거 잘 몰라요. 일할 때 말고는 하루에 전화 한두 통 할까 말까인데요.

직원 그럼 지금 사용하시기 괜찮으시면, 집에 가셔서 자녀분들한테 백업해달라고 하시고 다시 한 번 화면이 이상하시면 그때 오시는 건 어떠세요?

효식 애들한테 부탁하기가 좀 그런데, 지금 좀 해줘요.

직원 지금 해드리고 싶은데 뒤에 대기하시는 분들이 있고 곧 퇴근시간이라서요. 맡기고 가시기에는 좀 그러시다면, 통신사 서비스센터 아무 데나 가셔서 해달라고 하시면 될 거예요.

효식 (대기석에 기다리는 몇몇의 사람들을 본다) 얼마 안 걸리면 좀 해줘요.

직원 곧 운영시간이 끝나서요. 그럼 맡기고 가시겠어요?

효식 그거 몇 분 걸린다고, 금방 하면 해줘요. 이럴 시간에 해주면 될 거 아니에요.

직원 그럼 맡기고 가시면 해드릴 테니 내일 오전에 오세요.

효식 전화기 없으면 연락을 어떻게 받아요? 아 답답하네. 됐어요. 통신사 가서 해달라고 할 테니.

직원 네, 죄송해요. 문제 생기면 바로 오세요. 감사합니다.

기분이 좋지 않은 효식.

15. 효식네 거실 / 저녁

저녁을 먹고 소파에 앉아 좋아하는 일일 드라마를 보는 효식.
그 옆에서 과일을 먹으며 같이 드라마를 보는 미주.
드라마를 보며 눈물을 글썽이는 효식.

미주 할아버지는 무섭다가도 드라마만 보며 왜 울어?

효식 할아버지가 원래 눈물이 좀 많아.

미주 그럼 평소에도 울어. 눈물이 없는 사람 같아.

효식 할아버지가 먹고살려다 보니 이렇게 돼버렸어.

이때 잘 나오던 티비 화면에 줄이 간다.

드라마 클라이맥스에서 이상해진 티비.

티비 앞으로 가서 두드려보고, 다시 티비를 껐다가 켜보는 효식.

그러던 중 드라마가 끝이 났다.

갑자기 고장 난 티비 때문에 드라마 하이라이트를 못 보게 된 효식.

더군다나 티비는 산 지 얼마 안 된 전 회사 00전자 제품이다.

갑자기 자신에게 희망퇴직을 하라는 전 사장의 얼굴이 떠오르는 효식.

더 화가 난다.

그 모습을 본 미주가 할아버지를 위로한다.

미주 (등을 토닥이며) 할아버지 다시보기로 보자.

효식 3주를 기다려야 하잖아.

미주 폰으로 바로 다시 볼 수 있어.

미주의 폰 얘기에 갑자기 아까 서비스센터에 갔던 게 생각나 더 화가 나는 효식.

16. 00전자 A/S센터 / 오전

센터 문이 열리자마자 어깨에 티비를 메고 나타난 효식.

직원의 도움으로 티비를 수리 데스크 앞으로 옮긴다.

효식 어제 드라마 보다가 화면 중간중간에 줄이 가더라구요.

직원 아 그래세요. (티비를 켜보고 줄을 확인한다)

효식 산 지 얼마 안 된 거예요. 그런데 갑자기 왜 그런 거죠?

직원 그러게요. 제품이 불량인지 확인해볼게요.

효식 불량이면 새 제품으로 교환해주세요.

직원 우선 검사해볼게요.

(시간경과)

효석을 부르는 직원.
대기석에서 앉아 있던 효식이 직원에게 간다.

직원 이게 제품에 문제 같은데요. 새 제품으로 교환은 못 해드리고 수리해드릴게요.
효식 아니, 산 지 한 달 됐고 내가 잘못한 것도 아닌데 왜 교환이 안 되는 건가요?
직원 무상수리만 가능하세요.
효식 무상수리 같은 소리 하네? 무상교환으로 해줘요.
직원 안 됩니다. 무상으로 잘 수리해드릴게요.
효식 (화가 난다) 내가 전화기 고치러 어제 왔을 때도 화나게 하더니.
직원 …….
효식 윗사람 나오라고 해요. 당신 상사 불러.
직원 (난처하다)

옆에서 듣던 상사가 나서며,

상사 아 고객님, 기분 나쁘셨으면 죄송합니다.

그런데 상사의 얼굴이 거짓말처럼 자신에게 희망퇴직을 하라던 사장의 얼굴과 똑같다!!!

효식 (기분이 더 나쁘다) 기분이 더 나쁜데요. 무조건 교환해주세요.
상사 죄송해요. 저희가 아주 새것처럼 수리해드리고 배송까지 다 해드릴게요.
효식 (서비스센터가 떨어져 나가라는 듯 소리친다) 무. 조. 건. 교. 환!

걸작의 탄생_리뷰

■ 시나리오 리뷰 – 조 영 수
〈가족의 복수〉

골 때리는(?) 블랙 컨슈머로 성장하게 될 효식의 활약상이 기대된다. 재미 있는 에피소드가 많이 생길 수 있을 것 같다. 초반에 효식 외에 다른 가족들의 캐릭터 설명이 좀 더 있었으면 하는 지점이 있다. #3에서 갑작스러운 언쟁, 아들 창호가 효식을 몰아붙이는 장면이 다소 어색한 지점이 있다. 식구들이 말없이 밥만 먹었기 때문에 특별한 갈등 상황이라고 보이지 않기 때문이다. 물론 현실에서야 그럴 수 있지만 영화에서는 그것이 다소 억지스러워 보일 수 있다.

■ 시나리오 리뷰 – 김 효 민
〈임시보호〉

지윤이라는 캐릭터와 선영이라는 캐릭터의 대립을 예고하면서 마무리되어 흥미진진했다. 뒷부분이 궁금하다. 시놉상으로는 길고양이 연쇄 살해에 대한 사건이 메인으로 보이는데 사건에 대한 부분이 캐릭터와 함께 잘 풀어지면 좋을 것 같다. 지윤과 선영이 대립하는 구도는 각을 세우는 데 주요해 보인다.

애묘인들 말고 보통 사람들도 공감대를 가질 수 있는 부분을 좀 더 강화하면 좋을 것 같다.

〈가족의 복수〉

효식이라는 캐릭터가 회사 생활을 하고 해고되고, 가족이랑도 갈등을 겪고 하는 과정이 재미있었다. 이 부분이 초반 재미 포인트로 보여서 좀 더 강화되어야 될 것 같다는 생각이 든다. 효식이 가족과 회사를 위해 희생한 것이 구체적으로 드러나면 나중에 효식이 좀 더 극단적인 행동을 해도 이해가 될 수 있을 것 같다.

마지막에 서비스센터에 가서 빵 터트리는 부분은 재미도 있고, 누구나 겪어봤을 것 같은 공감대와 카타르시스가 있었다고 생각한다.

■ 시나리오 리뷰 – 이 충 근
〈임시보호〉
소재 자체가 신선하고 시의성이 있어 보인다. 주인공 캐릭터도 공감이 가
며 왜 고양이에 집착하는지가 초반에 조금 더 구체적으로 표현된다면 좋
겠다. 유기동물보호소라는 공간이 호기심을 불러일으키며 이야기를 만들
어가는 데 있어서 다양한 이야깃거리가 나올 수 있을 것 같아 기대된다.

드라마
시나리오
작법

신봉승 작가/석좌교수

1933년, 강원도 강릉 출생. 경희대학교 대학원 국문학 석사. 1960년 현대문학 시와문학평론 추천 등단. 2009년 추계예술대학교 문화예술경영대학원 영상시나리오학과 석좌교수. 한국방송대상, 대종상 아시아 영화제 각본상, 한국펜문학상, 서울시문화상, 대한민국예술원상, 위암 장지연 상 등 수상. 『영상적 사고』 『신봉승 텔레비전 시나리오 선집』(5권) 『양식과 오만』 『시인 연산군』 『국보가 된 조선 막사발』 등 다수. 대하소설 『조선왕조 500년』(48권) 『소설 한명회』(7권) 『조선의 정쟁』(5권) 등 다수. 현재 대한민국예술원 회원.

제4장 창작과정(Ⅱ)

| 신봉승 |

Ⅰ. 시나리오의 형태

구성표의 작성은 앞으로 자신이 써야 하는 시나리오(TV드라마)의 전체를 각 장면별로 나누어 배열해보는 과정이었음은 앞에서 상세히 설명한 바가 있다. 그러니까 구성표가 작성됨으로써 실제로 집필하게 되는 모든 준비가 끝나는 것이다. 이제부터는 구성표를 앞에 놓고 그 것에 따라서 원고지에 작품을 쓰면 되는 것이다.

여기서 시나리오와 TV 드라마의 극본에서 쓰이는 어휘의 사용을 잠깐 언급해두고자 한다. 물론 특수한 경우지만 우리나라에서는 영화를 위해서 쓴 각본(脚本)을 시나리오라고 하고, TV 드라마를 위해서 쓴 시나리오를 극본(劇本)이라고 하는데 이는 어느 때부터인가 편의상 그 렇게 사용한 것일 뿐, 엄격한 의미에서는 '시나리오'라는 말로 통일이 되어야 마땅할 것이다. 왜냐하면 두 가지 모두가 형태나 구성에 있어 서 크게 다를 바가 없고, 또 영상화 작업을 전제로 하고 쓴 작품이기 때문이다.

다소 다른 점이 있다면 TV 드라마에서는 일상성과 현실성이 중요시 되고 다이얼로그(대사)가 조금 많아진다는 것뿐이다. 이 점은 뒤에 다 시 상론이 되겠지만, 시나리오의 구조를 정확히 익혀두면 TV 드라마의 구조도 저절로 정복된다는 사실을 유념해주기 바란다.

자, 다시 한 번 시나리오의 구조를 살펴보기로 하자. 앞에서 여러 차례 설명한 시나리오의 '고래등 구조'를 단면도라고 한다면, 다음에 도시되는 시나리오의 구조는 평면도가 될 것이다.

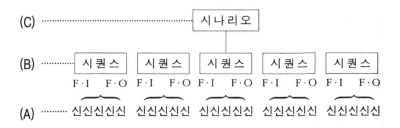

그림에서 보는 바와 같이 (A)에 해당되는 '신(Scene)'들이 한 덩어리가 되어 (B)에 해당하는 '시퀀스(Sequence)'를 이루고 있고, 그 몇 개의 시퀀스가 모여서 (C)에 해당하는 시나리오를 이루고 있음을 알 수 있다. 그 몇 개의 시퀀스가 모여서 (C)에 해당하는 시나리오를 이루고 있음을 알 수 있다. 더 이상 설명이 필요 없을 만큼 명확한 시나리오의 구조라고 할 것이다. 결국 '신'의 개념과 '시퀀스'의 개념을 정확히 알면 시나리오 구조를 완벽하게 소화했다고 할 수 있다.

■ 신과 시퀀스

'신'과 '시퀀스'의 관계를 정확히 설명하자면 아무래도 브도프킨의 말을 인용해보는 것이 이해가 빠를 것이다.

각본가(脚本家)는 명확하고도 표현적인 주제와 조형적 재료의 적절한 선택 외에 항상 몽타주를 의식하면서 각본을 써야 한다. 즉 쇼트(shot)의 몽타주가 신을 만들고, 신의 몽타주가 시퀀스를 만들고, 시퀀스의 몽타주가 액트

(Act)를 만들고, 액트의 몽타주가 영화 전체(시나리오)를 만들어야 한다.

명쾌한 설명이 아닐 수 없다. 영상을 영화의 언어라고 한다면 몽타주는 영화의 문법이다. 그러니까 영화의 문법에 입각하여 설명한 셈이다. 다시 말하면 아무리 작은 신이라도 함부로 늘어놓거나 함부로 삽입할 것이 아니라, 그 배열에서 오는 갈등의 축적으로 또 다른 상징의 세계를 창조해 가야 한다는 설명이다. 브도프킨이 말하는 쇼트라고 하는 것은 '영상의 최하 단위'를 말하는 것이기 때문에 감독에게 해당되는 것이지, 시나리오나 시나리오 작가에게는 해당되지 않는다. 시나리오 작가가 구사할 수 있는 '최하의 단위'는 신이기 때문이다.

신이라는 것은 장소의 개념이다. 특별한 경우가 아니라면 장소가 바뀌면 신이 바뀌어야 한다. 때문에 신의 개념에 대해서는 거의 혼동이 없다. 그러나 (B)에 해당되는 시퀀스에 대해서는 정확한 논리적 설명이 어려워진다. 우선 그 형태부터 보자. 그림에서 보는 바와 같이 여러 개의 신이 모여서 하나의 시퀀스를 이루고 있는데, 처음에는 F · I에서 시작되어 F · O으로 끝나는 것으로 되어 있다. 바꾸어 설명하면 페이드 인은 얘기가 모두 끝나면 페이드 아웃(F · O)으로 끝나는 것으로 되어 있다. 바꾸어 설명하면 페이드 인(F · I)이 되면서 신들이 배열된다. 이 신들의 작용으로 하고 싶은 얘기가 모두 끝나면 페이드 아웃(F · O)으로 매듭이 지어지는 에피소드의 단위를 '시퀀스'라고 생각하면 틀림이 없다.

이것을 양기철(梁基哲)은 그의 『시나리오 작법』에서 다음과 같이 설명하고 있다.

시퀀스라고 하는 것은 계속되는 이야기 중에서 하나하나의 삽화(揷話)로서 완성된 일 절 일 절을 말하는 것으로서, 가령 대수의 방정식이 여러 개의 괄

호로 묶인 부분으로 성립이 되어 있는 것과 같이 용명(F · I)과 용암(F · O)에 의해서 구분이 되어 있는 각 부분이라고 보면 대체로 틀림이 없다.

그렇다면 이와 같은 시퀀스가 한 편의 시나리오에 몇 개나 들어 있으면 되는 것일까. 이 점에 대해서는 통일된 이론이 성립하지 않는다. 연극에 비교한다면 막이나 장으로 표시되는 경우와 흡사하기 때문에 작품의 내용에 따라 많아지기도 하고 적어지기도 하는 것이라고 생각하면 된다. 가령 시나리오의 전체가 하룻밤 사이에 일어나는 얘기라면 시퀀스를 묶기가 대단히 애매하고 어려워지는 것이지만, 한 인간의 파란만장한 일생을 그리는 경우라면 시퀀스를 묶기가 용이해진다.

내 경험으로 설명한다면 한 편의 시나리오에는 10개 내외의 시퀀스가 있는 것이 가장 이상적이었다. 시퀀스와 시퀀스 사이는 짧지만 공간(검게 보이는)이 생기는 까닭으로 지나치게 시퀀스가 많으면 스토리의 흐름을 방해할 수가 있기 때문이다. 그러나 일반적인 시나리오 작법서에는 대개 18개 정도가 정상이라고 설명하고 있음도 함께 기억해두기를 바란다.

여기에 잠시 사족을 달아놓아야 할 심각한 사태는 우리나라의 TV 드라마를 보고 있노라면 아무 데서나 F · I와 F · O을 사용하여 잘 흐르던 스토리와 잘 조성된 분위기를 단절해놓는 경우가 정말로 허다하다는 사실이다. 이와 같은 과오는 작가나 연출자가 시퀀스에 대한 개념을 정확하게 파악하고 있지 않은 데서 비롯되는 큰 잘못인 것이다. 어떤 인물이 잠자리에 들어서 불을 끄면 F · O이 되고, 다음 날 아침에 F.I이나 F · O는 단순히 밤낮을 구별하기 위하여 쓰이는 것이 아니라, 하나의 이야기를 매듭지을 때 필요하기 때문에 시퀀스를 잘못 이해하고 있으면 드라마의 흐름을 끊어지게 하는 원인이 된다는 사실도 명심해야 될 것이다.

'하나의 시퀀스에 몇 개의 신이 있어야 하는가'라는 질문도 우문(愚問)에 속한다. 그것은 시퀀스의 크기에 따라 다르기 때문이다. 그러나한 편의 시나리오에 몇 개의 신이 필요한가에 대한 의문은 우문이 아니라 곧잘 현실적인 문제로 대두된다.

이미 여러 차례에 걸쳐 설명한 바 있지만 영화나 TV 드라마는 시간 예술이기 때문에 일정한 크기를 가진 플롯, 즉 한정된 시간에 작품이 상영(공연)되고 완결되어야 하는 것이 가장 중요한 조건으로 대두된다. TV 드라마의 경우는 일일 연속극이 초기에는 20분이었다가, 무슨 일인지 요즘은 30분으로 연장되었고, 주간 연속극이 50분, 혹은 60분 그리고 소위 특집극이라고 불리는 스페셜 드라마는 3시간(물론 60분 단위로 나누어지지만), 4시간 등으로 정해져 있는 것으로 볼 수가 있다.

영화의 경우는 대체로 1시간 30분에서 2시간 안쪽이 표준형으로 되어 있다. 간혹 특수한 소재를 영화화한 대작을 보면 3시간 이상을 상영할 때도 있지만, 그때는 반드시 인터미션, 즉 휴식시간을 갖는 것으로 표준시간에 접근하고 있다. 그러므로 여기서 말한 신의 수는 영화의 표준형을 기준으로 한 것임을 밝혀 둔다.

한 편의 시나리오에 설정되는 신의 수는 100신에서 130신으로 잡는 것이 타당한 상식으로 되어 있다. 물론 이같은 수도 작품의 내용에 따라 달라지는 것이 상식이다. 멜로 드라마에는 그것이 표준이 되겠지만, 전쟁 영화나 서스펜스 영화가 되면 신의 수는 감당할 수 없게 늘어나게 마련이다. 이와 같은 사실은 실제로 경험을 하게 되면 누구나 쉽게 알 수 있고, 또 작가의 성격에 따라 얼마든지 달라지는 것이기 때문에 획일적으로 설명할 수 없는 성질의 것이라고 생각된다.

때문에 시나리오의 길이란 신의 수로 좌우되는 것이 아니라 원고지의 장수로 결정이 된다. 이것은 대단히 중요하다. 신은 적어도 상관이 없고 많아도 상관이 없지만 원고지 장수는 적어도 안 되고 많아도 안 된다. 이와 같은 시간 개념은 감독에게만 중요한 게 아니라 시나리오 작가에게도 대단히 중요하다.

원고지(200자) 두 장이 시간으로는 1분에 해당이 된다. 그러니까 30분짜리 TV 드라마는 60장 내외를 쓰면 되는 것이며, 50분짜리 TV 드라마는 100장 내외를 쓰면 된다. 그러나 표준시간의 영화를 위한 시나리오의 경우 상영시간을 2시간으로 예정하고 있다면 200자 원고지 240장이 적정량일 것이다. 물론 감독은 더 많은 에피소드에서 좋은 것만 선택할 생각으로 초과된 장수를 요구한다. 그렇다고 하더라도 작가는 상영시간이 고려된 스토리의 배분이 있어야 하기 때문에 정확한 장수를 확인하면서 에피소드의 흐름을 살피는 것이 정도일 것이다.

요즘은 200자 원고지를 사용하지 않고 워드프로세서로 작업을 하는 경우가 허다하지만, 〈편집용지〉의 설정이 서로 다를 것이고, 또 〈문단모양〉의 설정에 따라서 장수도 달라질 것이므로 'A4 용지'의 분량으로는 시간을 제시하기가 어렵다. 그렇다고 하더라도 파일을 열어서 〈문서정보〉로 들어가 〈문서분량〉을 자주 살펴서 시나리오의 전체에 비하여 어느만큼 진행되고 있는지를 확인해보는 것을 게을리해서는 안 된다.

자, 시나리오의 구조까지를 배웠으니 이젠 원고지에 쓰면 된다. 쓸 차례만 남았다고 할 수 있을 것이다. 원고지의 사용법이야 따로 없겠지만 이 문제를 묻는 사람이 의외로 많다. 새로이 시작하는 독자들을 위해 원고지 쓰는 방법을 제시해둔다.

S#144 · 시스의 방(밤)

　　시스가 깨끗하고 아름다운 치마 저고리로 갈아입고 있다. 〈O.L〉

S#145 · 경서의 방 밖(밤)

　　시스가 아름다운 치마 저고리 차림으로 조심스럽게 다가오고 있다.

S#146 · 경서의 방 안(밤)

　　경서「(고개를 들며) 누구냐?」

　한일 합작 드라마 〈여인들의 타국〉에서 무작위로 골라본 신의 배열이자 묘사법이다.

　작품을 쓰기 전에 시나리오에 관한 질문을 던진 바 있는 클라라 베란저 여사의 말을 살펴보기로 하자. "영화란 스토리를 가진 픽션(허구)의 하나로서 다음 여덟 가지의 제약을 받는다"라고 했다.

1. 길이
2. 신의 수
3. 대사
4. 앉은 자리에서 본다.
5. 완성된 작품의 결정성
6. 검열
7. 영화제작법
8. 상품

　'길이' '신의 수' 등은 당연한 것이 되겠으나 '앉은 자리에서 본다' '완성된 영화의 결정성'과 같은 대목은 극장이라는 조건, 관객의 심리까지 고려해야 한다는 뜻이며, '검열'이나 '상품'이라는 제약까지를 논하는 것을 보면 클라라 베란저 여사가 얼마나 프로페셔널한 작가인가 하는 것을 잘 말해 주고있다.

시나리오 작가나 TV 드라마의 극본을 쓰는 작가에게는 아마추어리즘이 통하지 않는다. 어떤 경우에도 프로페셔널해야 한다. 자신의 작품이 성공하고 실패한 데 대한 모든 책임을 지는 것으로 명예가 좌우되는 것은 스포츠의 프로 선수와 조금도 다름이 없기 때문이다. 또 자신의 작품이 상영, 방영되고 난 다음 사회적으로 해악을 끼친다든가, 혹은 국가의 미래에 대한 문제까지도 미리 예견하면서 완성된 작품과 조화를 이루어야 하는 것이 프로페셔널한 작가의 소임이라는 것을 잊어서는 안 될 것이다.

II. 발단과 퍼스트 신

사람은 각자 자기 현실에 좀처럼 만족하지 못하면서 살아간다. 한편의 영화를 보면서 대리만족을 취하는 것도 따지고 보면 자기 현실에 만족하지 못하기 때문일 수가 있다. 좀 더 구체적으로 설명하면 잠시 동안이라도 자기 현실을 떠나 별개의 현실인 '영화 속의 세계'에 동화되려는 심정일 수도 있다는 것이다.

이러한 사람(관객)의 일상사를 기본 조건으로 생각한다면, 영화에 있어서 발단과 퍼스트 신의 중요성은 영화 전체를 좌우한다 해도 과언이 아니다. 무엇인가 욕구 충족을 위해 어두운 극장의 객석으로 찾아온 관객에게 처음(발단-퍼스트 신)부터 실망을 준다면 2시간이라는 영화의 한정시간이자, 상당히 길다고 느껴지는 자연적인 시간을 흥미롭고 유익하게 지속할 수는 없을 것이다. 마치 소설의 서두가 재미없으면 계속하여 읽어갈 수 없는 이치와 조금도 다름이 없는 것이다.

앞의 이야기를 다른 각도에서 '…무엇인가 별개의 현실에 동화해 보려는 관객에 대하여 그들이 동화하고자 희구하는 세계(영화=스토리)에서 생겨나는 극적인 갈등에 대한 모든 예비 지식'을 주면서 점진적으로 별개의 현실 속으로 인내하는 부분을 발단이라고 한다. 그러므로 발단 부분의 중요성이야말로 영화의 성패를 좌우하는 것이다.

이같이 중요한 발단의 요령을 다음과 같이 정리해볼 수가 있을 것이다.

환경
인물　소개 → 동시성을 지녀야 한다.
사건

그러니까 앞으로 전개될 드라마의 모든 준비를 마치는 데까지를 발단 부분이라고 생각하면 된다.

일어날 사건, 사건에 말려들 인물의 성격, 또는 상호관계를 함축하여 예고하고, 매력 있는 장소(환경)를 선택하여 진행될 플롯에 매력을 더하면서 테마의 방향까지 암시해둘 수 있다면 더할 나위 없이 완벽한 발단 부분이 될 것이다. 여기서 주의할 것은 그와 같은 모든 준비 과정이 동시성을 가지고 진행되어야 한다는 점이다.

또 발단 부분은 되도록 짧은 시간에 간결한 사건으로 정확히 묘사해야 하는 것은 말할 나위도 없다. 이러한 발단 부분의 시작은 퍼스트 신에서 비롯되는 것이므로, 언제나 퍼스트 신의 매력론이 거론되는 것이다.

자, 매력적인 퍼스트 신의 기법을 설명함으로써 발단 부분의 실제에 대한 보충 설명을 하기로 한다.

■ 퍼스트 신의 매력
퍼스트 신의 정확한 정의는 물론 첫 장면(scene) 하나만을 의미한다. 그러나 발단의 서두라는 의미가 포함되어 있다고 생각해야 한다. 그러니까 타이틀이 지나고부터 두서너 장면, 또는 타이틀이 나오기 전의 몇 장면을 퍼스트 신이라고 넓게 생각하는 것이 이해에 도움이 된다는 뜻이다.

퍼스트 신이 드라마의 방향을 암시하는 것은 앞에서 말한 바와 같거니와 이에 못지않게 중요한 것이 라스트 신이다. 이 두 부분의 중요성을 강조한 말 가운데서도 일본 굴지의 시나리오 작가 하시모토 시노부의 재미있는 체험적 논리를 여기에 소개해둔다.

나는 남이 쓴 시나리오를 읽을 때, 앞에서부터 서너 신은 손가락을 짚어가며 정독을 한다. 그래서 재미있으면, 더 구체적으로 말하면, 그 시나리오에 나 자신이 이끌려들 수 있다면, 영화를 감상하는 기분으로 끝까지 읽는다. 그러나 앞머리의 서너 신이 되어 있지 않으면 중간 토막을 떼어버리고 마지막 서너 신만 읽는다. 다행히 라스트가 재미있으면 다시 앞에서부터 읽지만, 퍼스트도 라스트도 재미없으면 절대로 그 시나리오를 읽지 않는다(단, 전부를 읽어야 할 의무가 있는 것은 별도로 친다). 왜냐하면 지금까지의 체험으로 미루어 처음과 끝이 좋지 않은 시나리오의 중간 토막을 읽고 '아아 읽기를 잘했구나' 하고 생각된 일은 단 한 번도 없었기 때문이다.

퍼스트 신의 중요성을 설명하는 글로 더 이상 첨가할 것이 없는 명언이다.

나도 신인 작가의 발굴을 전제로 하는 공모 작품의 초심에서는 반드시 하시모토 시노부의 논리를 적용한다. 그러나 초심을 통과하고 본심에 올라온 작품의 경우에는 싫어도 다 읽는다. 굳이 하시모토 시노부의 논리를 적용하지 않는다고 하더라도 시나리오의 퍼스트 신은 작품 전체의 인상과 매력을 동시에 발산하면서 독자(관객)를 유혹하는 곳이 므로 지극히 중요한 대목이라고 아니할 수가 없다.

우리 문학 초창기의 개척자이자 소설가인 김동인(金東仁)은 소설의 첫 장이 써지지 않아서 찢어낸 원고지가 새벽녘이 되면 늘 방안에 가득 했다고 고백하고 있다. 그러므로 시나리오든 소설이든 그 첫 장면, 첫 줄이 중요하고 매력적이어야 하는 것은 아무리 설명해도 부족함이 없 을 것이다. 그렇다고 하여 너무 매력에만 치중한다면 그 드라마의 흐 름과 관계없이 엉뚱한 퍼스트 신을 설정하게 되고, 그런 퍼스트 신으 로 인하여 작품 전체의 흐름을 혼란하게 하는 잘못을 범할 수도 있다는 점도 유념해야 할 것이다.

퍼스트 신의 설정은 다음과 같은 두 가지 종류로 크게 나누어진다.

ⓐ 간접적인 퍼스트 신

　환경이나 인물을 소개하면서 드라마로 들어가는 방법.

ⓑ 직접적인 퍼스트 신

　어떤 쇼킹한 사건을 제기하고, 그 사건의 해결이 곧 드라마의

　진행이 되는 방법.

(a)는 멜로 드라마나 홈 드라마에서 흔히 쓰는 방법이고 (b)는 액 션, 스릴러, 또는 전쟁영화 등에서 많이 쓰이는 방법이다. 근래에 와 서는 TV 드라마에서도 많이 쓰이고 있다.

■ 간접적인 퍼스트 신

일반적으로 많이 쓰이는 방법이다. 환경 묘사와 같은 서정적인 정경 (情景)을 소개하면서 시작하는 경우가 바로 그것이다. 아시아 영화제 에서 우리나라 최초로 '희극상'을 수상한 바 있는 오영진(吳泳鎭) 각본 의 「시집가는 날」의 앞머리 부분을 살펴보자.

1. 산과 들(원경)

화창한 봄 하늘 아래 완만한 호선(弧線)을 그리며 멀리 가까이 산과 언덕의 파노라마. 아늑한 골짜기와 언덕에서 구름처럼 피어오르는 도라지타령.

노래 '도라지 도라지 심심산천에 백도라지'

나물 캐는 처녀들의 코러스다.

카메라 다시 PAN해서 아래로 내려오면 조는 듯 평화로운 마을, 질펀히 깔린 논과 밭, 바야흐로 춘수(春水)는 만사택(滿四澤)이다.

멀리 거울 같은 호수가 은빛으로 빛나고–　　　　　　　　〈O.L〉

푸른 수양버들 사이로 그림같이 정결하고 아담한 초가집,

기와집이 은연하다.

그중에서도 두드러지게 웅장한 대방가(大房家) 맹진사의 저택.　　〈O.L〉

1. 맹진사댁 저택 정문

하늘을 찌를 듯한 솟을대문 안에서 마침 젊은이 하나가 분주스러이 뛰어나온다.

잠시 머뭇거리다가 좌편으로. 카메라 그를 쫓아 PAN하면,

이렇게 서정적인 정경으로 시작하여 3신에 이르면 삼돌이가 주인 아씨를 찾고 있음이 나타난다. 주인공의 인물도 나타남이 없이 맹 진사 댁이 자리 잡은 주변 환경을 마치 시와 같이 아름답게 묘사하고 있다.

다음은, 필자의 오리지널 시나리오인 「말띠 여대생」의 퍼스트 신을 살펴보자.

S#1 · Y여대 앞(가로)

교문을 나서는 여대생들의 물결.

늘씬한 하반신들이 미끄러져 가는 퍼레이드 건너,

양지 쪽에 자리 잡은 사주쟁이 영감이 꾸벅꾸벅 졸고 있다.

다가오는 여대생들.

미혜(22), 숙자(22), 수인(22), 영희(22)의 정강이들이 일단 섰다가 영감 앞으로 몇 걸음 다가선다.

E "할아버지, 할아버지!"

E "할배요, 영감님이요!"

E "우리 좀 봐 주세요, 네?"

– 잠을 깬 사주쟁이는 입가에 흐르는 침을 닦으며,

사주 "엉? 색시들이 신수를 보게?"

E "그럼요. 사주팔자 좀 봐 주세요."

E "궁합도요. 흐흐흥…."

E "관상도요."

사주 "네, 네, 봅시다요, 차례차례 봐 올릴 테니 거기 좀…."

하며 앉으라는 시늉이다. 이윽고 사주책을 펼치며,

사주 "가만있자, 금년 몇 살이지?"

E "어머 숙녀의 나이를 묻는 건 실례예요…."

사주 "실례라…, 그래두 나일 알아야 신수가 풀릴 텐데…."

사주 "스물두 살이에요."

사주 "스물둘? 그럼 임오생이군."

일동 (합창하듯) 네, 다아 말띠예요."

사주 "가만 가만, 차례로 해야지. 생일은 언제드라?"

미혜 (소리) 동짓달 스무엿새."

사주 "시는?"

미혜 (소리) 잘 모르지만 새벽녘이래나 봐요."

사주 "새벽녘이라…, 새벽이면 인시라 치구…, 무자월 경신일에… 무인시라."

넘어가는 사주책의 책장.

울긋불긋하게 그려진 그림들.

사주 "천복해, 천귀월, 천갱일에 천복시라…, 흠…."

킬킬거리는 듯하면서도 긴장하는 미혜의 얼굴이 비로소 소개된다.

사주 "통답강산하여, 과구재물하면 사십에 가서 평안이 있도다. 입즉유우요, 출타

심안이라…. 집 안에 들어서면 마음의 고생을 면키 어려우니 타향을 떠돌아다니며 널리 재물을 구해야 잘살 것이고….˝

수인의 얼굴이 소개되며,

수인 ˝맞았어요. 할아버지! 얜 집이 서울에 있는데도 기숙사에 들어 있거든요.˝

신통한 듯한 표정.

사주 ˝험…, 허허허. 그리고… 스물세 살에는 출가운이 있어….˝
미혜 ˝어머머…! 시집을 가요?˝ 시니컬한 웃음이 미혜의 입가를 스쳐간다.
사주 ˝암 내년이면 천생배필을 만나서 혼일을 하게 될 걸…. 암.˝
미혜 ˝(설마)……?˝

사주쟁이는 추리소설책으로 얼굴을 가리고 있는 영희의 얼굴을 노크하며

사주 ˝학생은 생일이 언젠고?˝
영희 ˝(책을 가린 채) 전 사주 같은 건 취미 없어요. 미스터리 스토리라면 몰라두….˝
사주 ˝엉…? 미스텔… 그게 무슨 소리야?˝
숙자 ˝(소리) 이 가시나사 흥신소집 딸이 앙인기요.˝
사주 ˝오라…, 아무리 흥신소집 딸이래두 사주 없이 태어났을려구….˝

영희는 비로소 책을 내리며

영희 ˝할아버지…(수인을 가리키며)…. 이 순종 말띠나 봐주세요. 말해 말달 말날 말시…. 진짜 백말띠예요.˝
사주 ˝으흐헷헷 고것 참…. 귀한 띤데…, 이런 게 바로 팔통사주라고 네 기둥이 다 천복이지…. 황금 허리띠를 두르고 말을 몰아 남북으로 달리면 안 되는 일이 없을 게고… 남자로 말하면 임금이 될 텐데….˝
미혜 ˝여자니까 필시 여왕이 아니면… 필시 고·딘·누 팔자구나.˝

수인 "(샐쭉하며) 그럼 내가 월남의 암탉이 된단 말이냐?"

사주 "아니지… 암탉은 아니고. 헌데 그것이 한 곳에 머무르면 필시 병이 잦고 일이 성사되질 않을 테고…."

숙자 "(참견하듯) 와따 그만하면 니 팔자가 상팔잔기라…. 할아버지 예, 지는 사월 초이튿날 자정이 아닌교… 우떻습니까?"

사주 "을사월 기사일 갑자시라…. 흠, 초년 고생에 말년이면 귀한 몸이 될 것이고…. 금슬이 쌍화하여 여러 남편을 거느리니 이 아니 좋을까…. (숙자를 쳐다보며)… 이건 외입쟁이가 될 괘로군… 으으헛헛…."

숙자 "네? (달려들 듯이) 우예 보고 하는 소린교?"

영희 "얘, 얘…. 그건 남자 얘기고, 여잘 땐 화냥년일걸…."

숙자 "니 말조심 하거레이…. 화냥년? 할아버지예!"

눈알을 부릅뜨고 달려들 기세다.

사주 "아아… 그런 게 아니구…."

바로 그때, 이들의 귓전을 때리는 말 울음 소리.

E "히히힝."

일제히 고개를 돌리면 마차를 달고 있는 말이 서 있다.
상을 찡그리는 여대생들의 얼굴, 얼굴!
그 위에 교향곡 '운명'의 서주(序奏).
'따다다 땅!'과 더불어
메인 타이틀 '말띠 여대생'이 뜬다.

인용이 조금 길어졌지만, 퍼스트 신의 매력과 흡인력을 소개하기 위한 것임을 양해하기 바란다. 이 작품에 등장하는 재기 발랄한 '말띠 여대생'들은 당시 최고의 인기 배우들이었던 엄앵란, 최지희, 방성자, 남미리, 최난경 등이었고, 사주쟁이 역은 김희갑이었다. 이들이 사주를 보는 것으로 드라마가 전개될 방향을 암시하는 것을 특징으로 하고 있다. 실제로 이 작품이 당시 아카데미 극장에서 상영될 때, 이 퍼스트 신이 소개되면서 극장 안은 이미 폭소로 가득했고, 또 이 〈말띠 여대생〉을 계기로 신성일, 엄앵란을 콤비로 하는 소위 '청춘영화'의 붐을 이루게 되었다.

전자인 〈시집가는 날〉은 드라마의 주무대가 될 아름다운 풍경을 그리는 퍼스트 신일 것이고, 후자인 〈말띠 여대생〉은 주요 등장인물을 소개하면서 드라마의 흐름을 예고하는 퍼스트 신이다. 두 가지 모두가 간접적인 방법으로 묘사하고 있다.

■ 직접적인 퍼스트 신

간접적인 방법은 관객을 '별개의 현실'로 끌어들이려는, 또는 안내하는 기법인 데 반하여 직접적인 퍼스트 신은 영화가 시작되는 순간부터 이미 관객은 '별개의 현실' 속에 들어와 있다는 조건에서 드라마를 펼치는 기법을 말한다. 이를 다른 각도에서 살펴보면 간접적인 퍼스트 신은 밖에서부터 안으로 들어가는 형식이고, 직접적인 퍼스트 신은 안에서부터 밖으로 나오는 형식이라고 할 수가 있을 것이다.

그러므로 직접적인 방법은 앞서 말한 바와 같이 액션, 스릴러 또는 추리극에서 많이 쓰이는 방법이다. 예를 들면 정부(情夫)와 남편의 암살을 모의하는 여자의 입술을 대접사(大接寫:Big CU)하면서 시작되는 〈사형대의 엘리베이터〉와 같은 것이 좋은 본보기가 될 것이며, 시작과 더불어 살인 사건으로 시작되는 〈검은 불연속선〉 등도 직접적인 퍼스트 신의 실례일 것이다. 보다 구체적인 이해를 위하여 고등학교의 교과서에도 등재되었던 오영진의 오리지널 시나리오 '종이 울리는 새벽=살인명령'의 퍼스트 신을 살펴보기로 한다.

○ 종로=뒷골목

저녁때 손이 지난 뒷골목. 주정꾼이 떼를 지어 밀려들기에는 아직도 밤이 깊지 않은, 비교적 한산한 식당 거리.

자막(D·E) 1946년 3월 서울.

어디선가 낡아빠진 레코드로 유행가 '해방된 역마차'가 들려온다.

○ 중국요리집=앞

'홍해루'란 간판이 붙어 있다.

중국인 보이들이 늦은 저녁을 먹고 있다.

○ 구석진 방

두 손님 앞에 간단한 접시 그릇과 술잔, 음식은 젖혀놓고, 그중 한 사람이 종이에 다음과 같은 약도를 그리며 굵은 목소리로 설명한다.

소리 "문화극장의 강연회는 9시 10분에 끝난다. 이태승은 강연이 끝나면 곧 극장 뒷문으로 나와 오른편으로 꺾어져 주차장에서 자동차를 타고 정거장으로 갈 것이다. 모든 일은 놈이 자동차에 오르기 전에 해치워야 한다. 이 기회를 놓치면 다음 기회는 어렵소….'

아직 구체적인 화면은 드러나고 있지 않지만 이 정도만 되어도 관객은 이미 숨소리를 죽이면서 스크린 위로 빨려들 것임은 틀림없다. 그것은 이미 드라마 속에 관객이 들어와 있기 때문인 것이다.

이 밖에도 〈미완성교향곡〉(윌리 포스트 감독)의 퍼스트 신처럼 주인공이 지고 가는 풍경화가 흔들거리는 화면부터 시작하는 절묘한 테크닉이 있는 것처럼, 어떤 소품이나 자막을 이용하는 방법도 있을 것이지만 모두가 간접적인 방법이 될 것이다.

또 어떤 작가의 경우에는 퍼스트 신이 잘 써여지지 않으면, 라스트 신부터 쓴다고도 한다. 잘못된 방법은 아니지만, 이 방법에 따르자면 구성이 완전무결하게 짜여 있어야 한다. 물론 시나리오를 구상하는 단계에서 라스트 신이 먼저 떠오르는 경우는 얼마든지 있다. 이럴 경우 그 소재에 몰두하기 위해서는 구성하는 과정에서나 집필하는 과정에서 라스트 신을 먼저 써도 무방할 것이다.

간접적인 퍼스트 신도, 직접적인 퍼스트 신도 매력을 수반해야 관객을 끌어들이는 흡인력을 갖추게 된다. 그것은 사람의 첫인상이 좋으면 사귀고 싶어지는 것이며, 첫인상이 험악하면 피하고 싶어지는 이치와 조금도 다름이 없다. 영화의 퍼스트 신도 관객을 가까이 있게 하기도 하고 또 멀리 달아나게 하기도 하는 것이다.

스재를 구하고, 스토리를 만들며, 플롯을 짜는 단계에서도 퍼스트 신을 어떻게 쓸 것인가를 생각하는 것이 좋겠고, 구성 단계에 이르러 발단 부분을 정리할 때쯤이면 퍼스트 신을 확정해두는 것이 더욱 좋을 것이다. 막상 원고를 쓰려는 단계에서 퍼스트 신이 떠오르지 않는다면 상당히 오랜 기간을 그로 인해 시달리게 된다는 선배 작가들의 경험담을 귀담아들어 주기를 바란다.

라스트 신은 후에 다시 상세한 설명이 있을 것이므로 매력적인 퍼스트 신의 설명은 여기서 접기로 한다.

Ⅲ. 갈등과 위기는 클라이맥스의 전제

■ 갈등과 위기의 동시성

드라마(극)를 한마디로 정의해서 '의지의 갈등'이라고 말한 사람이 프라이타크임은 이미 앞에서 설명한 바와 같다. 만일 드라마에서 갈등을 빼버린다면 무엇이 남을 것인가? 아무것도 남는 것이 없으리라고 생각된다. 그러니까 갈등은 드라마의 본질이 될 수도 있는 것이다. 찰스 브라케트가 시나리오 10훈의 제9조에서 '같은 생각을 가진 인물이 등장하는 신을 피하라'고 한 것도 갈등의 필요성을 역설하고 있는 대목이다.

갑 "저놈을 죽이자."

을 "좋다."

이런 식의 대사로 드라마가 흘러간다면 관객은 드라마의 진행에 대하여 모든 흥미를 잃고 말 것이다. 드라마가 인간과 인간성을 추구하는 데 목적을 두었다면, 인간의 내면을 파헤치는 노력도 아끼지 말아야 한다. 본래 인간은 선과 악의 갈등 속에서 살고 있기 때문에 갈등 그 자체가 인간의 본질과 통하기 때문이다.

가령 친구의 고급 만년필을 자기 주머니에 넣었을 때…, '그냥 가져버릴까?' 하는 비양심적인 사고가 발생하는 경우가 있을 것이다. 그때 그의 내면의 소리(양심)는 '돌려줘라…' 이렇게 속삭인다. 이러한 심리적 선과 악의 갈등 현상이 항상 인간의 내면에서 꿈틀거리는 것과 같이 드라마도 항상 갈등과 위기가 병행되면서 흘러가야 하는 것이다. 때문에 극의 테마나 스토리의 진행까지도 갈등이 살찌게 하고 있는 것이다.

발단 부분에서 인물의 성격 또는 환경이 소개되고, 극적 국면(시추에이션)을 암시하고 있다고 본다면, 클라이맥스로 향해 가파르게 상승하는 극의 물줄기는 갈등과 갈등을 축적하면서 위기의 개념으로 치솟아 올라야 하는 것이다.

여기서 우리는 일단 관객의 처지로 돌아가서 갈등의 문제를 생각해보기로 하자. 극장 내의 불이 꺼지고 영화가 시작되면 퍼스트 신에서 출발한 발단 부분부터 보게 된다. 이때 우리는 '무슨 얘기인가'에 관심을 갖는다. 이 '무슨 얘기인가?'에 대한 관심은 잠시 후 '어떻게 될 것인가'로 변하게 됨을 느낄 수 있다. 관객들의 마음이 '어떻게 될까'로 변하면서 그들은 '이렇게 될 것이다'라는 추측을 하게 된다. 바로 이러한 관객의 '추측'을 이리 몰고 저리 몰고 하는 작가의 기능과 방법이 훌륭했다면 갈등과 갈등의 축적이 성공리에 상승하고 있다고 할 것이다.

이 책의 독자들은 앞의 얘기가 추리영화에 적합한 설명이라고 미리 짐작할지 모르나, 이와 같은 심리 변화는 홈 드라마나 멜로 드라마나 마찬가지인 것이다.

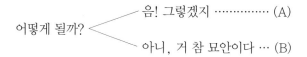

위의 표에 나타나 있는 것과 같이 A와 B, 그 어느 쪽이 되어도 상관없다. '음! 그렇겠지…' 하는 통쾌감이나 '아니, 거 참 묘안이다' 하는 감탄에 어떤 우열의 차가 주어지는 것은 아니다. 다만 관객의 심리 상태를 드라마의 주변에 잡아두자는 것뿐이다. 어차피 영화란 추리력을 테스트하는 질문지일 수는 없다. 그러므로 시나리오 작가의 역량이나 기교나 창의력이 바로 갈등을 축적해가는 능력과 정비례하는 것이다.

이러한 갈등은 대체로 다음 두 가지로 크게 나눌 수 있다.

(a) 주계적(主系的) 갈등(major complication)
(b) 방계적(傍系的) 갈등(minor complication)

첫 번째의 것은 작품의 주제를 해명하는 데 직접적인 참여를 하는 것을 말하는 것이고, 두 번째 것은 주계적인 갈등을 한층 더 적확하게 보완하는 것을 의미한다고 생각하면 된다. 그러니까 (a)는 강(江)의 본류(本流)와 같은 것이고, (b)는 본류의 위용을 갖추기 위한 지류(支流)와 같은 것이라고 하겠다. 여기서 주계적 갈등과 방계적 갈등을 예로 들어 설명해보자. 김기영(金綺泳) 감독의 〈병사는 죽어서 말한다(각본 金龍鎭)〉를 텍스트로 한다.

휴전을 앞둔 한국전쟁(6 · 25)의 양상…. 그 당시의 전황은 인해전술로 참전한 중공군과 아군이 한 치의 땅이라도 서로 더 빼앗으려고 치열한 전투를 전개하고 있었다. 물론 휴전협정의 회담장에서 유리한 고지를 선점하기 위해서였다. 그러나 아군은 UN군 사령부의 명령으로 공격을 중지한 채 수비 상태였고, 중공군은 이러한 기회를 역이용하여 하루에 10만 발 이상의 포탄을 퍼부어 왔다. 바로 이때 손 사단장은 부하들의 귀중한 생명을 보호하기 위해 적진에 특공대를 보내어 중공군의 요새를 폭파한다는 것이 대강의 줄거리다.

이 작품의 주계적 갈등은 이미 내려진 UN군 사령부의 '군사행동 제한명령'을 손 사단장 임의로 번복하는 데서 시작되는 것이다.

7. 국군진지

불 날개를 단 로켓탄이 하늘에 포물선을 그리면서 계속 날아오고 있다. 공포에 일그러진 얼굴로 쳐다보는 국군 사병들.

진지를 사수하고 있는 병사들 가운데서 대대장의 전화 소리가 흔들리는 대기 속에 날카롭게 울리고 있다.

대대장 "우리 포는 뭣하고 있는 거야? 중공군은 어제와 꼭 같은 시간에 사격을 시작했어…. 오늘도 10만 발이 떨어졌다가는 우리 대대는 전멸이다!"

8. 국군 사단 OP

긴장된 가운데, 무전기 앞에서 큰 소리로 통신을 받고 있는 통신병들.

통신병 1 "제3연대 제2대대 포탄에 전멸 위기!"
통신병 2 "제2연대 제3대대 위기!"
통신병 3 "제2연대 제2대대!"

사단장 이하 참모들은 흥분하여 상황보고를 듣고 있다.

손 사단장 "뭣 때문에 적의 대포밥이 되어, 앉아서 죽으란 말이냐. 어째서 적에게 반격을 가하지 말라는 거야!"

하는, 사단장의 목소리가 거칠다.

작전참모 "유엔군 사령부는 휴전을 앞두고 진지 사수 이외엔 군사행동을 제한하라는 겁니다."

손 사단장 "사단장이 되어봐! 난 남의 귀중한 생명을 맡고 있어. 자기 자식의 생명도 맡기 어려운 데 남의 자식의 목숨을 전선에서 목적 없이 낭비시키다니…. 이 이상 더 참을 수가 없어!"

손 사단장 비통한 얼굴이다.

여기서 UN군 사령부의 작전명령과 손 사단장의 의분이 상당히 크게 충돌하고 있음을 볼 수 있다. 이 갈등에서 전자(UN)가 이기면 드라마는 소멸하고 만다. 왜냐하면 후자(사단장)가 이겨야 비로소 특공대가 조직되고 출발하게 되기 때문이다. 그러니까 드라마 전체의 진행을 놓고, 또는 스토리의 스타트를 가늠하는 갈등이 되는 것이다. 이러한 경우를 주계적 갈등이라 한다(특히 이 경우는 전쟁과 직결되는 중요한 모멘트가 되고 있다).

이렇게 하여 특공대는 적진 깊숙이 들어가게 된다. 인솔자인 김 준위는 목적을 위해서는 물불도 가리지 않는 전형적인 군인 스타일이라, 행진 도중 부하가 부상을 당하면 자기 손으로 쏘아 죽일 수도 있는 일종의 전쟁병자와 같은 냉혈한으로 묘사되고 있다. 같은 작품 S#29의 중간 대목을 보면, 같이 가던 최 일병이 부상을 당했을 때의 상황을 다음과 같이 묘사하고 있다.

김 준위, 이번에는 최 일병을 간호하던 신 상사를 끌어내며 작은 목소리로

김 준위 "지뢰원을 뚫고 출발이다. 최 일병은 행동 능력이 없으니깐 기밀이 누설 안 되게 네 손으로 최 일병을 전사시켜라."

신 상사 "그 말이 나오길 기다렸소⋯. 그렇지만 이번만은 내가 죽을 때까지 업어 갈 랍니다."

김 준위 "시간 없어!"

최 일병은 김 준위와 신 상사가 언쟁하는 것이 무엇인지를 알아차린다.
대원들의 신경이 집중된다.
최일병은 처음으로 무서운 광경을 보게 된다.

이 부분을 전쟁이라는 비인도적인 상태를 비정하게 묘사하려는 '테마'의 일부분으로 보면 주계적 갈등의 부분이 될 수 있지만, 〈병사는 죽어서 말한다〉라는 작품에다 놓고 보면, 앞에 인용한 주계적 갈등을 보완하는 방계적 갈등이 되는 것이다.

이러한 갈등이 축적되면서 위기가 파생된다. 위기의 파생은 갈등과 동반된다는 사실에 주의해야 한다. 그림에서 보는 바와 같이 발단에서 시작된 드라마는 위기를 동반하고 상승하고 있음을 알 수가 있다. 그러나 주의할 점은 위기가 필요 이상으로 커서는 안 된다. 위기가 크면 클수록 클라이맥스가 맥 빠지게 되기 때문이다. 위기의 설정 요령은 짧고, 알차야 한다는 것이다. 또는 위기는 클라이맥스처럼 한 작품 속에 하나만 있는 것이 아니라 몇 개가 있어서 갈등과 협력하면서 함께 흘러가는 것이다.

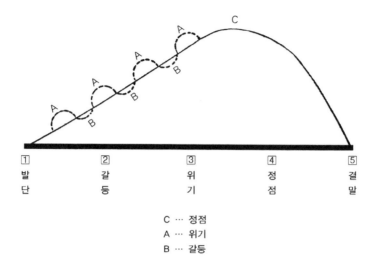

C … 정점
A … 위기
B … 갈등

※ 가장 큰 위기는 그대로 클라이맥스로 상승할 수도 있지만, 그렇게 되면 위기와 클라이맥스에 혼란이 온다.

위 도표를 눈여겨 살펴보기를 바란다. 극의 발전은 ①②③④⑤의 순으로 가는 것이 틀림없지만, 그 위치가 고정되어 있는 것이 아니라는 사실에 유념해야 한다. 다섯 가지 항목에서 고정 개념이 있는 것은 ①, ④, ⑤일 뿐이다.

갈등과 위기는 서로 협력하면서도 동시성을 지니고 있어야 한다. 발단 부분이 끝나면 갈등과 위기가 동시에 시작된다는 얘기다. 드라마가 ①에서 출발하여 C라는 정점을 거쳐 ⑤에 당도하는 것이 상식이지만 ①에서 C까지는 직선이 될 수 없는 것이다. 그 선을 좀 더 구체적으로 분석해보면 점선으로 나타나 있는 상황을 발견하게 되는 것이다.

이때 여러 개의 작은 봉우리 A와 많은 굴곡 B가 생긴다. 그러니까 A라는 위기와 B라는 갈등이 동시에 진행되고 있는 양상임을 알 수가 있을 것이다. 이와 같이 갈등과 위기는 ②③의 순서를 갖고 있는 고정 개념으로 처리할 수 없는 성질의 것임도 명심해주기 바란다.

■ 클라이맥스

한마디로 말해서 클라이맥스는 극 전체의 봉우리라고 할 수 있다. 지금까지 말한 발단도 갈등도 또는 위기도 이 클라이맥스를 위한 준비 단계인 것이다. 또 드라마가 시작되어 온갖 곡절을 다 거치면서 갈등과 위기를 타고 상승해온 극적인 시추에이션이 그 최후의 이론적인 귀결을 눈앞에 놓은 극의 정점이 클라이맥스인 것이다. 그러므로 그 작품의 테마가 가정 정확하게 해결되어야 할 최후의 장소가 되는 것이다.

또한 클라이맥스의 설정을 부자연스럽게 배치해서는 안 된다. 앞에서도 잠시 얘기했지만, 클라이맥스는 갈등의 논리적인 귀결이어야 하기 때문에, 어물어물 다가오는 것이 아니라 당연히 올 자리에 정확하게 설정되어야 하는 것이다. 우리나라 영화에서 가끔 보는 일이지만 주인공이 탄 자동차를 언덕에서 아래로 구르게 하여 불타오르게 한다든가, 혹은 주인공이 사는 집을 초토화한다든가, 주인공의 몸뚱이에 총알 자국으로 벌집을 내는 등의 잔인한 장면을 클라이맥스의 설정이라고 생각하는 신인 작가들이 뜻밖으로 많다. 이 같은 생각이야말로 무지가 빚어내는 난센스가 아닐 수 없다.

클라이맥스는 가능한 한 내적 조건, 테마의 해결을 위해 설정해야 하는 것이지, 돌연한 사고 등의 외적 조건만으로는 성립되지 않는다. 이 같은 클라이맥스에 관한 명쾌한 이론을 들어보기로 하자.

1960년대, 유현목 감독이 〈잉여인간(剩餘人間)〉을 발표했을 때, 한양대학의 영화과 학생들이 그 영화를 중심으로 심포지엄을 연 일이 있었다. 영화의 상영을 마친 다음 토론시간으로 들어갔는데, 많은 질문과 대답이 지나간 다음 어느 학생이 불쑥 다음과 같이 물었다.

"유 감독님, 〈잉여인간〉의 클라이맥스는 어딥니까…?"

어떤 학생은 유치한 질문이라는 듯 비웃고 있었고, 어떤 학생은 "야야… 앉아라, 앉아" 하면서 노골적으로 이 질문에 야유를 보냈다. 나는 이때 퍽 재미있는 질문이라고 생각하면서 유 감독을 주시하고 있었다. 과연 유현목 감독은 학생들에게 클라이맥스의 정확한 뜻을 설명해주는 것이었다.

"보통 클라이맥스라고 하면 대사건만을 생각하는 경우가 많아요 가령 〈잉여인간〉에서 실의의 시인인 천봉우가 자기 아내를 목 졸라 죽이게 되는데, 여기를 클라이맥스로 보면 안 돼요. 이건 전혀 외부적인 조건이에요…. 이 작품에서 내가 설정한 클라이맥스는 제일 마지막, 채익준이 다리를 건너가는 만기에게 '어디로 가지?'라고 묻는데, 그 '어디로 가지'를 클라이맥스로 보아야 해요.

이 얘기는 클라이맥스의 의미를 너무도 정확하게 지적한 것이기에 잘 음미해보기를 바란다. 이와 같이 클라이맥스는 그 작품의 테마를 해결하기 위해 필요한 것이며, 작가 의식의 총체적인 결산을 말하는 곳을 의미하는 것이다.

다시 실례를 들어보자. 페데리코 펠리니(Federico Fellini)가 감독한 이탈리 영화 〈길〉을 보면, 곡예사 잠파노는 젤소미나라는 순진한 여인을 끌고 순회공연을 다니다가 어느 날 병이 난 젤소미나를 떼어버리고 혼자서 도망을 간다. 5년 후에 그 마을에 다시 찾아왔을 때 젤소미나가 죽었음을 알고, 어떤 고독감에 사로잡힌다. 그날 공연을 마친 잠파노는 술을 마신다. 젤소미나의 생각이 그를 괴롭힌 것이었다. 이 영화의 클라이맥스는 잠파노가 젤소미나를 떼어놓고 달아나는 곳이 아니라, 오히려 주점에서 클라이맥스가 시작되어 라스트 신까지 흐르는 것이다.

○ **주점**

고주망태가 된 잠파노.

주인 "이제 그만두오…. 어지간히 마시시오."

잠파노는 술을 더 달라고 요구하면서 다른 손님과 싸움을 시작한다.

손님1 "더 좋은 술집이 있을 텐데…."

잠파노는 화가 난 듯 그를 밀어젖히고 밖으로 나간다.

○ **주점 앞 광장**

잠파노는 무턱대고 여러 명의 사나이와 싸움을 벌이고 있다.

잠파노 "놔주게…, 내버려둬 주게."

잠파노도 술에 만취하고 보니 힘쓸 재간이 없어 여러 명의 사나이에게 매를 맞는다.
도로에 냅다 던져진 잠파노. 일어나자 홧김에 드럼통을 발길로 찬다.

○ **해변**

겹겹이 밀려오는 파도.
비틀거리며 걸어오는 잠파노, 바다에 들어가서 얼굴을 적시고 온다.
그리고 모래밭에 주저앉아 허덕이듯 탄식한다.

잠파노 "외톨이야…. 내게는 아무도 없어…."

눈물이 치솟아 오른다. 흐느껴 운다.
이윽고 참을 수가 없어 모래 위에 쓰러져 몸부림치며 운다.
캄캄한 해변에 고독하고 덩치 큰 사나이가 쓰러져서 몸부림치고 있는
그 모습을 잡은 채 카메라는 고요히 〈T.B〉한다.
그 귀에 익은 멜로디를 가득히 담으면서….

거인 잠파노도 인간이다. 젤소미나를 버릴 수 있었던 모진 사내였지만 자신을 휩싸오는 고독감은 이길 수 없었던 것이다.

이렇게 클라이맥스는 테마와 직결되는 것이다. 프라이타크는 클라이맥스를 다음과 같이 말하고 있다.

클라이맥스는 거기를 정점으로 하여 상승해온 극적 사정이, 거기서부터 다시 새로운 극적 요인을 내포한 채 하강해가는 부분으로서 작가 자신의 능력이 가장 명확히 드러나는 부분이기도 하다.

그러나 극 자체로서는 각 인물의 상극이 벌써 숙명적인 결말에 접근해 있으므로, 관객의 관심도 정점까지는 주요 인물이 취한 방향으로 끌려갔지만, 거기를 지나 서게 되면 정지의 순간이 생기게 되어 관객의 긴장은 다른 새로운 것으로 향해서 이동하게 되는 것이다. 그렇다고 이 부분에서 새로운 인물이나 새로운 사건을 등장시킨다는 것은 극 전체의 효과를 십중팔구 파괴시키기가 쉬우므로 위험한 일인 것이다.

이제는 더 이상 조그만 기교나 세심한 매만짐이나 개개인의 아름다움이나 적절한 동기와 같은 것을 생각하거나 찾아볼 여유가 없다. 여기까지 오게 되면 관객은 모든 사건의 인과 관계를 벌써 이해하고 있게 되고 작가의 최후 의도까지도 알게 되는 것이다. 그러므로 작가는 여기서 관객을 최고의 작용으로 이용할 수 있는 포로로 삼지 않으면 안 된다. 이 부분에서 사용할 것은 '커다란 선' '커다란 작용'뿐으로 혹시 일부러 에피소드를 넣게 될 경우에는 특별한 의미와 힘을 부여하지 않으면 안 되는 것이다.

대단히 찬찬하고 구체적인 방법론까지를 제시한 글이다.

우리는 클라이맥스에 작가 의식의 전부를 모아놓고, 설정한 테마를 완전하게 해결한다는 점을 잊어서는 안 될 것이다.

IV. 결말과 라스트 신

■ 테마와 결말

시나리오에 있어 '합리적인 결말'을 위해 테마를 정리한다는 것은 무엇보다도 중요한 일이다. 나는 여기서 〈합리적인 결말〉이라는 말을 쓰고 있는데, 독자들은 이 말에 유의해야 할 것 같다. 드라마라는 것은 그 드라마가 지닌 테마를 중심으로 한 하나의 통일체라는 것을 항상 잊어서는 안 되기 때문이다.

아리스토텔레스가 "처음이 있고 중간이 있고 끝이 있는, 일정한 크기를 가진 것"이 비극이라고 말한 것도 바로 그것이며, 일본의 시나리오 작가 신도오 가네토도 "영화라는 것은 시간예술(상영시간이라는 제약)이기 때문에 한정된 시간 안에 작자는 모든 목적을 달성하지 않으면 안 된다"라고 말하고 있다.

이 두 사람의 얘기가 모두 시나리오(드라마)를 하나의 통일체로 생각하고 있다는 점이 공통된다. 그러니까 드라마는 사건이나 갈등이 해결되는 데에 끝이 나는 것이 아니라, 테마의 정리가 끝나는 것이 곧 종말이 되어야 한다는 뜻이다.

결말이라는 것은 내용의 합리적인 결말을 의미한다. 그럴 수밖에 없는 것이 사건이나 갈등은 인간이 존재하는 한 계속되는 것이므로 드라마의 결말이 분명해지지 않는 경우도 있기 때문이다.

합리적인 결말을 맺기 위해서는 무엇보다도 '얼마나 명확한 테마'를 포착하였느냐가 성패를 좌우한다 해도 무리는 아니다. 명확하지 않은 테마를 포착하면 결말 부분에 가서 혼란을 야기하는 경우가 많다. 가령 주인공이 죽는다든가, 혹은 적진 깊숙이 뛰어들어 적의 토치카를 완전히 점령했다 하더라도 테마가 분명치 않으면 강렬하고 인상적인 결말을 제시할 수 없을 것이다. 테마와 결말의 깊은 연관성은 미국의 시나리오 작가 프랜시스 마리온도 다음과 같이 말하고 있다.

시나리오를 쓰는 목적은 테마를 설명하는 것이라고도 할 수 있으므로 그런 의미에서 볼 때 테마는 되도록 시나리오의 앞부분, 적어도 극이 클라이맥스에 도달하기 이전에 그 방향을 명시케 하고, 그것의 증명이 끝나게 되는 때에 극도 또한 종국을 고하게끔 계획되어야 할 것이다.

잘 계산된 말이지만, 이 책을 읽는 독자에게는 가슴에 새겨둘 금언이 아닐 수가 없다. 앞에서도 설명했듯이 플롯, 구성, 테마 따위의 용어는 당연히 논리적인 근거를 가지고 있는 것이지만, 실제로 써보면 뜻과 같이 되지 않기 때문이다. 그러므로 독자들은 위의 프랜시스 마리온의 말을 금과옥조로 삼아서, 작품을 쓸 때 스스로 반문하면서 진행을 살피고 확인하라고 충고하고 싶은 마음 진실로 간절하다.

■ **결말의 방법**

모든 영화의 결말은 다음 세 가지 방법으로 처리되는 것이 보통이다.

1. happy end
2. unhappy end
3. surprise end

그렇다고 하여 위에 적은 1, 2, 3이 어떤 공식적인 규칙으로 처리되는 것은 물론 아니다. 해피 엔드로 처리하든지 언해피 엔드로 처리하든지, 그것은 작가의 자의적인 선택이 되겠지만, 지금까지 발표된 영화를 비교하여 생각해보면 어떤 공통점을 발견할 수 있다.

소위 할리우드의 서부 영화라는 것을 보면, 어떤 일이 있어도 선이 악을 제압하는 해피 엔드로 끝난다는 사실이다. 어떤 이는 서부 영화는 해피 엔드로 끝나는 것을 조건으로 쓰인다고까지 하지만, 꼭 그렇지만은 않을 것이다. 또 우리나라 영화에서도 대부분의 멜로 드라마는 어김없이 해피 엔드로 끝을 맺는 경우가 많다.

여기에서 우리는 관객들이 뒷맛이 개운치 않은 언해피 엔드를 별로 선호하지 않는다는 사실을 알 수 있지만, 작가가 관객들의 심리만을 고려하여 모든 드라마를 해피 엔드로 끝맺을 필요는 물론 없을 것이다.

그 좋은 본보기가 신상옥 감독의 〈동심초〉(각본 趙南史 · 李奉來)일 것이다.

〈동심초〉의 중요한 스토리는 제일출판사의 젊은 전무 김상규와 미망인 이 여사와의 사랑을 그리고 있다. 상규와 이 여사의 사랑은 여러 가지 어려운 고비를 넘기면서 의사가 접근되는 듯싶었지만, 끝내 이루어지지 않는다. 이 영화의 결말과 라스트 신을 소개하면 다음과 같다.

S# 133 · 김상규의 방

상규 잠들었다.
조용히 미닫이가 열리고 김 여사와 이 여사가 들어온다.
상규를 깨우려는 김 여사를 이 여사가 말린다. 이 여사 조용히 앉는다.
김 여사 수건, 대야를 들고 나간다.

이 여사의 소리 (C.U된 그의 얼굴에 W해서) "사랑해요. 어떤 연분으로든 이 세상에 태어나서 제가 진실로 사랑한 분은 바로 당신이에요(눈물이 흐른다). 행복을 빌겠어요. 그리고 아무 후회 없이 떠나겠어요."

잠들고 있는 상규의 얼굴. 이윽고 눈을 뜬다. 방 안을 두리번거린다.

김 여사 "좀 어떠니?"
상규 "누가…, 누가 오지 않았어요?"
김 여사 "누가?"
상규 "꿈이…꿈이었어요."

괴로운 듯 다시 눈을 감는다.

S# 134 · 서울역
출발을 앞둔 경부선 열차.
어수선한 분위기.

S# 135 · 개찰구
손님들 사이에 끼어 개찰을 마치고 구내로 들어오는 이여사와 경희.

S# 136 · 김상규의 방
한기철이가 와 있다.

기철 "좀 어떤가?"

상규 "응 괜찮아."

기철 "경희가 왔더군… 오늘 2시 차로 이 여사가 아주 시골로 내려간다구…."

상규 "(놀란다)…."

기철 "그리고 이거 전해달라더군…."

상규 봉투를 뜯는다.
수표가 나온다. 그리고 편지.

INSERT

> 어머니를 대신해서 빚 갚아드립니다. 어른들의 세계는
> 잘 모르지만, 안 되는 일이 너무 많은 것 같아요.

상규 "집을 판 모양이군."

기철 "응 그런가 봐…."

상규 벌떡 일어난다.

S# 137 · 서울역 구내(홈)
손님들 사이를 걸어오는 경희와 이 여사.

경희 "엄마, 나 틈나는 대로 시골을 왔다 갔다 할 테야….."

이 여사 "그러렴─ 그리고 참, 한 선생님보고 네 뒤를 좀 봐달라구 했다."

S# 138 · 자동차 안
상규와 기철이가 탔다.

S# 139 · 서울역(홈)
기적.

경희가 자꾸 두리번거린다.

이 여사 "경희야, 너 누굴 찾니?"

경희 "혹시 김상규 씨 안 나왔나 하구….."

이 여사 "쓸데없이─ 인제 들어가 봐라."

하며 차에 오른다.

S# 140 · 역전
와 닿는 차에서 기철의 부축을 받으며 상규가 내린다.

S# 141 · 역 구내(홈)
객차 창안에 이 여사가 보인다.

경희를 보고 들어가라고 손짓한다.

경희, 손을 흔든다. 열차가 움직이기 시작한다.

S# 142 · 역 밖(울타리 있는 곳)
돌 울타리에 기대어 막 구내를 지나가는 열차를 내다보는 상규─ 그 뒤에 기철.

S# 143 · 객차 안
이 여사. 고개를 돌려 밖을 보려고 애쓴다.

S# 144 · 역 밖(울타리 있는 곳)
울타리를 움켜쥐는 상규.

열차가 멀어져 간다.

그 열차의 원경에 W해서 END MARK.

〈동심초(同心草)〉는 우리 영화에서 가장 전형적인 멜로 드라마일 뿐 아니라, 관객들의 호응도 대단했던 영화의 하나지만, 이렇게 언해피 엔드를 택하고 있는 것으로 보아서 결말의 처리 방법을 선택하는 것은 작가의 고유 권한임을 알 수가 있을 것이다.

또 우리 영화사에 획기적인 폭을 그을 만큼 우수한 영화로 평가되는 유현목 감독의 〈오발탄(각본 李鍾機)〉의 인상적인 라스트 신도 언해피 엔드로 되어 있다. 앞에 인용한 〈동심초〉와는 전혀 성질이 다른 언해 피 엔드지만, 테마와 직결된 강렬한 인상은 아직도 생생하게 기억되는 장면이다.

영화 〈오발탄〉의 테마를 한마디로 집약한다면 방향 감각을 상실한 인간을 묘사하는 데 있었다. 물론 영화가 만들어지던 시대상이기도 하던 방향 감각을 상실한 인간들의 방황은 영화나 소설의 테마로서는 안성맞춤이었다. 영화 〈오발탄〉의 경우도 테마가 결말과 라스트 신에 이르러 명백히 제시되어 있었기 때문에 많은 지식인이 〈오발탄〉에 공감하면서 문제작으로 기억하게 된 것이다. 불행하게도 지금 내게 〈오발탄〉의 시나리오가 없기 때문에 영화의 마지막 대목을 더듬어서 설명할 수밖에 없음을 양해하기 바란다.

계리사 송철호(김진규 분)는 가난에 쫓기는 가장이지만, 이(齒)가 썩어 들어가도 뽑아낼 재력이 없는 무능한 사람이다. 영화가 끝날 무렵인 결말 부분에 오면 무력하고 허탈해진 철호의 가정에 무서운 파탄이 온다. 동생인 영호는 은행을 털다가 체포되어 중부경찰서에 수감되고, 아내는 영양실조로 대학병원에서 죽어간다. 여동생은 양공주로 타락하여 사창가를 맴돌고, 어머니는 북한 땅에 두고 온 고향이 그리워서 정신병을 앓고 있는데, 느닷없이 몸을 일으키며 "가자!"라고 계속 외친다. 아내가 죽기 전에 병원에 쓸 돈을 양공주인 동생에게서 받아 쥐고 병원에 갔을 땐 이미 늦었다. 철호는 그 돈으로 썩어 들어가는 양쪽 어금니를 뽑아내고 막걸리를 들이켠다. 밤이 되어 철호는 지나가는 택시를 잡아탄다.

> **운전사** "어디로 가시죠?"
> **철호** "대학병원…."

정작 대학병원에 차가 도착했을 때 철호는 내릴 생각도 않는다.

> **운전사** "대학병원인데요…."
> **철호** "중부서로 가자…."

운전사는 짜증 섞인 동작으로 자동차를 돌린다.
자동차가 중부경찰서에 다다랐을 때 철호는 또다시 소리친다.

> **철호** "후암동으로 가자…."

술 취한 몸으로 시트에 거꾸로 쑤셔박혀 있다가 일어나는 철호의 얼굴!
입에서 흘러나온 피가 이마로 흐르고 있다.
붉은 신호등이 켜지는 거리로 들어간다.
철호는 허탈한 심정으로 혼잣소리처럼 말한다.

> **철호** "아들 노릇, 형 노릇, 애비 노릇, 오빠 노릇, 서기 노릇… 내게는 할 노릇이 너무 많구나…."
> **운전사** "헛, 오발탄 같은 사람이군."
> **철호** "그래 오발탄이다…. 난 오발탄….."

대충 이상과 같은 라스트 신으로 묘사된 것으로 기억한다. 물론 언해피 엔드다. 이것으로 우리는 해피 엔드보다도 언해피 엔드 속에서 새로운 모럴과 강렬한 주제를 얼마든지 찾을 수가 있음을 알게 된다.

그러니까 결말의 처리 방법은 영화 내용 즉 테마 처리에 따라 ①② ③의 방법에서 작가의 고유 권한으로 선택되는 것이다. 끝으로 ③인 surprise end라고 하는 것은 드라마의 전체가 또는 전개된 사건의 전체가 어떤 개인의 꿈이었든가 공상일 경우, 전혀 예상외의 결과로 끝내는 것을 말하는데 실제로는 별로 쓰지 않는 방법이라 하겠다.

■ 라스트 신의 여운

퍼스트 신이 발단부의 앞 신을 의미하는 것과 같이 라스트 신은 결말부의 최후 신을 말한다. 무대극에서도 결말 부분이 들어 있는 종막의 내용이 중요하지만, 영화에서도 마지막 장면(라스트 신)에 여운을 남기는 것이 중요하다고 할 것이다.

라스트 신을 논할 때면 언제나 인용되는 작품이 있다.

명장 캬롤 리드(Sir Carol Reed)가 감독한 〈제3의 사나이〉(각본 그레이엄 그린)가 그 대표적인 경우라 하겠다.

줄줄이 이어간 묘지의 가로수 밑을 여자가 걸어온다. 사나이는 길 한쪽에 세워둔 손수레에 기댄 채 여자를 기다리고 있다. 여자는 사나이 앞을 그냥 지나간다. 사나이는 무료하게 여자가 가는 것을 지켜본다. 급기야 담배를 꺼내 물고 불을 댕긴다. 첫 번째 연기를 길게 내뿜는 사나이…줄줄이 이어간 가로수에서는 낙엽이 하나하나 떨어지고 있다…여자는 점점 멀어가고….

올드 팬이라면 이 서정적이면서도 큰 여운이 남는 이 라스트 신을 잊지 못할 것이다. 이 라스트 신을 생각해보면 사건이나 갈등이 끝나는 것이라기보다는 어떤 내용이 합리적인 결말을 봄과 동시에 언제까지나 서 있어야 할 사나이의 쓸쓸함을 짙은 여운 속에 남겨두는 것이 더욱 인상적이었다.

　이런 경우 카메라는 일정 장소에 고정되어 있고, 인물(여자)만이 점점 멀어져가는 것이 되겠고, 이와 반대로 인물은 같은 자리에 서 있고 카메라가 서서히 빠지게(T.B) 하는 경우도 있다. 어느 것이든지 정경을 이용한 서정적인 여운을 두어 하나의 시정(詩情)을 남기는 방법일 것이다. 대체로 인물이 멀어져간다든가…, 반대로 카메라가 뒤로 빠지면서 인물을 작게 보여주는 것이 라스트 신의 정형적인 방법으로 사용되고 있다. 이렇게 되면 성급한 손님들은 영화가 끝나기 전에 일어나는 경우가 생긴다.

　왜냐하면 똑같은 정석적 수법에 의하여 라스트 신을 처리하게 되니까 '보나마나 그럴 것이다'라는 추측으로 그들 자신이 영화보다 먼저 엔드 마크를 찍게 되기 때문이다. 이러한 라스트 신도 이제는 매너리즘화되어 가는 경향을 보이게 되자, 요즘에 와서는 정경적인 여운에서 탈출하여 보다 자극적인 라스트 신으로 옮겨가는 경향마저 있다. 이러한 방법의 효과를 정리해보면 관객의 감정이입을 중지하고 관객의 생각보다 먼저 엔드 마크를 찍어 관객들을 끝까지 잡아두고자 하는 방법일 것이다.

　예를 들면 〈네 멋대로 해라〉에서 장 폴 베르몬도가 길바닥에 총을 맞고 쓰러졌을 때 여주인공이 무감각하게 걸어와서 버려진 시체를 물끄러미 내려다보다가 얼굴을 돌린다. 그러니까 화면은 그 여인의 뒤통수 때문에 블랙 스크린(黑紙)이 되어버리고 그 위에 엔드 마크가 떠버리고 만다. 그때 관객은 종래 있었던 정경적인 라스트 신에서 보다 훨씬 더 큰 충격을 받게 되는 것은 말할 것도 없다. 이러한 라스트 신은 요즘 국내나 외국 영화에 자주 시도되고 있음도 기억해두기를 바란다.

　내 경험으로 미루어보면 라스트 신이 처음부터 정확하게 예측된 일이 흔하게 있었다. 그러나 그 예측된 라스트 신으로 영화의 흐름을 모아가는 것은 정말로 어려웠다. 그러므로 아무리 정확한 컨스트럭션에 의하여 쓴다 하더라도 써보지 않고는 라스트 신이 정리되지 않았다는 편이 옳았으므로, 대개의 경우 써가노라면 라스트 신도 선명하게 정리되어 왔다는 것이 솔직한 고백이다.

그러나 퍼스트 신만은 시나리오를 쓰기 전에 명백히 생각해두는 경우가 많다. 간혹 멋지고 매력적인 퍼스트 신이 떠오르면 그것에 합당한 소재를 골라서 한 편의 시나리오를 쓴 일도 있었다.

어쨌든 작자가 지금 쓰려고 하는 시나리오의 내용이나 테마가 정확하게 파악되면 될수록 퍼스트 신이나 라스트 신이 좋아지고 확실해진다는 것은 두말할 것도 없다. 퍼스트 신이나 라스트 신은 작자가 드라마의 내용을 어느 정도로 파악하고 있느냐 하는 질문에 단적인 대답이 될 수 있는 부분이라고 생각할 수도 있을 것이다. 이것을 다른 말로 바꾸면 구성표의 작성이 철저할수록 라스트 신의 설정에 무리가 없어질 것이다. 그리 흔한 예는 아니지만 첫째, 아직 드라마가 남아 있는 상황인데 돌연히 라스트 신이 튀어나오는 경우와 둘째, 이미 드라마는 끝났는데도 라스트 신이 나오지 않는 경우를 보게 되는 경우도 있다. 이러한 예가 구성표를 만들지 않은 '작가의 무책임'에서 야기되는 일임은 말할 나위도 없다.

혹시 적당히 써가면서 상영(방영) 시간을 맞추면 되겠지 하는 막연한 생각으로 집필을 시작하는 작가가 아주 없다고 할 수는 없지만, 이는 자신을 지나치게 과신하는 오만이며 절대로 되풀이해서는 안 될 일임도 알아야 할 것이다.

라스트 신에 여운을 남기면서 감흥과 정서를 강조하는 것은 대단히 중요한 일이다. 그러나 라스트 신이 가정 적절한 때에 가장 적절하게 설정되어야 하는 것이 더욱 중요하다는 사실도 잊어서는 안 된다.

〈계속〉

구분	번호	제작연도	영화명	장르	감독	프로듀서	각본	캐스팅	크랭크인	크랭크업	제공	배급	제작사	개봉(예정)	비고
후반작업	9	2016	용순	드라마	신준	김지혜, 이진희	신준	이수경, 박근록, 최덕문	2016-06-06	2016-07-10			아토	2017	2015 영진위 독립영화제작지원작/2016 BIFF 한국영화의 오늘-비전 부문 초청작
	10	2016	마이엔젤(가제)	멜로	이윤기	이동호, 김동현	김선아	김남길, 천우희	2016-04-12	2016-07-08		오퍼스픽쳐스	인벤트스톤	2016-하반기	2015 영진위 예술영화제작지원작
	11	2016	더 킹	범죄/액션	한재림	이종호	한재림	조인성, 정우성, 김아중	2016-02-04	2016-07-03	NEW	NEW	우주필름	2016-하반기	
	12	2016	리얼	액션	이정섭	이정석, 홍이연정, 김미혜	이정섭	김수현, 성동일, 이경영	2016-01-03	2016-06-30	리얼SPC	CJ E&M 영화사업부문	리얼SPC	2017	
	13	2016	당신, 거기 있어줄래요(가제)	판타지/드라마	홍지영	박선혜	홍지영	김윤석, 변요한, 채서진	2016-03-22	2016-06-16	롯데엔터테인먼트	롯데엔터테인먼트	수필름	2016-하반기	기욤 뮈소 동명 소설 원작
	14	2016	더 테이블	옴니버스/드라마	김종관	구정아	김종관	임수정, 정유미, 정은채, 한예리	2016-05-21	2016-06			볼미디어	2017	2016 BIFF 한국영화의 오늘-파노라마 부문 초청작
	15	2016	원라인	범죄	양경모	김유경	양경모	임시완, 진구, 박병은	2016-01-30	2016-05-30	NEW	NEW	미인픽쳐스/곽픽쳐스	2016-하반기	
	16	2016	7년의 밤	드라마/스릴러	추창민	안은미, 윤경환	추창민	류승룡, 장동건	2015-11-19	2016-05-25	CJ E&M 영화사업부문	CJ E&M 영화사업부문	폴룩스픽쳐스	2017	정유정 동명 소설 원작
	17	2016	더 프리즌	범죄/액션	나현	최지윤	나현	한석규, 김래원	2016-02-14	2016-05-22	쇼박스	쇼박스	영화사 나인	2016	
	18	2016	싱글라이더	미스터리	이주영	최원기	이주영	이병헌, 공효진, 안소희	2016-03-21	2016-05-07	워너브러더스코리아	워너브러더스코리아	퍼펙트스톰필름	2016-하반기	
	19	2016	그대 이름은 장미(가제)	휴먼/코미디	조석현	조문익	홍은미	유호정, 박성웅, 하연수	2016-01-29	2016-04-30	미시간벤처캐피탈	콘텐츠난다긴다	엠씨엠씨	2016-하반기	2015 영진위 가족영화제작지원작
	20	2016	소중한 여인(가제)	누아르	이안규	김미화	이안규	김혜수, 이선균	2016-01-28	2016-04-28	씨네그루㈜키다리이엔티	씨네그루㈜키다리이엔티	영화사 소중한	2016-하반기	
	21	2016	이와 손톱	스릴러	정식	이순경	정식	고수, 김주혁, 문성근	2015-10-10	2016-02-28	씨네그루㈜키다리이엔티	씨네그루㈜키다리이엔티	영화사 다	2016	빌 밸린저 동명 소설 원작
	22	2016	아빠는 딸	코미디/드라마	김형협	김윤석, 황정임		윤제문, 정소민, 신구	2015-11-01	2016-02-16	CJ E&M 미디어 콘텐츠부문		영화사 김치	2016	이가라시 다카히사 「아빠와 딸의 7일간」 원작
	23	2016	눈발	드라마	조재민	최태영	조재민	박진영, 지우	2016-01-01	2016-02-03		리틀빅픽처스	명필름영화학교	2016-하반기	명필름영화학교 첫 번째 제작 영화/2016 JIFF 전주 시네마 프로젝트
	24	2016	살인자의 기억법	스릴러/드라마	원신연	구태진	황조윤, 원신연	설경구, 김남길, 설현	2015-10-30	2016-01-30	쇼박스	쇼박스	더블유픽처스/그린피쉬	2017	김영하 동명 소설 원작
	25	2016	형	드라마	권수경	이용남	유영아	조정석, 도경수, 박신혜	2015-10-19	2015-12-31	CJ E&M 영화사업부문	CJ E&M 영화사업부문	초이스컷	2016	
	26	2015	조작된 도시(가제)	액션	박광현	김현철, 장영환	박광현	지창욱, 심은경	2015-07-01	2015-12-29	CJ E&M 영화사업부문	CJ E&M 영화사업부문	TPS컴퍼니	2017	
	27	2015	궁합	드라마	홍창표	이강진	이소미	심은경, 이승기, 김상경	2015-09-09	2015-12-23	CJ E&M 영화사업부문	CJ E&M 영화사업부문	주피터필름	2016	역학 3부작 중 두 번째 작품
	28	2015	부활(가제)	스릴러	곽경택	연영식	곽경택	김래원, 김해숙, 성동일	2015-09-30	2015-12-21	쇼박스	쇼박스	영화사 신세계/바른손필름	2017	박하익 소설 「종료되었습니다」 원작
	29	2015	장산범	공포/스릴러	허정	김의성	허정	염정아, 박혁권	2015-08-04	2015-11-02	NEW	NEW	드림캡쳐	2016-하반기	
	30	2015	사랑하기 때문에	로맨틱코미디	주지홍	오정현	황승재, 유영아	차태현, 박근형, 선우용녀	2015-07-27	2015-10-22	NEW	NEW	AD406	2016-하반기	
	31	2015	해빙	스릴러	이수연	조정준	이수연	조진웅, 김대명, 신구	2015-07-20	2015-10-07	롯데엔터테인먼트	롯데엔터테인먼트	(유)해빙문화산업전문회사	2016-하반기	2012 CJ문화재단 프로젝트S 선정작
	32	2015	여교사	드라마	김태용	김형민	김태용	김하늘, 유인영, 이원근	2015-08-01	2015-09-20	CJ E&M		외유내강	2016	
	33	2015	판도라(가제)	재난	박정우	백경숙, 김철용	박정우	김남길, 김명민, 정진영	2015-03-07	2015-07-30	NEW	NEW	CAC엔터테인먼트/스토리파크	2016	
	34	2015	루시드 드림	스릴러	김준성	홍용수	김준성	설경구, 고수, 강혜정	2015-04-06	2015-06-29	NEW	NEW	로드픽쳐스	2017-01	
	35	2015	아티스트: 다시 태어나다	범죄/미스터리	김경원	장진호	김경원	류현경, 박정민, 이순재	2015-04-26	2015-05-31	콘텐츠판다	콘텐츠판다	영화사 소요	2016	A.K.A. 지젤, 다시 태어나다
	36	2014	파파좀비	드라마	고현창	김형준	고현창	조한철, 고서희, 정예우	2014-11-28	2014-12-23	인디스토리	인디스토리	인디스토리	2016	2015 영진위 장편독립영화후반작업현물지원작
	37	2014	중독노래방	판타지/코미디	김상찬	나현준	박지홍	이문식, 배소은, 김나미	2014-07-28	2014-08-30	영화사 아람	리틀빅픽처스	영화사 아람	2016-하반기	2016 BiFan 코리안 판타스틱 장편 부문 작품상·여우주연상 수상
	38	2014	플라이 하이	드라마	한경탁	김용	선연희, 한경탁	송일국, 전수진, 이훈	2014-06-14	2014-07-30			분홍돌고래/다세포클럽	2016-하반기	2013 영진위 상반기 한국영화기획개발지원작
촬영진행	1	2016	일급기밀	드라마	홍기선	최강혁, 신병훈	최창열, 안영수, 황영철	김상경, 김옥빈	2016-09-24		리틀빅픽처스	리틀빅픽처스	미인픽처스/미디어모굴	2017	
	2	2016	컨트롤*	스릴러	한장혁	유홍준	한장혁	박해일, 정웅인, 오달수	2016-09-18		미시간벤처캐피탈		위드인픽쳐스	2017	
	3	2016	대립군(가제)	사극	정윤철	정문구	신도영	이정재, 여진구, 김무열	2016-09-05		폭스 인터내셔널 프로덕션(코리아)	이십세기폭스코리아	리얼라이즈픽쳐스/ 폭스 인터내셔널 프로덕션(코리아)	2017	
	4	2016	보통사람	휴먼드라마	김봉한	박기원, 김용선, 장성원	조사무엘	손현주, 장혁, 라미란	2016-08-24		오퍼스픽쳐스	오퍼스픽쳐스	트리니티엔터테인먼트	2017	
	5	2016	비정규직 특수요원	코미디/액션	김덕수	유연수	정성훈	강예원, 한채아, 남궁민	2016-08-22		스톰픽처스코리아	이수C&E/스톰픽처스코리아	스톰픽처스코리아	2017-상반기	
	6	2016	불한당	누아르	변성현	안은미, 윤지원	변성현	설경구, 임시완	2016-08-18		CJ E&M 영화사업부문	CJ E&M 영화사업부문	CJ E&M 영화사업부문/폴룩스픽쳐스	2017	
	7	2016	원더풀 라이프(가제)	휴먼 코미디	조원희	김성진	김성진	마동석, 김영광, 이유영	2016-08-10		조이앤시네마		데이드림 엔터테인먼트	2017	
	8	2016	재심	휴먼드라마	김태윤	윤기호, 윤수진	김태윤	정우, 강하늘, 이동휘	2016-07-17	2016-10-03	오퍼스픽쳐스	오퍼스픽쳐스	이디오플랜	2017-상반기	
	9	2016	보안관	코미디	김형주	강현	김형주	이성민, 조진웅, 김성균	2016-07-09		롯데엔터테인먼트	롯데엔터테인먼트	영화사 월광/사나이픽처스	2017	
	10	2016	하루	스릴러	조선호	송지은	조선호	김명민, 변요한	2016-06-29	2016-09-29	CGV아트하우스	CGV아트하우스	라인필름	2017-상반기	
	11	2016	군함도	시대/드라마	류승완	조성민, 이준규	류승완, 신경일	황정민, 소지섭, 송중기	2016-06-17		CJ E&M 영화사업부문	CJ E&M 영화사업부문	외유내강/필름케이	2017	
	12	2016	택시 운전사	드라마	장훈	서강호	엄유나	송강호, 토마스 크레취만, 류준열	2016-06-05		쇼박스	쇼박스	더램프	2017	
	13	2016	신과함께	판타지/드라마	김용화	최지선	김용화	하정우, 차태현, 주지훈	2016-05-26		롯데엔터테인먼트/덱스터스튜디오	롯데엔터테인먼트	리얼라이즈픽처스/덱스터스튜디오	2017	주호민 동명 웹툰 원작
촬영준비	1	2016	꾼	범죄	장창원	성창연	장창원	현빈, 유지태	2016-10-01		쇼박스	쇼박스	영화사 두둥	2017	
	2	2016	제5열	액션/스릴러	원신연	정주균		송강호, 류승룡, 정우	2016-10		쇼박스	쇼박스	와인드업필름	2017	
	3	2016	아리동(가제)*	스릴러	김홍선	황상길	박원진, 유갑열, 이찬영	백윤식, 성동일, 천호진	2016-10		NEW	NEW	AD406	2017	제피가루 웹툰 「아리동 라스트 카우보이」 원작
	4	2016	썬키스트 패밀리	가족/코미디	김지혜	박송해	박소현	박희순, 진경, 황우슬혜	2016-하반기		NEW	NEW	영화사 두둥	2017	
	5	2016	침묵(가제)	범죄/스릴러	정지우	박준	정지우	최민식, 박신혜, 류준열	2016-하반기		CJ E&M 영화사업부문	CJ E&M 영화사업부문	용필름	2017	A.K.A. 침묵의 목격자/중국영화 〈침묵의 목격자〉 리메이크작
	6	2016	독고	학원액션/누아르	우선호	유승영	오영석, 우선호		2016-하반기		오퍼스픽처스	오퍼스픽처스	미인픽처스/투유드림	2017	백승훈, 오영석 동명 웹툰 원작
	7	2016	바람바람바람	코미디	장규성	강가미	장규성		2016-하반기				곰픽처스	2017	
	8	2016	증거불충분	미스터리/스릴러	윤종석	김지홍	김재환		2016-하반기		쇼박스	쇼박스	리얼라이즈픽처스	2017	

2016.09.23 기준 / ● 신규 등록 작품 / 한국영화 제작상황판 수정·보완 : 추가사항, 영진위 전산영화인 02-6261-6527/mmob@kofic.or.kr

구분	번호	제작연도	영화명	장르	감독	프로듀서	각본	캐스팅	크랭크인	크랭크업	제작	배급	제작사	개봉(예정)	비고

시나리오

1판 1쇄 인쇄 2016년 10월 20일
1판 1쇄 발행 2016년 10월 25일

발행인 문상훈

편집주간 송길한
편집고문 최석규
편 집 장 최종현

자문위원 지상학, 신정숙
편집위원 강철수, 이환경, 정대성, 한유림, 이미정

홍보마케팅 본부장 강영우
홍보마케팅 팀장 최종인

취재팀장 이승환
취재기자 김효민, 함동국

편집부 강윤주, 전수영
교 정 박소영

표지디자인 정인화
본문디자인 김민정

인쇄처 가연출판사 (서울시 마포구 월드컵북로 4길 77, 3층 (동교동, ANT빌딩))
전 화 02-858-2217 l 팩 스 02-858-2219

펴낸곳 (사) 한국시나리오작가협회
주 소 서울시 중구 필동 3가 28-1 캐피탈빌딩 202호
전 화 02-2275-0566 l 홈페이지 www.moviegle.com

구입 문의 02-858-2217
내용 문의 02-2275-0566

* 잘못된 책은 교환해드립니다.

저작권 찾기? 보물 찾기!

보물 찾기의 설레임을 아직도 기억하시나요? 이제 저작권 찾기 사이트로 접속하세요!
저작권 찾기 서비스가 당신의 지도와 나침반이 되어 당신이 찾던 보물을 찾아드립니다.

내 권리에 대한 **정당한 보상**을 찾아 헤매고 계신가요?

저작물 권리자에게는 저작권에 대한 정당한 보상을 받을 수 있도록 저작권 정보와 미분배 보상금 대상 저작물 목록을 제공합니다.

저작권자가 **누구인지 몰라** 애타게 찾고 계신가요?

저작물 이용자에게는 저작권자를 알 수 없어 저작물을 이용 못하는 어려움을 해소할 수 있도록 저작권 찾기 서비스를 제공합니다.

본 이미지는 한지혜 작가의 재능기부로 제작되었습니다.

정품 콘텐츠*
판매업체 인증제도 사업 이란?

소비자 보호

올바른 저작물 이용문화 조성

저작권자 보호

저작권 이용자 보호

01 정품 판매업체 활성화
문화산업 발전의 근간이 되는
'정품 콘텐츠 판매업체' 지원 확대

02 소 비 자 보 호
정품 콘텐츠 판매업체 인증을 통해 누구나
안심하고 정품 콘텐츠를 구매할 수 있는 환경 조성

03 저 작 권 보 호
건전한 저작물 이용환경 조성을 위한 저작권 보호

● **한국저작권단체연합회**는 문화체육관광부의 후원으로 저작권을 보호하고, 저작물을 이용하는 소비자를 보호하며, 정품콘텐츠를 판매하는 정품업소를 보호하고자, '**정품 콘텐츠 판매업체**'를 인증하고, **인증서를 부여하는 사업**을 추진하고 있습니다.

문화융성
문화로 활짝 웃다

"공정한 예술생태계 조성을 위해"

서면계약이 의무화되고
불공정행위 제재가
강화됩니다

우리사이에 계약서는 무슨!

서면계약 미체결시

500만원 이하의 **과태료가 부과**됩니다!

흥! 이딴거 알게뭐야!

시정명령 미이행시

500만원 이하의 **과태료가** 부과되고,
정부재정지원에서 배제됩니다.

영화발전기금,
문화예술진흥기금,
방송통신발전기금 등

OUT!

2016년 5월 4일 (개정)예술인 복지법 시행

1. 서면계약체결 의무화

예술인과 문화예술용역 계약을 체결할 때는 반드시 서면으로 체결해야 합니다. (서면계약 미체결 시 문화예술사업자에게 500만원 이하의 과태료 부과)

2. 불공정행위에 대한 사업주 정부 재정지원 배제

불공정행위 위반 사업자가 시정조치 미이행시, 정부의 재정지원(문예·영화·방송기금 등)에서 배제됩니다.

예술인신문고

예술활동과 관련한 불공정행위로 피해를 입은 예술인 구제를 위해 상담, 신고, 조사, 조정, 소송 등을 지원합니다.

· 예술인경력정보시스템(www.kawfartist.kr) – 예술인신문고
· 전화: 02-3668-0200
· e-mail: sinmungo@kawf.kr
· 방문: 한국예술인복지재단

공정한 예술생태계 조성, 문화체육관광부와 한국예술인복지재단이 함께합니다.

 문화체육관광부   ∧∧ 한국예술인복지재단

"저작물을 창작한 여러분이 바로 우리 협회의 주인입니다."

한국복제전송저작권협회는 저작권의 위탁관리를 통하여 저작자의 권리를 보호하고 저작물의 공정한 이용 도모를 목적으로 설립 되었습니다. 우리협회는 개인저자 및 단체가 보유하는 저작권을 관리하며, 이용자들이 간소한 이용허락 절차를 통해 적법하게 저작물을 이용할 수 있도록 하고 있습니다. 또한 저작권법 제25조, 제31조에 따라 문화체육관광부장관이 지정한 학교교육목적 및 도서관 보상금 수령단체로서, 이용자로부터 보상금을 지급받아 저작권자에게 공정하고 투명하게 분배하는 업무를 수행하고 있습니다.

01 저작권 위탁관리 사업

- 어문, 사진, 미술 저작물의 복사·전송권 신탁 관리
- 저작권 대리중개
- 불법복제 저작물 침해구제

02 보상금 징수 분배 사업

- 교과용도서보상금
- 수업목적보상금
- 수업지원목적보상금
- 도서관 보상금

03 공익사업

- 미분배보상금 공익사업
- 저작권 연구 및 입법제안
- 해외단체 상호관리계약
- 국제교류

The Member of **ifrro** and **CISAC**

(03924) 서울시 마포구 월드컵북로54길 11 전자회관 7층
TEL : (02) 2608-2800 / FAX : (02) 2608-2031

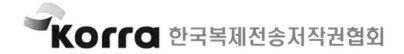

Korra 한국복제전송저작권협회